W0240143

KNAUR

Im Knaur Taschenbuch Verlag sind bereits folgende Bücher der Autorin erschienen:
Wie in einem Traum
Die Stimme des Zwielichts
Der Schrei des Garuda
Das stille Qi Gong

Über die Autorin:
Die renommierte und erfolgreiche Autorin Ulli Olvedi ist diplomierte Qi-Gong-Lehrerin und ausgebildet in Atemarbeit, buddhistischer Psychologie und buddhistisch-tantrischer Energiearbeit. Auf dieser Basis entwickelte sie die »Meditative Energiearbeit« für westliche Menschen, die sie in Seminaren unterrichtet. Ulli Olvedi gründete die Hochschule für traditionelle tibetische Medizin, das Shelkar Tibetan Medical Institute in Kathmandu, und ist Fachbereichsleiterin für Spiritualität an der Akademie Aidenried am Ammersee bei München.
www.ulli-olvedi.de

Ulli Olvedi

Tibet hinter dem Spiegel

Roman

KNAUR

Besuchen Sie uns im Internet:
www.knaur.de

FSC
www.fsc.org
MIX
Papier aus verantwortungsvollen Quellen
FSC® C083411

Vollständige Taschenbuch-Neuausgabe Februar 2018
Knaur Taschenbuch

Ein Imprint der Verlagsgruppe
Droemer Knaur GmbH & Co. KG, München.

Covergestaltung: v. V. Willendorf_Design, FFM
Coverabbildung: Montage aus Fotografien von Ulli Olvedi und Thomas Grill
Satz: Adobe InDesign im Verlag
Druck und Bindung: CPI books GmbH, Leck
ISBN 978-3-426-87815-6

2 4 5 3 1

Prolog

Der Mond steht als dünne Sichel am Himmel, die tibetische Nacht ist tief und ungeheuer groß. Selbst über die weiße Spitze des fernen Berges, die am Tag leuchtet wie ein kostbares Juwel, hat sich die Dunkelheit gelegt. Der Generator hinter dem Hauptgebäude des Klosters schweigt. Ganz oben am Hang über der Klosteranlage flackert der zarte Schein von Butterlämpchen in der Fensteröffnung einer kleinen Klause. Die Nacht ist kalt, der Sommer geht zu Ende.

Eine Gestalt, bis über den Kopf in das große Tuch der Mönchsrobe gehüllt, tastet sich an der Wand des Hauptgebäudes entlang bis zur Seitentür des Lhakang. Sie ist offen, wird selten geschlossen in diesem abgelegenen Kloster; auf der Schotterstraße am Flüsschen entlang braucht man mit dem Jeep mehr als drei Stunden zur nächsten Ortschaft. Die alten Scharniere der Tür quietschen. Der Mann hält inne, zwängt sich durch den offenen Spalt und drückt die Tür vorsichtig hinter sich zu. Eine große Butterlampe auf dem Hauptschrein gibt ein wenig Licht, die Schatten sind Abgründe.

Zielsicher bewegt sich der Mann zu dem schmalen Raum hinter dem Schrein und entzündet dort eine Butterlampe. Die Figuren der Zornvollen springen aus dem Dunkel. Der Mann hat keinen Blick für sie übrig, will sie nicht sehen, erschauert dennoch in ihrer Gegenwart. Er weiß genau, wo er ihn findet, den Schwarzen Beschützer Mahakala, tanzend im Flammenkranz, mit drei rollenden Augen und funkelnden Reißzähnen, gekrönt mit einer Girlande von Totenköpfen, an Armen und Beinen sich ringelnde Schlangen als Schmuck. Da ist er, schaut herunter, schwingt Messer und Dreizack über dem vor Aufregung schwer atmenden Mann, der mit einer Stange nach der Aufhängung des kostbaren Bildes angelt. Es ist ein großes Thangka; der Brokat, der es einrahmt, vom Alter gedunkelt. Das Bild fällt zu Boden. Der Mann bückt sich mit einem unterdrückten Fluch, rollt es hastig zusammen, ungeachtet der möglichen Beschädigung, löscht die Lampe und eilt hinaus in die Nacht, einem leisen Nachtvogelruf vom Rand des Klosters entgegen. Er strebt zur Klostermauer weiter oben am Abhang, wo sie teilweise eingefallen ist. Niemand hat daran gedacht, sie auszubessern. Längst gibt es keine Überfälle mehr, und wovor sollte man sich fürchten, wachte doch Mahakala in seinem Thangka über das Kloster, seit Jahrhunderten schon.

Die Bildrolle ist wunderlich heiß in den Händen des Mannes, unnatürlich, schmerzhaft heiß. Doch die Sache muss zu Ende gebracht werden, es gibt kein Zurück. Solch eine Abmachung zu brechen hieße Tod. Dennoch, das Schaudern will nicht mehr aufhören, die brennenden Hände zittern, der Hals wird eng, so schrecklich eng, als legten sich würgende Hände darum.

Da kommt wieder ein Vogelruf von der Mauer her, diesmal ganz nah. Der Mann stolpert über den steinigen Grund, geführt von ungeduldigem Flüstern: »Komm schon! Hierher!« Erleichtert reicht er die Rolle über die Mauer. Eine Hand streckt ihm ein dickes Bündel Yüan entgegen, die andere greift nach dem Thangka. Ein chinesischer Fluch, ärgerliches Flüstern: »Warum hast du so lange gebraucht? Ich hänge hier schon eine Ewigkeit rum.«

Doch der Mann ist bereits auf dem Weg zu den Wohngebäuden am steilen Hang hinter dem Lhakang, tastend, stolpernd, von Angstschweiß bedeckt.

In der Morgendämmerung stürmen zwei Mönche, die den Lhakang für die Morgen-Puja vorbereiten sollten, ins Zimmer des Klostersekretärs Döndup. »Das Thangka des Mahakala ist aus dem Gönkang, dem Schrein der zornvollen Gottheiten, verschwunden!«, keuchen sie. Der Sekretär reißt die Augen auf, so rund sind sie wie die der Zornvollen.

»Welch ein Unglück«, murmelt er fassungslos, »welch ein schreckliches Unglück.«

Er geht mit den beiden Mönchen zum Lhakang und erstarrt vor dem hellen Rechteck an der Wand, den das verschwundene Bild zurückgelassen hat.

»Was machen wir jetzt nur?«, jammert einer der Mönche.

Der Sekretär antwortet nicht. Die Vergangenheit hat ihn unvermittelt überfallen.

Er ist wieder neunzehn Jahre alt, zu Hause, weit im Osten; mit all den anderen Dorfbewohnern ist er in das große Kloster am Ende des Tals geflüchtet. Dort glaubten sie sich sicher, in der hoch aufragenden, befestigten Klosteranlage, die keine Chinesenkugel zu durchdringen vermochte. Doch wie lange noch? Zu viele Frauen, zu viele Kinder sind da neben den Mönchen und den tapferen Khampas mit ihren CIA-Gewehren und unzureichender Munition. Zu viele hungrige Menschen, die schon so lange durchgehalten hatten. Dann die chinesischen Bomben, das Schreien, die Leichen. Die Mutter, seine starke, stolze Mutter, erschlagen von stürzenden Mauern. Das Blut der Männer so rot wie der Schmuck aus Seidenkordeln um ihren Kopf, das Blut der Frauen so rot wie ihre Korallenketten.

Da ist das breite, sanfte Gesicht des Abts. *Nicht hassen, Döndup, nicht hassen. Weine um deine Mutter, weine ein bisschen, aber lass sie gehen, halte sie nicht fest. Und halte deinen Hass nicht fest.*

Warum hilft Mahakala uns nicht?, fragt auf der Flucht der

junge Döndup den schwer verletzten Rinpoche auf den Armen des Vaters. Der Rinpoche murmelt lächelnd: *Aber er ist doch da. Siehst du ihn nicht?*

»Ich muss es melden«, sagt der Sekretär entschlossen und verlässt den Lhakang, geht hinauf zu den Räumen des Klosterleiters, dieses schwachen, ängstlichen alten Mannes, so leicht zu manipulieren von den politischen Monstern in der Hauptstadt. Doch er hat Döndups Leben gerettet, hat für ihn gelogen, hat den halb verhungerten jungen Flüchtling als einen Zögling dieses Klosters ausgegeben und ihn als seinen Sekretär ausgebildet.

»Wie furchtbar«, sagt der Klosterleiter und drückt die verschlungenen Hände an die Brust. »Unser Beschützer ...«

Ihre Blicke treffen sich, verhaken sich für einen Augenblick ineinander in verzweifeltem Einverständnis.

»Der Spitzel ...«, sagt der Klosterleiter leise.

Döndup nickt. Jeder im Kloster weiß von dem Spitzel; nur der Spitzel denkt, die anderen wüssten nicht, wer er ist. Sie haben gelernt, die Nähe des Spitzels zu fühlen, auf ihre Worte zu achten, mit aufmerksamen Ohren und mit heimlichen Augen im Hinterkopf zu leben.

»Wir können nichts machen«, fügt der Klosterleiter hinzu. Sein hängendes Gesicht zerfließt in tiefer Resignation.

Vor dem Lhakang scharen sich die Mönche, die geflüsterte Nachricht hat bereits die Runde gemacht. Auf den verstörten Gesichtern liegt Furcht. So lange hat das Thangka sie beschützt – seitdem es sich vor Hunderten von Jahren in der Höhle oben auf dem Berg manifestiert hat, kurz vor dem Tod des großen Yogi, der in einem Regenbogen verschwand und von dem man nur noch Haare und Zähne und Nägel fand. Dieser Mahakala würde das Kloster vor allem Unheil beschützen, habe der Yogi damals prophezeit. Und so war es. Nie ist dem Kloster etwas geschehen.

Sogar den zerstörerischen Wahn der Kulturrevolution hat es unbeschadet überstanden.

»Der Spitzel«, flüstern die Mönche einander zu. »Nur er kann es gewesen sein, keiner von uns würde das tun.«

Am Mittag wissen alle, dass der Spitzel krank ist. Er liegt mit schweren Krämpfen im Bett und seine Hände sind rot und geschwollen und glühen. Sein Puls sei sehr seltsam, sagt der alte Mönchsarzt, der mehr als zwanzig Jahre im Arbeitslager überlebt hat. Ganz chaotisch, da passe nichts zusammen.

»Könnt ihr einen Unterschied sehen?«, fragt Kunzang die beiden Freunde, die in seinem Atelier vor zwei identischen Thangkas stehen. Zweimal Mahakala im Flammenkranz, wild, erschreckend, von außerordentlicher Ästhetik. Nur die Brokatumrahmungen unterscheiden sich, eine ist sehr alt, die andere neu.

»Ich wette, ihr könnt es nicht.« Er lächelt mit dem ihm eigenen jungenhaft siegesgewissen Ausdruck, der Frauen das Gefühl gibt, eine besonders wertvolle Beute für ihn zu sein, und Männer dazu veranlasst, ihm voller Neid jeden Sieg zuzutrauen. Obwohl er das Alter der leichten Siege längst überschritten hat.

Sherab, schmal und drahtig, rückt seine Brille zurecht und untersucht verschiedene Bereiche der beiden Bilder, hebt sie an und unterzieht auch die Rückseiten einer genauen Prüfung.

»Ich kenne mich zwar mit Statuen besser aus als mit Thangkas, aber so viel kann ich sagen, du bist ein Genie«, erklärt er kopfschüttelnd und streicht nachdenklich eine Haarsträhne aus der Stirn.

Kunzang hört kaum zu. Er deutet auf eine bestimmte Stelle in einem der Bilder. »Schaut her, hier am Original war ein größeres Stück Farbe abgeblättert, das ist wahrscheinlich beim Transport geschehen. Und jetzt schaut hier auf die Kopie – mit dem Vergrößerungsglas sieht man einen ganz feinen Rand.« Er richtet sich auf und fügt befriedigt hinzu: »Ich habe natürlich den originalen Brokat verwendet. Selbst wenn sie Fotos gemacht haben, was ich aber nicht glaube, werden sie nichts merken.«

Der zweite Besucher, Tashi, wie Sherab an der Grenze zwischen Jugend und Reife, schiebt die Hände tiefer in die Taschen seiner Jeans. Über dem wie glatt geschliffenen, kantigen Gesicht liegt Besorgnis. »Es ist ein großes Risiko, Kunzang«, sagt er leise. »Du hast es mit einer Mafia zu tun.«

Kunzang legt die Hand auf die Schulter des Freundes. »Das Kloster braucht dieses Thangka wieder. Der Sekretär hat mir eine Nachricht geschickt, dass der Klosterspitzel, der das Thangka gestohlen hat, nach dem Diebstahl plötzlich gestorben ist. Ich sage dir, das ist kein gewöhnliches Thangka.«

Mit einer zarten, ehrfürchtigen Geste berührt er den Brokatrand des Bildes. »Du warst zu lange im Westen, Tashi. Weißt du nichts mehr von der unsichtbaren Welt?«

Tashi schweigt und zieht die Schultern hoch.

Heiter öffnet Kunzang eine Flasche Whiskey. »Und nicht zu vergessen, sie zahlen mir zweitaused Dollar für die Restauration. Ah la la, wir werden nur noch die besten Marken trinken. Schluss mit Kukri-Rum und Wodka.«

Er füllt drei kleine Gläser, ergreift eines davon, taucht zwei Finger in die goldbraune Flüssigkeit und verspritzt ein paar Tropfen im Zimmer.

»Auf Mahakala!«, sagt er und grinst übermütig.

Sherab hat sich einem anderen Bild zugewandt. »Diese Devi hier, hat sie nicht das Gesicht deiner scharfen Lady?«

»Nicht mehr meine«, wehrt Kunzang ab. »Die Lady nicht und das Thangka auch nicht. Das Bild ist schon verkauft. Und Wangmo – o nein, so ein Khampa-Weib ist nichts für mich. Fordernd, herrschsüchtig, eifersüchtig. Nein, nein, nein. Ich hab was Neues, aus New York, ah la la. Ich hab sie in der Yak-und-Yeti-Lounge kennengelernt. Kühl, blond. Sie betet mich an.«

Tashi hat kaum zugehört, er lehnt sich an den Fensterrahmen und blickt über die Dächer in die Augen der Stupa von Kathmandus Stadtteil Boudhanath. Nein, er hat nichts von dem vergessen, was sein Onkel, der Bön-Meister Ashang, ihn gelehrt hat, als er ein Junge war. Er hat Ashang-la verehrt. Häufig opfert er den vier Klassen unsichtbarer Wesenheiten. Manchmal bringt er Gaben zu den Stätten der Nagas. Er hält sein Ga-U in hohen Ehren, den Schutzbeutel, den Ashang-la ihm geschenkt hat. Es stimmt zwar, dass er nach fast zwanzig Jahren in den Städten des Westens die geistigen Wesen nicht mehr so gut spüren kann, aber er hat sie nie vergessen oder gar verleugnet. Nein, das ist es nicht. Vielmehr hat er Angst um Kunzang. Wie eine Wolke ist diese Angst, sie kriecht in seine Poren, in die Zellen seiner Haut, stellt die feinen Härchen auf und lässt ihn frieren in der schwülen Hitze des Sommertags. Oder sind es nur die heranrückenden dunklen Monsunwolken, der ferne Donner, die furchtsame Projektionen anstacheln? Im Westen reden sie so viel von Projektionen, da wird es schwer, einem Gefühl noch Glauben zu schenken. Er hat lange gebraucht, um zu begreifen, dass das, was sie Gefühl nennen, meist nur Gedanken, Vorstellungen, Konzepte sind, weil ihre Sinne verlernt haben, die Welt aufzunehmen.

Kunzang hat sein ganzes Leben in Kathmandu verbracht und restauriert seit vielen Jahren Thangkas für die Kunst-Mafia. Sie vertrauen ihm. Er hat ihnen nie einen Grund gegeben, ihm nicht zu trauen. Er wird wissen, was er tut. Weiß er es wirklich? Kunzang ist wie eine Weide am Fluss, die der Wind bis zum Boden biegen kann, und dann richtet sie sich wieder auf. Doch auch Weiden können entwurzelt werden.

»Auf unser Genie«, sagt Tashi und hebt sein halb geleertes Glas.

Der nächtliche Schatten einer Backsteinmauer trennt den Straßenrand von der kleinen, in tiefem Dunkel liegenden Gasse, die zu Kunzangs Hauseingang führt. Ein paar Hunde in der Mitte der kleinen Straße heben die Köpfe, doch der Augenblick lauernder, hungriger Aufmerksamkeit verfliegt. Sie kennen den Mann mit dem besonderen Geruch. Es ist der Geruch nach Kräutern und Steinen, aus denen der Maler nach alter Weise seine Farben gewinnt.

Kunzangs Schritte werden langsamer, als sammelten sich Gewichte in seinen Schuhen. Der Schatten ist anders als sonst. Es ist nicht nur der Schatten der trüben Straßenlampe; tiefer ist er, wie ein schwarzes Loch im Weltall, mehr noch, wie der schwarze Bauch Mahakalas, die schwarze Sonne der Verwandlung in Mahakalas Herz.

Nachdrücklicher denn je beruhigt er sich mit dem Gedanken, dass das kostbare Thangka bei Sherab in Sicherheit ist, und sagt sich einmal mehr, dass keinerlei Gefahr besteht.

Dennoch – das bedrückende Gefühl hat ihn schon den ganzen Tag verfolgt. Er schaut zurück und sein Blick begegnet den Buddha-Augen der beleuchteten Stupa zwischen den schwarzen Reihen der Häuser. *Namo Buddha, ich nehme Zuflucht zum Erleuchteten, möge er alle meine schwarzen Löcher erleuchten.*

Entschlossen biegt er in seine Gasse ein, taucht in das Dunkel und weiß augenblicklich: Sie sind da. Er hat es geahnt, gefürchtet und doch geleugnet. Wie haben sie die Täuschung bemerken können? Kein Thangka-Maler weit und breit hat ein so großes Wissen und ist so geschickt wie er.

Ein harter Arm drückt ihm die Kehle zu, Hände umklammern

seine Gelenke. Scharren von Schuhen, ein Keuchen, eine vertraute Stimme hinter ihm, zischend, böse flüsternd. Fassungslosigkeit will ihn lähmen, doch die Panik ist stärker, er stößt mit den Beinen, windet sich, ringt keuchend um Luft. Ein rasender Schmerz in seinem Rücken, er spürt, wie das Messer an einer Rippe abrutscht, ein weiterer Stich, ein Dröhnen in seinem Kopf wie die donnernden Hufe einer ganzen Herde wilder Yaks. »Nein, nicht!«, will er sagen und hört, dass es nur ein Gurgeln ist, unverständlich. Er möchte sprechen, erklären und weiß doch, dass es zu spät ist für jedes Wort. Von fern nimmt er wahr, wie sein Körper sich noch einmal aufbäumt, und einen Augenblick lang hängt der Gedanke klar und still im Raum: *Sie bringen mich also um.*

Er wird aus der Gasse geschleift. Da ist ein riesengroßer Schmerz, so groß, dass er keinen Platz hat in seinem Körper, so über alle Maßen groß, dass er nicht mehr fassbar ist, auch wenn sich der Gedanke »Schmerz« noch irgendwie formen kann.

Kunzang spürt das Blut in seinem Mund. *Tod,* sagt das Etwas in ihm, das Gedanken formt und immer weiter Gedanken formen will. Das Entsetzen trifft ihn mit voller Wucht, bis es so überwältigend geworden ist, dass es sein Denken sprengt und alle Gedanken davonfliegen lässt.

Unter sich sieht er seinen erschlafften Körper in den Händen des Mannes und der Frau. Hastig werfen sie ihn in den Kofferraum eines Autos. Sie fahren durch stille Straßen und stoßen dann ihr Opfer in das schwarze Wasser des Bagmati-Flusses. Langsam treibt er davon, ein Schatten, nicht mehr. Die Nacht hat die Farbe aus seinem roten Seidenhemd gesogen.

Er sieht ihre Gedanken. Sie bedeuten ihm nichts. Alles, was wichtig gewesen ist, wird bedeutungslos in der ungeheuren Anstrengung des Sterbens. Der sterbende Körper greift nach ihm und stößt ihn zugleich von sich, holt ihn zurück in die Panik, das Grauen, den überwältigenden Schmerz des endgültigen Abschieds. Doch der Verlust eines jeden Sinnes, begleitet von zischendem Dampf, Funken sprühendem Feuer, wüsten und grandiosen Bildern, lässt weite Öffnungen im Raum entstehen, aus denen schließlich die Dakinis, die göttlichen Schwestern, strömen, so über alle Maßen schön und wild, wie er sie niemals hat malen können.

Dann gibt es eine andere Zeit, in der eine unfassbar helle Sonne glühend rot aufgeht, eine weitere Sonne durchdringend weiß strahlend herniederkommt, bis sie eins werden und er hineingezogen wird in Mahakalas abgrundfinsteren Bauch, aus dem Mahakalas riesiger Vajra ihn ekstatisch hinausschießt in Mahakalis Schoß. EMAHO, ein Fallen, ein ungeheures Fallen in den Tunnel, an dessen Ende Kunzang Namdak davon befreit sein wird, Kunzang Namdak zu sein.

Zwei Tage später wird der aufgedunsene Körper an den Gats von Pashupatinath angeschwemmt, wo die magere Leiche eines Kindes auf ein paar Stücken Holz und einem Polster aus Stroh verbrennt. Der Hüter des Feuers, der das brennende Stroh über der kleinen, in weiße Tücher gehüllten Leiche verteilt, hat das rote Hemd im Wasser entdeckt und fischt den Toten mit seiner Stange heraus. Auf dem Scheiterhaufen knackt laut das Holz, ein dünnes Ärmchen bewegt sich, von der Hitze gelöst, als winke es dem Ermordeten zu.

Doch Kunzang ist nicht mehr da.

1

Ungeduldig wischte Teresa mit einem Ende ihres dünnen Schals den Schweiß von der Stirn. Die großen, weißen Wolkenballen über den Bergen am Rand des Kathmandu-Tals verharrten bewegungslos und die Mittagssonne warf ungehindert ihr hartes, heißes Licht auf die im Monsun dampfende Stadt. Es schien Stunden, seitdem das Flugzeug gelandet war. Sie fragte sich längst nicht mehr, warum hier immer alles so unverhältnismäßig viel Zeit brauchte. Es dauerte und man nahm es hin.

Über die Kluft von fünf Jahren hinweg erkannte sie augenblicklich das junge Gesicht über dem Kofferwagen, vertraut in seiner Rundheit und seiner unsicheren Härte, eingerahmt von halblangen, stacheligen, blauschwarz gefärbten Haaren, die Augen reichlich mit Kajal ummalt, die Lippen dunkel, wie hineingeschnitten in das blasse Fleisch.

»Hallo, Joe, hier bin ich!«, rief Teresa durch die schrillen Stimmen der Kofferkulis hindurch und winkte heftig. Ein Blick verriet, dass das Mädchen sie gesehen hatte, doch sonst veränderte sich nichts in der abweisenden Maske ihres Gesichts.

»Alles okay mit dir?« Beschützend legte sie den Arm um die festen, runden Schultern ihrer Enkelin und steuerte den Kofferwagen durch Trauben dünner junger Männer, die schreiend ihre Dienste anboten, zum wartenden Taxi.

»Steig ein, sonst fressen sie dich«, sagte sie und schob das Mädchen auf den Rücksitz.

»Was für eine Scheiße«, murmelte Joe.

»Danke, mir geht's auch gut«, sagte Teresa mit halbem Lächeln, während das Taxi losfuhr. »Schön, dass du hier bist.«

»Hat der keine Klimaanlage?« Joe rollte mit schnellen, ärgerlichen Bewegungen ihre Lederjacke auf den Knien zusammen und wischte dann mit einem Papiertaschentuch über Gesicht und Hals. Unter ihren Augen verteilte sich schwarze Farbe. »Das ist ja nicht zum Aushalten.«

Ein Schlagloch ließ sie gegen Teresa prallen. Hastig rückte sie auf ihre Seite des Sitzes zurück.

»Ich halt es schon lange aus«, sagte Teresa. »Viele Jahre. Man gewöhnt sich daran. Es ist mein Zuhause.«

Joe schwieg und schaute hinaus auf die Straße, die überquoll von träger Geschäftigkeit. Teresas Blick verfing sich im Schimmer der silbernen Ringe, die das zarte Mädchenohr zwischen den steifen, schwarzen Haarsträhnen säumten. Teresa seufzte. Sie hatte die Qualen des Jungseins ihr Leben lang nicht vergessen.

Plötzlich sah Joe sie an, misstrauisch, gewappnet. »Bist du auf meiner Seite?«

»Ja, Joe, ich bin auf deiner Seite«, antwortete Teresa ohne Zögern.

»Warum?«

»Großmütter sind so«, antwortete Teresa gelassen und strich ihre pfirsichfarbene Bluse über dem nachtblauen Sarong glatt.

»Wenigstens nennst du mich nicht Johanna. Mam und Pa bestehen darauf. Johanna ist die Schande der Familie, wie du weißt. Sie waren in der Zeitung auf der Promi-Seite, wusstest du das? Die Topanwälte Herr und Frau Dingsbums Juhu. Mam war sauer, weil da stand ›Herr und Frau‹ und nicht ›Frau und Herr‹. Du hättest sehen müssen, wie sie mich angeschaut haben, als ich von England zurückkam. So fantastische Eltern und so ein missratener Nachwuchs.«

»Sagen sie das?«

»Denken sie.«

»Bist du sicher?«

»Ach, Scheiße.«

Während Joe die verlorene Nacht im Gästezimmer nachzuholen versuchte, zog sich Teresa ins Schlafzimmer zurück und setzte sich auf das Bett, ihren bevorzugten Platz des Nachdenkens. Sie gestand sich ein, dass sie sich vor den kommenden Wochen mit Joe fürchtete. Dies war nicht mehr das Kind, das sie gekannt hatte. Dieses wütende junge Mädchen war ihr fremd. Mehr noch, es war fragwürdig, ob sie in der Lage sein würde, Joe zu mögen.

Sie fand die Ringe in Joes Nasenflügeln und Ohren ebenso hässlich, wie einst die bürgerliche Umwelt eine Teresa mit langen Haaren, Zigeunerröcken und indischem Silberschmuck abgelehnt hatte. *Nein, ich werde nicht in diese Falle gehen, kleine Joe. Ich werde dich nicht zum Opfer machen, wie sie mich zum Opfer gemacht haben.*

Hatte sie die Weichen ihres Lebens möglicherweise ganz falsch gestellt? Hätte sie in der Nähe dieses Kindes bleiben sollen, als sie erkannte, dass es keine liebenden Eltern haben würde? Denn das hatte sie schon vor langer Zeit wahrgenommen. Ihre Tochter Astrid war ihr nie nah gewesen, des Vaters Tochter, groß wie er, intelligent wie er, von kalter Begeisterung für diesen schamlosen und einträglichen Beruf besessen wie er. Wenn sie zu Teresa »Mamá« sagte, dann stets mit der preziösen Betonung auf der zweiten Silbe. Ungeduldig. Mit einem Hauch Verachtung. Der Mann, den sie wählte, war ihr ähnlich. Mit Frösteln erinnerte sich Teresa an seinen eisgekühlten Blick.

Au-pair-Mädchen, Privatkindergarten und dann später teure Internate, englische natürlich, für die kleine Johanna, die Astrid kurz nach dem ersten Staatsexamen geboren hatte. Ein Unfall trotz Pille, behauptete Astrid. Ihr Fehler konnte es nicht sein. Astrid machte keine Fehler.

Teresa machte Fehler.

»Großvater ist krank«, hatte Joe gesagt. »Er ist ganz dünn geworden. Früher hatte ich Angst vor ihm. Jetzt nicht mehr. Ich werde viel erben, hat er gesagt. Hoffentlich stirbt er bald. Er ist ein böser alter Mann.«

Joe hatte die Wohnung verlassen, als Teresa nach einer Stunde ungewohnt schweren Schlafs aus ihrem Zimmer kam. Fünfzehn Jahre alt und längst kein Kind mehr. Nenn mich Teresa, würde sie zu ihr sagen, ich bin keine Oma. Joe hatte jede Anrede vermieden und den Blick gesenkt gehalten, die Schultern ein wenig hochgezogen, sodass der Hals kurz erschien und das feste, kleine Kinn in ein leichtes Doppelkinn eingebettet lag. Es war der Gedanke an diese Haltung, der Teresa Tränen der Schuld in die Augen trieb.

Leise hatte Joe die Haustür gegen die Stille der Wohnung geschlossen und war die Treppe hinunter in den Hof gegangen, in den von Monsunwolken verdunkelten Nachmittag. Sie hatte vergebens versucht zu schlafen. Es war heiß. Ein Moskito hatte einen Angriff nach dem anderen geflogen. Sie hätte vor Unruhe schreien mögen.

Immer mehr Wolkentürme schoben sich am Himmel zusammen und ihr Schatten vertiefte das pralle Grün der Büsche an der hohen Mauer, die das Grundstück umschloss. Eine kleine Tür im rostigen Hoftor führte hinaus in die Welt der Straßen, voller Farben und Lärm und Gerüche. Das Gefühl, darin verloren gehen zu können, hatte Reiz: wilde, verrückte Dinge erleben, die sie sich nicht vorzustellen vermochte, sich frei und lebendig fühlen, jemand ganz anderer sein.

Es war einfach, den Weg zur Stupa zu finden, immer den gemalten Augen nach, die über der weit aufragenden, weißen Kuppel in die Runde blickten. Die Stupa sieht aus wie eine dicke, faule, weiße Katze, dachte Joe, als sie aus einer engen Gasse vor das gewaltige Heiligtum gelangte, und sie musste lächeln. Dicke, faule, weiße, heilige Katze. Das Gefühl eines heimlichen Sakrilegs lief in kleinen Schauern über ihren Rücken.

Die schweren Wolken hatten sich über die Sonne geschoben und der Hitze die Schärfe genommen. Die Besitzer der kleinen Lädchen im Umkreis der Stupa brachten die Tische mit den ausgestellten Waren in Sicherheit, fliegende Händler zurrten Plastikplanen über ihren bescheidenen Schätzen fest.

Joes Blick verfing sich in einer gebückten Gestalt am Eingang der Stupa, durch den man zu den drei Ebenen des Heiligtums gelangte. Vielleicht ein alter Mann, vielleicht eine alte Frau, es war nicht mit Sicherheit zu sagen. Ein Wesen wie ein kleiner, schlecht gewachsener Baum, die Arme dünne Äste, die aus den lumpigen Kleidern ragten. Ein roter Blick legte sich schwer auf Joe, dann begann die Gestalt zu winken, befahl sie nachdrücklich zu sich heran, und Joe konnte nicht anders als folgen, unwiderstehlich angezogen, voller Neugier und Ärger und Furcht. Lange hatte sie sich darin trainiert, möglichst wenig wahrzunehmen, in die Grautöne der Unberührbarkeit abzudriften. Doch dieses wunderliche, bedrohliche Wesen zwang sie in eine grelle, peinigende Wachheit, der sie nicht entkommen konnte.

Die Luft stand still, als wäre alle Zeit aus ihr herausgelaufen. Ein paar Mönche saßen in einem Gelass in der Stupa-Mauer, einer Art winziger Kapelle, und sangen mit tiefer Stimme, die

Gänsehaut verursachte, begleitet vom scharfen Ton kleiner Glocken und von schnellen Trommelschlägen. Eine Weihrauchwolke schlängelte sich aus dem Gelass und kreiste um die Gestalt mit dem roten Blick. Ein Zauberer! Das musste ein Zauberer sein! Hier war eine andere Welt als zu Hause. Zauberer, Geister, Dämonen, Magie – vielleicht gab es das hier wirklich. Etwas Bedrohliches geschah, das sie nicht aufhalten konnte. Sie wollte weglaufen, zurück in die Geborgenheit bei Oma Teresa, doch das war unmöglich. Sie hatte sich zu weit vorgewagt.

Die gebückte Gestalt richtete sich plötzlich auf, eine Hand legte sich auf ihren Arm. Joe schaute in Augen, die einen unendlichen, von Feuer und Nacht erfüllten Raum freigaben. Nur dass dies nicht das Feuer war, das sie kannte, das Feuer des großen Kamins im Aufenthaltsraum des Internats, und nicht die vertraute Nacht mit mattem Mondlicht und verbotenen Spielen. Diese andere Nacht tanzte mit Totenköpfen, von Feuer umgeben, mit Messer und Blut. Und die schreckliche, tanzende Nacht hielt einen Mann im Arm, einen Mann in einem roten Hemd mit einem Messer im Rücken, hielt ihn wie ein Baby, wiegte ihn im Tanz und sang ein tiefes, dröhnendes Wiegenlied.

Joe presste die Hände gegen den Mund. *Das darf nicht wahr sein! Der Trip kommt zurück. Sie haben gesagt, das käme manchmal vor. Bestimmt ist der Jetlag daran schuld und dieses verdammte fremde Land mit seinen verdammten Zauberern. O mein Gott, warum nur hab ich nicht dran geglaubt? Aber was kann man tun gegen Zauberer, die einen mit dem bösen Blick einfangen?*

Der Urururalte, Hunderttausendjahrealte strich sanft über ihren Arm. Eine ihrer Hände wurde vom Mund weggezogen, die Finger um etwas Hartes geschlossen, und in diesem Augenblick schoss der erste Blitz über den Himmel. Schwere Regentropfen zerplatzten wie kleine Säcke auf der Erde. Eine gebeugte Gestalt hoppelte schnell über das Pflaster davon. Schirme wurden aufgespannt, Plastikschlappen klatschten. War der Zauberer eine Halluzination gewesen?

Joe flüchtete in ein kleines Lokal, dessen Front offen stand. Die wenigen Gäste hatten bereits die Tische unter der Sonnenplane verlassen und im dämmrigen Inneren Schutz gesucht. In Panik kämpfte Joe gegen ein unkontrollierbares Schwindelgefühl an. Sie ließ sich auf einen Stuhl an der Wand fallen und streckte die Hände aus, um sich am Tisch festzuhalten. Etwas fiel klappernd zu Boden.

»Scheiße«, sagte sie verzweifelt vor sich hin. »Verdammte Riesenscheiße.«

Es war ihr unmöglich, sich hinunterzubeugen. Selbst aufgerichtet konnte sie den Schwindel kaum ertragen.

»Sie haben etwas fallen lassen«, sagte eine Stimme. Eine braune Hand legte eine kleine, silberne Statuette, kaum größer als ihr Daumen, auf den Tisch. Eine tanzende Figur in einem Flammenkranz. »Alles okay?«

»Mir ist schlecht«, sagte Joe. Sie hob kurz den Blick, senkte ihn jedoch sofort wieder auf die kleine Sicherheit der Tischplatte. »Schwindelig. Jetlag. Oder Flashback.«

Ein Mann, braun, mit schmalen, lang gezogenen Augen, vermutlich ein Tibeter. Warum sprach er Deutsch und zudem mit Schweizer Akzent? Sie hatte keine Zeit, darüber nachzudenken; sie musste sich auf das Glas konzentrieren, das ihr hingehalten wurde.

»Hier, trink Wasser. Ganz austrinken.«

Sie ergriff das Glas, die braune Hand schloss sich um die ihre und half ihr, es zum Mund zu führen. Ein weiteres Glas erschien, nur zu einem Viertel gefüllt.

»Das hier auch. Wodka. Das hilft.«

Sie trank und verzog das Gesicht. Welcher Mensch trank etwas so Scheußliches wie Wodka?

»Gibt's hier keinen Whiskey?«

Die Stimme lachte. »Nein, Prinzessin, gibt's nicht. Zu teuer. Jetzt tief atmen. Ein – aus – ein – aus. So ist's gut.«

Er drückte zwei Finger fest in ihren Nacken, mehrere Minuten lang. Der Schwindel ließ nach.

»Es geht schon wieder«, murmelte sie.

»Ich heiße Tashi«, sagte er und sie ergriff die hingereichte Hand.

»Joe«, antwortete sie und wagte sein Bild ein paar Sekunden lang aufzunehmen. Lange, schwarze Haare, hinten zusammengebunden, das Gesicht wie geschnitzt, nicht hart, eher traurig. Dennoch freundlich. Vertrauen wäre möglich.

Er setzte sich neben sie, nahm die Statuette und betrachtete sie genau. »Woher hast du das?«

»Hat mir ein Zauberer geschenkt, gerade vorhin.«

»Ein Zauberer?«

»Na ja, vielleicht. Ich weiß nicht. Schräger Typ.«

»Das ist ein Mahakala«, sagte Tashi. »Sehr schöne Arbeit.«

»Was ist das, Mahakala?«

»Eine Schutzgottheit«, antwortete Tashi, während er die Statuette einem Mann am Nebentisch reichte. »Das ist mein Freund Sherab, er kennt sich aus mit Statuen.«

Der Mann nickte Joe zu und unterzog das kleine Kunstwerk einer aufmerksamen Prüfung. Mit beiden Händen reichte er es Tashi zurück, begleitet von ein paar unverständlichen Worten.

»Pass gut darauf auf, es ist wertvoll«, sagte Tashi, öffnete ihre Hand, legte die Statuette hinein und schloss ihre Finger darum, auf die gleiche Weise, wie der Zauberer sie ihr gegeben, nein, aufgedrängt hatte. Das kleine Ding lag schwer in ihrer Handfläche. Ein tanzender Dämon, von Feuer umgeben.

»Rumpelstilzchen«, murmelte sie.

Tashi hörte es und lachte. »Ach ja, war da nicht etwas mit einem Namen?«

»Ach, wie gut, dass niemand weiß, dass ich Rumpelstilzchen heiß.« Sie hatte nicht antworten wollen. Warum hatte sie es dennoch getan? Manchmal plapperte sie einfach los, wie ein Kind. Sie hasste das.

»Ich mag Rumpelstilzchen«, fügte sie hinzu. Warum hielt sie nicht einfach den Mund? Sie hatte es sich so oft schon vorgenommen. Halt den Mund, dann hängt dich niemand an deinen Worten auf.

Hastig erhob sie sich und lehnte Tashis Einladung ab, sich zu ihm und seinem Freund zu setzen. Sie wäre gern geblieben, so gern, doch zwischen diesen Wunsch und sie selbst drängte sich eine erbitterte Unsicherheit, die sie wütend und atemlos den Kopf schütteln ließ.

»Vielen Dank für die Hilfe. Ich mach mich jetzt besser auf den Weg. Es regnet kaum mehr.«

Sie wollte nach Hause. Sie wollte weit weg von verrückten Zauberern, die einen auf den Trip schickten. Sie wollte weit weg von dem Mann mit dem schönen kantigen Gesicht, bei dem sie so gern geblieben wäre. Nach Hause. Wohin? Es gab kein Zuhause. Im Augenblick gab es nur eine Großmutter, die nicht wie eine Großmutter aussah und die sie kaum kannte. Immerhin, die nannte sie nicht Johanna. Vielleicht, vielleicht, vielleicht konnte man ihr vertrauen.

Der Regen endete so plötzlich, wie er begonnen hatte. Den Weg durch die Gassen zu Oma Teresas Haus fand sie ohne Mühe, sie hatte sich die wichtigen Ecken eingeprägt – die Ecke mit dem

Video-Shop, die Ecke mit der Werkstatt, deren Türen weit offen standen und den Blick auf eifrig hämmernde Kupferschmiede frei gaben, die Ecke mit der hohen Mauer, deren Grafitti-Botschaft sie nicht lesen konnte. Dann das schwere, angerostete Tor zum Hof mit der kleinen, quietschenden Tür, der faule Hund, der vor dem Schuppen lag und Joe offenbar bereits zum Inventar zählte, die tagsüber unverschlossene Haustür, die enge Treppe zur überdachten Veranda, von der aus man Teresas Wohnung betrat.

»Da bist du ja! Du siehst grün aus«, sagte Teresa. Der Klang von Joes Schritten auf der Treppe hatte sie an die Tür gelockt. »Geht's dir nicht gut?«

Joe ließ sich in den alten Rattansessel auf der Veranda fallen, versenkte Hals und Kopf tief zwischen die Schultern und murmelte: »Scheiße, Scheiße, Scheiße.« Ein Schluchzen zitterte in ihrer Stimme, unüberhörbar, doch Teresa beschloss, es nicht zu beachten, denn so, das machte die abwehrend eingerollte Haltung des Mädchens deutlich, war es offenbar Joes Wunsch.

»Sita hat uns was Gutes gekocht«, sagte Teresa.

»Wer ist Sita?«

»Meine Didi«, erklärte Teresa.

Joe rieb etwas zwischen ihren Händen. »Ach, stimmt ja. Hier hält man sich ja noch Sklaven.«

»Aber natürlich«, antwortete Teresa und ging in die Küche. Ein Hauch von Gelassenheit blieb zurück, ähnlich einem diffusen Blumenduft, und Joe krampfte die Hände um die Statuette, wütend auf sich selbst, wie so oft.

Die frühe Morgensonne fiel grell auf die Rinde des Baums vor dem Fenster und der Widerschein tanzte durch das Zimmer. Mit einem kleinen Seufzer erhob sich Teresa von ihrem niedrigen Bett. Ein Teil des Seufzers galt ihrem Knie, das sich schmerzhaft bemerkbar machte, doch der größere Teil entsprang dem ersten Gedanken – der Erinnerung an das junge Mädchen im Gästezimmer.

»In ihren Adern fließt mehr Wut als Blut«, hatte sie am vorigen Abend an der Haustür zu Gerda gesagt, ihrer holländischen Nachbarin, deren Namen man ein bisschen keuchen musste, damit er richtig klang. »Ich beginne mich vor den nächsten Wochen zu fürchten. Sie tut mir leid. Aber wie soll ich sie um Himmels willen mögen?«

Jahrelang war der erste Gedanke am Morgen das Mantra des Mitgefühls gewesen, wie es sich für eine gute Buddhistin gehörte. War dies das Ergebnis?

»Sie ist doch dein Enkelkind!«, hatte Gerda gesagt, mit einem kleinen, sauren Unterton, der ihr anhaftete wie die Färbung eines Dialekts.

»Wie viele Punk-Enkel hast du, Gerda?«

Gerdas empörter und verletzter Blick bedurfte keiner Worte.

»Weißt du, ich kann dir die Göre ja mal leihen, dann können wir abwechselnd üben, ein guter Mensch zu sein.«

Mit einer gewissen schamvollen Befriedigung war Teresa hinauf zu ihrer Wohnung gestiegen.

Es war noch still im Haus. Joe würde wahrscheinlich lange schlafen und Sita kam erst im Lauf des Vormittags vom Markt. Teresa zündete die Butterlampe auf dem Schrein an, hielt ein Räucherstäbchen in die Flamme und füllte die silbernen Schalen mit Wasser.

»Auf dass ich allen Wesen eine gute Großmutter sein möge«, murmelte sie, setzte sich auf ihr Meditationspolster, ergriff ihre Mala aus hundertacht gesprenkelten Lotossamen und begann mit den Rezitationen zur Morgenmeditation.

2

Ich geh mich mal umschauen«, sagte Joe zur Wand hinter Teresa und schob ihren halb leeren Teller zurück. »An der Stupa.«

Teresa nickte und lächelte vorsichtig. Sie hatte ein paar Tage freigenommen, um für die Enkeltochter da zu sein, war nicht zu ihrem schlecht bezahlten Vormittagsjob in der Ambulanz gegangen, der ihr einen Daueraufenthalt im Land ermöglichte. Doch Joe hatte geschlafen, volle sechzehn Stunden. Wie konnte ein Mensch so lange schlafen, mit oder ohne Jetlag? Hatte sie selbst jemals so lange geschlafen? War es der Schlaf der Ignoranten oder der Schlaf der Unglücklichen? Sie sah den tief zwischen die Schultern versenkten Hals und entschied, dass dieses Mädchen ziemlich verzweifelt war.

»Die Stupa sieht aus wie eine riesige, fette, faule weiße Katze«, sagte Joe, provokativ vorgebeugt, mit verschleiertem Blick von unten, gewappnet in Erwartung des unvermeidlichen Gegenschlags. Teresa lachte bereitwillig, ein wenig zu bereitwillig, wie sie erkannte. *Die gute Großmutter hüllt ihre Irritation in Nettigkeit.*

»Irgendwie katzig, ja. Aber faul? Ich glaube nicht. Schau dir die Augen an. Eher aufmerksam, wie die Katze vor dem Mauseloch.«

Der Schleier fiel von Joes Blick. Sie schob versöhnlich die Unterlippe vor. »Okay. Nicht unbedingt faul. Lässig. Cool.«

»Man könnte es vielleicht so sehen«, sagte Teresa. »Eine heilige Katze mit den scharfen Augen des Mitgefühls lauert uns verwirrten Mäusen auf, um uns dem Bauch der befreienden Einsicht einzuverleiben.«

»Mann, du bist vielleicht komisch«, erklärte Joe mit einem leisen Beiklang der Anerkennung.

»Es gibt hübsche Malas an der Stupa«, sagte Teresa, um irgendetwas zu sagen. »Das ist so eine Art Rosenkranz.« Sie deutete auf die Mala, die sie um ihr Handgelenk gewickelt trug. »Aus allen möglichen Samen, aber auch aus Rosenholz und Halbedelsteinen.«

Joe stand auf. Ihre Schultern hatten sich sichtbar gelockert. »Also, ich geh jetzt. Wenigstens regnet's nicht.«

»Keinen Nachtisch?«

»Nee, ich bin zu fett.« Joe klopfte mit der Handfläche auf den leicht gerundeten Bauch. Enge Jeans und ein weit ausgeschnittenes Hemdchen mit sehr kurzen Ärmeln betonten die kindlichen Rundungen. Backfischspeck nannten wir das früher, dachte Teresa.

»Nimm den Schlüssel mit«, sagte sie und räumte die Teller zusammen. Nicht fragen: Wann kommst du heim? Nicht sagen: Komm nicht zu spät! Oder gar: Sollen wir nicht zusammen gehen? Sie hatte Joe genügend Rupien für kleine Ausgaben neben den Teller gelegt und war mit einem gewohnheitsmäßig missmutigen, aber dennoch milden »Okay!« belohnt worden.

»Bye, Teresa, bye, Sita!« Joe war in der Haustür stehen geblieben und hatte den Abschied in den leeren Flur gerufen, ein beiläufiges Friedenssignal in ihrem allgemeinen Kriegszustand mit der Welt.

»Ist sehr modern, junge Lady«, sagte Sita und lächelte über ihr sanftes, breites Gesicht. »Nicht viel lachen, moderne junge Ladys.«

Wenn Sita etwas als ungewohnt empfand, benützte sie das Wort »modern«. Söhne, Töchter und Enkel waren in ihrem bescheidenen englischen Wortschatz »gut«, »nicht gut« oder »modern«, ebenso wie alle anderen Menschen, die sie kannte. Sita hatte unter ihren Kindern und Enkeln nur einen »Nicht-gut«, Ajit, den Sohn der jüngsten, von ihrem brutalen Ehemann glücklicherweise getrennten Schwester. »Schwester Didi-Job, Ajit allein, immer mit Straßenkinder, schlimme Sachen machen.« Ajit war dreizehn, sah aus wie zehn und hatte das durchtriebene Gemüt eines stadterfahrenen Rhesusaffen. Es ging das Gerücht, dass er sich gewinnbringend verkaufe und über den nötigen Grundwortschatz mehrerer Sprachen verfüge.

»Ich denke, Joe ist gut«, sagte Teresa leise seufzend. »Sie ist unglücklich. Ihre Eltern haben sich zu wenig um sie gekümmert.«

Sita wiegte in besinnlichem Einverständnis den Kopf und seufzte ihrerseits ein wenig. »Wie Ajit. Er weiß nicht, dass unglücklich. Joe weiß. Ein bisschen.« Joe, in diesem Augenblick von einer köstlichen Aufregung ergriffen, eilte auf dem fast schon vertrauten Weg zur Stupa. Sie hatte am Morgen im Dahinträumen mit den Erinnerungsbildern dieses Wegs gespielt. Oma Teresa hatte die Augenbrauen hochgezogen, weil sie so spät aufgestanden war. Wusste sie doch nicht, dass Joe keineswegs geschlafen, sondern angenehme Zeit in einer Tagtraumwelt verbracht hatte, in der man nicht mit zusammengebissenen Zähnen leben musste, in der Beine nicht zu kurz und Jeans nicht zu eng waren, in der Wünsche erfüllt wurden, anstatt dass man an ihnen erstickte und Kopfweh bekam.

Es war überaus angenehm, unter dem leichten, rosa und zartgrün bedruckten Betttuch zu liegen, ganz nah am Rand des Schlafs, der groben Körperlichkeit enthoben, befreit auch von der Wut, die jeden Gedanken eintrübte. Sie konnte die Sonne scheinen oder es regnen lassen. Sie hatte sich für einen Wolkenturm entschieden, der seinen schweren Schatten über die Stupa warf, gerade so wie am Tag zuvor, nur noch dunkler, unheilvoller, bedrohlicher. Eine wilde Gestalt mit rollenden Augen, furchterregend, gefährlich, drohend, kam auf sie zu, die Klauen gespreizt, die Reißzähne entblößt. Doch sie fürchtete sich nicht, denn sie wusste, Tashi würde kommen.

Und da war er, Tashi mit dem zusammengebundenen Haar. Er stieß ein paar drohende Worte aus, legte seinen Arm um Joes Schultern und riss sie mit sich, hinein in die kleine Gasse, in den Schutz eines dämmrigen Hausflurs. Sie spürte die Wärme des Körpers an ihrer Seite und das Gewicht seines Arms und überlegte, wohin er sie führen könne. Doch die Szene verweigerte sich, wünschte nicht weiterzugehen. Sie standen noch ein wenig im Hausflur, dann setzte sie erneut an mit ihren Tagtraumbildern, unter dem Wolkenturm und den Augen der Stupa, gestaltete das Ende ein wenig aus, Tashis Mund an ihrem Haar. Sie würde das viele Haarspray herauswaschen müssen. Nach und nach verschob sich die Szenerie, bewegte sich von der Errettung vor dem Dämon mehr zur Gasse und zum Hausflur hin, und es war eine wunderliche, heimliche Köstlichkeit, dort zu verweilen, eingehüllt in die Nähe dieses sanften Mannes. Eines weiteren Verlaufs der Geschichte hatte es vorerst nicht bedurft.

Sie war am Ende der kleinen Gasse angekommen. Der plötzliche Anblick der weißen Stupa, zart leuchtend unter dem verhangenen Himmel, überfiel sie in diesem Augenblick, in dem die Erinnerung an ihre geheime Welt sie schutzlos machte. So Ehrfurcht erregend, so mächtig erschien ihr das Heiligtum, so weit aufragend über den Banalitäten wertloser Vergnügungen.

Joe erhob den Kopf, streckte den Hals, senkte die Schultern. Unvermittelt kam ihr der Gedanke, sie könne sich Joana nennen. So hatte man sie im Internat gerufen. Vielleicht sollte sie ein Tagtraumbuch führen. Joanas Tagebuch. Später würde es gefunden werden, wenn sie tot war – dass sie nicht lange leben würde, dessen war sie sicher –, und dann würde man es veröffentlichen und es würde ein Bestseller werden. Joanas Tagebuch. Das klang gut.

Sie sah sich nach dem Zauberer um, sprungbereit, ihm zu entkommen. Er war nicht zu sehen. Die kleine flache Figur steckte in ihrer Hosentasche.

Das Café war fast leer. Tashi war nicht da, auch nicht der andere Mann vom Tag zuvor. An einem der Tische saß ein junges ausländisches Paar. Joe verzog den Mund angesichts der unmodischen Aufmachung des Mädchens. Ein Blick in ein Schaufenster voller Statuen hatte ihr das beruhigende Spiegelbild ihrer engen Jeans und der hohen Plateausandaletten, des weit ausgeschnittenen, pinkfarbenen Shirts mit deutlich sichtbaren Brustwarzen, der abstehenden, aber nur leicht gelackten schwarzen Haare gezeigt. Wie sehr sie bedauerte, dass es zu heiß war für ihre schwarze Lederjacke!

Sie setzte sich an einen Tisch im dämmrigen Innern des Raums. Die Cola, die sie bestellte, und das vorsorglich mitgebrachte *Time Magazine* aus dem Flugzeug waren geeignete Blickablenker, die sie schützen sollten vor den Übergriffen fremder Neugier. Gesehen werden wollte sie nur von Tashi.

Unmerklich glitt sie in die Wunschwelt, so greifbar nah hinter den Seiten der Zeitschrift. Tashi sitzt am selben Tisch wie gestern, allein. Sein Gesicht ist nicht wirklich sichtbar, nur eine Ahnung von brauner Kantigkeit, von zusammengebundenen

Haaren, ein kurzer Eindruck eines Blicks aus dunklen Augen. Er wendet sich ihr zu, er hat auf sie gewartet. Sie folgt seiner Einladung, sich zu setzen. Er ergreift ihre Hand, hält sie fest. Er beugt sich vor, schaut in ihre Augen, sieht Joana, die Schöne, Joana, die Wilde, die Schutzbedürftige, die Strahlende, eine Geschenk-Joana für Tashi, eine Joana, die Tashi sich immer gewünscht hat.

»Wollen Sie noch was, Ma'm?« Abwesend winkte Joe ab.

Bei der dritten Wiederholung der Szene wurde sie mutiger. Tashi beugt sich vor, streicht mit dem Finger leicht über ihre Nase. Er steht auf. Komm, wir gehen. Er führt sie weg vom Café, den Arm um ihre Schultern gelegt. Wohin?

Joe lächelte und begann von Neuem.

Als sie aufblickte, war er da. Ein Mädchen mit kurzen blonden Locken war gerade dabei, sich zu ihm zu setzen. Joes Herz begann zu rasen. Der Wunsch nach Vernichtung kochte in ihr auf. Die da, die Rivalin, sollte nicht sein, durfte nicht sein, hatte kein Recht, sich einzumischen. Joe wollte diese Person nicht wahrnehmen, nicht ansehen, nichts von ihr wissen. Doch es war ihr unmöglich, wegzuschauen. Die junge Frau legte Papiere auf den Tisch, Tashi beugte sich darüber. Sie berührten einander nicht. Keine Intimität. Joes Herzschlag wurde langsamer. Sie sprachen lang, tranken Lemon-Soda. Dann kam Tashis Freund und setzte sich dazu. Bald danach stand die junge Frau auf. Sie lächelte, nickte Tashi und dem anderen zu und ging, ohne zurückzuschauen.

Joe ließ die Schultern fallen. »Scheiße«, murmelte sie erleichtert. »Oh, Scheiße, Scheiße, Scheiße.«

Sie sollte aufstehen und hingehen. Was sollte sie sagen? Was würde er sagen? Die Wolken teilten sich kurz und eine plötzliche Flut von Sonnenlicht zeichnete harte Schattenränder. Ein

Omen. Warum nicht? Wo es Zauberer gab, gab es auch Omen. Entschlossen erhob sie sich und schlenderte zu dem Tisch, an dem die beiden Männer saßen. Nun erst sah sie es: Sie hatten die Köpfe mit ernsten Gesichtern einander zugeneigt, der Freund sprach leise und aufgeregt. Kein guter Augenblick, doch nun war sie schon zu nah, sie musste sich entscheiden, ob sie einfach vorbeigehen oder stehen bleiben sollte. Ein wenig entfernt hielt sie inne, als sei sie überrascht.

»Oh, hallo«, sagte sie.

Tashi schaute auf. »Ja schau, das Rumpelstilzchen. Grüezi.« Ein dünnes, höfliches Lächeln, inhaltslos, die Gedanken anderswo.

»Hallo, der Schweizer Käse. Grüezi«, antwortete sie mit Schärfe, seinen Akzent nachahmend.

Tashi lachte. »Dir geht's also wieder gut. Freut mich.«

Er hob kurz die Hand und wandte sich dem Freund zu. Hinter sorgfältiger Ausdruckslosigkeit verborgen, schlenderte Joe weiter, an der Stupamauer entlang bis zum Eingang und hinauf auf die erste Plattform, die sich um die riesige weiße Kuppel zog. Der Tag hatte sich wieder verdunkelt unter der langsam atmenden Wolkendecke. Sie fühlte nichts. Es war in Ordnung und grauenvoll, nichts zu fühlen. Sie konnte ebenso gut wieder nach Hause gehen.

Ein kleiner, barfüßiger Junge mit schmutzigem Gesicht, schmutzigen Händen und abgetragenen kurzen Hosen an seinem hageren kleinen Körper lief neben ihr her und streckte die Hand aus. »Rupie!«, sagte er nachdrücklich.

»Blödmann«, murmelte Joe und ging weiter. Der Junge folgte ihr. Die offene Hand am ausgestreckten Arm schwankte neben ihr her im angestrengten Versuch des Kleinen, sich mit seinen kurzen, dünnen Beinen ihren schnellen Schritten anzupassen.

»Hau ab!«, fauchte Joe und erhob die Hand in unmissverständlich drohender Bewegung. Der Junge blieb stehen und jaulte ihr ein klägliches »Rupie!« nach.

Missmutig und vage beschämt legte sie den Weg zu Teresas Wohnung im Laufschritt zurück. Die Sonne kam plötzlich hervor und brannte auf ihren Kopf. In den engen Jeans staute sich dampfend die Hitze. »Scheißsonne«, murmelte sie vor sich hin. »Scheißstadt. Scheißmänner. Scheiß-Joe.«

Mit einer ungeduldigen Geste strich Teresa über die Schulter der Tara-Statue auf ihrem Schrein. Sie sollte Staub wischen. Es war nicht gut, den Schrein zu vernachlässigen. Sie schüttelte ärgerlich den Kopf. Seitdem sie wusste, dass man die Enkeltochter zu ihr schicken würde, war ihr Leben aus der Bahn geraten. Hatte sie sich zu sehr an die Gleichmäßigkeit gewöhnt? Wo war die Gelassenheit, in die sie sich seit der Trennung von Aidan gehüllt hatte? Sie wollte nicht an Aidan denken. All die Jahre hatten nicht genügt, den Abstand zu sichern.

Aus dem Wohnzimmer drangen aufdringlich laute Filmstimmen. Teresa seufzte. Sie war Joes schlechter Laune mit dem Vorschlag begegnet, den großen Videoladen unten an der Hauptstraße zu plündern. Seit Stunden saß die fette kleine Drohne aufgesogen vom Bildschirm im Wohnzimmer und stopfte sich mit Mangos und Schokoladenplätzchen voll.

Man konnte die Türen nicht schließen, denn das hätte bedeutet, auf den kühlenden Windhauch zu verzichten, der durch die Wohnung zog. Schwere, dunkle Wolken verdunkelten die Zimmer, Auftakt zum nachmittäglichen Monsungewitter. Teresa begann entschlossen, den Schrein abzuräumen, die sieben Silberschalen, die Butterlampe, die Padmasambhava-Statue, die Knochen-Mala des alten Yogi – ach ja, sie sollte den alten Yogi-

Lama besuchen und vielleicht Joe mitnehmen – und all die persönlichen Gegenstände, mit denen sie diesen Ruhepunkt ihres Geistes ausgestattet hatte. Tun, was getan werden muss. Achtsamkeit. Geist und Körper zusammen. Zen in der Kunst des Schreinputzens. Warum nicht. Das, was getan wird, ganz tun, unabgelenkt. Der dicke Pinsel bearbeitete die Schulter und die Brüste der Statue, die kleinen Metallhände, zwischen denen sich der Staub festgesetzt hatte. Teresas Aufmerksamkeit wanderte zu einem störenden Essensrest zwischen ihren Zähnen. Sie brauchte einen Zahnstocher. Oder die Zahnbürste. Aber dazu müsste sie ins Badezimmer gehen. An der Tür hielt sie inne. *Ach, Eigensinn des Geistes, mag er doch so gar nicht beim Körper bleiben. Der Körper beim Schrein, der Geist im Badezimmer.*

Mit der zerstreuten Befriedigung lustlos erfüllter Pflicht stellte sie alle Schreinutensilien wieder an ihren Platz. Der Himmel hielt die Luft an, die Stimmen aus dem Fernseher durchbrachen die unfreundliche Stille.

»Das muss laut sein, sonst ist es langweilig, und im Kino ist es noch viel lauter«, hielt Joe knurrend und halslos wie ein Bullterrier Teresas Einwänden entgegen.

Teresa schwieg, zog sich zurück, unentschieden, wie sie sich verhalten sollte. Verwirrt, ärgerlich, peinliche Gefühle wie Nadeln. Sie wollte nicht wütend sein auf das Kind, das sie verlassen hatte, als es ihren Schutz brauchte. Doch da war kein Mitgefühl, lediglich ein paar unruhige, schuldbewusste Gedanken, was ein guter Mensch zu fühlen habe.

Teresa schloss die Schlafzimmertür und ließ sich auf ihrem Bett nieder, dem Schrein gegenüber. Der Schein der Butterlampe flackerte über den glänzenden Körper der Statue. Ein feiner, duftender Rauchfaden stieg vom Räucherstäbchen auf, wankte im heißen Hauch der Flamme, verdrehte sich zu Schnörkeln, verging. Still sein, da sein, nichts halten; den Gedanken keinen Widerstand bieten, die aufsteigen, sich zu Schnörkeln verdrehen, vergehen.

Plötzlich brach der Sturm los. Wenige Augenblicke später zuckte ein greller Blitz über die Stadt, der Donner folgte unmittelbar mit einem trockenen Krachen, als breche der Himmel entzwei. Teresa rannte ins Wohnzimmer, schaltete den Fernseher aus und zog das Hauptkabel aus der Buchse an der Wand.

»He!«, schrie Joe.

»Fernseher und Videorekorder sind hier teuer«, erklärte Teresa ruhig und legte ein gerolltes Handtuch an den unteren Rand des Fensters. »Und Blitzableiter gibt's nicht. Geh meinetwegen aufs Dach und schau dir das Gewitter an. Toller als Fernsehen.«

Joe rührte sich nicht. Teresa zog sich in ihr Zimmer zurück.

»Was für eine gequirlte Scheiße!«, schrie Joe ihr nach.

»Betrachte alle Erscheinungen als Träume«, murmelte Teresa, »und ist die Welt voller Unheil, so verwandle alles Unglück in den Pfad des Erwachens. Joe ist da und damit basta. Ja, ja, ja, schieb alle Schuld dir selber zu, ja, ja, ja, ich übernehme die Verantwortung für meine eigene Befindlichkeit, niemand ist schuld, es ist meine eigene Angelegenheit. Ich weiß, ich weiß, ich weiß. Du hast ja recht, alter, weiser Atisha Dipankara. Du hast ja schon tausend Jahre lang recht.«

Und sie setzte sich ergeben auf ihr Sitzpolster, stopfte Kissen hier- und dorthin, um das schmerzende Knie zu entlasten, und murmelte den uralten Text der Zuflucht zur geistigen Gesundheit und des Entschlusses, den Käfig der Egozentrik zu verlassen.

Während der Sturm am Haus zerrte und der Donner dröhnte, überließ sich Teresa nach und nach dem kühlen, klaren Frieden inmitten all der Landschaften und Klimazonen ihres Geistes und nahm alle Schuld, welche die Welt jemals ausgeschwitzt hatte, in den Arm wie einen gierigen, ungeduldigen, hilflosen Säugling.

»Was ist denn das?« Joes Stimme klang gedämpft von der Tür her, ohne den üblichen Ton dumpfen Ärgers. Teresa beendete den Pinselstrich, der einer Flamme ihren flackernden Schwung gab, und wandte sich um.

»Die Tür war nur angelehnt«, sagte Joe, »ich wollte nicht stören. Sita sagt, das Mittagessen ist gleich fertig.«

Teresa schob ihre Brille hoch, riss ein Blatt von einer Toilettenpapierrolle und säuberte den dünnen Pinsel mit langsamen, zarten Bewegungen. »Komm rein, du störst nicht.«

Joe näherte sich mit linkischer Zurückhaltung, als wolle sie andeuten, auf Zehenspitzen zu gehen. Teresa spürte, wie vor Rührung rote Wärme in ihrem Hals aufstieg.

»Was ist das?«, fragte Joe und wies mit dem Kinn auf die Staffelei.

»Eine tibetische Schutzgottheit«, antwortete Teresa. »Mahakala, der Schwarze Beschützer.«

Joe kramte in ihrer Hosentasche und hielt die Statuette hoch. »Wie der da?«

Teresa setzte die Brille wieder zurecht und betrachtete die Figur. »O ja. Woher hast du das? Eine wunderschöne Arbeit.«

»Ein Zauberer oder so was an der Stupa hat's mir gegeben«, antwortete Joe mit einem Unterton von Abwehr und schloss die Finger fest um ihren Schatz.

»Klingt interessant«, brummelte Teresa, bemüht, ihren Ton ganz flach klingen zu lassen. »Vielleicht magst du mir gelegentlich von ihm erzählen. Jedenfalls ist Mahakala die populärste Schutzgottheit im tibetischen Buddhismus.«

»Du meinst, so was wie ein Schutzengel?« Joe hatte unwillkürlich ihre geschlossene Faust mit der Figur gegen die Brust gepresst und die andere Hand darübergelegt.

Ah, Kind, wenn du dich sehen könntest, dachte Teresa. Die Welle der Rührung verbreitete eine so starke Wärme in ihr, dass sie trotz des kühlenden Ventilatorwinds schwitzte. Mit dem weiten Ärmel des alten T-Shirts – es war tatsächlich noch von Aidan, warum hatte sie es nicht längst weggeworfen? – wischte sie Hals und Schläfen ab.

»So etwas Ähnliches. Der Legende nach ist er ein bekehrter Dämon aus der vorbuddhistischen Zeit Tibets. Es heißt, dass er vor mehr als tausend Jahren den Bau des ersten Klosters in Tibet boykottierte, indem er alles Aufgebaute mit Erdbeben und Stürmen zerstörte. Dann lud der König den großen buddhistischen Gelehrten und Magier Padmasambhava aus Indien ein, weil niemand mit dem Dämon fertigwurde. Padmasambhava besaß so große geistige Macht, dass er diesen gewaltigen schwarzen Dämon bezwang – maha heißt groß und kala schwarz. Und er muss wohl außerdem auch über außerordentliche Überzeugungskraft verfügt haben, denn es gelang ihm, den Dämon als Beschützer des Buddhismus und derer, die ihn praktizieren, zu verpflichten.«

»Heißt das, er beschützt nur Buddhisten?«

Teresa lachte. »Ich glaube nicht, dass er nach deinem Pass oder deiner offiziellen Religionszugehörigkeit fragt. Ich würde sagen, er beschützt die spirituelle Entwicklung, sofern jemand dazu bereit ist. Er beschützt dich vor Wutdämonen, Hassdämonen, Angstdämonen, Nullbockdämonen, Eifersuchtsdämonen, Depressionsdämonen, Arroganzdämonen, Suiziddämonen, na, du weißt schon. Und vor äußeren dämonischen Kräften natürlich, vor Gewalt aller Art.«

Züge und Haltung des jungen Mädchens waren so sehr von

selbstvergessener Neugier durchdrungen, dass alle Abwehr daraus verdrängt wurde. Jetzt ist sie fast schön, dachte Teresa.

»Glaubst du daran?«, fragte Joe. »Ich meine, glaubst du, dass es diesen Mahakala gibt?«

»In der westlichen Welt versteht man unter Glauben ein absolutes Fürwahrhalten«, antwortete Teresa zögernd. »Im Buddhismus ist das ein bisschen anders. Ich erinnere mich an eine Situation in deiner Kindheit, als du noch ans Christkind geglaubt hast. Ich weiß nicht mehr, an welchen Weihnachten es war, du warst vielleicht sechs oder sieben, da wolltest du das Christkind abpassen und man konnte dich nicht vom Fenster wegbringen. Ich verstand das, aber ich wollte keinen Ärger mit deiner Mutter bekommen, sie legte ja großen Wert darauf, dich möglichst früh aus dem Zustand kindlicher Unwissenheit zu befreien, also sagte ich: Du weißt schon, dass die Weihnachtsgeschenke von Mama und Papa und Opa und mir sind. Ich werde nie vergessen, mit welcher Beiläufigkeit du sagtest: Ja klar. Und als ich fragte: Warum klebst du denn dann am Fenster?, kam mit aller Selbstverständlichkeit die Antwort: Weil ich das Christkind sehen will. Du hast ans Christkind geglaubt, ohne daraus ein absolutes Fürwahrhalten zu machen. Die andere, rationale Ebene durfte ihren Platz daneben haben. So kannst du das mit den Gottheiten verstehen. Auf einer Verständnisebene sind sie ›jemand‹, auf einer anderen Verständnisebene sind sie unsere subtilste geistige Energie. So drücken wir das aus, doch man könnte es auch noch anders ausdrücken. Ihre Wirklichkeit ist nicht von unseren Begriffen abhängig, sie ist viel größer als alle unsere Vorstellungen. Verstehst du, was ich meine?«

»Klar, ich bin doch nicht blöd«, sagte Joe.

Ihr Kinn wies auf das unfertige Bild auf der Staffelei. »Das da ist echt toll. Mam sagt immer: Johannas Großmutter ist in

Kathmandu gestrandet und malt. Du müsstest ihren Mund sehen, wenn sie ›malt‹ sagt. Ich dachte immer an irgendwelche scheußlichen Blumenbilder oder so was.«

Teresa kicherte ein wenig. Sie konnte sich sehr gut vorstellen, wie Astrids Mund dabei aussah. Als würde sie von einer streunenden Katze sprechen, die sich in Hinterhöfen herumtrieb. Ha, gestrenge Astrid, wenn du wüsstest!

»Ich male nicht traditionell«, erklärte Teresa, »eher so, wie ich die Energie der Gottheiten fühle. Gottheiten sind Bilder erleuchteter Energien, verstehst du? Und ein Beschützer wie Mahakala ist eine hohe, starke Energie, die unseren Geist beschützt, wenn wir sie rufen. Das Wissen um diese Art von Energie gibt es in vielen Kulturen, nur die Vorstellungsbilder und Namen und Mythen, in die man sie eingepackt hat, sind verschieden. Beschützer, Schutzmacht, Schutzengel, wie du willst. Ich persönlich fühle Mahakala so, wie ich ihn hier gemalt habe.«

Sie nahm ein Buch vom Tisch in der Mitte des kleinen Ateliers und schlug es auf. »Siehst du, das ist ein traditionelles Mahakala-Bild. Schwarz, dicker Bauch, vier oder sechs Arme, Reißzähne, rollende Augen, Totenschädelkrone, Knochenschmuck, Messer oder Schwert, alle diese symbolischen Details. Hier auf meinem Bild hat er sie auch, aber die Darstellung ist weniger traditionell. Eine Mischung zwischen tibetisch und westlich.«

Joe betrachtete lange die Abbildung im Buch und verglich sie mit der Figur in ihrer Hand. »Zum Fürchten«, sagte sie. »Wie dieser komische Typ …« Teresa hob fragend die Augenbrauen. Joe zog den Hals zwischen die Schultern. »Der mir das Ding da gegeben hat, den Mahakala. Ein Zauberer oder so.«

Joe steckte die Figur in die Hosentasche und wandte sich den Bildern zu, die an den Wänden des Ateliers hingen, einige davon traditionell gestaltete Rollbilder, doch die meisten in Teresas persönlichem Stil. »Deine Bilder gefallen mir«, sagte sie. Bewunderung und Respekt gaben ihrer Stimme einen unerwarteten, neuen Klang. »Ist das Bild im Gästezimmer auch von dir? Diese grüne Frau mit der Blume? Find ich schön.«

»Die grüne Frau heißt Tara. Sie ist eine Verkörperung des reinen Mitgefühls. Sie schützt und heilt in allen Lebenslagen.«

»Genügt nicht einer von beiden? Wozu braucht man denn noch den Typen hier, den Mahakala?«

Teresa setzte sich auf den Rand des Tisches. »Man könnte sagen, es handelt sich um Energien auf verschiedenen Ebenen. Und die jeweilige Form hat mit unseren speziellen psychologischen Bedürfnissen zu tun. Sieh das mal so: Wenn du einen Einbrecher oder Räuber oder Vergewaltiger verjagen willst, wirst du wahrscheinlich eher deinen Vater als deine Mutter zu Hilfe rufen.«

Joe lachte. »Meinst du? Ich glaube, die würden sich vor Mam mehr fürchten als vor Pa. Wenn die den Mund aufmacht, wow!« Sie schob die Hände in die Gesäßtaschen ihrer leichten schwarzen Sommerhose, als wolle sie sich an sich selbst festhalten. »Eines würde ich gern wissen: Hat meine Mutter dich auch wie ein Stück Scheiße behandelt? Ich kann mich nicht mehr erinnern. Ich war zu klein, als du noch bei uns warst. Aber ich denke, weil du dann nie wieder heimgekommen bist …«

»So würde ich es nicht ausdrücken«, antwortete Teresa mit der Andeutung eines Lächelns. »Aber ich hatte tatsächlich kein Bedürfnis, mit meinem Mann und meiner Tochter denselben Kontinent zu teilen. Es tut mir leid, dass ich damit auch dich verlassen musste.«

Joe schob die Unterlippe vor. »Gegen die hättest du sowieso keine Chance gehabt.« Wie um das Thema abzuschließen, klappte sie das Buch mit den tibetischen Bildern zu. »Ich schau mal nach, ob das Mittagessen fertig ist. Sitas Fünf-Sterne-Dal-Bhat.«

Mit einem kindlichen Grinsen verließ sie das Atelier und schloss leise die Tür. Zu ihrer eigenen Überraschung konnte sie sich plötzlich vorstellen, dass der Aufenthalt bei ihrer Großmutter auch gute Seiten haben mochte. Vielleicht würde sie mit Teresa besser auskommen als erwartet. Am vorhergehenden Tag, den Joe in ihrem verdunkelten Zimmer eingeschlossen im angenehmen Nebel einer guten Ladung Tranquilizer verdämmert hatte, war Teresa lediglich ein paar Mal an die Tür gekommen, um zu klopfen und zu fragen, ob sie krank sei und ob sie etwas zu essen wünsche. »Ich will meine Ruhe«, hatte Joe geantwortet, und Teresa hatte sich damit zufriedengegeben. »Vor deiner Tür steht eine Flasche Wasser«, hatte sie lediglich gerufen, und am Morgen war alles, was sie sagte: »Hast du gut ausgeschlafen?« Joe schwankte zwischen Misstrauen und Anerkennung.

In der grellen Hitze des sonnigen Vormittags waren die Wasserpfützen in den löchrigen Gassen verdampft. Die Luft war dick wie Suppe. Joe hatte ein buntes Hemdchen gewählt, an dem man keine Schweißflecken sah, dazu ihre weite schwarze Hose. Das frisch gewaschene Haar lag ungewohnt weich um ihren Kopf. Aus den Nasenflügeln hatte sie die Ringe entfernt. Hier erfüllten sie keinen provokativen Sinn. Jede Bettlerin an der Stupa trug Nasen-Piercings.

Weder Tashi noch sein Freund saßen vor dem Café. Joe zögerte und beschloss, ihren Beobachtungsposten auf der Stupa einzunehmen. Verschämt legte sie ein paar Rupien in den Schoß eines alten Bettlers am Eingang und ging schnell weiter, ohne ihn anzusehen. Sie war wütend auf diese vielen Armen, umso wütender, als die meisten ganz still an der Mauer der Stupa saßen, ohne jede Aufdringlichkeit, und höchstens die Hand hoben. Es gab nichts, dessen man sie beschuldigen konnte, außer ihrer kläglichen, sanften Armut.

Man solle gegen den Uhrzeigersinn auf den drei Ebenen der Stupa rundherum gehen und dabei allen Wesen Glück und Wohlergehen wünschen, hatte Teresa gesagt. Gut, also würde sie allen Wesen Glück und Wohlergehen wünschen, oder zumindest fast allen. Sie könnte mit dem alten Bettler unten am Eingang anfangen. Wo er wohl wohnen mochte? Ob er jeden Tag genügend zu essen bekam? Kümmerte sich jemand um ihn? Sie stellte sich für ihn ein hübsches Zimmer vor, so wie ihr kleines Zimmer bei Teresa, und einen gut gedeckten Tisch mit Dal-Bhat und Hühnchencurry und Mangos und Bananen. Und sie legte einen Stapel guter, sauberer Kleider auf das Bett.

Ohne es zu bemerken, hatte sie die Stupa auf der untersten der drei großen Stufen umrundet. Vereinzelte Wolken schoben sich vor die Sonne und gaben sie wieder frei. Trotz der drückenden Hitze hatte Joe ein leichtes, heiteres Gefühl. Es bereitete erstaunliches Vergnügen, Glück zu wünschen. Während sie die Treppe zur nächsten Ebene hinaufstieg, nahm sie sich den mageren kleinen Jungen vor, der sie am Tag zuvor angebettelt hatte. Sie kam nicht weiter als bis zu einem Kinderbett mit blauer Bettwäsche voller gelber Sterne, wie sie es in ihrer Kindheit gehabt hatte. Denn den weißen Spitzen des hohen Himalaja zugewandt, die zwischen den Vorbergen sichtbar waren, saß Tashi auf der obersten Umgehungsebene reglos wie eine Statue in der gleißenden Sonne, den Blick aus schmalen Augenschlitzen starr geradeaus gerichtet.

»Hallo«, sagte Joe. Ärgerlich stellte sie fest, dass es dünn und schüchtern klang.

Tashi hob langsam den Kopf und sah sie an. Joe machte vor Unbehagen unsinnige kleine Bewegungen, hakte einen Daumen in den Hosengürtel, zupfte an ihrem Hemd. Sie wollte nicht so angeschaut werden, mit dieser weltraumfernen Eindringlichkeit, die alle Gedanken und Gefühle, die sie je gehabt hatte, bloßzulegen schien.

»Hallo, Prinzessin«, sagte Tashi langsam. Seine Stimme klang heiser, befremdlich.

Joe wusste, dass sie diese Gelegenheit wahrnehmen musste, wenn sie mit ihm sprechen wollte. Er war allein, sie waren ungestört, es lag an ihr, die Weichen zu stellen. So dachte sie.

Sie stand vor ihm wie auf einer Bühne unter erbarmungslos hellen Scheinwerfern. Ihr Herz hämmerte hart und schmerzhaft. Der Drang, die Hände tief in die Hosentaschen zu versenken, war groß, doch dies erschien ihr als unübersehbares Eingeständnis ihrer Schwäche. Also hakte sie auch den anderen Daumen in den Gürtel und hielt die Hüfte lässig schief. Sie musste etwas sagen.

»Ist … ist dir nicht zu heiß in der Sonne?« In ihrer Stimme war ein unsicheres Krächzen, dem sie ein wütendes Räuspern nachschickte.

Tashi richtete den Blick wieder geradeaus. »Möglich.«

»Stört es dich, wenn ich …?«

»Setz dich doch«, unterbrach er sie.

Joe setzte sich in einem kleinen Abstand neben ihn auf den heißen, leicht schrägen Zementboden. Vielleicht könnte sie einfach sich selbst ein bisschen Glück wünschen. Sie könnte sich Tashi wünschen. Sie könnte sich wenigstens wünschen, dass Tashi sie zu sich heranwinkte, sie neben sich zog und den Arm um sie legte. Doch das würde er natürlich nicht tun. Sie fühlte sich zu jung, zu dumm und zu dick.

»Schau die Welt an, anstatt dich selbst, das hilft«, sagte Tashi mit seiner heiseren Stimme. Joe begann zu zittern. Er konnte ihre Gedanken sehen. Sie hatte es gewusst. Es war unheimlich. Sie wollte weggehen, heim in die nach Curry duftende Stille von Teresas Wohnung, in die Zuflucht des kleinen Zimmers, das jeden Tag ein wenig mehr »ihr« Zimmer wurde. Sie wollte bei Tashi sein, und sie wollte weit weg von ihm sein, und sie hätte ihn gern für diesen Schmerz bestraft.

»Wo ist denn dein Freund?«, fragte sie beiläufig.

»Verschwunden«, antwortete Tashi nach einer Pause.

»Verschwunden?«

»Verschwunden«, wiederholte Tashi, als hätte er es nicht bereits gesagt.

»Und du weißt nicht …?«

»Einer ist tot«, sagte Tashi. »Kunzang ist tot. Man hat ihn mit einem Messer im Rücken gefunden. Sherab ist weg.«

»Achduheiligescheiße«, entfuhr es Joe. Sie schlug die Hand vor den Mund. *Der Mann im roten Hemd. Das Messer. Das Feuer. Die tanzende schwarze Nacht, mit Totenköpfen gekrönt.* Sie wollte sich nicht erinnern. Sie wollte es nicht wissen. Warum drängte man ihr etwas auf, das sie nicht wissen wollte?

»Was weißt du?« Tashis Augen, beunruhigende Abgründe, waren fest auf sie gerichtet. Warum sollte sie es nicht erzählen? Er wusste vielleicht, wie das war mit den Flashbacks nach den Trips, wenn die Halluzinationen aus heiterem Himmel kamen und man sich nicht damit beruhigen konnte, dass alles in ein paar Stunden zu Ende sein würde.

»Also, da war doch dieser Zauberer, der mir vor ein paar Tagen den kleinen Mahakala gegeben hat. Schräger Typ. Und irgendwie … Ich hab vor Kurzem mal einen Trip eingeworfen. War ziemlich heftig. Also, der Zauberer … als der mich so fixierte, sah ich einen Mann in einem roten Hemd mit einem Messer im Rücken. Und … und die Nacht war … irgendwie war das Mahakala. Aber das ist alles Quatsch. Das muss der Trip gewesen sein.«

Tashis unverwandter Blick verwirrte sie. Er schaute sie an, doch zugleich schaute er auch durch sie hindurch. Etwas stimmte nicht mit ihm.

»Heiß hier«, sagte sie. »Wir sollten in den Schatten gehen.« Schweißtropfen begannen über ihr Gesicht, an ihrem Hals entlang und zwischen ihre Brüste zu laufen.

Tashi lächelte ein wenig. »Ich kann nicht aufstehen. Ich bin zu betrunken.« Er sprach sehr langsam, aber klar und deutlich.

Joe schüttelte den Kopf. »Quatsch, du bist doch nicht betrunken.«

»Mein Geist ist nicht betrunken«, antwortete Tashi, »aber mein Körper hat es schwer mit der Koordination.«

»Ich glaub, ich spinne«, sagte Joe.

Tashi wandte den Blick von ihr ab. »Es gibt mehr Ding' im Himmel und auf Erden …«

Dankbar kichernd fiel sie ihm ins Wort: »... als eure Schulweisheit sich träumt, Horatio. Okay, von Schulweisheiten hab ich nie viel gehalten. Du müsstest meine Zeugnisse sehen.«

Doch Tashi war bereits in seine vorige Starre zurückgeglitten. Joe sprang auf. »Bleib hier, okay? Oh, nein, Scheiße, du kannst ja gar nicht weggehen. Ich komm gleich wieder. Dauert nicht lang.«

Als sie mit Teresa zurückkehrte, saß Tashi noch immer in derselben Haltung an demselben Platz. Trotz der Hitze war auf seiner Haut kein Schweiß zu sehen.

»Das ist Teresa, meine Oma«, sagte Joe und ließ sich neben Tashi in die Hocke nieder.

Teresa schaute hinab auf das braune Gesicht, das sich ihr

langsam zuwandte. Flach, mit klaren Linien, die Nase ungewöhnlich schmal, wie mit feinen Fingern modelliert, die Lippen scharf gezeichnet, die rechte Augenbraue ein wenig höher als die linke. All dies sah sie mit der Gewohnheit der Malerin, die Dinge aufmerksam zu betrachten, doch nur beiläufig, denn sie fiel in seinen Blick wie in die Nacht.

Was weiß ich – und weiß es doch nicht?

Die Welt verschob sich aus ihren ordentlichen, überschaubaren Dimensionen. Sie selbst verschob sich, glitt aus der Sicherheit des Namens und der Eigenschaften – wohin? Tashi bedeutet Glück. Jemand namens Glück.

Was ist Glück?

Das beruhigende Gefühl einer vagen Vertrautheit fing sie auf, doch das Erstaunen blieb, überzeugend und bodenlos.

Nimm dich zusammen, Teresa, du bist eine medical assistant. Du weißt, was zu tun ist.

Sie beugte sich mit gefalteten Händen vor. »Namasté, Tashi. Joe dachte, wir könnten dir vielleicht helfen. Die Sturmwolken kommen. Bald geht das Wetter los.«

Tashi sah sie lange und mit großer Ruhe an, legte die Hände zum Gruß zusammen und lächelte schließlich ein entferntes, gleichmütiges Lächeln. »Namasté, Teresa-la. Wie Ihr meint.«

»Sonst wirst du nass«, sagte Joe eifrig.

Teresa hatte sich vor Tashi niedergelassen, sein Handgelenk ergriffen und nach seinem Puls getastet.

»Zu schnell«, sagte sie. »Du solltest nicht in der Sonne sitzen.«

Es erwies sich, dass Tashi in einem der alten Holzhäuser im nahen Umkreis der Stupa wohnte, sodass es sich nicht lohnte, ein Tuktuk zu holen. Die Arme um Teresas und Joes Schultern gelegt, setzte Tashi langsam einen Fuß vor den anderen. Er ging nicht wie ein Betrunkener, eher wie ein Kranker oder ein sehr alter, sehr schwacher Mann. Die Blicke, die sie streiften, hielten sich nicht bei ihnen auf. Es gab nichts zu sehen, nur eine Frau und ein Mädchen, die einem Mann mit einem Gehproblem halfen. Vielleicht eine Beinverletzung oder eine Lähmung, oder er mochte gestürzt sein.

Die steilen, laut ächzenden Treppen zu Tashis Behausung im obersten Stock waren der schwierigste Teil.

»Jemand war da«, sagte Tashi unvermittelt auf halber Höhe.

»Wer war da?«, fragte Teresa.

Tashi blieb stehen. »Unerfreuliche Besucher. Sehr unerfreulich.«

»Kannst du das riechen? Du bist doch kein Hund.« Joe schloss schnell wieder den Mund. Warum nur plärrte sie jeden blödsinnigen Gedanken heraus, der ihr in den Sinn kam? Wie Fürze. Blähungen im Geist. So hatte sie es noch nie gesehen, es war überaus komisch. Sie sah große Blasen, gefüllt mit Gedankengas, in ihrem Kopf entstehen und aus ihrem Mund austreten, mit dem unmissverständlichen Geräusch, das Peinlichkeit aufwirbeln ließ wie Staub.

Tashis Zimmertür war aufgesprengt. »Du lieber Himmel, hier wurde eingebrochen«, sagte Teresa und stieß die angelehnte Tür auf. Chaos.

»Achduheiligescheiße!« In Joes unterdrücktem Aufschrei schwang lustvolles Entsetzen mit. »Wahnsinn!«

An den Türstock gelehnt und von Teresa gestützt, betrachtete Tashi sein verwüstetes Zimmer. Die Matratze war halb von dem groben, hölzernen Gestell gerissen, das als Bett diente, ein Regal, von der Wand weggeschoben, stand quer im Raum, ebenso der Schrein. Bücher und lose Blätter lagen auf dem Boden verstreut. Nur der obere Teil des Schreins mit ein paar kleinen Statuen, den traditionellen Schreinutensilien und den in Stoff gewickelten tibetischen Texten schien unberührt.

Tashi tastete nach dem Treppengeländer und ließ sich behutsam auf der obersten Stufe nieder. Teresa setzte sich neben ihn. Er war ein Mann mittlerer Größe, mit einem festen Körper ohne Fett. Doch erschien er ihr zerbrechlich, schutzbedürftig, und sie hätte ihn gern in den Arm genommen.

»Was bedeutet das? Was ist hier los, Tashi?«

Der langsame Blick glitt über ihr Gesicht, seltsam unberührt. Begleitet vom Prasseln des plötzlich einsetzenden Regens begann er zu sprechen, von langen Pausen begleitet, als müsse er alle Details aus weiter Ferne herbeiholen, mit heiserer Stimme, die das unwirklich Erscheinende noch unglaublicher machte:

Da war der Freund Kunzang, den man erstochen im Fluss gefunden hatte, ein Thangka-Maler, der wertvolle, aus Klöstern in Tibet geraubte Rollbilder für die Kunst-Mafia Nepals restauriert hatte. Ein einträgliches Geschäft. Dann wurde ihm ein sehr altes, sehr wertvolles Mahakala-Thangka gebracht. Kunzang erkannte darin ein ganz besonderes, berühmtes Bild, ein magisches Schutzobjekt; er wusste, aus welchem Kloster es kam. Sehr geschickt hatte er eine Fälschung angefertigt und das Original behalten, um es nach Tibet zurückzubringen. Doch die Auftraggeber mussten die Fälschung erkannt haben. Kunzang wurde ermordet und seine Wohnung durchsucht, aber er hatte das Original seinem Freund Sherab gegeben und der hatte es in einer Kiste in der Abstellkammer seines Nachbarn versteckt. Sherabs Wohnung war am Tag zuvor aufgebrochen und ebenfalls durchsucht worden. Seitdem war er verschwunden.

Tashi neigte den Kopf über seine locker gefalteten Hände. »Warum haben sie Kunzang einfach umgebracht? Ich verstehe es nicht. Sie wollen doch das Thangka. Und Kunzang war wertvoll für sie. Es ergibt keinen Sinn.«

»Bestrafung?«, schlug Teresa zögernd vor. »Oder es könnten

übereifrige Handlanger gewesen sein. Oder ein Versehen. Ein Missverständnis.«

»Liest du gern Krimis?« Es war keine Frage. Tashi schüttelte langsam den Kopf. »Ich weiß nicht mehr, was ich denken soll. Kunzang war nicht kriminell. Er liebte Frauen und hat ein bisschen zu aufwendig gelebt. Die Restaurationen wurden gut bezahlt. Viel besser als seine eigenen Thangkas.«

»Und das Mahakala-Original, wo ist es jetzt?«

»Auch weg. Ich hab nachgesehen. Die Kiste war leer, aber nicht aufgebrochen. Sherab hat es herausgenommen und sich damit irgendwo versteckt, nehme ich an.«

Teresa nickte. »Alles spricht dafür«, sagte sie nachdenklich. »Sie haben es bei ihm nicht gefunden und jetzt suchen sie es bei dir. Du bist in Gefahr. Ich habe Schlimmes von dieser Mafia gehört.« Sie sah ihn aufmerksam an. »Bist du wirklich betrunken?«

Tashi lächelte vor sich hin. »Wie immer du das nennen willst. Mein Onkel war ein Bön-Lama. Er hat mich gelehrt, Alkohol zu etwas anderem zu verwenden als zu einem Besäufnis.«

»Wie die Schamanen?«

»Manchmal hilft es, vor allem auf der Stupa. Aber heute sehe ich nur Fragmente, die ich nicht zusammensetzen kann. Ich glaube, Sherab ist auf dem Weg nach Tibet. Aber ich weiß es nicht mit Sicherheit. Er müsste das Thangka transportieren. Auch aufgerollt ist es ziemlich groß.«

Teresa nickte wieder. Es war beruhigend, so zu tun, als sei dies alles selbstverständlich.

»Und was jetzt?«

Tashi hob die Schultern. »Ich sollte wohl besser auch verschwinden. Sie wissen ja nicht, dass ich nicht weiß, wo das Thangka ist.«

»Du meinst … Folter?«

»Weltweit beliebte Methode.«

»Wo könntest du dich verstecken?«

Tashi saß reglos da, an das Treppengeländer gelehnt, die Augen geschlossen. »Schwierig. Ich darf niemanden in Gefahr bringen.«

Nach kurzem Nachdenken erklärte Teresa ihren Plan. Er würde in einem Tuktuk in das Kloster ihres verstorbenen Rinpoche fahren. Dort würde er die Haare in der Art der Ngakpas hochstecken und nach Einbruch der Dunkelheit mit ein paar Mönchen im geschlossenen Klosterjeep zu ihr gebracht werden. Niemand würde ihn erkennen. Sie würde jetzt gleich im Kloster anrufen und alles in die Wege leiten.

»Warum willst du das für mich tun?« Sein Blick war jetzt sehr wach und klar. Teresa lehnte sich hinein in diesen Blick, verwundert über die Sicherheit, die sie dabei empfand. Es gab keinen guten Grund, diesem fremden Mann zu trauen.

»Nun ja«, antwortete sie, »weil die Situation so ist, wie sie ist.«

Tashi nahm ihre Antwort mit einem kleinen Lächeln an wie ein Geschenk.

»Meine beiden Statuen«, sagte er nach einem Augenblick, in dem er ihren Blick vergeblich festzuhalten versuchte, »die kann ich nicht hierlassen. Und meinen Laptop. Und ich brauche den Bardo-Thödol-Text. Er ist in rotgoldenen Brokat gewickelt. An der Tür hängt eine Tasche.«

Er versuchte aufzustehen, doch Teresa drückte ihn sanft zurück. »Lass nur, wir machen das.«

»Hast du gehört, Joe?«, rief sie ins Zimmer.

»Ich hab die Tasche, alles klar«, sagte Joe.

Tashi ergriff Teresas Hand. »Es ist zu gefährlich für euch. Vielleicht könnte ich in diesem Kloster bleiben.«

Teresa schüttelte den Kopf. »Es ist ein kleines Kloster. Und zeig mir ein tibetisches Exilkloster, das Platz hat. Mach dir keine Sorgen, mein Plan ist gut.«

Mit einem Seufzer zog sich Tashi am Geländer hoch und lehnte sich gegen den Türstock. Teresa packte schnell und geschickt alles ein, was er mitnehmen wollte. Das brokatumwickelte Totenbuch war nirgendwo zu finden.

»Ich brauche es unbedingt«, sagte Tashi. »Für Kunzang.«

Teresa versicherte, dass sie ihm diesen Text im Kloster besorgen könne. In Tashis Blick lag Verzweiflung. Sie verstand, dass es nicht um den Text ging. Es ging um den Mord an einem Freund, der das Leben geliebt und große Freude an Frauen gehabt hatte.

Am frühen Abend öffnete Teresa das Hoftor, um den Jeep des Klosters einzulassen, und schob es dann eilig wieder zu. Der chauffierende Mönch trug zum roten, gewickelten Mönchsrock ein gelbes T-Shirt und eine rote Schirmmütze. Zwei weitere junge Mönche entstiegen dem robusten Gefährt und führten einen Ngakpa in unscheinbarem braunem Gewand und mit dem typischen Haarknoten auf dem Scheitel die Treppe zu Teresas Wohnung hinauf. In einem Alkoven, der an das Atelier angrenzte, hatte Teresa eine Schlafmatte für Tashi bereitet. Sita war länger geblieben als sonst. Sie hatte ein ausgiebiges Abendessen gekocht und servierte im Wohnzimmer den Mönchen und Joe Schalen voller Reis, Dal und Gemüsecurry und als besondere Geste der Hausherrin große Stücke Tandori-Hühnchen. Die Mönche murmelten eine Art Tischgebet und stürzten sich mit offensichtlichem Vergnügen auf das Essen.

Joe wünschte verzweifelt, Teresa möge kommen. Die Blicke der jungen Männer huschten über die Ringe in ihren Ohren und das kleine Tattoo eines stilisierten Adlerkopfes auf ihrem rechten Handgelenk. Sie tat so, als habe sie Mühe mit den Essstäbchen, um ausreichend beschäftigt zu erscheinen. Der Fahrer des Jeeps, Samten, stellte sich selbst und die beiden anderen im örtlichen Singsang-Englisch vor und fragte, woher sie komme, doch danach fiel ihm offensichtlich nichts mehr ein. Joe hätte gern über Tashi geredet, und sei es nur, um seinen Namen auszusprechen, doch vermutlich sollten die Mönche nicht so genau wissen, wen sie zu Teresa gebracht hatten und warum. Wie machte man mit tibetischen Mönchen Konversation? Wo blieb Teresa so lange?

Ob sie schon Swayambunath gesehen habe, fragte Samten schließlich. Erleichtert erkundigte sich Joe, was das sei, und als er sich anbot, ihr an einem der nächsten Tage dieses Heiligtum am anderen Ende der Stadt zu zeigen, sagte sie eifrig: »O ja, o ja!«

»Nicht Essen mitnehmen«, sagte einer der beiden anderen Mönche und lachte; die anderen lachten mit. Joe zog den Hals tief zwischen die Schultern. War das eine Anspielung auf ihre Figur?

»Wegen der Affen«, sagte Samten. »Sie reißen einem alles aus der Hand, was man essen kann. Auch Plastiktüten. Alles. Die Affen von Swayambu sind sehr frech.«

Höflich nannte Samten noch ein paar andere Sehenswürdigkeiten, die sie besuchen sollte, den alten Königspalast, die Pagoden der Altstadt und die Gats von Pashupathinath am Bagmati-Fluss, wo die Hindus ihre Leichen verbrannten. Einen toten Tibeter habe man dort gefunden, erst gestern, erstochen, mit einem Messer im Rücken.

»Wir wollen mal raus aus dem Tal fahren«, unterbrach Joe, bevor die Mönche näher auf den Mord eingehen konnten. »Teresa hat gesagt, da gibt's irgendwo ein Kloster mit einer kleinen Figur, die aus dem Felsen wächst.«

Samten nickte bereitwillig. »Ja, die kleine Tara. Es bringt Glück, sie zu besuchen.«

»Kann ich brauchen, echt«, murmelte Joe mit vollem Mund. Die Mönche lächelten freundlich und verständnislos.

Barfuß ging Teresa durch das von Kerzen im Alkoven schwach beleuchtete Atelier und stellte ein Tablett mit Tee und Sitas aufwendigem Abendessen auf ein niedriges Tischchen. Tashi saß auf der Schlafmatte, leicht an ein Polster gelehnt. Es war nicht auszumachen, ob seine schmalen Augen geöffnet oder geschlossen waren. Den Knoten auf seinem Scheitel hatte er gelöst, die Haare lagen in Strähnen um sein Gesicht.

Der Impuls, ihn zu umarmen, floss in ihre Hände, schickte kleine warme Wellen ihr Rückgrat hinauf.

»Tashi?«

Er antwortete mit einem Lächeln in der Stimme und heiterem Schweizer Akzent: »Einen schönen Abend, Teresa-la.«

»Essen wird dir guttun«, sagte sie. »Wie fühlst du dich?«

Das kleine Lächeln blieb in Tashis Stimme. »Wie ein verhinderter Bönpa … und sehr dankbar für deine Hilfe.«

Teresa setzte sich an den Rand der Schlafmatte. »Ich würde gern wissen, was es mit diesem verschwundenen Thangka auf sich hat. Hast du nicht gesagt, es sei ein magisches Objekt?«

Tashi griff nach dem Tee. Teresa sah seiner Hand zu, einer großen, knochigen Hand mit guten Proportionen. Eine klare, vertrauenswürdige Hand, die zu malen sich lohnen würde.

»Es heißt, dass ein Yogi, der auf dem Berg über dem Kloster in einer Höhle lebte, eine starke Beziehung zu Mahakala hatte, und eines Tages hat sich Mahakala in diesem Thangka manifestiert«, sagte Tashi. »Es werde das Kloster beschützen, hat der Yogi prophezeit. Jahrhundertelang ist dem Kloster nie etwas geschehen. Es hat sogar die Kulturrevolution überstanden. Bedenke, was das bedeutet – sechstausend zerstörte Klöster, kaum eines blieb übrig, aber dieses kleine Kloster entging allem! Kunzang erkannte das Thangka an irgendwelchen Details; es hat einen sehr speziellen Stil. Er sah es als Fügung, dass es in seine Hände geraten war. Ein Chinesenspitzel unter den Mönchen hat es gestohlen und der Kunst-Mafia verkauft. Viel haben sie ihm sicher nicht gegeben. Eine Handvoll Yüan.«

Teresa sah Tashis geballte Fäuste und hätte gern ihre Hände darauf gelegt. »Sie haben also den Tausch bemerkt, in ihrer Wut Kunzang umgebracht, aber danach das Thangka nicht gefunden, weil er es seinem Freund zum Verstecken gegeben hat.«

Tashi wiegte bejahend den Kopf. »So wird es wohl gewesen sein.«

»Und warum bringen sie dich mit der Sache in Verbindung?«

»Man hat uns oft zusammen gesehen. Ich habe meine Kindheit hier verbracht. Dann war ich fast zwanzig Jahre im Westen und bin erst seit etwa einem Jahr wieder in Kathmandu. Sherab und ich waren in unserer Jugend in einem Exilkloster in Nordindien und Sherab war mit Kunzang befreundet. Wir drei trafen uns oft. Und das wissen die natürlich.«

»Ich verstehe. Sherab ist verschwunden. Jetzt bist du verschwunden. Falls sie dich beschattet haben, werden sie denken, du bist noch im Kloster. Was werden sie jetzt wohl tun?«

»Keine Ahnung. Ich weiß nur, dass sie gefährlich sind. Es ist ein übles Pack von kriminellen Nepali und Tibetern. Sie morden sehr leichtfertig. Es geht um viel Geld.«

Mit einem Schaudern umfasste Teresa ihre Arme. Tashi berührte kurz ihren Kopf, als wolle er sie streicheln, zog jedoch seine Hand schnell zurück. »Ich bringe euch in Gefahr, dich und das Mädchen. Morgen, wenn mein Körper wieder funktioniert, gehe ich.«

»Es eilt doch nicht«, entfuhr es Teresa. Tashis Blick schob sich wieder in der stillen, kühlen, verwirrend intimen Weise in den ihren, wie zuvor auf der Stupa, wie auf der Treppe vor seinem verwüsteten Zimmer, und sie erkannte, dass er eine Teresa von innen sah, die sie kaum jemals zu zeigen vermochte. Sie fühlte sich so verletzlich wie seit Jahrzehnten nicht mehr.

»Das ist nicht Kino, Teresa«, sagte Tashi eindringlich. »Das ist schreckliche Realität in diesem Land. Diese Kunst-Mafia ist mächtig; sogar Politiker sind beteiligt. Glaub mir, hier gibt es kein Recht.«

»Ist das nicht ein bisschen übertrieben?«

Tashi lächelte höflich und Teresa hatte das Gefühl, als ginge sie neben jemandem, dessen Schritten sie sich nicht anzupassen vermochte. Ein kleiner, kaum wahrnehmbarer Gedanke regte sich: Ob es denn nötig sei, dass sie sich stets den Schritten anderer anpasste? Bei Aidan musste man eine gute Schrittanpasserin sein. Auch bei Gernot und all den anderen. War es nicht möglich, mit ungleichen Schritten nebeneinander zu gehen? Ob es einen Mann gab, der das zulassen konnte? Einen gewöhnlichen Mann? Nicht ein Außerirdischer wie ihr Lehrer, der verstorbene Rinpoche. Dieser erwartete keine Anpassung. Er erwartete gar nichts. Er ging mit dem um, was man ihm bot. Mit ihm konnte man tanzen. Im Raum.

Vielleicht waren ihre Gedanken sichtbar geworden in einer bestimmten Haltung oder einer Bewegung ihres Kopfes, denn Tashis Lächeln weitete sich zu einem belustigten Grinsen.

»Jeder hat sein eigenes Kathmandu«, sagte er. »Ich werde versuchen, dich mit meinen Albträumen zu verschonen.«

Um ihre Unsicherheit zu verbergen, schob Teresa das Tischchen mit dem Tablett näher zu ihm heran, bis es den Rand der Matte berührte.

»Du solltest etwas essen. Das ist gut gegen Kater.«

Folgsam ergriff Tashi die Essstäbchen und eine Schale mit Reis.

»Und morgen bleibst du auf jeden Fall noch hier«, fuhr Teresa fort. »Ich habe einen Plan: Droben auf dem Berg bei den Nonnen bist du sicher. Sie kennen mich, ich war dort schon öfter im Retreat. Ich werde fragen, ob das geht. Und ich muss nachdenken, wie du unbemerkt hinaufkommst. Aber hier bist du zunächst gut versteckt. Wir werden aufpassen, ob uns jemand beobachtet. Gerdas Hündin Lila bewacht uns. Sie ist ein Schoßhund, aber riesengroß und kann laut bellen.«

»Sie vergiften Hunde«, erklärte Tashi trocken. »Sperrt Lila lieber ein. Ach ja, und vielleicht könntest du morgen jemanden in meine Wohnung schicken. Meine Katze Shimi sollte gefüttert werden. Sie hat sich daran gewöhnt. Eines Tages kam sie zu meinem Fenster herein und hat mich erwählt. Anspruchsvoll ist sie nicht. Sie mag gern Reis mit Dosenfisch und Käse und Schokoladenkekse.«

Teresa lächelte. »Wir lassen Shimi nicht verhungern«, sagte sie sanft, berührt von Tashis offensichtlicher Sorge um die Katze. »Gute Nacht, Tashi. Das Badezimmer ist nebenan.«

Er griff nach ihrer Hand, zog diese zu sich heran und legte seine Lippen darauf, warm und trocken. Die Intimität war so durchdringend, dass sie dem Drang widerstehen musste, ihre Hand wegzuziehen. Obwohl sie es sehr schön fand.

»He, die Mönche wollen gehen. Sita ist schon weg.« In Joes Stimme von der Tür her schwang müder Ärger, ein wenig gedämpft vom Interesse, das die rot gewandeten Wesen ihr entgegengebracht hatten.

Teresas Hand schnellte zurück. »O ja, ich kümmere mich darum.«

Es gelang ihr mit Mühe, nicht überstürzt aus dem Atelier zu

laufen. Sie geleitete die Mönche zum Jeep, sperrte die Hündin in ihren Verschlag, ließ vom Tor aus den Blick schnell über die leere, von einer Lampe sparsam beleuchtete Straße schweifen und schob dann nachdrücklich die schwere Eisenstange, mit der das Tor nachts verbarrikadiert wurde, in ihre Halterung.

»Was geht morgen ab?«, fragte Joe, die auf der Terrasse vor der Wohnungstür gewartet hatte.

»Der Tragödie zweiter Teil«, antwortete Teresa mit gespielter Leichtigkeit. »Ich muss jemanden finden, der in Tashis Wohnung geht und seine Katze Shimi füttert. Und er braucht seinen Text, den wir gestern nicht gefunden haben.«

»Wozu?«

»Für seinen toten Freund. Wenn jemand gestorben ist, liest man jeden Tag bestimmte Texte für ihn, damit er – sagen wir mal so –, damit er sich in der Zwischenwelt zurechtfindet.«

Joe schüttelte sich unwillkürlich. Der Mann im roten Hemd mit dem Messer im Rücken, warum lässt er mich nicht in Ruhe? Warum hat der verdammte Zauberer ihn mir aufgedrängt? Ich will ihn nicht, hörst du, Zauberer? Ich will ihn nicht. Ich will keine Toten in meinem Kopf.

Teresa legte ihren Arm leicht um Joes Schultern. »Es war sehr gut, dass du mich geholt hast. Wer weiß, aus welchem Schlamassel du Tashi gerettet hast.«

Joe schob die Hände in die Hosentaschen und umschloss fest die kleine Statuette. »Irrer Typ. Ich hab noch nie gesehen, dass jemand betrunken ist und dabei so klar.«

»Schamanen können das.«

»Meinst du, er ist einer?«

»Sein Onkel war ein Bönpa, das sind die Anhänger der alten Religion Tibets. Die Bönpa verstehen viel von Magie.«

»So wie die Indianer in Amerika?«

»Ja, da gibt es einige Ähnlichkeiten.«

»Und die neue Religion Tibets ist der Buddhismus?«

»Seit mehr als tausend Jahren. Nicht gar so neu.«

»Indianer finde ich interessant«, erklärte Joe. »Ich hab mal in Ethik was über ihre Totemtiere geschrieben. War ein echter Hit.« Sie hielt ihr rechtes Handgelenk hoch. »Daher stammt mein Tattoo. Der Adler ist der heilige Vogel der Indianer.«

Teresa tat stillschweigend Abbitte. Sie hatte Joes Tattoo für ein rechtsradikales Symbol gehalten.

»Erzähl mir morgen mehr darüber«, sagte sie, »wenn du magst.«

3

Leise entfernte Joe die Eisenstange, die das Tor sicherte. Noch waren die Schatten tief und kühl in der beginnenden Dämmerung. Die Hündin Lila erhob sich im offenen Schuppen und streckte sich gähnend. Mit wedelndem Schwanz tappte sie auf Joe zu, hielt ihr den dicken Kopf zum Streicheln hin und schaute ihr nach mit dem ergebenen Blick derer, die ihr Schicksal kennen. Sie durfte nicht mitgehen.

Es würde nicht lange dauern, die Katze zu holen. Joe hatte sich seit frühester Kindheit eine Katze gewünscht, doch Mam hatte diverse Allergien und der Versuch, ein Tier zu halten, wurde nicht unternommen. In ihrem ersten Internat hatte sie eine lockere Verbindung mit einer anhänglichen Streunerin aus der Nachbarschaft gehabt, weiß mit ein paar schwarzen Flecken. Damals schrieb sie eine Reihe von Katzengeschichten in ein dickes Heft. Das war eine gute Zeit.

Die dämmrigen Gassen waren leer, noch beherrschten die Straßenhunde die Stadt. Schlafend lagen sie herum, wie fallen gelassen, erschöpft nach den nächtlichen Kämpfen. In der morastigen Wiese eines leeren Grundstücks war eine magere Kuh früh auf den Beinen und wühlte im allgegenwärtigen Müll.

Die Tür zu Tashis Zimmer im obersten Stockwerk des alten Hauses wirkte unberührt. Gestern hatte Teresa das herausgebrochene Stück Holz wieder in den Türstock eingefügt und die Tür fest zugezogen, sodass es aussah, als sei diese durch das große Vorhängeschloss gut gesichert. Ein leichter Druck zerstörte die Illusion.

Im matten, grauen Licht des frühen Morgens wirkte das Chaos im Zimmer beängstigend. Das Fenster stand halb offen, doch die Katze war nicht da. Joe beschloss zu warten. Vielleicht war Shimi müde nach ihren Streifzügen und kam bald heim zum Fressen und Schlafen.

Um das Warten zu verkürzen, begann Joe aufzuräumen. Niemand würde sie hören; die kleinen Büros in den unteren Stockwerken waren noch geschlossen. Sie schob den Schrein zurück an die Wand und fand darunter den vermissten, mit Brokat umwickelten Text, stellte das Regal an seinen vermutlichen Platz, legte die Matratze und das Bettzeug auf das Bettgestell und räumte die Bücher in das Regal. Plötzlich hielt sie mit einem Aufschrei inne und ließ das Buch fallen, das sie in der Hand hielt.

»Scheiße, Scheiße, Scheiße«, murmelte sie entsetzt. Hatte sie wirklich gesehen, was sie meinte gesehen zu haben? Ja, sie hatte es gesehen. Sie war nicht verrückt.

Vorsichtig ging sie einen Schritt auf das Bett zu, dann noch einen und einen weiteren, bis sie hinter das Bettende schauen konnte. Sie hatte sich nicht getäuscht. Nackte Füße ragten darunter hervor. Bleiche, wächserne Füße. Rote Zehennägel. Mit einem Gefühl aufsteigender Übelkeit wich sie an die gegenüberliegende Wand zurück. Ohne es zu bemerken, hatte sie die Finger um die Mahakala-Figur in ihrer Hosentasche gekrampft.

»Hilf mir!«, murmelte sie. »O Scheiße! Ich glaub es nicht. Hilf mir, bitte, bitte, hilf mir!«

Im Stehen konnte sie nicht unter das niedrige Bett schauen. Zitternd vor Panik kniete sie nieder und senkte den Kopf, bis sie einen Blick auf das werfen konnte, was sich darunter befand. Die nackte Gestalt lag in schrecklicher Stille auf dem Rücken. Joes Zähne schlugen aufeinander, ihr Herz raste. Sie befahl sich, tief Luft zu holen, und kroch näher. Hatten die Gangster Tashi eine Leiche untergeschoben? Wie oft hatte sie sich geärgert, dass in blöden Fernsehfilmen die Frauen angesichts einer Leiche fast immer wie irre kreischten. Jetzt hätte sie selbst gern den Mund aufgerissen und das Grauen hinausgeschrien in grässlichen, hohen Tönen, die den ganzen Kopf ausfüllten, sodass kein Gedanke darin mehr Platz hatte.

Ein Schatten am Fenster schreckte sie auf. Doch ein fragendes »Mau« ließ sie erleichtert aufseufzen. Sie war nicht mehr allein mit der Leiche.

»Shimi«, flüsterte sie. Ihre Stimme zitterte. Die Katze bewegte sich anmutig über den Tisch am Fenster und landete mit einem sanften Plumps auf den Holzdielen. Ein helles, schmales Katzengesicht mit großen Ohren näherte sich Joe und berührte ihr Kinn mit der Rundung des Kopfes.

»Shimi«, wiederholte Joe und musste weinen. Es war ein schmerzhaft schönes Gefühl, das Gesicht an den geduldigen Katzenleib zu drücken und den Katzengeruch einzuatmen. Shimi strich hin und her, gab ein paar freundliche kleine Töne von sich und ließ sich schließlich genussvoll auf den Boden fallen. Die Katze kümmerte sich nicht um die Leiche. Hatte Joe nicht irgendwo gelesen, dass Tiere vor Leichen zurückschreckten?

Durch Shimis Anwesenheit ermutigt, schob sie sich auf den Knien an das Bett heran. Die Katze folgte ihr neugierig auf hohen Beinen, ohne einen Blick auf die Leiche zu werfen. Entschlossen berührte Joe einen der herausragenden Füße. Er war kühl, glatt, weich. Zu glatt, zu weich. Wie ein alter Ball. Gummi!

Die Leiche war eine lebensgroße Gummipuppe.

Eine Sexpuppe aus Plastik.

Warum hatte Tashi so etwas? Nicht nachdenken. Einfach nicht nachdenken.

Joe setzte sich auf das Bett und nahm die Katze auf den Schoß. Frauenstimmen schallten von der Gasse unter dem Fenster herauf. Der schrille Klang einer Fahrradklingel prallte von den Hausmauern ab.

Es war gar nicht möglich zu denken. Die Zeit dehnte sich derart aus, dass alle Gedanken darin wie Nebel auseinandertrieben und ihre Konturen verloren. Da saß sie in dieser erstaunlichen, aber dennoch wie selbstverständlichen Ausdehnung der Zeit, aufgesogen vom Raum. Irgendwann einmal war sie in die Zeit geworfen worden, doch dies war nun rückgängig gemacht, ausgelöscht. Alles konnte geschehen, weil nichts geschah. Das war völlig unerklärlich, aber dennoch wusste sie es. Sie hätte es gern der Katze verständlich gemacht, die sich auf ihrem Schoß zusammengerollt hatte und schnurrte, eins mit der ihr eigenen Zeit.

»Nicht schon wieder«, flüsterte Joe. Nie mehr würde sie Trips nehmen. Sie hatte genug von Bewusstseinserweiterungen. Ein normales, ordentliches, verlässliches Bewusstsein wollte sie haben, das wusste, wo man hingehörte, ohne Leute mit Messern im Rücken, und eine Zeit, die vor lauter Raum nicht wusste, wo sie anfangen und aufhören sollte.

Die Katze schnurrte.

»Du kommst jetzt mit, Shimi«, sagte Joe mit einem kleinen, verwirrten Schluchzer. »Hörst du, zu uns nach Hause, zu Tashi. Er vermisst dich. Es wird dir bei uns gefallen. Bei uns gibt es viel Futter für dich. Und du darfst in meinem Bett schlafen.«

Als Joe aufstand, streifte frühes Sonnenlicht die Fensterbank. Sie stieß ein wenig an den Gummifuß, schob dann die Puppe ganz unter das Bett, sodass sie nicht mehr zu sehen war. Im Regal fand sie Dosenfisch und einen Teller und gab der Katze ein kleines Fischfrühstück.

Mit einem Handtuch kleidete Joe die mitgebrachte Reisetasche aus, hob Shimi hinein und zog den Reißverschluss zu.

»Es dauert nicht lange«, versicherte sie der Katze, die den Kopf durch den Rest der Öffnung zu zwängen versuchte. »Glaub mir, bei uns ist es viel schöner.«

Auf dem Heimweg blieb sie immer wieder stehen und setzte die Tasche ab, als sei sie ihr zu schwer, um sich unbemerkt nach einem möglichen Verfolger umsehen zu können. Männer in abgetragenen Kleidern gingen zielstrebig stadtwärts oder waren auf uralten Fahrrädern unterwegs. Eine Gruppe von Kindern in Schuluniformen überholte sie. Ein Motorradfahrer fuhr an ihr vorbei. Später sah sie ihn noch einmal. Er fummelte verzweifelt an seiner alten Kiste herum.

Joes Rücken im unauffälligen, weiten T-Shirt wurde heiß vor panikbereiter Aufmerksamkeit. Doch als sie bei Teresas Haus ankam, war sie überzeugt, nicht beschattet worden zu sein, und verschwand schnell im Hof. Die Hündin Lila hatte ihren leeren Futternapf umgestülpt. Sie beschnüffelte die Tasche und winselte leise. Shimi kratzte unwillig an der Innenseite.

Der Duft von Räucherwerk zog durch die Wohnung. Joe schlüpfte aus den Sandalen, nun schon zur Gewohnheit geworden beim Betreten der Wohnung, und ging lautlos zum Atelier. Die Tür hinter dem Vorhang, der nach tibetischer Art vor dem Türstock hing, stand offen. Im Alkoven saß Tashi auf seiner Schlafmatte, als habe er sich seit dem Abend zuvor nicht bewegt. Doch anstatt des gelben tibetischen Hemds vom Vortag trug er jetzt ein weißes T-Shirt, das seine Haut dunkler erscheinen ließ.

»Komm rein, Prinzessin«, sagte er.

Joe trug die Tasche vor sich her, stellte sie in der Mitte des Zimmers ab und öffnete den Reißverschluss. Mit einem eleganten

Sprung verließ Shimi ihr Gefängnis und begann augenblicklich, das Zimmer zu untersuchen.

»Guten Morgen, Tashi. Ich dachte, es ist besser, wenn Shimi hier ist. Sie braucht ein Zuhause. Geht's dir wieder gut?«

»Es ging mir nicht unbedingt schlecht«, antwortete Tashi lächelnd. »Aber ja, es geht mir soweit gut. Und vielen Dank für deine Hilfe.«

Joe zog den Hals zwischen die Schultern. Es war eine Last, Dank entgegennehmen zu müssen. Als würde einem etwas Schweres in die Hände gedrückt, das man mit aller Kraft halten musste, denn es wäre peinlich, es fallen zu lassen; und dann trug man es mit sich herum und wurde es nicht mehr los.

»Ach ja, und das Ding, den Text, hab ich gefunden«, lenkte sie ab und tastete in der Tasche nach dem brokatumwickelten Päckchen. Tashi nahm es mit beiden Händen in Empfang und führte es an seine Stirn, gesammelt, fast zärtlich. Als wären es Liebesbriefe, dachte Joe. Gebete für seinen Freund? Das Bild der Gummipuppe unter dem Bett tauchte auf, doch das wollte sie ja nicht denken, das wollte sie nicht wissen.

Unschlüssig stand sie im Zimmer. Die Katze stieg auf Tashis Schoß, stellte die Pfoten gegen seine Brust und berührte sein Kinn mit der Nase.

»Kann ich dich was fragen, Tashi?«

Mit einer einladenden Geste deutete Tashi auf den Boden. Joe zog ein Polster heran und ließ sich mit gekreuzten Beinen darauf nieder. Sie begann diese Haltung zu mögen.

»Ich wollte dich fragen«, sagte sie zögernd, »ich meine, bist du ein Zauberer?«

Tashi hob die Augenbrauen. »Zauberer?«

»Ja, Zauberer. So ein tibetischer Zauberer oder Schamane oder so was. Wie das mit dem Alkohol und Hellsehen.«

»Wir nennen solche Leute Siddhas«, sagte Tashi. »Man kann Siddhis, das sind bestimmte ungewöhnliche Fähigkeiten, erlernen.«

»Der Typ bei der Stupa, der Zauberer, hat er mir diese Sache mit deinem toten Freund in den Kopf gesetzt?«

»Ich denke, er war ein Katalysator. Aber frag mich nicht, was das alles bedeutet. Ich weiß es nicht. Wenn man die alte Kunst lernt, stellt man solche Fragen nicht.«

»Ich möchte irgend so was Magisches lernen.« Joe sah sich Gedanken lesen oder unsichtbare Faustschläge austeilen wie ein chinesischer Meister in einem Film, den sie gesehen hatte. »Könntest du vielleicht …?«

»Ich bin kein Siddha, Prinzessin, nur ein ganz gewöhnlicher, wilder Tibeter. Mein Onkel hat mir ein paar Dinge beigebracht, als ich ein Junge war. Du musst wissen, dass Siddhis nicht ungefährlich sind. Wenn du sie lernst, um anderen zu helfen, ist das in Ordnung. Wenn du sie lernst, um Macht zu haben, ist das ein schneller Weg zur Hölle.«

Joe betrachtete abwesend ihre abgebissenen Fingernägel. »Ich würde gern irgendwas Besonderes können. Ich fühl mich so scheiße.«

Tashi beugte sich ein wenig vor und richtete den Blick voll auf sie. »Ich erzähl dir eine Geschichte: Die Tibeter verehren keinen Yogi so sehr wie Milarepa, und der war ein Zauberer, ein rabenschwarzer Magier, bevor er sich auf den Pfad der Erleuchtung begab. Er hatte gute Gründe, Magie zu lernen. Nach dem Tod seines Vaters betrog sein Onkel ihn, seine Mutter und seine Schwester um das gesamte Erbe und ließ sie auf den Feldern schuften. Es ging ihnen fürchterlich schlecht und Milarepa schwor Rache. Was glaubst du, wie er sich fühlte? Seine Mutter hatte die Idee, er solle einen Meister der schwarzen

Kunst suchen, und er fand einen und wurde dessen gelehriger Schüler. Er lernte schnell und gut. Während sein Onkel ein Fest feierte, ließ er mithilfe seiner magischen Kräfte das Haus, das der Onkel seiner Mutter weggenommen hatte, zusammenstürzen. Dabei wurden viele Familienmitglieder und Leute aus der Umgebung, die den bösen Onkel unterstützt hatten, getötet. Ich nehme an, es starben auch Unschuldige. Die Kinder zum Beispiel. Diese Großtat reichte Milarepa noch nicht. Er produzierte ein gewaltiges Hagelwetter, das die gesamte Ernte des Onkels und aller seiner Feinde zerstörte. Die Mutter war sehr zufrieden.

Aber Milarepa wurde klar, dass er sich ein verteufelt schlechtes Karma eingehandelt hatte. Versteh das recht: Es hat einfach mit Ursache und Wirkung zu tun. Gibt man negativen Absichten nach, wird man immer mehr zum Ego-Monster. Man produziert seine eigene Hölle und die Befreiung vom Leiden rückt in immer weitere Ferne.

Also suchte Milarepa einen Guru, um sein Karma zu verbessern, und fand Marpa, einen großen Meister. Marpa ging ganz schön hart mit ihm um, ließ ihn Häuser bauen und wieder niederreißen, bis Milarepa halb tot zusammenbrach. Marpas Frau hatte Mitleid mit dem geplagten Schüler ihres Ehemanns, aber Marpa machte ihr klar, dass ihr Mitleid keine Hilfe war, weil Milarepa durch Betütteln nicht von seiner Arroganz und Aggression geheilt würde. Schließlich zog sich Milarepa in eine Höhle in den Bergen zurück und wurde ein lebender Buddha und ernährte sich von Brennnesselspinat – deshalb wird er auf Thangkas immer mit grünlicher Hautfarbe dargestellt. Er hat wunderschöne Lieder verfasst.«

Joe verzog das Gesicht. »Ich kann mir nicht vorstellen, dass ich in einer Höhle leben möchte.«

Lachend erwiderte Tashi: »Nimm's allegorisch. Milarepas Höhle ist überall, wo du daran arbeitest, deinen Geist in Ordnung zu bringen. Es ist der innere Ort, wo du dich nicht scheiße fühlst.«

Joe dachte nach. »Bist du dort? In dieser Überall-Höhle?«

»Kluges Mädchen. Nein, da bin ich selten. Viel zu selten. Wahrscheinlich würde ich mich sonst nicht so sehr vor den Mafiatypen fürchten.«

Er schwieg, und Joe fragte sich, ob das bedeutete, dass sie gehen solle. Es war ihr plötzlich sehr wichtig, sich »richtig« zu benehmen. Sie ärgerte sich darüber.

»Es gibt ein Lied von Milarepa, das ich besonders gern mag«, sagte Tashi. »Übersetzt geht es etwa so:

Ich bin glücklich in der strahlend klaren Meditation
über die Offenheit des Geistes,
so glücklich über das ständige Spiel der Erscheinungen.
Und immer noch glücklicher werde ich,
je toller es auf und ab geht in den Erfahrungen.
Ich bin glücklich in dieser Menschenwelt, frei von
schlechtem Karma,
so glücklich über jegliches Chaos.
Und immer noch glücklicher werde ich,
je wilder die beängstigenden Erscheinungen toben.

Ich bin glücklich über das gleichzeitige Kommen
und Vergehen der unerfreulichen Gefühle.
So glücklich bin ich, wenn die Gefahr zunimmt,
und immer noch glücklicher,
wenn ich nicht krank bin.

Ich bin glücklich im Raum meines mutigen und starken Geistes,
so glücklich über alles, was sich spontan von selbst präsentiert.
Und immer noch glücklicher werde ich, je mehr geschieht.«

»Wow«, sagte Joe, »komischer Heiliger. Ich glaube nicht, dass ich ihn verstehe.«

»Wir haben eine Katze«, verkündete Joe im Flur, als Teresa aus ihrem Zimmer kam. »Ich hab Shimi hergeholt. Tashi freut sich.« Ihre Stimme war hoch, die Stimme eines schuldbewussten Kindes.

»Du bist zu Tashis Wohnung gegangen? Bist du wahnsinnig?« Teresa flüsterte fast, um nicht dem gewaltigen Drang nachzugeben, zu schreien, zu fluchen, wutentbrannt anzuklagen. *Du stupides, anmaßendes Gör hast uns alle in entsetzliche Gefahr gebracht. Welch unerträgliche Dummheit! Es darf Tashi nichts geschehen. Ich könnte es nicht ertragen, wenn ihm etwas geschähe.*

»Aber da war bestimmt niemand, ich hab gut aufgepasst«, sagte Joe erschreckt. »Und Tashis Text hab ich gefunden«, fügte sie mit einem kleinen Triumph hinzu, »den im Brokat.«

»Unternimm bitte nichts mehr im Alleingang«, erwiderte Teresa mit erzwungener Ruhe. »Ich hab dich für intelligenter gehalten.«

»Ich bin nicht blöd«, fuhr Joe auf.

Ohne zu antworten, ging Teresa an ihr vorbei. Innehalten, innehalten!, mahnte sie sich. Halt inne und schau, was mit dir los ist. Sie war sich so sicher gewesen, ihre Emotionen gezähmt zu haben. Ihr Leben war ruhig verlaufen in den vergangenen Jahren, seit Aidan. Doch nun? Bei der erstbesten Prüfung erwies sich der vermeintlich ruhige Geist als Illusion.

Beschämung breitete sich glühend über Teresas Hals und Wangen aus – ihr Flammenkragen, vertraut, verhasst. Ihr Wecker, Beschützer der Klarheit, zögernd willkommen geheißen. Mit gesenktem Kopf ging sie in die Küche und begann das Frühstück zuzubereiten, bevor Rahul mit seinem Taxi kam, um sie zur Arbeit in die Ambulanz zu bringen.

»Ich denke die ganze Zeit darüber nach, wie das mit dem Mahakala ist«, sagte Joe und schaute kurz von ihrer Teetasse auf. Tashis Blick von der anderen Seite des Küchentisches war zu offen, sah zu viel von ihr, und obwohl sie es genoss, im Licht seines Interesses zu stehen, fürchtete sie bei Weitem mehr, von ihm beurteilt zu werden.

»Er ist doch ein Beschützer. Warum hat er deinen Freund, den Maler, nicht beschützt?«

Tashi nickte nachdenklich. »Ich weiß es nicht, Joe. Vielleicht hat er ihn beschützt, nur anders, als wir meinen. Ich kann Kunzangs Karma nicht beurteilen. Ich müsste in allem, was ich dazu sage, von mir selbst ausgehen.«

»Dann sag mir wenigstens, was Karma ist.«

»Man übersetzt es als ›selbst geschaffenes Schicksal‹. Im Gegensatz zu Fatum, dem ›unabwendbaren Schicksal‹. Karma, das sind die Gewohnheitsmuster deines Denkens und Fühlens und Verhaltens. Du weißt ja, wie das ist: Du wiederholst etwas und mit jeder Wiederholung gewöhnst du dich mehr daran, und schließlich ist es ein Muster geworden und du kannst nicht mehr anders. Das bist dann du, das Individuum Joe – dieses Bündel aus Mustern. Und stell dir vor, das läuft schon lange so, viele Leben lang. Wir kommen mit den Anlagen zu solchen Mustern auf die Welt, genetisch geformt, im Horoskop sichtbar, sogar in den Handlinien. Und alles, was du antriffst, wenn du geboren wirst – deine

Eltern, deine Rasse, deine Kultur, deine soziale Situation –, ist Ausdruck der karmischen Struktur, die du früher geschaffen hast und mit der du im neuen Leben startest.«

Joe stemmte mit wachsendem Interesse die Ellbogen auf den Tisch und legte das Kinn auf die verschränkten Hände. »Du meinst, Mam und Pa sind … wie soll man das sagen? Mein Karma? Heißt das, ich hab sie mir selber eingebrockt?«

Tashi lächelte. »Sag lieber, sie sind dein Material.«

»Material ist gut.« Joe lachte laut. »Das härteste Material, das rumläuft.«

»Arbeitsmaterial. Künstlermaterial. Wie Marmor oder Lehm oder Farben oder Töne.«

Joe nickte nachdrücklich. »Ah ja. Ich mache was draus, das nicht so ist wie sie.«

»Oder Material wie Treibstoff.«

»Okay. Das bringt mich weg von ihnen.«

»Oder das Material der Alchemisten. Sie machten aus minderwertigem Stoff Gold. Das hatten sie jedenfalls vor.«

»Nette Idee.«

»Und du hast Teresa«, sagte Tashi. »Die hast du dir nicht eingebrockt, die hast du dir verdient.«

»Teresa?« Joe zuckte die Schultern.

Bald brachte Sita ihre Einkäufe vom Markt und begann mit den Vorbereitungen für das Mittagessen. Tashi und Joe zogen sich ins Wohnzimmer zurück und vertieften sich in *Matrix,* einen der Videofilme, die Joe am Tag zuvor ausgeliehen hatte.

Als Teresa mittags heimkam und aus dem Taxi stieg, sah sie sich schnell und konzentriert um. Ein Bettler schlurfte vorbei, den Kopf mit einer Plastiktüte geschützt. Ein paar Radfahrer duckten sich auf ihren klapprigen Vehikeln unter dem Regen. Ein

Lastwagen fuhr über die nahe gelegene Kreuzung, ohne die Geschwindigkeit zu verringern, das Recht des Stärkeren, archaisches Gesetz der Straßen in Kathmandu.

Sie blieb stehen und tat so, als klemme der Riegel der Tür. Die Radfahrer hatten offenbar keine andere Absicht, als so schnell wie möglich dem Regen zu entkommen. Keine verdächtige Gestalt hatte sich irgendwo in einem Hauseingang untergestellt oder erschien an einem der umliegenden Fenster. Alles war friedlich. Der Bettler drehte sich um, ihre Blicke trafen sich. Wenn er jetzt weiterging, ohne sie anzubetteln, bedeutete er vielleicht Gefahr. Doch nein, er kam auf sie zu und streckte die Hand aus. Sie wühlte ein paar einzelne Rupienscheine aus ihrer Rocktasche und beobachtete seine Augen, während er danach griff. In diesen Augen waren Rupien, sonst nichts. Eilig hob sie den inneren Riegel der Hoftür mit dem Stiel eines Kamms und schlüpfte in den Hof. Völlig sicher konnte sie nicht sein. Doch als Verfolger wäre er mit großer Sicherheit dem Impuls gefolgt, weiterzugehen, um nicht aufzufallen. Dennoch blieb das Gefühl der Bedrohung an ihr haften.

Die Wut auf Joe war der Besorgnis um Tashi gewichen. Es war die Angst um Tashi, die sie so wütend hatte werden lassen, sagte sie sich. Doch sie konnte der Frage nicht ausweichen, ob sie sich ebenso sehr aufgeregt hätte, wäre Joe in Gefahr gewesen. Es waren schmerzhafte Gedanken, die sie nicht denken wollte. Doch sie waren da, waren sichtbar, wie von grellem Licht bestrahlt, und sie konnte ihnen nicht ausweichen.

»Essen fertig«, sagte Sita. »Neue Katze.«

Teresa begann, Essschalen und Stäbchen bereitzustellen.

»Nette Katze«, sagte Sita heiter. »Wie Ratna.«

»Wer ist Ratna?«, fragte Joe von der Tür her.

»Ratna tot«, erklärte Sita. »Sehr nette Katze.«

»Deine Katze?«, fragte Joe.

Sita zog ihr Gesicht in bekümmerte Falten. »Teresa Katze. Straßenhund beißt und Ratna tot.«

Schweigen breitete sich aus. Teresa hielt inne, die Schalen in den Händen. Die Erinnerung hatte zarte Ränder von verblasstem Schmerz.

»Das war im letzten Jahr«, sagte sie. »Ratna schaffte es noch bis in den Hof. Dort fanden wir sie sterbend. Lila saß neben ihr und bewachte sie. Katzen leben gefährlich in Kathmandu.«

Joe lief aus der Küche und kam mit Shimi auf dem Arm zurück. »Jetzt haben wir wieder eine Katze.«

»Sie bleibt nicht bei uns«, sagte Teresa. »Sie ist Tashis Katze.«

»Tashi kann kein Haustier haben. Er muss sich verstecken.« Joe drückte ihr Gesicht an den warmen Hals der Katze. Shimi versuchte sich der Umarmung zu entwinden, fügte sich jedoch Joes bedürftiger Umklammerung.

»Aidan hat Ratna gebracht, sehr klein«, sagte Sita in den Topf hinein, in dem sie rührte. »Er sagt, Katze vom Müll.« Sie kicherte leise. »Klein Katze stinkt, uuuh, stinkt.«

»Wer ist Aidan?«

»Ein Freund«, antwortete Teresa kurz. »Wo ist Tashi?«

»Im Wohnzimmer. Er guckt CNN. Ich hab ihm eine Zeitung gekauft. Kein Toter drin. Und ich hab Gerda getroffen. Sie hat gefragt, was für ein Ngakpa bei uns zu Besuch ist.«

»Und? Was hast du gesagt?«

Joe grinste. »Ich hab gesagt, er sei gar kein Ngakpa, sondern ein schwuler Musikproduzent aus Sikkim und dieser Aufzug sei bei denen der letzte Schrei. Sie fand mich wahnsinnig witzig.«

Teresa lächelte angestrengt. Es war schwierig, an Tashi zu denken. Es war schwierig, nicht an Tashi zu denken. Eine Krankheit, eine wundervolle Vergiftung. Langsam wachsend, wuchernd, als würde man ein Glas Champagner nach dem anderen trinken. Nein, nicht Champagner. Champagner war Aidans Gift, Aidans Amrita. Chang. Es sollte Chang sein, das säuerliche, fade, nahrhafte tibetische Gerstenbier, der fröhliche Nektar des Meisters der verrückten Weisheit, Künga Legpa, hey ho. Gleich würde sie ins Wohnzimmer gehen, in dem ihre blauen Bilder hingen, und sie würde ihn sehen, eingebettet in das Grau des Regens, mit blauem Schimmer in den schwarzen Haaren und violetten Schatten unter den hohen Wangenknochen, seine auffallend geformten Lippen, die aussahen wie aus Holz geschnitzt, dunkel von all dem Blau.

Teresa füllte die Essschalen und drückte Joe ein Tablett in die Hand. »Bring das ins Wohnzimmer!«

Sie folgte mit zwei weiteren Tabletts und stellte jedes auf eines der kleinen Lacktischchen vor den Sitzpolstern. Ihr »Hallo Tashi, wie geht's?« klang in ihren eigenen Ohren angespannt, übertrieben beiläufig.

»Und Sita?«, fragte Joe. »Lässt man hier die Dienstboten nicht mit der Herrschaft essen?«

»Gib Ruhe«, sagte Teresa. »Sita würde sich krümmen, wenn sie mit uns essen müsste. Von ihrem Standpunkt aus gehört sich das nicht. Ihr Reich ist die Küche, dort herrscht sie und fühlt sich wohl.«

»Nur weil man ihr beigebracht hat, sich das einzubilden.«

Tashi schaltete den Fernseher ab. »Und was hat man dir so alles beigebracht, Prinzessin?«

Joe warf kampfbereit den Kopf hoch. »Jedenfalls nicht so einen kolonialistischen Scheiß.«

»Hast du Mitgefühl mit Sita?« Tashis Stimme war sanft. »Willst du, dass sie sich wohlfühlt?«

»Es geht ums Prinzip«, antwortete Joe.

Teresa schüttelte den Kopf. »Ich höre meine Tochter. Und deine Stimme klingt wie die deiner Mutter, Joe, ganz abgesehen von den Worten.«

»He, komm, Mam ist zwar unausstehlich, aber Sita würde bei ihr am Tisch sitzen.«

»Sitzen müssen. Arme Sita!«

Joe rang um eine Antwort. »Okay«, sagte sie schließlich mit einer Grimasse. »Meinetwegen.«

»Du bist ein intelligentes Mädchen, Prinzessin«, sagte Tashi, »und das Essen sollten wir besser nicht kalt werden lassen.«

Er neigte sich über seine Schalen und murmelte etwas, das Joe nicht verstand. Ein wenig versöhnt betrachtete sie ihre Fingernägel und nahm sich vor, nicht mehr daran zu beißen.

Auf Tashis Frage, wie ihr Morgen verlaufen sei, berichtete Teresa, dass sie einen Freund beauftragt habe, die aufgebrochene Tür zu seinem Zimmer reparieren zu lassen. Dann erzählte sie zwischen Häppchen von Reis mit Dal, scharfem Rettichcurry, würzigen Glasnudeln mit Tofu und zartem Gemüse von einer schwedischen Touristin mit gebrochenem Knöchel, von der kleinen Tochter eines deutschen Diplomaten, die beim Spielen in eine Glasscherbe gefallen war, und von einem tibetischen Mönch, der Blut hustete. Nichts Aufregendes, ein normaler Vormittag in der Ambulanz mit einem normalen Maß an Furcht und Hoffnung.

»Ein brauchbarer Job«, sagte sie. »Er garantiert mir meinen Aufenthalt im Land und bewahrt mich davor, dass es mir gar zu gut geht. Ich lebe sehr zurückgezogen, sehr exklusiv. Ich brauche Zeit zum Malen.«

»Deine Bilder sind sehr schön, Khandro-la.« Ein schwingender Ton in Tashis Stimme ließ Joe aufblicken. Sie folgte seinem Blick auf Teresa und einen Augenblick lang sah sie ihre Großmutter mit fremden Augen. Eine zierliche Frau mit einem kleinen Gesicht, von schulterlangen blonden Haaren umrahmt. Eine kurze, schmale Nase über einem sanften Mund, tiefblaue Augen mit hellen Fältchen darunter. Ein Mädchengesicht mit einem Schleier von Alter darüber. Die Bewegungen fließend, wie hohes Gras am Ende des Sommers. Doch schnell überlagerte das gewohnheitsmäßige Bild einer Oma Teresa, das was ihr inneres Auge gesehen hatte. Mit lässiger Befriedigung streifte ihr Blick Teresas Hände, zerknitterte Handrücken mit Pigmentflecken, die Hände einer alten Frau.

»Das Malen macht mich glücklich«, sagte Teresa. »Es ist so angenehm sinnlos, einfach zu malen um des Malens willen.«

»Verkaufst du deine Bilder nicht?«

Teresa zuckte mit den Schultern. »Manchmal. Sie sind teuer. Hin und wieder verschenke ich eines. Eine Tara für eine kranke Freundin, einen Guru Rinpoche zu einem Geburtstag.«

»Wenn du in New York ausstellen würdest, könntest du viel Geld verdienen.«

»Ich brauche nicht viel«, sagte Teresa mit belustigtem Lächeln. »Wozu soll ich mich mit Geld belasten?«

Mit Nachdruck legte Joe ihre Stäbchen beiseite. »Teresa, du spinnst«, sagte sie kopfschüttelnd. »Also, wenn ich so leicht zu Geld kommen könnte …«

»Dann?«

»Na ja, wahrscheinlich würde ich was anderes kaufen als du – Klamotten, Schuhe, elektronisches Zeug und so …«

»Ich mag die Klamotten, die ich habe«, erklärte Teresa und zupfte an ihrem blauen, mit goldgrünen Drachen bedruckten Sarong, »und ich hab meinen Laptop und meine alte Musikanlage und den Fernseher und den Videorekorder und den CD-Player. Was brauche ich denn sonst noch?«

»Dieser alte Ramsch«, erwiderte Joe verächtlich. »Also wirklich.«

Shimi stellte die Vorderpfoten auf das Lacktischchen vor Tashi. Dieser leerte eine seiner Schalen, vermischte darin ein wenig Reis mit Fleisch und stellte sie auf den Boden.

»Und ich würde meine Nase operieren lassen«, fuhr Joe fort, »und jede Menge Fett absaugen lassen.«

»Das ist doch Unsinn«, sagte Teresa.

Joe stocherte in den Resten ihres Essens und warf Teresa einen boshaften Blick zu. »Und du könntest deinen Hals liften lassen. Und was sonst noch.« Grinsend fügte sie hinzu: »Wie Cher.«

Teresa zog die Augenbrauen hoch. »Meinst du? Das lohnt sich bei mir nicht mehr. Da warte ich lieber, bis ich wiedergeboren werde. Dann bekomme ich gleich alles neu.«

Joe schob ihr Tischchen weg und stand auf.

»Nimm bitte dein Tablett mit, wenn du rausgehst«, sagte Teresa. »Als antikolonialistische Aktion.«

»Achduheiligescheiße«, brummte Joe. »Großmütter nerven.«

Die nachmittäglichen Monsunwolken zogen sich über der Stadt zusammen und die verschwindende Sonne legte einen letzten Glanz auf die Dächer der Klöster. Tashi sah sich kurz um und setzte sich auf einen der alten Rattansessel neben den schräg gestellten Solarkästen, die einen Teil des Daches einnahmen. Teresa beobachtete ein paar Minuten lang die Straße.

»Nichts Verdächtiges zu sehen«, sagte sie und zog einen Sessel heran. »Joes Unfug scheint keine Folgen zu haben.« Sie seufzte. »Nun ja, sie kann die Tragweite der Ereignisse vielleicht nicht begreifen. Sie ist noch ein Kind.«

»Das würde ich nicht sagen.«

Teresas fragender Blick fiel auf ausdruckslose Züge, als habe er sich weit hinter sich selbst zurückgezogen.

»Sie ist fünfzehn«, sagte sie.

Tashi schaute zu dem benachbarten Kloster hinüber, um das sich billige, schnell hochgezogene Häuser drängten. »Als ich fünfzehn war, lebte ich in einem Kloster in Indien. Mit Sherab. Wir mussten damals schon ziemlich erwachsen sein.«

»Du warst ein Mönch?«

»Um genau zu sein, ein Novize. Mit achtzehn verließ ich das Kloster. Es war nicht der richtige Platz für mich.« »Hast du den richtigen Platz inzwischen gefunden?«

Sein Blick öffnete sich und ein verborgener Tashi trat heraus, mit so viel unverhüllter Traurigkeit, dass der Tag dunkler zu werden schien.

»Ich glaubte lange, es sei Tibet«, erwiderte er. »Ich dachte, dort seien ›meine‹ Leute. Aber ich bin mir nicht mehr sicher. Würde ich meinen Platz in Tibet suchen, wäre das so, als wollte ich mich im Maul eines Krokodils niederlassen.«

Sie hätte gern gefragt: Deine Mutter? Dein Vater? Deine Geschwister? Doch es waren schlimme Geschichten zu befürchten, zu viel Schmerz, der einen dann dasitzen lässt als jemanden, der sich schämen muss für ein gutes Leben.

»Und dein Platz«, fragte Tashi, »ist der hier?«

Teresa schwieg nachdenklich. *Das Kind, das sich hinter dem englischen Au-pair-Mädchen versteckt, weil es die fremde Großmutter nicht kennt. Das ist deine Oma, Johanna, gib schön die Hand. Ein trotziger Blick und die kleinen Hände hinter dem Rücken, zu Fäusten geballt. Geh weg, sagt das Kind. Astrids kühler, missbilligender Blick. Margaret, bring dem Kind Manieren bei.*

Zurück in Kathmandu hatte sie Sita eingestellt, diese nicht mehr junge Frau, die ihre jüngste Tochter mit zur Arbeit nehmen musste. Jahrelang hatte die kleine Madhu vormittags zu Teresas Haushalt gehört. Als Wiedergutmachung. Doch was hatte ihr Enkelkind Johanna davon gehabt? Die Erinnerung an den Selbstbetrug schmerzte noch immer.

»Ich weiß es nicht, Tashi. ›Einsam in Kathmandu‹ ist mein bestmöglicher Platz, denke ich. Der Rinpoche, der mein Lehrer war, lebte hier; er starb vor ein paar Jahren. Mein Leben ist ziemlich einfach. Ich habe Zeit für meine Dharma-Praxis und meine Bilder. Vielleicht hätte ich wegen Joe bei meiner Familie bleiben sollen. Vielleicht wäre Joe jetzt nicht … so. Ich weiß es nicht. In den alten Texten heißt es immer, es sei nicht gut, an die Familie gebunden zu sein. Aber ich bezweifle den absoluten Wert solcher Festlegungen. Die einen benützen die Familie als Ausrede gegenüber dem Aufwand an Zeit und Energie für die Dharma-Praxis, die anderen benützen die Dharma-Praxis als Ausrede dafür, ihre Familie zu vernachlässigen.«

»Und vielleicht benütze ich Tibet als Ausrede«, sagte Tashi nach einer Pause.

»Wofür?«

»Für alles. Für jedes Versagen. Lange Zeit glaubte ich der Stimme in mir, die sagte, wenn ich in meinem Land wäre, könnte ich ein anderer Mensch sein. Wahrscheinlich glaube ich es heimlich immer noch.«

»Was für ein Mensch wäre das?«

Tashi beugte sich vor und verschränkte die Hände. »Ich weiß nicht einmal, wer ich sein möchte. Viele Jahre lang hab ich in der Schweiz gelebt und hatte eine Schweizer Frau, aber wie ein Schweizer konnte ich nicht werden. In Amerika war ich mit einer Amerikanerin verheiratet, aber ich konnte unmöglich ein Amerikaner werden. Immer war ich der andere, der Fremde. Und ich bin kein Nepali. Hier sind wir Tibeter schließlich nur Asylanten.«

»Warst du je in Tibet?«

»O ja.« Tashi lachte kurz auf. »Tibet. Was ist das? Opfer. Täter.

Im Westen habt ihr das Bild von Madonna und Hure. Ja, ich war in Tibet. Zum ersten Mal mit achtzehn Jahren, zusammen mit Sherab. Meine Mutter brachte mich ins Kloster, als ich dreizehn war. Das war viel zu spät. Üblicherweise gibt man Kinder mit sieben Jahren ins Kloster, dann gewöhnen sie sich rechtzeitig an diese Art von Leben. Meine Eltern wollten nicht, dass ich im Kloster aufwuchs. Sie waren beide selbst Klosterzöglinge. Aber sie sprachen nie darüber. Als mein Vater an Tuberkulose starb, sah meine Mutter für mich keine andere Möglichkeit als das Kloster.«

Nach einer Pause fügte er hinzu: »Wir waren arm. Entsetzlich arm.«

Er schwieg und knetete seine Hände. »Davon rede ich nicht gern.«

»Ich möchte dich nicht bedrängen«, sagte Teresa.

»Du hast einem Fremden geholfen, von dem du nicht das Geringste wusstest. Du hast ein Recht darauf, etwas über diesen Tashi zu erfahren.«

Teresa nickte zustimmend.

»Meine Mutter starb ein paar Jahre nach meinem Vater. Siebzehn Jahre alt war ich damals. Ich war bei ihr, und bevor sie starb, sprach sie zum ersten Mal von ihrem Leben und von meinem Vater, wie sie sich kennengelernt haben, als sie noch ordiniert waren. Sie haben einander sehr geliebt. Amala sagte, sie habe wundervollen Blumenduft gerochen, als ich gezeugt wurde, und dass sie und mein Vater augenblicklich wussten, dass ein Wesen zu ihnen gekommen war. Ein besonderes Wesen, sagte meine Mutter. Na ja, Mütter …« Tashi lächelte. »Sie war eine große Liebende, meine Amala.«

Er erzählte weiter, mit wenigen Worten und in unbeteiligter Weise, als berichte er vom Leben einer Person, an der ihm nicht viel lag. Teresa hoffte inständig, dass es nicht regnen möge, doch die Unterbrechung kam von anderer Seite, plötzlich und doch als Erfüllung einer bangen, dunklen Erwartung.

Schnelle Schritte auf der Betontreppe. »Da ist ein Mann«, flüsterte Joe keuchend vom Dachaufgang her, »am Strommast vor dem Haus gegenüber.«

Während Tashi im Sichtschutz der Solarkästen zur Treppe eilte, ging Teresa an den Dachrand und gab vor, in den Nachbargarten zu schauen, beobachtete jedoch aus den Augenwinkeln einen Mann, der mit Steigeisen am Strommast hing und an einem Gewirr von Stromkabeln hantierte. Unten am Straßenrand stand ein weiterer Mann. Nichts Auffälliges war an den Männern, doch jener auf der Leiter hatte einen guten Blick auf das Dach, in die Fenster zu Teresas Wohnung und in den Hof.

Teresa folgte Tashi in die Wohnung hinunter. »O nein, o nein, o nein!«, murmelte sie hektisch vor sich hin und bemühte sich vergeblich, ihre Aufregung zu beherrschen.

»Ich war's nicht«, sagte Joe wütend und schuldbewusst. »Mich hat niemand beschattet, ich hab genau aufgepasst.«

»Niemand wirft dir irgendwas vor«, sagte Teresa. »Wahrscheinlich sind das ganz gewöhnliche Arbeiter. Hier gehen ständig Stromleitungen kaputt, so marode, wie die sind.«

Plötzlich fiel es ihr nicht schwer, das Mädchen in die Arme zu nehmen. »Nimm mich nicht ernst. Ich bin schrecklich nervös. So bedroht zu sein gehört nicht zu meinen üblichen Erfahrungen. Bis jetzt ging es in diesem Haus immer sehr ruhig zu.«

Joes hölzerne Haltung lockerte sich ein wenig.

»Bitte, geh ans Küchenfenster und gib acht, was sie machen«, sagte Teresa und schob Joe zur Küchentür. »Aber lass dich nicht sehen.«

Tashi stand seitlich an einem der beiden Fenster, die einem leeren Grundstück an der Rückseite des Hauses zugewandt waren. Er wandte sich um und ergriff Teresas Arme, als wolle er sie an sich ziehen oder als wolle er sie schütteln, wie man ein Kind schüttelt, das nicht hören will.

»Ich muss so schnell wie möglich weg von hier, Teresa. Es ist mir unerträglich, euch in Gefahr zu bringen.«

»Und mir ist es unerträglich, dich in Gefahr zu wissen.« Sie hatte es so schnell gesagt, dass ihr keine Zeit geblieben war, es zurückzuhalten. Er beugte sich vor und legte einen Augenblick lang sein Gesicht an ihren Hals, beglückende, erschreckende Intimität.

Sie schob ihn sanft zurück. »Ich glaube nicht, dass wir in Gefahr sind. Selbst wenn sie dir ins Kloster gefolgt sein sollten oder Joe beschattet haben – niemand kann wissen, wo du jetzt bist. Niemand konnte dich sehen.«

Wie überaus unwirklich erschien ihr die Bedrohung durch Gangster im Vergleich zu der Bedrohung, sich im Netz dieser bittersüßen Nähe zu verfangen. Suchte er eine Mutter? Wollte sie selbst einen Sohn, den sie nie hatte haben können? Hinter diesen Gedanken warteten andere Gedanken, die sie nicht denken mochte, die sie vermieden hatte und weiterhin vermeiden wollte, weil sie geladen waren mit möglichem Schmerz.

Tashi hatte sein Hin-und-her-Wandern wiederaufgenommen, ein schneller, federnder Schritt, fluchtbereit.

»In meinem ganzen Leben hatte ich noch nie so verdammt viel Angst«, sagte er und schob die Hände unter die Achseln. »Wenn wenigstens nur ich allein in Gefahr wäre.«

Teresa hatte sich an das Ende der Schlafmatte gesetzt. »Weißt du was – schneide deine Haare ab«, sagte sie.

Tashi blieb stehen und griff unwillkürlich nach seinem zusammengebundenen Haarschopf.

»Sie verraten dich«, fuhr Teresa fort. »Scher sie ab. Zieh eine

Mönchsrobe an. Und dann versteckst du dich oben auf dem Berg bei den Nonnen.«

Tashi schwieg nachdenklich.

»Es wird mir nicht leichtfallen, meine Haare zu opfern«, sagte er schließlich und setzte sich neben Teresa. »Ich habe lange Haare, seitdem ich das Kloster verließ. Tashi mit den langen Haaren hat man mich genannt. Sie sind ein Teil meiner Identität – soweit ich eine habe.«

»Opfere sie«, sagte Teresa, »dann fällst du im Kloster nicht auf. Ein geschorener Kopf ist deine beste Verkleidung.«

Tashi nickte zögernd.

Teresa sprang auf, lief in den Flur zum Telefon und kam wenig später mit der Nachricht zurück, dass der Mönch namens Jigme die Erlaubnis des Klosteroberhaupts habe, sich in das Retreathaus am Rand des Nonnenklosters zurückzuziehen.

»Man akzeptiert deine Verkleidung als Mönch. Immerhin warst du ja tatsächlich ein Klosterzögling.«

Tashi lachte ein wenig. »Ich hätte nicht gedacht, dass ich unter so bizarren Umständen wieder die Robe tragen würde.«

»Setz dich und erzähle weiter«, bat Teresa. »Ich hab gutes Bier mitgebracht, kein chinesisches.«

Joe zog die Vorhänge zu, zündete die Kerze auf dem kleinen Tisch neben dem Fenster an und ließ sich neben der schlafenden Katze auf ihr Bett fallen.

»Die wollen uns nicht«, sagte sie. »Mich sowieso nicht, und um dich kümmern sie sich auch nicht. Okay, scheiß drauf.«

Shimi streckte sich, öffnete halb ein Auge, gähnte und rollte sich wieder zusammen. Sie war eine angenehme Katze, schlief viel, schnurrte dankbar, wann immer sie gestreichelt wurde, schrie nachdrücklich, wenn sie Hunger hatte, fraß alles, was man ihr vorsetzte, und zeigte großes Interesse für das Katzenklo, das Teresa in den Flur gestellt hatte. Irgendwann in der Nacht hatte sie das Haus durch eines der Wohnzimmerfenster verlassen, war vermutlich über einen Ast zur hohen Gartenmauer geklettert und hatte von dort ihren Weg in die Nachbargrundstücke gefunden. Joe hatte sich Sorgen gemacht, doch zum Frühstück hatte sich Shimi wieder eingefunden, mit schmutzigen Pfoten und vertrauensvollem Geschrei.

Sturmböen blähten die gelben Vorhänge und gaben den Blick auf einen drohend verdunkelten Himmel frei. Joe hatte kaum die Fenster geschlossen, als ein Blitz das Nachbarhaus und die Bäume dahinter aufleuchten ließ. Ein Donnerschlag folgte, das Haus bebte. Shimi hob den Kopf und legte die Ohren an. Joe beugte sich beruhigend über den Katzenkörper. Sie mochte Gewitter. Wilde, wütende Blitze, das hemmungslose Krachen des Donners, unzähmbar, unberechenbar, chaotisch. Lustvoll beschleunigte sich der Rhythmus ihres Herzens. Der tobende Himmel war maßlos und niemand konnte ihn daran hindern. Er verbündete sich mit ihr gegen all die geordneten Scheußlichkeiten wie Mams Kostüme, Pas Krawatten, Internate, Morgenandachten und Schulpsychologen.

Entschlossen stand sie auf und schlich auf Zehenspitzen durch den Flur zur Haustür. Zwischen dem Donnern und vermischt mit dem Rauschen des Regens vernahm sie Stimmen aus dem Atelier. Doch wozu leise sein? Teresa und Tashi hörten nur einander, dessen war sie sicher. Sita war schon nach dem Mittagessen heimgegangen.

Der Regen hatte den alten Rattansessel auf der Terrasse vor Teresas Wohnungstür durchnässt. Im Treppenhaus liefen Rinnsale vom Dach über die Betonstufen ins Parterre hinunter; auf dem groben Pflaster des Hofs prallten die großen Tropfen ab und spritzten hoch auf; von den Simsen zwischen den Stockwerken fiel der Regen in nassen Schleiern herunter. Joe begann mit klatschenden Flipflops im Regen zu tanzen, mehr schreiend als singend, das unsterbliche, nervtötende, herzzerreißende Gegröle der Rolling Stones: »I can't get no satisfaction.« Die Ströme von Regen in ihrem Gesicht ersetzten alle Tränen, die sie nie und nimmer weinen würde. Und wer hätte die rücksichtslose Umarmung des Sturms überbieten können? »Mehr, mehr!«, rief sie den Blitzen zu, und »lauter, lauter!« dem Donner.

Irgendwann stürzte eine aufgeregte Gerda aus der Haustür. »Was machst du denn? Bei diesem Wetter! Ein Blitz könnte dich treffen.«

»Gefällt mir«, rief Joe. »Tanz doch mit! Macht Spaß. Ist ja nicht kalt. Und droben ist es stinklangweilig.«

»Ist euer Ngakpa noch da?«, fragte Gerda, als Joe ihr widerstrebend in den Schutz des Treppenhauses folgte.

Joe drückte Wasser aus ihren Haaren. »Neugierig warst du noch nie, oder? Ja, er ist noch da. Und wenn du es genau wissen willst, er ist kein Ngakpa, sondern er versteckt sich bei uns. Er wird verfolgt. Von Gangstern, richtig gefährlichen Mafiatypen. So, jetzt weißt du es. Und wenn du jemand siehst, der verdächtig vor dem Haus herumlungert, dann sagst du es mir, okay?«

Gerda verzog das Gesicht. »Sehr fantasievoll.«

»Nee, diesmal ist es die Wahrheit«, erwiderte Joe und trat ganz nah an Gerda heran. »Ganz ehrlich. Kein Witz. Und sag's auf keinen Fall weiter.«

Die große Leidenschaft dieser frommen Frau ist der Klatsch, hatte Teresa gesagt. Erzähl ihr was, und morgen weiß es ganz Kathmandu.

Schon als sie die Wohnung betrat, ahnte Joe, dass die böse Befriedigung dieses Augenblicks die Reue nicht aufwiegen würde.

In der schlaflosen Nacht versuchte Teresa aus den Bruchstücken, die Tashi ihr erzählt hatte, ein Bild seines Lebens zusammenzusetzen. Ihre Gedanken zeichneten, radierten, fügten Bilder an Bilder, um allem einen Zusammenhang zu geben. In unbehauenen Brocken hatte Tashi ihr seine Vergangenheit vorgelegt, mit langen Pausen, die nichts anderes bedeuteten als seine Unlust, über sich selbst zu sprechen. Das hatte er eingestanden. Als risse er durch die Preisgabe Lücken auf, durch die fremde Geister eindringen konnten. Sie hatte ihn immer wieder mit gelassenem Nicken beruhigt und manchmal fast den Atem angehalten, um den dünnen Fluss der Erzählung nicht zu beeinträchtigen.

Sie sieht ein Mädchen und einen jungen Mann, überwältigt vom Wunder ihrer leidenschaftlichen, romantischen Liebe, die den Schutzwall ihrer Gelübde durchbricht und sie der äußersten Verletzlichkeit ausliefert. Freiwild für die lauten und leisen Attacken von Mitnonnen, Mitmönchen, Oberen, Unteren, anderen aller Art, nicht zu reden von ihren eigenen Schulddämonen. Sie leiden. Sie geben die Gelübde zurück, verlassen den schützenden Pferch und schleichen sich unter die Wölfe, verkleiden sich in trübfarbene Alltagskleider, lassen die Haare wachsen, machen sich unsichtbar, leben von niederen Arbeiten. Dann der Tag des Klosterfestes, der fremde Lama, der bei dem unscheinbaren Paar mit dem kleinen Kind auf dem Arm der Mutter stehen bleibt. Tashi hatte das Ereignis nur kurz gestreift, es in Bedeutungslosigkeit aufzulösen versucht. »Meine Mutter glaubte, dass ich eine besondere Wiedergeburt sei, und fürchtete, man würde sie überreden, mich in ein Kloster zu geben.«

Sie sieht dieses junge Paar, den kleinen Jungen auf dem Arm der Mutter, ihr Kleinod, bei dessen Empfängnis die wundervollsten Blumendüfte auf seine Besonderheit hingewiesen hatten. So sehr liebt sie dieses Kind, dass sie es schließlich, als sie nicht mehr für es sorgen kann, doch einem Kloster anvertraut. Was hat sie so lange zögern lassen? Was hat sie erlebt, dass sie dies nur als letzten, allerletzten Ausweg sah?

Teresa legte im Dunkeln die Hände auf ihre Augen; die eigenen ketzerischen Gedanken, die aufsteigen wollten, erschreckten sie, waren Klöster doch sakrosankt. Alles Religiöse war sakrosankt.

Ist dies das Problem der Religion? Dass man nicht denken darf, was man doch denken will, kann, soll? Gemäß den Lehren des Buddha muss man sich für kein Gefühl und keinen Gedanken schuldig fühlen. Es geht nicht darum, welche Gedanken und Gefühle aufsteigen, sondern was man mit den Gedanken und Gefühlen macht. Man soll sie ernst nehmen – aber nicht zu ernst. Man soll sie leicht nehmen – aber nicht zu leicht. Warum macht uns Religion immer zu Schuldigen?

Tashis Mutter und Vater sind im Kloster unglücklich gewesen, warum auch immer. Sie fanden einander und gingen weg. Niemand hat sie exkommuniziert. Haben sie das selbst getan? Schließlich gehörten sie zu den »Gelben«. Sind nicht die »Reformierten« immer die Besseren und damit die Schuldigeren?

Ja, nach Aussage der Mutter habe er die Arme nach dem fremden Lama ausgestreckt, hatte Tashi zugegeben. Der Vater habe die Mutter schnell weggezogen. Sie seien in Panik davongelaufen. Warum? Die Mutter hatte es nie erklärt.

»Oh, Tashi, du bist vielleicht wirklich eine hohe Wiedergeburt«, hatte Teresa gesagt, und Tashi hatte breit gegrinst und gesagt: »Wer nicht? Derzeit gibt's viele davon.«

Teresa hatte gelacht. Selbst Gerda behauptete, ein Lama habe sie als Emanation von Yeshe Tsogyal bezeichnet. Die verschusselte Gerda, von der alle sagten: »O weh, Papessa Gerda.« Wie sollte man das verstehen? War Gerda ein bisschen zu fantasievoll? Eine spirituelle Hochstaplerin? Oder war es die Wahrheit?

Hatte der Lama es ernst gemeint? Oder sah er es als therapeutische Maßnahme? Weiß der Himmel.

Da stehen sie in der Menge, die junge Mutter, verschreckt und eigensinnig, die seit der Klosterzeit nachgewachsenen Haare zum langen Zopf geflochten, und der junge Mann neben ihr, vielleicht mit dem gleichen kantigen Gesicht wie später der Sohn. Und das kleine Kind streckt die Arme nach dem Lama aus, aber Tashis Eltern fliehen, tauchen unter, verstecken sich und ihr Kind.

Das Verstecken muss schlimm für ihn sein, ein früher Schrecken. Wie weit mag er zurückreichen? In wie viele Leben?

»Ich war ein fürchterliches Kind«, hatte Tashi gesagt. Fürchterlich? Sie hatte nicht unterbrechen wollen, nicht nachfragen. Die Pausen wurden länger, wenn sie Fragen stellte. Einmal lachte er, erinnerte sich daran, wie er sich, etwa zehn Jahre alt, von einem Ast fallen ließ, mitten auf einen großen Rüpel, mehrere Jahre älter als er, der ihm Schläge angedroht hatte.

»Ich ließ mich einfach fallen. Kamikaze. Wums, auf seinen Kopf. Er fiel um und kugelte sich den Ellbogen aus. Von da an ließ er mich in Ruhe.«

Er treibt sich herum. Der Vater hat wenig Gelegenheit, seinen Sohn zu erziehen. Der frühere Mönch verdient das Geld für die Familie als Straßenarbeiter. Nur der Onkel ist da, der Bönpa, ein altersloser Mann, gebildet und in magischen Künsten bewandert. Wahrscheinlich kein Verwandter, aber er lebt bei ihnen, Tür an Tür in dem verkommenen Mietshaus in Kathmandu. Manchmal ist er verschwunden. Er sagt nie, wohin er geht oder woher er Geld hat. Viele fürchten sich vor ihm. Der kleine Tashi verehrt ihn.

Dann stirbt der Vater.

Tashi hatte mit leiser Stimme weitererzählt, den Blick in die Vergangenheit gerichtet: »Ich frage mich, ob es nicht vielleicht mehr Erleichterung als Überwindung für sie bedeutet hat, als sie mich ins Kloster gab. Sie hatte keine andere Wahl, aber ich denke, es hat auch ihr Gewissen erleichtert.«

Teresa sieht den Jungen, dreizehn Jahre alt, ein Bündel von Neugier, Intelligenz, Anmaßung, Wut, Rebellion und Leidenschaft des Geistes. Er hasst die Reglementierungen des Klosters, aber er liebt das Lernen. Und da ist Sherab, ein Junge in seinem Alter, klostererfahren seit seinem siebten Lebensjahr, zum Bersten bereit für die Einflüsterungen des Rebellen. Was mögen sie alles angestellt haben? Sie seien »ganz schön lästig für das Kloster« gewesen, »aber das Kloster für uns auch«. Mehr hatte Tashi nicht gesagt.

Da ist die sterbende Mutter, die dem siebzehnjährigen Sohn ihre Geschichte erzählt, Blut hustend, eine noch junge Frau, durch die Krankheit gealtert, die ihrem toten Geliebten nachstirbt und das Kind zurücklassen muss. Verzeih mir, mein Sohn, Liebe verhindert nicht, dass wir Fehler machen, vielleicht waren unsere Entscheidungen falsch, wir wollten nur das Beste für dich. Jede Entscheidung trägt den Schmerz des Wissens in sich, dass sie falsch sein könnte.

Er bleibt ganz allein zurück. Der unstete »Onkel«, ein paar Verwandte irgendwo in Tibet, unerreichbar. Im Übrigen nur das Kloster, ungeliebte Zuflucht.

Mit achtzehn schließt er die klösterliche Schulausbildung ab, sehr früh angesichts dessen, dass er so spät angefangen hat. »Das Lernen fiel mir leicht. Ich hatte ein gutes Gedächtnis.«

Sie lernen so leicht, die kleinen Tulkus, weil sie sich irgendwie erinnern. Sie haben es schon so oft gelernt, die Lehrtexte, die Kommentare, die Feinheiten der Sprache, all das Wissen, das die Klöster bewahren.

»Warum wolltest du nicht bleiben, studieren, akademische Grade erwerben?«

»In diesem Alter hat man Ideale, Träume. Mein Traum war Tibet. Heimat. Ich hatte wohl die Vorstellung, ich und Tibet gehörten zusammen wie der Fisch und das Meer.«

Mit dieser Vorstellung geht er nach Tibet, illegal, mitten hinein in eine unbekannte Gefahr, vielleicht geschützt durch so viel unschuldige Ignoranz. Fragwürdige Theorie. Karma funktioniert anders.

Teresa versuchte ihre von Schlaflosigkeit verspannten Muskeln zu dehnen. Der Klang der weißen Muscheln aus einem nahe gelegenen Kloster trug den Morgen in sich, noch von Dunkelheit umschlossen. Die ganze Nacht lang waren Tashis Geschichten in ihr gekreist, bis sie den Punkt seiner Dunkelheit erreicht hatte. Sie fühlte sich konturlos angesichts seiner schwarz-weißen Tragik. Lebte sie ohne das Bedürfnis nach Erfahrungen in Großbuchstaben? Hatte sie Resignation mit Abgeklärtheit verwechselt?

Als sie eine Stunde später aufwachte, schien diese Frage keine Rolle mehr zu spielen. Ein Mann war tot, ermordet, ein anderer verschwunden, der dritte in äußerster Gefahr, und diese Gefahr erstreckte sich auf Joe und sie selbst. Das mochte fürs Erste genügen.

Tashi hatte gesagt: Das ist nicht Kino, das ist Wirklichkeit. Dennoch gab es da mehrere Wirklichkeiten. Eine Wirklichkeit der potenziellen Gefahr. Eine Wirklichkeit der Angst. Eine Wirklichkeit der Hoffnung. Eine Wirklichkeit der Erregung – konnte es sein, dass sie die Dramatik des Geschehens heimlich begrüßte? Recht bedacht lief es darauf hinaus, dass dies alles doch Kino war.

4

Der Morgenhimmel war so hell und klar, als habe es nie einen Monsun gegeben. Ein gutes Omen, dachte Teresa, wolkenloser Himmel, klarer Geist. Es musste gut gehen. Es würde gut gehen. Jeder andere Gedanke wurde ausgelöscht vom durchdringenden Wunsch des Gutgehens.

»Erkennt man mich noch?«

Ein veränderter Tashi stand in der Küchentür, ein wenig kläglich lächelnd, das Bündel abgeschnittener Haare in der Hand.

»Du bist fast unsichtbar«, antwortete sie, die Lippen belustigt gespitzt. Niemals würde sie zugeben, dass sie seinen schönen, langen Haaren nachtrauerte, der pathetischen Haarpracht eines einsamen Helden. Dennoch war sie sich nicht sicher, welchen Tashi sie vorzog. *Das Mönchische, das Leise passt zu ihm. Willenskraft und Verletzlichkeit. Ach, träume nicht, Teresa. Verletze dich nicht an Träumen.*

»Keine Arbeit heute?«, fragte er.

»Montags und samstags nie.«

»Ist heute Samstag? Ich habe den Anschluss an die Tage verloren.«

Als er ihr am Küchentisch gegenübersaß im gelben T-Shirt, mit dem kurzen, schwarzen Pelz auf seinem wohlgeformten Kopf, verfloss er mit dem vertrauten Bild der Mönche in den vielen Klöstern des Stadtteils. Erinnerten sich seine Züge an die Klosterzeit, dass sie jenen typischen ruhigen, gezähmten Mönchsausdruck annehmen konnten? Tashi adagio.

Sie schenkte ihm Kaffee ein und schob ihm das Körbchen mit heißen Toastscheiben zu. »Frühstücke noch einmal westlich. Bei den Nonnen oben gibt's am Morgen nur Porridge oder Tukpa.«

Unschlüssig strich Tashis Blick über den Tisch. »Ich kann mir im Augenblick nicht vorstellen, dass es jemals wieder von Bedeutung sein wird, was ich esse.«

Manchmal treten die großen Augenblicke in einer sehr kleinen Situation in Erscheinung, so wie es jetzt geschah, am Küchentisch, als Teresa in ihrem Herzen einer so kompromisslosen, durchdringenden Liebe begegnete, dass sie daran zweifelte, dies aushalten zu können. Sie würde aufsteigen müssen zu einer höheren Teresa oder hinab zu einer tieferen Teresa, dorthin, wo es unbegrenzten Raum gab ohne jegliche Widerstände, dann würde es leicht sein, sich all der Hingabe zu überlassen. Tatsächlich war es eine Entscheidung, die jederzeit getroffen werden konnte. Wann würde sie wirklich bereit dazu sein?

»Bei den Nonnen bist du sicher«, sagte sie.

Teresa war noch nie wirklich in Gefahr gewesen. War sie es jetzt? Sie fühlte es nicht. *Wie soll man umgehen mit Gefahr? Wie weit vorausdenken? Vorausdenken bedeutet, noch mehr Gefahrgedanken aufzuhäufen. Ist die Gefahr in den Gedanken? Ist nicht an die Gefahr denken Ignoranz? Tiere denken nicht an die Gefahr, sie reagieren darauf. Auf welche Gefahr reagieren Lemminge?*

Tashi schob seinen Teller ein wenig von sich weg und stützte die Ellbogen auf den Tisch.

»Wenn ich nur wüsste, wo Sherab ist. Solange sie mich suchen, weiß ich, dass sie ihn nicht haben. Aber ich kann ja nicht einmal sicher sein, dass sie mich noch suchen. Vielleicht verstecke ich mich umsonst. Vielleicht haben sie ihn längst gefunden. Vielleicht ist er tot. Wie sehr ich es auch versuche, ich sehe nichts. Nichts, nichts, nichts. Ich bin völlig blind. Mein Onkel würde über mich lachen.«

Teresa beugte sich vor und legte ihre Hand kurz auf die seine. »Hör auf, Tashi! Quäl dich nicht so.«

»Ich habe Angst«, sagte er. »Um Sherab, um dich, um Joe. Ich hätte euch nicht mit hineinziehen dürfen. Und es erinnert mich an Tibet. Immer misstrauisch, immer bedroht, immer in Sorge um Menschen, die man liebt. Und ich habe ständig diesen Mord vor mir. Jeden Tag lese ich die Texte des Totenbuchs für Kunzang, aber das ändert nichts daran, dass er tot ist, einfach unwiederbringlich tot. Es ändert nichts, wenn ich mir sage, der Geist stirbt nicht und Tod ist nicht absolut und das war sein Karma und was sonst noch. Kunzang ist nicht mehr da. Ich weiß nicht einmal, wie schnell oder langsam er gestorben ist.«

Sie konnte nichts dazu sagen. *Man kann leichter damit umgehen, wenn jemand an einer Krankheit stirbt, wenn man ihn begleiten kann. Aber nicht Mord. Mord ist so ungeheuerlich.*

Tashi legte das Gesicht in die Hände. Er schien zusammenzufallen, schien das Leben in sich nicht mehr festzuhalten, sodass es aus ihm herausrinnen konnte wie aus einem zerbrochenen Gefäß.

Könnte ich dich nur festhalten, es würde helfen.

Das Schrillen des Telefons zerbrach die Stille. Teresa sprang erschreckt auf und lief in den Flur, als sei der laute Klang allein schon verräterisch.

»Oh, hallo, Harichandra, wie geht es dir?«

Sie musste locker sein, ganz normal, nicht anders atmen als sonst, nichts Ungewöhnliches sagen, nur: »Ja, ich würde mich freuen … Nun ja, nichts Neues … Meine Enkelin ist zu Besuch … Ja, ich male an einem Bild, jetzt gerade ganz intensiv, wie wäre es nächste Woche … Ja, das wäre doch schön.« Nicht paranoid werden, es ist ein harmloser Anruf. »Ja, bis dann. Vielen Dank für die Einladung.«

»Das war ein alter Freund, Harichandra«, sagte sie und setzte sich wieder. »Er hatte früher einen hohen Posten in der Regierung.«

Tashi hob den Kopf. Die Panik war kaum sichtbar, nur ein leichtes Zusammenziehen der Brauen, ein Anspannen der Oberlippe.

Sie haben Macht, diese Gangster, Politiker sind dabei, es geht um viel Geld.

»Keine Sorge, Tashi, ich kenne Harichandra schon lange, er lädt mich gelegentlich zum Essen ein. Vor vielen Jahren hätte ich mich einmal fast mit ihm eingelassen, da war ich so allein und verzweifelt, keine gute Voraussetzung für eine Affäre. Ich ließ es glücklicherweise sein und so konnten wir Freunde bleiben. Er war jahrelang als politischer Häftling im Gefängnis, unter einer früheren Regierung, und dort las er die gesamte Weltliteratur rauf und runter, er hatte sonst nichts zu tun. Er hat in England studiert, das gehört sich ja so bei der Oberschicht.« *Ich rede wie ein Wasserfall, häufe Worte auf wie Schutzwälle, Schutzwälle gegen meine Angst um dich. Warum höre ich nicht auf, es war ein belangloser Anruf, unnötig, eine Geschichte daraus zu machen.*

»Einen Abend lang sprachen wir über Shakespeare und von da an gingen wir manchmal zusammen aus. Wirklich, es ist ganz normal, dass er anruft.«

»Wen willst du überzeugen?«, fragte Tashi sanft. »Mich oder dich selbst?«

Sie schüttelte den Kopf. »Ist es nicht selbstverständlich, dass ich Angst um dich habe, Tashi?«

»Ich weiß es nicht«, erwiderte er leise. »Wir kennen uns kaum. Und ich bin es nicht gewöhnt, dass jemand Angst um mich hat.«

Teresa schloss die Augen. Und da war er, der Schwarze, Große, Wilde, Unbesiegbare, im feurigen Tanz der Furchtlosigkeit, und webte seinen Schutz um Tashi, um das Haus, hüllte sie alle ein in seinen Flammenkranz. Es beruhigte sie, geistige Bilder des Beschützers um und über Tashi und das Haus zu verteilen. Er war ihr vertraut geworden während des Malens, wie einem Porträtisten sein Modell vertraut werden muss im Aufnehmen und Umsetzen jeder Linie und Kurve, jedes kleinsten Fleckchens von Licht und Schatten. Wie ihr nun Tashi vertraut wurde, wenn sie sich hineinwagte in die Landschaft seines Gesichts, so ganz ohne jede Absicherung.

»Deine Mutter – sie hatte Angst um dich.«

»Ja, meine Mutter … Als ich in westlichen Kirchen die Maria mit dem Jesuskind sah, musste ich immer an meine Amala denken. Ich musste oft weinen, es war peinlich. Eine seltsame Koinzidenz, dass meine Frau in der Schweiz Maria hieß. Mit der Jungfrau Maria hatte sie wenig Ähnlichkeit. Sie war Sinologin und Tibetologin. Eine Professorin.«

Eine Professorin. Natürlich. Eine Professorin spricht von »Koinzidenz«. Sein Deutsch ist sehr gut. Im Kloster hat man ihm den Wert der Sprache beigebracht. Maria, die Professorin. Sicher eine ehrgeizige Frau. Sie hat die Grammatik ihres Geliebten korrigiert, seine Aussprache gefeilt. Hat sie ihn geheiratet, damit er im Land bleiben kann? Hat sie ihn geliebt?

»Maria hatte eine Leidenschaft für Sprache. Sie hat mir auch ein bisschen Chinesisch beigebracht. Das war brauchbar, später, als ich wieder nach Tibet ging.«

»Warum bist du nicht bei ihr geblieben?«

Tashi lächelte sein verhaltenes Lächeln, das seine Augen zwischen den lang gezogenen Lidern zum Glänzen brachte. »Das war nicht meine Entscheidung. Ich war viel jünger als sie. Damit hatte sie natürlich auch eine Art Mutterrolle. Ich liebte sie sehr. Aber ich hatte vage Ideen von sogenannter Freiheit.

Gelegentlich verschwand ich, trieb mich herum, arbeitete in Bars. Und irgendwann stellte sie fest, dass sie sich mit mir langweilte.«

In dem straffen Gesicht mit seinen Kanten und Schatten suchte man Sanftheit vergebens. Dennoch war sie da, wie ein Geruch, ein bisschen süß, ein bisschen bitter.

»Sie sagte, man müsse erkennen, wann etwas zu Ende sei. Ein Ende, das man als solches anerkennt, ist zugleich ein guter Anfang. Sie mochte solche Sprüche. Und sie hatte sicher recht.«

Ein Klopfen und Rufen an der Haustür unterbrach das Gespräch, vielleicht zu Tashis Erleichterung, denn er stand augenblicklich auf und wischte ein paar Brotkrümel von seinem Hemd.

»Das muss Ani Pema sein«, sagte Teresa.

Eine junge Nonne stürmte wie ein Windstoß in die stille Wohnung, füllte sie mit Zuversicht und Tatkraft.

»Wir haben Glück, es wird heute nicht so bald regnen«, sagte sie in perfektem Englisch und drückte Tashi ein rotes Mönchsgewand in die Hände. Was auf Tibetisch folgte, konnte Teresa nur teilweise verstehen. Es mochte so viel bedeuten wie: »Mach der Robe Ehre.«

Tashi lächelte belustigt und antwortete auf Englisch: »Zumindest macht sie mir Ehre, nicht wahr, Ani-la?«

Mit einer kleinen Verbeugung verschwand er im Atelier.

Eingeweiht in Tashis Vergangenheit und sein gegenwärtiges Dilemma, hatte die Nonne ohne Zögern zugesagt, ihn im Jeep ihrer Familie zum Berg zu fahren und den Pfad hinaufzubegleiten, auf dem man die befahrbare Schotterstraße umgehen konnte. Ani Pema teilte ihre Zeit zwischen dem Kloster und dem Büro ihres kranken Vaters. Wie passt das zusammen, hatte Teresa die junge Frau einmal gefragt, fünfzig Prozent Kloster, fünfzig Prozent Welt?

Ani Pema hatte gelacht. »Das ist manchen suspekt, aber für mich ist es das Richtige. Das Kloster beschützt mich davor, mich einem Mann unterwerfen zu müssen, und die Welt beschützt mich vor der Gefahr, klösterliche Ignoranz und Arroganz zu entwickeln. Ich meine, ich will keine meiner Mitschwestern oder gar Brüder beschuldigen, sie seien … aber manche …«

Nach wenigen Minuten erschien Tashi wieder, den Rock über dem gelben T-Shirt perfekt gewickelt und das Umhängetuch ordentlich drapiert.

Ani Pema nickte anerkennend. »Sieht er nicht wie ein guter, braver Mönch aus? Keiner wird ihn erkennen.«

Den Tränen nah vor Dankbarkeit legte Teresa den Arm um die Schultern der Nonne. Ani Pema hatte jene robuste, handfeste Art, mit Herausforderungen umzugehen, um die sich Teresa ihr Leben lang vergeblich bemüht hatte. Gewiss, sie schreckte nicht vor schwierigen Situationen zurück, kam sogar ganz gut damit zurecht, doch unter ihrer scheinbaren Ruhe und Bestimmtheit zitterte eine unbezähmbare Nervosität und Ängstlichkeit. Und wenn sie etwas nicht bewältigte oder durch Ungeschick verdarb, kroch ein Gefühl schwärzester Verzweiflung in ihr hoch, das sie jedes Mal von Neuem erschreckte. Dies spielte sich in solch unauslotbaren Tiefen ab, dass sie es sich kaum bewusst zu machen vermochte. Sie nannte es für sich ihr »Höllchen«.

»Was'n los?« Joe, in ihr Bettlaken gehüllt, hatte mit verschlafenen Augen die Gästezimmertür geöffnet.

»Hallo, Prinzessin«, sagte Tashi, »besuchst du mich mal auf dem Berg?«

»Achduheiligescheiße, wie siehst du denn aus?«, entfuhr es Joe. Soeben noch hatten sich die Schritte und Stimmen in der Wohnung zu einem unerquicklichen Traum verbunden, in dem Messer schwingende Gangster das Haus stürmten, ein sehr großes, verwinkeltes Haus wie ihr letztes Internat, doch im Traum Teresas Haus. Sie flüchtete mit Tashi und Teresa in einen finsteren, endlosen Keller. Plötzlich hatte sie sich im Traum an Mahakala erinnert und war augenblicklich aufgewacht.

»Mann, du siehst richtig echt aus.«

Ani Pema mahnte zur Eile und innerhalb weniger Minuten war sie mit Tashi in ihrem kleinen Geländewagen verschwunden. Das Tor war wieder verschlossen, die Hündin Lila hatte sich in ihren Schuppen zurückgezogen und von der Straße drangen die üblichen ungeduldigen Geräusche des Tages zur Wohnung herauf.

»Man könnte ihn ja echt als Mönch verkaufen«, sagte Joe verwundert. »Dürfen denn Mönche bei den Nonnen wohnen?«

Teresa lachte. »Das ist kein Kloster mit Klostermauern. Es sieht eher aus wie ein Dorf. Und alle möglichen Leute wohnen dort oben.«

»Aber mit Sex ist da nichts, oder?«

»Das Zölibatsgelübde müssen Nonnen natürlich einhalten.«

»Und wenn nicht?«

»Dann können sie ihre Gelübde zurückgeben und gehen. Es besteht ein gewisses Verständnis dafür, dass sich jemand für eine weltliche Lebensweise entscheidet. Immerhin kommen sie schon als Kinder ins Kloster.«

»Und du glaubst, dass Tashi dort sicher ist?«

»So sicher, wie er nur irgendwo sein kann. Auf alle Fälle sicherer als bei uns in der Stadt.«

»Schräger Typ, irgendwie«, sagte Joe mit übertriebener Beiläufigkeit. »Er hat in seinem Zimmer eine Sexpuppe unterm Bett.«

»Was hat er?«

Joes funkelnder Seitenblick fing den Schatten von Fassungslosigkeit ein, der die feinen Falten um Teresas Mund vertiefte.

»Na, so ein Gummiding, so eine Sexpuppe. Hab ich gestern gesehen, als ich seine Bücher aufgesammelt habe.«

»Aha«, sagte Teresa. Eine Stichflamme von Enttäuschung, Verachtung. Nein, sie würde nicht urteilen, bevor sie mit ihm darüber gesprochen hatte. Aber würde sie das tun? Würde sie sich überwinden können, ihn zu fragen?

»Ich fahre heute Mittag mit dem Taxi hinauf ins Kloster und bring ihm seine Sachen. Willst du mitkommen?«

»Geht nicht«, antwortete Joe und wandte sich dem Badezimmer zu. »Samten und die anderen Jungs kommen nachher und holen mich ab. Sie zeigen mir diese andere Stupa, wo die frechen Affen sind.«

Teresa lächelte. »Swayambunath. Wie nett von ihnen. Nimm Proviant und eine Flasche Wasser mit, der Weg hinauf ist anstrengend. Aber gib acht, die Affen klauen Taschen und Tüten.«

»Weiß ich doch«, knurrte Joe friedlich, schloss die Badezimmertür hinter sich und rief: »Und ich sag dir, ich freu mich schon auf diese Monster.«

Der Monsunregen hatte die Schotterstraße zum Nonnenkloster hinauf so unerbittlich ausgeschwemmt, dass sie einem Bachbett glich, voller Geröll und gelegentlich auch massiven Gesteinsbrocken. Dann musste Rahul aus seinem Taxi aussteigen und den Weg frei räumen, bis der nächste schwere Regen die Straße von Neuem bearbeitete.

Am Straßenrand weit unterhalb des Klosters hockte ein Kuli neben seinem großen Korb, Narad, ein kleiner, dünner Mann aus dem benachbarten Dorf, Vater von sechs lebenden und vier verstorbenen Kindern. Teresa lud die Reisetasche in seinen Korb und drückte ihm zusätzlich zu den für seine Dienste angemessenen

Rupien eine Schachtel amerikanischer Zigaretten in die Hand, ein kostbares Geschenk.

Die Tasche war schwer. In ihren vielen Meditationsretreats hatte sie gelernt, was man alles in der Abgeschiedenheit des Klosters benötigte – neben Nüssen, getrocknetem Obst, Tsampa, Taschentüchern, Kerzen, Glühbirnen und Regenschirm auch eine Tischlampe, einen Tischventilator und ein stattliches Paket Schokoladenriegel für die Nonnen.

Der Regen hatte den steilen Trampelpfad zum Kloster hinauf durchweicht und binnen weniger Minuten war Narad auf seinen nackten Füßen ihrem Blick entschwunden, während sie mit ihren festen Schuhen im nassen Lehm rutschte und auf abgetretenen Steinen nur notdürftig Halt fand.

Die Regenwolken schienen fast das Dach des Lhakang zu berühren, der über den am Steilhang verstreuten Gebäuden und Hütten der dorfartigen Klosteranlage aufragte. Die Nachmittagssonne wob goldene Ränder um die blauschwarzen Wolkenballen und gab den armseligen Wohnstätten der Nonnen den Glanz des Kostbaren. Teresa seufzte beglückt. Und gäbe es nur diesen einen, einzigen Augenblick der Schönheit, dachte sie, es hätte sich gelohnt, so lange dafür zu leben.

Als sie wenig später das Retreathaus erreichte, hatte ein stürmischer Wind eingesetzt. Nicht mehr lange, und der unvermeidliche Platzregen würde losbrechen.

Teresa ergriff die Tasche, die der Kuli vor die Tür gestellt hatte, drückte das Fliegengitter im Eingang auf und betrat die kleine, grob zurechtgemauerte Küche. Eilig wechselte sie ihre schweißnasse Bluse gegen ein trockenes T-Shirt.

»Tashi, bist du da?«, rief sie.

»Ja, bin ich«, kam die Antwort vom oberen Raum, »irgendwie schon.«

Als sie die steile Treppe zum Meditationsraum hinaufstieg, überkam sie ein Gefühl tiefer Ruhe. So manche Monate hatte sie in dieser wunderbaren Einsamkeit allein mit ihren Beschützern und Dämonen und allen guten, weniger guten und neutralen Ausdünstungen ihres Geistes verbracht – und in den besten Stunden in der äußersten Intimität mit jenen Wundern an Präsenz, den friedvollen und zornvollen Gottheiten.

»Es ist schön hier«, sagte Tashi im roten Gewand, derselbe Tashi, den sie kannte, und doch auf ungreifbare Weise ein anderer. »Ich bin in Kathmandu aufgewachsen und war doch nie hier oben. Immer nur da unten am Fluss, wo das Leben so aussichtslos war. Wäre meine Mutter mit mir hier heraufgegangen … Aber das konnte sie ja nicht. Schon gar nicht in ein Nonnenkloster!«

Eine große Thermoskanne mit Tee stand bereit und sie setzten sich auf Polstern an das große Fenster, das fast die gesamte Südwand des kleinen Zimmers einnahm. Unten das Tal, im Süden die Vorberge des Himalaja und darüber die Weite des Himmels, so unbegrenzt und so nah. Tashi schwieg in der entrückten Weise, die Teresa nun schon ein wenig kannte.

Manche Leute hüllen sich in Schweigen wie in einen Mantel oder umgeben sich mit Schweigen wie mit einer Mauer. Doch Tashi geht eher weg, irgendwo in sich hinein, wo es heller ist und wo er Klarheit sucht. Und ich sitze da wie die Katze vor dem Mauseloch und warte, dass er wieder zum Vorschein kommt.

Im entfernten Küchenhaus lachten ein paar Nonnen beim Küchendienst. Ein Rabe ließ sich auf dem Ast eines Baums nieder, krächzte ein wenig und flog weiter. Die inzwischen tief hängenden Wolken tauchten den Nachmittag in Dämmerlicht.

»Ani Rinpoche hat mich heute Vormittag zu sich gerufen«, sagte Tashi schließlich. »Eine Nonne kam und richtete aus, Rinpoche wolle mich sprechen. Es war eine Überraschung, ich hatte keine Frau erwartet. Und dass man sie Ani nennt, obwohl sie doch eine Yogini ist. Diese tibetischen Inkonsequenzen tun mir immer wieder gut.«

Teresa nickte eifrig. »Und viele Jahre lang ist sie die Gefährtin des früheren Rinpoche gewesen, der das Oberhaupt dieses Klosters war. Man sagt, sie sei eine Siddha.«

Während Tashi die Teeschalen füllte, wanderten ihre Gedanken zu der Zeit zurück, als sie ihrem Lama zum ersten Mal begegnet war und sie sich leidenschaftlich gewünscht hatte, von ihm als Gefährtin auserwählt zu werden. Diese Sehnsucht hatte sie allzu scheu gemacht, als schrumpfe sie im Licht ihres unerhörten Wunsches zu beschämender Unwürdigkeit. Eines Tages hatte er sie in die Arme genommen, sehr fest und unerträglich lang, bis ein glückliches Weinen sie aus ihrem selbst verordneten Gefängnis entließ. Sie liebe ihn, hatte sie ihm zugeflüstert, und er hatte zärtlich und sachlich zurückgeflüstert: Ich weiß.

»Ani Rinpoche fragte mich, ob ich ein Mönch sei«, sagte Tashi. »Ich war verwirrt. Man hatte ihr bestimmt erklärt, wer ich bin und dass ich mich hier verstecken will. Ich sagte, ich sei früher ein Novize gewesen, aber zum Mönch würde ich mich nicht eignen. Sie lachte und sagte, ich solle mir keine Gedanken machen. ›Die Tradition umarmt dich‹, sagte sie. Und dann sagte sie so etwa: ›Es spielt keine Rolle, ob du ein Mönch bist oder nicht. Wenn du ein Mönch bist, dann bist du es nicht, um etwas zu erreichen. Du bist einfach ein Mönch, jeden Tag. Der spirituelle Weg ist nicht dazu da, um etwas zu erreichen, sondern um zu sein. Wenn einer die Mönchsgelübde hält, um die Erleuchtung als Belohnung dafür zu bekommen, könnte er es ebenso gut bleiben lassen.‹

Ich kannte in der Schweiz einen ehemaligen tibetischen Mönch, einen Kollegen von Maria, der mit einer sehr hübschen, lieben Französin verheiratet war. Ich glaube, er hatte das Gefühl, dass er mit den monastischen Gelübden auch die Chance zur Erleuchtung zurückgegeben hatte. Er war unglücklich, ein versteinerter Mann. Seine Frau liebte ihn, sie wollte ein Kind von ihm, aber er weigerte sich. Es war schrecklich, diese verquälte Ehe zu sehen. Und es machte mich so wütend auf unsere Klöster, auf unsere Tradition.«

»Du bist ein Ketzer und Dissident«, sagte Teresa heiter. »Das ist wunderbar.«

»Danke für das Kompliment«, erwiderte Tashi. »Ani Rinpoche goss Öl in mein Feuer. Sie sagte: ›Sei da, jeden Tag. Nichts vermeiden, hinter nichts her sein.‹ Und dann legte sie mir die Hand auf den Kopf und wünschte mir ein gutes Retreat. Als ob ich deshalb hier sei.«

Teresa lächelte. Sie genoss die Freude, ihn zu sehen, diese ein wenig schmerzliche Freude, glücklich und traurig zugleich, die sich nicht erklären ließ und nicht einmal nach Dauer verlangte. Da sein. Es gab nichts zu beurteilen. Der Augenblick erfüllte sich selbst.

»Vielleicht ist es eine glückbringende Fügung«, sagte sie. »Vielleicht ist ein Retreat jetzt gerade das Beste für dich. Eine bessere Führung als die der alten Ani Rinpoche könntest du nicht haben.«

Mit einem leichten Kopfschütteln wies Tashi auf einige tuchumhüllte tibetische Texte, die er auf die leere Schreinkommode gelegt hatte.

»Ich habe im Kloster studiert, Teresa, aber ich war noch nie in einem Retreat. Ich kann den Bardo-Text lesen. Ich habe Verhaltensregeln gelernt. Ich habe Logik und Abhidharma und Yogachara und Madhyamika studiert. Ich kann unzählige Rezitationen auswendig. Und ich war natürlich bei vielen Einweihungen dabei. Aber trotz all dem, was Ani Rinpoche gesagt hat, fühle ich mich hier wie ein Hochstapler.«

»Jedenfalls werden die Nonnen sich darum reißen, dir dein Essen zu bringen«, erwiderte Teresa und erzählte, um ihn aufzuheitern, alle möglichen Nonnengeschichten. Vom leisen, aber erfolgreichen Aufstand der Nonnen gegen eine übermäßig autoritäre Klostermanagerin; von der alten Nonne, die angeblich durch Wände gehen konnte; von einer ehemaligen Nonne, die inzwischen einem Dharma-Zentrum in England vorstand und einen ehemaligen Mönch geheiratet hatte.

Tashi schüttelte leicht den Kopf. »Ich war so weit weg von dieser tibetischen Welt. All die vielen Jahre im Westen. Ich wollte kein Tibeter mehr sein. Immer auf der Flucht – vor meiner Liebe zu Tibet und vor meiner Wut auf Tibet.«

Ein stürmischer Wind trieb die ersten Regentropfen gegen das Fenster und strömte kühlend durch die Fliegengitter des kleinen Hauses. Ein zarter Geruch nach Räucherstäbchen hing im Raum.

»In Lhasa«, fuhr er fort, »lernte ich eine Familie kennen, die hatte eine junge Nonne versteckt, eine entfernte Verwandte, ein ganz junges Mädchen. Sie hatte mit ein paar Nonnen nachts ›Free Tibet‹-Plakate an eine Mauer geklebt. Die anderen Nonnen wurden gefangen genommen und zu langen Gefängnisstrafen verurteilt. Es war ein Tibeter, der sie verriet. Ein Tibeter! Nur die Kleine entkam. Sie lebte im Hinterzimmer in einem dunklen Haus in der Altstadt und konnte nie raus. Ich erfuhr erst von ihr, als ich die Familie schon gut kannte und ihr Vertrauen gewonnen hatte. Du lieber Himmel, da saß dieses kleine Mädchen in einem Raum, von dem aus man nur Mauern sehen konnte, nicht einmal ein kleines Stückchen Himmel, und war dazu verurteilt, eine Einsiedlerin zu sein, die sie nicht sein wollte. Sie rezitierte stundenlang irgendwelche Texte. Sie war brav, sie sagte, das sei ihr Karma. Sie sagte, in ihrem früheren Leben habe sie sich wahrscheinlich zu sehr dem weltlichen Leben hingegeben. Aber sie war hungrig nach dieser Welt.

Das war damals meine zweite Reise nach Tibet, nachdem ich schon einige Jahre im Westen verbracht hatte. Ich musste ihr so viel erzählen, sie konnte nicht aufhören zu fragen. Es brach mir das Herz, sie in diesem Zimmer zu sehen, wie eingemauert, ohne zu wissen, wann sie das Haus wieder verlassen konnte oder ob sie vielleicht entdeckt würde. Niemand durfte auch nur ahnen, dass sie da war. Die Familie hatte sogar Angst vor den Nachbarn. Tibeter, die einander nicht mehr trauen können! Das war solch ein Schock für mich.«

Tashi schwieg. Die Knöchel seiner verkrampften Hände standen wie helle Knöpfe hervor.

»Aber das war doch nicht alles. Das war doch nicht das ganze Tibet«, wandte Teresa vorsichtig ein.

»Nein, natürlich nicht«, erwiderte Tashi. »Ich fand Freunde. Aber sie alle lebten unter Druck, voller Angst, misstrauisch, manche heimlich subversiv. Ein unterdrückerisches Regime deformiert die Menschen, die ihm ausgesetzt sind – das ist mir heute klar. Aber ich hatte nicht damit gerechnet. Und ich kann es auch heute noch nicht ertragen.«

»Das verlorene Paradies«, sagte Teresa. *Gib mir deine Trauer. Lieber würde ich sie übernehmen, als dich so gequält zu sehen.*

»Die verlorene Täuschung«, erwiderte Tashi. »Man sollte ja dankbar dafür sein.«

»Und zynisch werden?«

»Vielleicht.«

»Und dann?«

Tashi lächelte ohne Heiterkeit, höflich, distanziert. »Ich weiß.

Ich habe es gelernt. Anhaften erzeugt Leiden. Fixierung erzeugt Leiden. Die Zähmung des Geistes befreit von Leiden. Es ist ganz einfach, oder?«

Teresa beugte sich vor und berührte seine unruhigen Hände. »Das hab ich weder gesagt noch gemeint. Sprich nicht mit dir selbst. Sprich mit mir.«

Er nickte leicht und schwieg. Sein glattes, noch nicht von Falten gezeichnetes Gesicht gab nichts preis. Teresa fragte sich, wie er sich wohl selbst erlebte.

»Ich würde lieber Englisch sprechen«, sagte er und wechselte die Sprache. »Im Deutschen, vor allem wenn es um mich selbst geht, ist immer das Phantom von Maria dabei. Sie war so … fordernd. Sie behauptete, es ginge ihr darum, mir zu helfen. Aber ich glaube, noch wichtiger war ihr, mich zu ihrem Werk zu machen, mich so zu formen, wie sie mich haben wollte. Ich habe mich sehr bemüht, mich ihrem Willen anzupassen. Ich dachte, das sei gut für mich. Und wer weiß, vielleicht war es tatsächlich gut für mich.«

»Und was gefiel dir an Maria?«

Teresa glaubte, einen Anflug von Belustigung in seinem Blick zu bemerken. Gut, er nahm sich doch nicht so ernst, wie sie befürchtet hatte.

»Sie war die erste Frau in meinem Leben. Ich war verrückt nach ihr. Ich betete sie an. Sie war wunderbar selbstsicher, eine Königin, eine Herrscherin. Sie gab mir Sicherheit und sie forderte Unterwerfung. Ich war jung und unerfahren und sie wollte mich haben. Sex war ihr wichtig. Ich habe erst viel später begriffen, dass sie Sex als Bestätigung ihrer Weiblichkeit erlebte oder besser als Kompensation für fehlende Weiblichkeit. Aber sie war sehr männlich im Sex. Was für ein kapitales Missverständnis. Aber sie förderte mich in vieler Hinsicht, ohne Zweifel. Ich habe eine Begabung für Sprachen und sie brachte mir gutes Deutsch bei. Ich lernte, in zwei Denkweisen zugleich zu denken. Das ist sehr interessant. Und sie sorgte dafür, dass ich Englisch lernte. Englisch ist die Dharma-Sprache des Westens, sagte sie. Natürlich hatte sie recht, wie immer.«

Teresa lehnte sich gegen die Wand und streckte vorsichtig das Bein mit dem schmerzenden Knie aus. Sie brauchte dringend wieder eine Akupunkturbehandlung. Das Alter war grausam.

»Und wie war es in Amerika?«

Sie begann Tashis Pausen zu mögen. Als umkreise er respektvoll ihre Frage, um den rechten Winkel für die Antwort zu finden, ohne die Hast derer, die es kaum erwarten können, von sich zu reden.

»Amerika, das ist meine zweite Frau, Terry, San Francisco und die Indianer«, sagte er. »Terry war eine Fernsehjournalistin und das ist sie wohl immer noch. Sie war etwa so alt wie ich, um die dreißig. Als wir uns kennenlernten, hielt sie mich im ersten Augenblick für einen Indianer. Sie war begeistert von indianischer Kultur und Esoterik. Schwitzhütten, Pueblo-Feste, Schlangentänze der Hopis, Rituale mit El Mescalito. Ich mochte die Indianer, vor allem die Hopi. Manche der Alten hatten ein bisschen Ähnlichkeit mit meinem Onkel, dem Bönpa. Auf den inneren Reisen bei ihren Festen begegnete ich meinen tibetischen Gottheiten. Das war schön.«

Wieder versank Tashi in eine lange Pause. Teresa schaute den Regentropfen zu, die am Fenster herunterliefen, jeder auf seine ganz eigene Weise. Da gab es muntere Tropfen, die schnell und zielstrebig abwärtsdrängten. Andere waren eher zögernd, brauchten Zeit, um sich zu entschließen, ließen sich erst von nachfolgenden Tropfen überzeugen, den Weg nach unten zu nehmen.

»Terry war Marias Gegenstück«, fuhr Tashi schließlich fort. »Maria war eine Intellektuelle, Gefühl war nicht ihre Stärke. Terry folgte vor allem ihrem Gefühl. Ein bisschen hysterisch, ein dramatisches Mädchen. Sie war zweifellos intelligent, aber sie pflegte ihren Intellekt nicht. Genauigkeit war ihr einfach nicht so wichtig. Ich war von der einen wie von der anderen Spielart fasziniert. Sie waren beide aufrichtig, in ihrer Weise. Manchmal kam ich mir wie ein Falschspieler vor, weil ich immer neben mir stand und zuschaute. Kennst du das, drinnen und draußen zugleich?«

Teresa nickte.

»Ich beneidete Maria um ihre kühle Selbstsicherheit. Später war ich beeindruckt von Terrys heißer Impulsivität. Aber sie konnten mir nicht helfen, echt zu sein.«

»Und was suchst du jetzt?«

Tashis Blick richtete sich so wach und offen auf sie, dass sie zu zittern begann. »Du meinst, was für eine Frau? Ich las einmal eine Geschichte von Mullah Nasrudin. Also, Mullah Nasrudin zog los, um eine Frau zu finden. Als er allein zurückkehrte, fragte sein Freund, ob er kein Glück mit seiner Suche gehabt habe. Doch, sagte Mullah Nasrudin, ich habe eine fantastische Frau gefunden, so schön und würdevoll, und sie hätte mich genommen, aber irgendwie passte es nicht, sie war so elegant und überlegen, da fühlte ich mich ganz klein. Mullah Nasrudin zog wieder los und wieder kam er allein zurück. Der Freund fragte, ob er auch diesmal kein Glück mit seiner Suche gehabt habe. Ach, doch, sagte Mullah Nasrudin, ich habe eine entzückende Frau gefunden, so lieb und anschmiegsam, und sie hätte mich auch genommen, aber irgendwie passte es nicht, ich mochte nicht so eine devote Frau. Und wieder zog Mullah Nasrudin los und kehrte allein zurück. Wieder nicht die Richtige gefunden?, fragte der Freund. Doch, diesmal war sie perfekt, antwortete Mullah Nasrudin. Aber warum hast du sie dann nicht mitgebracht?, rief der Freund. Weil ich nicht der perfekte Mann war, den sie suchte, antwortete Mullah Nasrudin kleinlaut. Darum.«

Teresa lachte. »Also suchst du nicht mehr die perfekte Frau? Was suchst du?«

»Wahrscheinlich habe ich das Suchen aufgegeben. Schon damals, bei den Indianern. Irgendwann hörte ich auf, ihre Rituale mitzufeiern. Sie verführten mich dazu, mich manchmal zugehörig zu fühlen. Ich hatte eine so große Sehnsucht nach Zugehörigkeit, aber ich gehörte natürlich nie wirklich dazu. Terry sagte, ich solle aufhören, depressiv zu sein, ich würde alle guten Geister verjagen. Aber man kann nicht einfach aufhören, depressiv zu sein. Ich wurde ihr lästig. Verständlich.

Nach der Scheidung von Terry lebte ich noch eine Weile mit einer Indianerin im Reservat. Aber ich blieb ein Fremder. Die Leute dort waren gut zu mir, aber sie waren einfach zu unglücklich. Verstehst du, sie waren viel zu unglücklich, um aufzuwachen. Das Unglücklichsein war in ihre Gene gesickert. Und sie bestätigten mich mit aller Macht in meiner unglücklichen Selbstumklammerung. Deshalb musste ich weg. Kathmandu war der Ort für mich, der einem Zuhause am nächsten kam. Und ich hatte nie aufgehört, mich nach Tibet zu sehnen.

Aber jetzt – jetzt bin ich schon wieder auf der Flucht. Auf einer blödsinnigen Flucht vor blödsinnigen Gangstern, mit deren Blödsinn ich nichts zu tun habe. Versteckt in einem Kloster. Es ist bizarr.«

Bizarr. Eher ein Wort von Maria als von Terry.

»Hat Terry dich verlassen oder du sie?«

»Terry sagte, ich ziehe sie runter, und sie hatte recht. Am Anfang waren wir sehr verliebt. Zwei, drei Jahre lang waren wir ziemlich glücklich miteinander. Sie hatte viel Fantasie. Wahrscheinlich sah sie in mir eine Mischung aus indianischem Schamanen und dem Heroen Gesar von Ling. Aber ich war nur ein langhaariger, heimatloser Tibeter mit einer Bön-Onkel-Kindheit und einer Klosterjugend und einer dünnen Tünche von westlicher Zivilisation. Ich bemühte mich, so zu sein, wie sie es sich vorstellte. Ich bemühte mich, für sie ein Amerikaner und ein Indianer und faszinierend zu sein. Aber dann kamen die depressiven Zustände.

Ani Rinpoche hat etwas für mich gesungen, einen Gesang von Milarepa. Ich kenne viele Gesänge von Milarepa, er war das Idol meiner Jugend. In diesem Text gibt es eine Zeile, die mich nicht mehr loslässt: ›Selbstdisziplin bedeutet nichts anderes, als seine Falschheit aufzugeben.‹ Keinen Selbstbetrug mehr, keine unbewusste Maskierung, kein falsches Selbstbild.«

Teresa lächelte. »Ani Rinpoche hat dir ein gutes Retreat gewünscht. Es hat offenbar schon angefangen.«

Unschlüssig zupfte Tashi an seiner Robe. »Nach mehr als fünfzehn Jahren im Westen wollte ich wieder nach Hause. Aber wo bin ich jetzt? Hier im Kloster habe ich nicht mal mehr die Angst, an der ich mich festhalten könnte. Als wäre diese ganze schreckliche Geschichte ein Traum, den ich unten in der Stadt zurückgelassen habe. Ich frage mich zwar, wie es weitergehen soll, aber eigentlich nicht sehr ernsthaft, nicht so, als ginge es mich wirklich etwas an.«

»Also doch Kino«, sagte Teresa.

Tashi wiegte den Kopf. »Es wird wohl so sein.«

Vom anfänglichen Prasseln des Regens war nur ein leichtes Rauschen geblieben, durchbrochen vom Plätschern kleiner Bäche über Treppen und von den Dächern.

Teresa schob ihre leere Tasse zurück und erhob sich. »Vorerst bist du jedenfalls sicher. Das hier ist ein guter Ort.«

Tashi stand ebenfalls auf. Es war ein Augenblick großer, strahlender Spannung, bevor sie gleichzeitig die Hände hoben, um einander zu umarmen. Ich hatte ihn für größer gehalten, dachte Teresa. Ihr Mund berührte seinen Hals, es war ein angenehmes, entgegenkommendes Größenverhältnis.

Sie standen eingewoben in Stille, durchdrungen von Nähe, und es schien Teresa, als öffne dieser Mann alle Poren, um ihre weibliche Energie in sich aufzunehmen. Es wurde nichts von ihr erwartet.

Oder doch? Geht es nicht immer um Erwartungen? Aidan. Ich hätte nichts tun können, um seine widersprüchlichen Erwartungen zu erfüllen. War ich mein Leben lang die Frau, die Erwartungen nicht ordentlich erfüllte? Die Erwartungen des Vaters, des Ehemanns, der Tochter, der Liebhaber?

Der Keim der Enttäuschung in der Erwartung. Der Keim der Erwartung in der Enttäuschung. Perpetuum mobile. Doch nun, in diesem Augenblick, schien es keine Erwartungen zu geben.

Ihre Gedanken zogen sich zurück und ließen dem Fühlen den Vorrang, und schließlich wich dieses einer unendlich weiten Offenheit.

Irgendwann lösten sie sich voneinander in der Übereinstimmung einer sehr tiefen, mühelosen Achtsamkeit.

Tashi ergriff ihre Hände. »Kommst du morgen wieder? Dann habe ich etwas, worauf ich mich freuen kann. Morgen. Ja?«

Sie entzog sich mit einem Nicken. Es drängte sie zu gehen, sie wollte hinaus, sich diesem süßen, alles durchdringenden Gefühl überlassen, das zu den kostbarsten Erfahrungen gehörte, die ihr Geist für sie bereithielt. Viel Realität vertrug es nicht, dieses Gefühl. Es war stets in Gefahr, seine Leichtigkeit zu verlieren. Die Unruhe der Jugend wusste dies nicht, doch Teresa wusste es, und sie wollte es schützen und ihm jegliche Entfaltungsmöglichkeit geben.

»Bis morgen«, sagte sie und strich leicht über sein Gesicht. Während sie am Fuß der Treppe die Klettverschlüsse ihrer Schuhe befestigte, fühlte sie ihn oben stehen und zu ihr hinunterschauen. Sie winkte ihm kurz zu und ging, ohne sich noch einmal umzuwenden.

Der rostige Bus, hinter dem der Jeep zum Stehen gekommen war, stieß dunkle Schwaden aus.

»Diese Stadt stinkt ja fürchterlich«, schrie Joe über den Motorenlärm Samten zu.

Samten lächelte und hakte die Daumen am Steuerrad ein. »Könnte schlimmer sein. Der Regen holt den Dreck aus der Luft.«

Samten und Puntsok, einer der beiden Begleiter Samtens vom Tag zuvor, fuhren quer durch die Stadt, anstatt die Ringstraße zu nehmen. Joe müsse Kathmandu sehen, erklärte Samten, und das hieß, sich in ein buntes, lautes, von Abgasen vernebeltes Chaos zu stürzen. Jeder Fahrer eines jeden Vehikels schien grundsätzlich den Fuß auf dem Gaspedal und die Hand auf der Hupe zu lassen und mit der Entschlossenheit reinen Wahnsinns voranzupreschen.

Joe umklammerte die kleine Figur des Beschützers in ihrer Hosentasche. Nachts pflegte sie ihn auf den Tisch neben die Kerze zu stellen, doch tagsüber wollte sie ihn bei sich haben. Beschützer. Das klang gut. Sie hatte nie einen Beschützer gehabt. Manche Kinder hatten Väter, die sie beschützten. Oder wenigstens Mütter.

»Pizza«, verkündete Samten und wies auf einen Eingang an der engen Straße, durch die sich der Verkehr quälte. »Hier gibt's wunderbare Pizza.«

Joe schüttelte den Kopf. »Pizza krieg ich zu Hause auch. Ich will keine Pizza. Ich will Affen.«

»Hier isst niemand Affen!«, rief Puntsok nach hinten. Die beiden jungen Mönche lachten wie Kinder. So arglos war dieses Lachen, dass Joe zu ihrer eigenen Verwunderung mit einstimmte. Vielleicht machten sich die Klosterjungs doch nicht über sie lustig.

Sie würde ihren Spaß mit den Affen haben. Die Stupa interessierte sie nicht, mochte sie noch so alt und heilig sein. Auf den Postkarten sah sie viel weniger imposant aus als die fette weiße Riesenkatze in Teresas Viertel.

Halb benommen ließ sie die Bilder der Stadt an sich vorüberziehen, die Frauen in glänzenden Saris, Punjabis und ausgewaschenen Sarongs, Kinder in Schuluniformen, magere junge Männer in lumpiger Kleidung, neue Geländewagen mit verdunkelten Fenstern, uralte Taxis, mit buntem Lametta verzierte Fünfzigerjahre-Lastwagen, Fahrräder, die aberwitzige Lasten beförderten, schmutzige Straßenkinder, heilige Kühe, streunende Hunde. Am Fluss eine magere Kuh, die den Müll am Ufer durchwühlte und Zeitungspapier fraß. In der dunklen Brühe trieb ein toter Hund. Auf einer Sandbank hockten ein paar Menschen um einen Scheiterhaufen. Aus dem brennenden Bündel darauf ragten nackte Füße. Joe schüttelte sich. Diesmal war es eine echte Leiche.

»Da soll ich hinauf?«

Die Treppe erstreckte sind endlos nach oben zur Spitze des bewaldeten Hügels, schnurgerade und steil. Samten und Puntsok hatten riesige schwarze Schirme dabei, die gegen Regen und Sonne gleichermaßen dienten. Joes kleiner tibetischer Rucksack war zum großen Teil mit einem Regenumhang ausgefüllt, den Teresa ihr aufgedrängt hatte. Sie würde ihn nicht brauchen. Sie hatte ihre Mönche.

Kaum waren sie aus dem Jeep ausgestiegen, veränderten sich ihre Begleiter auf beunruhigende Weise. Gesittet schritten sie nebeneinander die Treppe hinauf, ohne zu plappern und zu kichern. Samten hatte seine Schirmmütze zurückgelassen und sein Tuch ordentlich gefaltet über die Schulter gehängt. In getrübter Stimmung trödelte Joe hinter ihnen her. Sie hatte gerade angefangen, die Jungs zu mögen, und sogar überlegt, ob sie ihren Discman aus dem Rucksack nehmen und ihnen anbieten solle, ihn abwechselnd zu benutzen. Die Idee war vielleicht doch nicht so gut.

Der Anblick eines großen, grauen Affen munterte sie auf. Schnell glitten seine erwartungsvollen Blicke über die drei Besucher. Joe kramte eine Plastiktüte aus ihrem Rucksack und ließ sie an ihrer Hand baumeln. Sie tat, als nehme sie das Tier nicht wahr.

Der Affe verhielt sich, wie sie es gewünscht und erwartet hatte. Mit einem großen Satz sprang er auf die Treppe, riss die Tüte an sich und machte sich in einiger Entfernung über den Inhalt her. Das eingewickelte Objekt erwies sich als ein Stein, den er mit ärgerlich entblößten Zähnen von sich warf. Augenblicklich nahm er seinen Beobachtungsposten wieder ein und verfolgte mit aufmerksamen Blicken, wie Joe die Tüte und das Papier einsammelte. Ein zweiter Affe näherte sich interessiert und wurde vom ersten Affen durch Zähnezeigen vertrieben. Die beiden Mönche lachten.

»Affentheater«, sagte Joe befriedigt. »Warum verjagt man sie nicht?«

»Sie sind auf heiligem Gebiet«, antwortete Samten. »Es ist ihr Berg.«

»Warum?«, fragte Joe weiter. »Warum ist der heilige Berg ihr Berg?«

Samten lachte. »Warum? Weil es so ist.«

»Das ist keine Antwort.«

»Ist Antwort«, mischte sich Puntsok ein, »aber nicht Befriedigung.«

»Du musst wissen«, sagte Samten, »an heiligen Orten achtet man Tiere und Bettler und Leprakranke, eben diejenigen, die sonst nicht geachtet werden. Das erinnert uns daran, dass alle Wesen Buddha-Natur haben. Verstehst du?«

»Dann hätte ich den Affen nicht ärgern dürfen?«

Die beiden Mönche warfen einander erheiterte Blicke zu.

»Der Affe hat sich nicht geärgert«, sagte Samten.

»Hat er doch.«

»Er war enttäuscht«, erklärte Samten gelassen. »Nur in deinem Geist gibt es den Ärger des Affen. Weil du ihn ärgern wolltest. Also gab es etwas Negatives, aber nur bei dir. Dein Problem.«

»Ist auch 'ne Logik«, erwiderte Joe mit gutmütigem Grinsen. Die Jungs waren in Ordnung mit ihrer Mischung aus Humor und Ernsthaftigkeit. Sie würde versuchen, ebenso zu sein. »War ja irgendwie gemein von mir«, sagte sie nachdenklich. »Aber komisch war's trotzdem.«

Wenn es doch für die Punks ähnliche heilige Orte gäbe, dachte sie. Es fiel ihr auf, dass sie »die Punks« dachte, nicht »wir Punks«. Irgendetwas hatte sich verändert. Möglicherweise würde sie ein paar Ringe aus den Ohren nehmen. Obwohl auch das in dieser fremden Welt wenig Bedeutung zu haben schien.

Der letzte Teil der Treppe war so steil, dass Joe sich mit leisem Stöhnen am Geländer hochzog. Sie bewunderte ihre Begleiter, die zwar Schweißperlen im braunen Gesicht hatten, aber dennoch jede Stufe mit Haltung und Anmut nahmen.

Oben angekommen, war sie bereit, das Fladenbrot, das Sita für sie eingepackt hatte, mit ein paar scheuen Affenkindern zu teilen.

Samten, der sich Mühe gab, ein guter Führer zu sein, wies mit dem Finger hierhin und dorthin über die weit ausgedehnte Stadt, die fast die gesamte Breite des Tals zu füllen schien. Doch Joes Aufmerksamkeit war gering. Ihre Gedanken kreisten um ihren Verrat an Tashi, um Gerda, die nichts für sich behalten konnte, um Gerüchte, die Unheil brüten mochten. Sie war wütend auf sich. Sie war wütend auf Teresa. Sie war wütend auf Tashi.

Samten drückte ihr ein Bündel kleiner, quadratischer Zettel in die Hand. Er selbst und Puntsok warfen Hände voll davon in die Luft, sodass der Aufwind am Hügel sie weit davontrug.

»Wirf sie hoch«, sagte Samten, »und wünsche allen Wesen Glück. Der Wind trägt deine guten Wünsche mit dem Papier in die Welt. Das ist gut.«

Joe betrachtete die Zettel, die alle in gleicher Weise mit tibetischer Schrift und Tieren bedruckt waren, einem Pferd in der Mitte und je einem Tiger, Löwen, Drachen und Vogel an den vier Eckpunkten.

»Was hat denn dieser Zoo mit meinen guten Wünschen zu tun?«, fragte sie.

Samten vergaß seine würdige Haltung, stieß Puntsok seinen Ellbogen in die Seite und übersetzte Joes Ausspruch mit mühsam unterdrücktem Gelächter. Joe genoss die Erheiterung ihrer Begleiter.

»Ich will versuchen, es zu erklären«, sagte Samten schließlich. »Die Tiere sind Symbole für Eigenschaften, die auf dem spirituellen Weg entwickelt werden. Wir hatten einmal einen jungen Rinpoche zu Besuch, der in Amerika lebt, und er hat uns diese Symbole so erklärt, wie er sie den Leuten im Westen erklärt. Das gefiel mir gut. Also, der Tiger bedeutet Sanftheit und Natürlichkeit, Nicht-Arroganz. Wenn man arrogant ist, hat man keine

Chance auf dem spirituellen Weg. Wie wenn jemand zum Beispiel sagt: Ich brauche keine spirituellen Lehrer, ich kann das allein. Und Arroganz ist kalt. Dieser junge Rinpoche sagte, die Leute im Westen seien oft ziemlich arrogant, wenn auch nicht so arrogant wie viele gelehrte tibetische Mönche.«

»Ha!«, rief Joe begeistert.

»Natürlich hat er nicht uns gemeint«, erwiderte Samten.

»Natürlich nicht.« Joe kicherte wild, dankbar für die Ablenkung von den dunklen Gedanken, die sich immer wieder vordrängen wollten.

»Der Löwe«, fuhr Samten fort, »bedeutet Wachheit. Aufmerksam, neugierig, interessiert.«

»Ausgerechnet!«, kicherte Joe. »Im Fernsehen hab ich gesehen, dass die Löwen dauernd herumliegen und schlafen.« Nach kurzem Nachdenken fügte sie hinzu: »Jedenfalls die männlichen. Wenn sie nicht gerade Babys machen. Na ja, die Löwenfrauen sind gut im Jagen. Akzeptiert. Und was bedeutet der Drache?«

»Furchtlosigkeit«, antwortete Samten.

Joe schwenkte den Zettel. »Dragonheart. Den Film mag ich.«

Samten hob abwehrend die Hand. »Furchtlosigkeit ist nicht so leicht zu verstehen«, sagte er. »Das bedeutet so viel wie jenseits von Hoffnung und Furcht.«

»Ah, bah, Hoffnung hab ich schon lang keine mehr.«

Samtens Lächeln war freundlich. »Und Furcht?«

»Okay, ich fürchte mich manchmal. Öfter … ziemlich oft.«

Samten suchte nach Worten. »Aber wenn du fürchtest, dass etwas Schlechtes geschieht, hast du doch zugleich auch Hoffnung, dass es nicht geschieht. Und wenn du fürchtest, dass etwas Gutes nicht geschieht, hast du zugleich Hoffnung, dass es geschieht. Oder?«

»Na meinetwegen. Und der Vogel?«

»Das ist der Garuda«, erwiderte Samten. »Freiheit des Geistes. Ohne Bezugspunkte. Wissen, ohne zu urteilen. Schwer zu erklären.«

»Und das Pferd in der Mitte?«

»Das Windpferd, Lungta. Es bedeutet Glück. Gute Energie. Glückliche Energie.«

Joe wandte sich wieder den Affen zu. Während die beiden Mönche in einem Tempelraum verschwanden, folgte sie dem kleinen Umgehungsweg um die Stupa. Dann war er plötzlich da, unmittelbar vor ihr, ein Schatten, die roten, glühenden Augen, und es gab nicht die geringste Möglichkeit des Entkommens. Das kleine Plateau auf dem Berg war mit einer Mauer umgeben und die Hänge fielen steil ab, nur die endlose Treppe führte nach unten in die Freiheit. Doch es war ohnedies einfach so, dass man nicht entkommen konnte. Joes Beine wussten es und rührten sich nicht, ihre Stimme wusste es und konnte nicht um Hilfe rufen. Die roten Augen hielten sie, bannten sie, glitten in ihr Gehirn hinein und holten sich alles Verschwiegene heraus, sogar das, was sie nicht wissen wollte und nur ganz vage ahnte. Die Wut der Sehnsucht. Alle Hinterhalte des Verlangens. Ein Messer im Rücken. Tashi in den Armen der Nacht, der tanzenden, feurigen Nacht. Ihr Verrat. Ihre Schuld. Hatte Gerda bereits etwas ausgeplaudert?

Der alte Mann streckte die Hand aus. Ein Bettler, es war nur ein Bettler. Keine Panik! Ein ganz gewöhnlicher Bettler. Joe holte all die kleinen Scheine, die sie für die Bettler eingesteckt hatte, aus ihrer Hosentasche und hielt sie dem Alten hin, doch er achtete nicht darauf, sondern berührte mit seiner Hand blitzschnell ihren Kopf. Ein Schock, Erdbeben, Flut, Feuer, Wirbelsturm, Stillstand der Zeit.

Eine Gruppe von Besuchern schob sich zwischen sie und den Bettler, der kein Bettler war. Dann sah sie ihn nicht mehr, wollte ihn nicht sehen, rannte zurück zu den Stufen, die zum Tempelraum führten, rief nach Samten und Puntsok. Die beiden Mönche waren verschwunden. Hektisch drehte sie sich im Kreis, lief zu einer kleinen Gasse, in die sie sich nicht hineinwagte, um sich nicht noch weiter von den Mönchen zu entfernen. Sie wollte laufen, rennen, rufen, suchen. Doch noch größer war ihre Angst, sich zu verlieren, alles, was Joe war oder Johanna oder Joana, Stück um Stück in den dichten Gerüchen zwischen den Wänden der Pagoden zurückzulassen, bis nichts mehr von ihr übrig blieb, weil es keinen brauchbaren Bezugspunkt mehr gab für jemanden wie sie, diesen Flickenteppich einer fadenscheinigen Joe-Seele.

»Geht es dir nicht gut, Joe?«

Samtens rotes Tuch versprach Halt und sie klammerte sich daran, grub ihre Finger tief in das Gewebe, das nach Weihrauch roch, ähnlich wie Teresas Wohnung.

»Samten! Ich will heim«, keuchte sie, »mir ist schlecht.«

»Zu viel Sonne heute«, sagte Samten, reichte ihr eine Wasserflasche und öffnete dann seinen großen schwarzen Schirm über ihr. »Tut mir leid. Nicht gut für den Kopf.«

Sie kletterte die steile Treppe hinunter, so schnell es ging, Samten vor ihr, Puntsok hinter ihr, beide wohltuend um sie bemüht. Solche Brüder hätte sie haben wollen, wäre gern eine beschützte kleine Schwester gewesen, aber natürlich hatte sie das nicht verdient. Mieses Karma.

Verräterin. Verräterinnen verdienen nichts Gutes.

»Hanuman Doga«, hörte sie Samten sagen und: »Das nächste Mal.« Sie hatte nicht zugehört. Die roten Augen ließen nicht zu, dass sie etwas hörte. Das Messer im Rücken ließ nicht zu, dass sie etwas sah. Sie musste mit Gerda sprechen, sofort, sie beschwören, bedrohen, am Ausplaudern hindern, sie verwirren, ihr andere Versionen über den Besucher auftischen.

»Ja, das nächste Mal, vielen Dank, es war sehr schön, aber mir ist schlecht«, plapperte sie. »Zu viel Sonne, bin ich nicht gewöhnt.«

Gerda war nicht da, Teresa auch nicht, nur Sita war mit dem Staubsauger in der Wohnung unterwegs, und in der Küche saß ein dunkles Mädchen in Jeans und einem lockeren T-Shirt, die langen schwarzen Haare zu einem dicken Zopf geflochten. Krähe, dachte Joe, eine aggressive, laute Saatkrähe.

»Tochter kennenlernen, Madhu«, sagte Sita und lächelte stolz. »Gute Tochter, frech, aber gut in der Schule.«

Madhu verdrehte die Augen. »Geh staubsaugen, Ama. Ich kann mich selber vorstellen.«

»Langweiliger Tag«, sagte Madhu in nepalischem Singsang-Englisch zu Joe. »Samstag ist tödlich. Nichts Interessantes los in der Stadt. Na ja, ist sowieso selten was Interessantes los.«

»Scheiße«, brummte Joe. Mochte es Samstag oder Sonntag sein, es war ein Untag. Mochte es Tag oder Nacht sein, sie wollte beides nicht erleben.

»Magst du Dope?«, fragte Madhu.

»Immer«, antwortete Joe. »Hast du?«

»Ajit hat, mein Cousin. Jede Menge. Kommst du mit in die Stadt?«

Joe stimmte ohne Begeisterung zu. Lieber mit der Krähe in der Stadt als allein in diesem Haus ohne neue Videokassetten. Und krank vor Schuld.

Im Tuktuk plapperte Madhu über Ajit und seine guten Beziehungen zu Dealern und über Ajits Freund Kamal, der ein tolles Motorrad hatte. Sie sei sechzehn, erklärte Madhu auf Joes Frage. »Alt genug zum Heiraten«, fügte sie hinzu, »aber das will ich nicht. Ama will es. Sie sagt, wilde Mädchen muss man schnell verheiraten.« Sie kicherte abfällig. »Ich habe andere Pläne. Ajit wird Karriere machen, da bin ich dabei.«

Joe verbarg ihr Interesse. Sie würde später fragen, wenn sie sich locker geraucht hatten. Madhu hatte Geheimnisse. Es war immer gut, Geheimnisse zu kennen.

Ein schäbiges Zimmer am Ende eines langen, dunklen Flurs in einem schäbigen Haus mitten in der Stadt. Ajit, der Cousin, wurde ihr vorgestellt, und Kamal, Ajits Freund. Ajit, das Wiesel. Kamal, der Hammel. Sie versuchte die gierigen Augen der beiden jungen Männer auf den schmutzigen Sitzmatten nicht wahrzunehmen, ebenso wie sie versuchte, die Erinnerung an die verbotenen Spiele mit den Jungs im Wald hinter dem Internat zurückzudrängen.

»Komm her, Inchi, iss Schokoladenkuchen«, sagte Ajit und hielt Joe einen Teller mit dunklen Kuchenstücken hin.

Madhu nickte ihr ermunternd zu. »Kamals Schwester backt sie. Besser als rauchen.«

Joe aß Schokoladenkuchen mit feinem Haschischaroma und trank süßen Rum dazu, und in dem Gefühl, eine Gegenleistung erbringen zu müssen, stürzte sie sich in Witze, über die alle lachten, ohne sie zu verstehen. Kamal legte seine Hand auf ihr Knie. Sie stand auf und setzte sich ihm gegenüber. Schließlich waren sie nicht im Wald. Madhu war Sitas Tochter, Ajit ihr Neffe. Und Joe war nicht einfach irgendjemand, sie war die Enkelin der Arbeitgeberin von Madhus Mutter. So war das. Alles in Ordnung.

Sie ließ sich gegen ein hartes Kissen sinken und hörte der Musik zu, die sich über die unverständlichen Gesprächsbrocken der anderen legte wie eine bunte Decke. Elektronischer Beat und unvertraute Melodien, eine Prinzessin aus Tausendundeiner Nacht auf Rollerskates. Diese Vorstellung brachte sie zum Lachen.

»Hat Teresa endlich einen Freund?«, hörte sie Madhu aus weiter Ferne fragen.

»Wieso?« Sie wollte nicht reden. Sie wollte die Musik hören und der Prinzessin zuschauen.

»Ich bin doch nicht blind, Rasierer und Boxershorts im Badezimmer«, erklärte Madhu und kicherte. »Warum auch nicht, sie sieht ja noch ganz gut aus.«

»Blödsinn«, sagte Joe.

Der Hammel hob den Kopf und rückte näher.

»Bähhh«, blökte Joe.

Madhu lachte zu laut und machte dem Wiesel ein Zeichen.

Unvermittelt war das Zimmer von Bedrohung erfüllt. Hatte Madhu sie hierhergebracht und mit Dope vollgestopft, um sie auszuhorchen? Ajit und seine Verbindungen zu Dealern – zur Mafia? Ajit wird Karriere machen, hatte Madhu gesagt – bei der Mafia? War der Hammel Kamal ein Verbindungsmann? Warum war Madhu in Teresas Haus gekommen? Allzu schnell hatte sie Joe eingeladen. Und die beiden Jungs hatten auf sie gewartet, bereit, das dumme Pummel Joe in Empfang zu nehmen und auszuhorchen. Doch sie war auf der Hut. Sie würde vorsichtig sein und den Mund halten. Vorsichtig und schlau. Keinen Verdacht erregen. Wenn doch nur ihr Herz nicht so laut trommeln würde. Jeder konnte es hören.

»Ein Mönch war da«, sagte sie, »aber der ist schon wieder weg. Teresa kennt 'ne Menge Mönche.«

»Ich kein Mönch«, sagte Kamal und schob sich noch ein wenig näher heran.

Madhu lachte wieder zu laut und schlug die Hände zusammen. »Auf die Idee würde auch niemand kommen.« Sie lehnte sich vor und stieß Joe leicht in die Seite. »Oder findest du, dass er so aussieht?«

»Gib unserem Gast noch Rum«, sagte Ajit, »wir sind hier nicht im Kloster.«

Gehorsam füllte Madhu Joes Glas.

Kerzen brannten. Joe konnte sich nicht erinnern, wann jemand Kerzen angezündet hatte. Hinter dem Fenster war es dunkel. Irgendwann hatte sie fernen Donner und prasselnden Regen gehört. Was war mit all der Zeit geschehen? Warum wusste sie das nicht?

Halt still, sagte sie sich, verrate dich nicht, doch sie konnte beobachten, wie ihr immer mehr die Kontrolle entglitt. Klare Gedanken! Sie brauchte klare Gedanken, nicht dieses Gewirr, das in ihrem Kopf herumraste und sie immer tiefer in Angst verstrickte. Das war Paranoia, natürlich, das kam von dem Kuchen, jeder wusste, dass man Kuchen nicht so gut dosieren konnte wie Joints. Sie durfte nicht auf die Paranoia hereinfallen. Vielleicht war alles ganz anders. Vielleicht war Madhu nur zufällig bei ihrer Mutter gewesen und die Einladung bedeutete nichts weiter als eine ganz gewöhnliche Einladung zu einem ganz gewöhnlichen Nachmittag mit langweiligen Jungs und Dope und Rum.

»Ich glaube, ich geh jetzt lieber nach Hause«, sagte sie. Es klang nicht so entschieden, wie sie beabsichtigt hatte.

»Okay«, stimmte Madhu zu ihrer Überraschung zu. »Wir setzen dich in ein Taxi. Und dann gehen wir Pizza essen, Amigos, ja?«

»Nettes Mädchen«, erklärte Kamal fröhlich zum Abschied und tätschelte Joes Schulter. »Komm wieder!«

»Bis bald«, sagte Ajit. »War lustig.«

Madhu drückte sie auf den Rücksitz eines Taxis und erklärte dem Fahrer den Weg.

»Hast du hundert Rupien? Das reicht.«

Joe nickte.

»Bis bald. Wir sehen uns.« Mit einem freundlichen Schubs verabschiedete sich Madhu und warf die Autotür zu. Joe hob die Hand und winkte halbherzig. Nie wieder, Madhu. Nie wieder.

»Wo warst du?«, fragte Teresa mit verdächtig ruhiger Miene.

»Mit Madhu«, murmelte Joe. Sie hätte sich gern in ihr Zimmer verdrückt, doch Teresa verstellte ihr den Weg.

»Joe, du kannst nicht einfach bis in die Nacht wegbleiben, ohne dass ich weiß, wo du bist. Das ist unfair.«

»Scheiß drauf«, sagte Joe und wusste, dass Teresa recht hatte. Deshalb war sie wütend auf Teresa. »Lass mich in Ruh, ich bin müde.«

»Samten rief an und wollte wissen, ob es dir besser ginge. Was war los?«

»Sonnenstich«, knurrte Joe, »oder was weiß ich. Ich hab Kopfweh. Ich will ins Bett.«

Teresa beugte sich vor und schnupperte. »Den Geruch kenn ich doch. Und Augen wie eine Katze im Dunkeln.«

Joe hatte ein großes Bedürfnis zu schreien. Es gab keinen Ausweg. Sie stürzte hinein in den Tunnel der Wut, in dem es immer enger und immer heißer wurde. »Und wenn schon!«, schrie sie. Das Schreien trug sie mit sich, besiegelte ihre äußerste Ohnmacht. »Wie soll ich das Scheißleben denn sonst aushalten?«

»Ich verurteile dich nicht«, erwiderte Teresa leise und trat zur Seite. Joe polterte in das Zimmer, das nicht ihr Zimmer war, nur ein Zimmer für Gäste, mit ihrem offenen Koffer, den auszupacken sie sich bis jetzt geweigert hatte.

Sie wühlte den Mahakala aus ihrer Hosentasche, rollte sich auf dem Bett zusammen und presste die kleine Figur mit beiden Händen gegen die Brust. Die Mädels im Internat würden sie auslachen und abergläubisch nennen. War sie abergläubisch? Vielleicht. Dennoch war es besser, auf der sicheren Seite zu sein. Warum war sie vor dem Bettler davongelaufen? War er der Zauberer? Er hatte ihr den Mahakala gegeben. Oh, er hatte ihren Verrat gesehen. Warum hatte er sie berührt? Es war keine Strafe gewesen, es hatte nicht wehgetan.

Sie war sich plötzlich sicher, dass sie den Zauberer nicht fürchten musste. Das war beruhigend. Man sollte Zauberer nicht gegen sich haben.

Teresa klopfte, betrat das Zimmer mit einem Tablett und stellte eine brennende Kerze, eine Tasse und eine Schale mit Suppe auf den Hocker neben dem Bett.

»Trink heißes Wasser und iss Tukpa«, sagte sie. »Nudelsuppe ist eine Basismedizin der Tibeter.«

»Ich will schlafen«, sagte Joe. In ihrer Stimme war keine Kraft übrig geblieben.

»Gleich«, erklärte Teresa und setzte sich auf den Rattansessel am Fenster. »Aber trink wenigstens das Wasser.«

Joe war durstig und überlegte, ob sie trinken sollte, obwohl das aussehen konnte, als würde sie nachgeben. Der Durst war stärker.

»Geh doch«, murmelte sie nach einer Weile. »Ich brauch dich nicht.« Wie sollte sie schlafen, wenn Teresa dort am Fenster im Sessel saß. Warum saß sie da?

»Es ist noch nicht spät. Vielleicht könnten wir ein bisschen reden.«

Joe drehte sich zur Wand. Nein, sie nahm Teresa nicht ab, dass sie auf ihrer Seite war. Selbst wenn sie nichts von dem Verrat wusste. Oder hatte Gerda ihre große Klappe bereits aufgerissen?

So viel Schuld, so viel Angst. Wie ein Berg lagen sie auf ihr, Schuld und Angst, kaum atmen konnte man unter diesem Berg. Sie versuchte, sich so klein wie möglich zu machen, um dem Berg weniger Angriffsfläche zu geben.

»Was ist, Joe, warum stöhnst du so? Hast du Schmerzen?«

»Ich stöhne nicht.«

»Doch, Joe.«

»Scheiß-Rum.«

»Hast du Rum getrunken? Kukri plus Haschisch? Grauenhaft.«

»Ja, idiotisch.«

»Hast du Kopfschmerzen?«

»Natürlich.«

»Willst du Aspirin?«

»Ja«, flüsterte Joe. Es war die völlige Selbstaufgabe.

Schließlich aß sie sogar ein paar Löffel Suppe. Es kam nicht mehr darauf an. Sie hatte aufgegeben und Teresa wusste es. Vielleicht war Teresa doch auf ihrer Seite. Sie war anders als Mam und Pa, anders als Großvater. Vielleicht …

Teresa brachte ein Räucherstäbchen und entzündete es an der Kerze. »Hilft gegen böse Geister«, sagte sie.

Die Tür fiel leise ins Schloss. Joe schob den Mahakala unter das Kopfkissen und trieb in dem erdigen, herben Geruch des Weihrauchs dem Schlaf entgegen.

Ein scharfes Knacken ließ Teresa aufschrecken. Seit Stunden hatte sie wach gelegen, müde, ohne schlafen zu können. Wolken hatten das Licht des halben Mondes gelöscht, nur der schwache Schein der Lampe vorn an der Straße machte das Rechteck des Fensters sichtbar.

Es war das Knacken von Holz. Vielleicht das Knacken des Holzbodens? War Joe im Flur? Doch dann hätte sie das scharrende Quietschen der Türangeln des Gästezimmers hören müssen, die sie seit Wochen ölen wollte. Die Wohnungstür hatte sie verriegelt. War es das Knacken eines Astes? Versuchte jemand ins Haus zu klettern? Der kleine Baum unter ihrem Fenster zwischen der Mauer und dem Haus könnte vielleicht einen nicht allzu schweren Menschen tragen. Sie setzte sich auf, horchte angestrengt. Wieder ein Geräusch. Ihr Herz begann zu rasen. *Sie wissen ja nicht, dass Tashi nicht mehr im Haus ist. Haben sie uns die ganze Zeit beschattet? Würden sie uns foltern? Joe könnte keine Minute dichthalten.*

Sie stand auf und ging barfuß zur angelehnten Tür. Es war still im Flur. Ein weiteres Geräusch – vielleicht war es das Fenster im Atelier, dort, wo der größere Baum stand? Sie wollte zu Joe gehen, sich mit Joe einschließen, doch die Furcht lähmte sie. Eine Lawine aller bisher zurückgedrängten Ängste hatte sie unter sich begraben und sie konnte nichts tun als warten, bis das endgültige Unheil über sie hereinbrach. Es war nicht aufzuhalten.

Ein plötzlicher Windstoß zerrte an ihrem Nachthemd, ein Fenster schlug, ein Blitz erhellte das Zimmer, der Donner folgte schnell. Shimi sprang vom Fensterbrett und verschwand erschreckt unter dem Bett. Die Furcht fiel in sich zusammen, locker wie Asche.

Teresa ging zum Bett zurück, lockte Shimi hervor und drückte, noch immer zitternd, den warmen Katzenkörper an sich. »Hast du mich erschreckt, meine Kleine.«

Der Wind wurde stärker. Sie ging durch die Wohnung und schloss die Fenster gegen den beginnenden Regen.

Mit offenen Augen war sie in einen Albtraum geraten. Jetzt war sie wach. Die Bedrohung war in kleine Fragmente zerfallen, nur noch Möglichkeit, aufgewogen durch die Hoffnung, niemals entdeckt worden zu sein, nicht beschattet, nicht verfolgt.

So nah also lebe ich am Traum. Das Leben im Normalbewusstsein ist eine Art Träumen, sagen die Lehren, das ist Samsara, dieses Hin-und-her-Pendeln zwischen Hoffnung und Furcht, zwischen all dem Beurteilen. Aber habe ich es jemals so deutlich gespürt? Grund genug, das Niemandsland der Meditation aufzusuchen, um diesem ganzen Durcheinander halluzinatorischer Überlebensstrategien wenigstens für Augenblicke zu entkommen.

Noch während dieser Betrachtung hatte ihr nun wieder ruhiger gewordener Geist das Bild des Mahakala herbeigerufen und das Haus mit gewaltigen, im Feuerkranz tanzenden Mahakalas umstellt. Sie lächelte sogar, während sie Shimi hinter den großen Ohren kraulte.

»Wenn schon träumen«, sagte sie zu der Katze, »dann bitte auf höchster Ebene.«

Und sie zündete eine Butterlampe und ein Räucherstäbchen an, ergriff die Mala, die auf dem Schrein lag, setzte sich auf dem Bett zurecht und begann mit der Anrufung ihrer Meditationsgottheit, während die Katze sich neben ihr zum Schlafen zusammenrollte.

5

Joe nicht Frühstück«, sagte Sita bedauernd und wies mit dem Kopf auf das Gästezimmer. »Nicht reden. Ist heute traurig.« Mit einer sprechenden Geste legte sie eine Hand auf ihr Herz.

»Nicht wütend?« Teresa warf ihre Tasche auf einen Stuhl.

Sita fuhr fort, den Tisch zu decken. »Nein, nicht wütend.«

»Weißt du, wo Joe und Madhu gestern waren, Sita?«

»Stadt anschauen. Pizza essen.«

»Sagt Madhu.«

»Ja. Nicht?« Sita hob fragend den Kopf.

»Ich glaube, sie waren mit Ajit zusammen. Und du weißt, was das bedeutet.«

Sita lehnte sich gegen den Küchentisch und presste ihre Hände gegen die Brust. »Ich Madhu verboten, sehr verboten.« In ihrer Stimme war keine Kraft, als habe sie den Kampf gegen ihre Tochter endgültig aufgegeben.

Teresa blieb nachdenklich stehen. »Sprich nicht mit Madhu darüber. Das nützt nichts. Ich muss einen besseren Weg finden, um Joe zu schützen.«

Wer schützte Madhu? Sie war längst nicht mehr das kleine Mädchen, das, während die Mutter kochte, auf dem Küchenboden spielte, an Teresas Küchentisch Hausaufgaben machte, an öden Samstagen bei Teresa fernsehen durfte. Ganz plötzlich war die kleine Madhu eine andere geworden, die man nicht mehr erreichen konnte. Teresa seufzte. Sie würde Joe neue Kontakte anbieten müssen, irgendetwas finden, wofür sie sich interessieren konnte. Doch all das musste warten.

Sie wollte zu Tashi.

Mit diesem Gedanken war sie eingeschlafen, mit diesem Gedanken war sie aufgewacht. Mit diesem Gedanken hatte sie den Vormittag in der Ambulanz verbracht. Unter allen Ablenkungen, unter allem Tun lag diese Unruhe. Sie wagte nicht, bis in diese Unruhe hineinzudenken, doch sie konnte nicht verhindern, dass sie sich hineinfühlte. Dieses Gefühl hatte Ähnlichkeit mit der Phase, in der ein neues Bild in ihr entstand, die Verwunderung, die Ungeduld, bis sich aus der Ahnung etwas Sichtbares gestaltet hatte. Eine von allem losgelöste Freude, die doch so stark war, dass sie das Leben aus dem Dämmer des Provisorischen herausriss, in dem es sonst dahintrieb, verklebt mit der Zeit.

Sie hatte sich zurechtgelegt, Tashi sei ihre männliche Muse, ihre Inspiration für eine neue Arbeit. Das half, die Gedanken abzulenken, die in eine andere Richtung drängten, in die Erinnerung, an deren Schärfe sie sich noch immer verletzen konnte.

Aidan, Protagonist der vielversprechendsten und elendesten Lovestory in meinem Leben. Kein besonderer Mann, nein, diese Ehre kann ich dir nicht geben, aber vielleicht herausragend in deiner männlichen Ignoranz; doch auch diese ist letztlich immer banal. Die ganz gewöhnliche Schäbigkeit eines ganz gewöhnlichen ambivalenten Mannes, der Frauen haben will, aber sie nicht lieben kann.

Sie öffnete die Tür zum Gästezimmer. »Mittagessen ist fertig, Joe. Ich fahre gleich rauf zum Nonnenkloster, Tashi braucht noch einiges. Kommst du mit?«

Joe lag zusammengerollt auf dem Bett, die Arme wie ein Nest um die Katze gelegt. Sie schlief nicht.

»Keine Lust«, sagte sie mürrisch.

Teresa setzte sich auf die Bettkante und strich leicht über Joes Kopf. »Es ist wunderschön auf dem Berg. Vielleicht sehen wir den Tiger auf dem Tigerfelsen. Und die Nonnen möchten dich sicher gern kennenlernen. Es sind einige in deinem Alter dabei.«

Joe hob den Kopf. »Ein Tiger? Du spinnst.«

»Die Leoparden sieht man selten, sie jagen in der Dämmerung. Tiger sind auch am Tag unterwegs. Und dieser Tiger sitzt gern auf einem Felsen und schaut auf das Kloster runter. Du kannst mein Fernglas mitnehmen.«

Joe wand sich unter ihrem Leintuch hervor, vorsichtig, um Shimi nicht zu stören. Das übergroße T-Shirt, das ihr als Nachthemd diente, rutschte hoch und gab einen Augenblick lang Narben am Oberschenkel frei, helle, schmale Narben von Schnittwunden, eine neben der anderen. Teresa hielt den Atem an und schaute weg. Nichts sagen. Nur wissen.

»Zieh feste Schuhe an, im Monsun gibt's da oben jede Menge Blutegel!«, rief sie im Hinausgehen.

Es hatte den Vormittag lang geregnet und über den steilen Ziegenpfad von der Schotterstraße hinauf zum Nonnenkloster plätscherten Rinnsale zwischen Felsstücken und abgerutschten Stufenteilen talwärts. Die nassen Büsche dampften in der Sonne.

»Scheiße, ich schwitze wie ein Schwein«, schimpfte Joe und blieb stehen. Sie wischte sich den Schweiß von Gesicht und Hals.

»Schwitzen Schweine?«, fragte Teresa heiter und ging weiter. Ohne Anstrengung war sie den Pfad hinaufgeklettert, eine leichte, frische Energie schien ihr alles Gewicht zu nehmen. Ich genieße mich, dachte sie. Ein Wunder, welch ein Wunder! Hatte ich doch gedacht, das könnte nie wieder geschehen.

»Wehe, wenn der Tiger nicht da ist!«, rief Joe hinter ihr. »Ich mach das nur wegen ihm.«

Teresa verlangsamte ihren Schritt. »Glücklicher Tiger. Er hat ein riesiges Gebiet, in dem er herumstreunen kann. Kennst du das Gedicht von Rilke über den Tiger im Zoo? Oder vielleicht war's ein Panther. ›Sein Blick ist vom Vorübergehn der Stäbe so müd geworden, dass er nichts mehr hält. Ihm ist, als ob es tausend Stäbe gäbe und hinter tausend Stäben keine Welt.‹ Wie es weitergeht, weiß ich nicht mehr.«

»He, das ist gut«, sagte Joe. »Das ist wie im Internat. Als ob es tausend Türen gäbe und hinter tausend Türen keine Welt.«

»Ein Internat ist doch kein Gefängnis.«

»Sag ich ja nicht. Es gibt nur keine Welt.«

»Und wo gibt es die Welt?«

Joe schwieg und kletterte leise keuchend weiter. »Hier vielleicht«, sagte sie nach einer langen Pause. »Ich weiß nicht.«

Die lange Treppe führte zwischen Büschen und verstreuten Gebäuden vorbei hinauf zum Lhakang.

»Das soll ein Kloster sein?«, sagte Joe. »Diese Bruchbuden?«

»Ist doch nett«, erwiderte Teresa. »Auf jeden Fall kommt kein Vergleich mit einem Gefängnis auf.«

Joe grinste. »Oder Internat.«

Eine magere Kuh, die quer auf der Treppe stand, hielt sie auf. Neugierig wandte sich der große Kopf ihnen zu.

»Geh weg, blödes Vieh!«, rief Joe und drückte gegen die Flanke der Kuh. Die Kuh bewegte sich nicht.

»Die ist heilig, zumindest für die Hindus«, erklärte Teresa. »Vielleicht weiß sie das. Wenn man heilig ist, lässt man sich nicht rumkommandieren.«

»Dann werd ich auch heilig. Ich hasse Rumkommandiertwerden.« Joe gab der Kuh einen laut klatschenden Schlag auf den Schenkel. Mit aufreizender Geruhsamkeit kletterte das Tier weiter. Ein paar junge Nonnen standen oben am Treppenende und lachten. Eine von ihnen lief der Kuh entgegen, packte sie an einem Horn und drückte sie gegen die Büsche am Rand der Treppe, sodass Teresa und Joe an ihr vorbeigehen konnten.

»Hey, thanks«, sagte Joe.

»Welcome«, erwiderte die Nonne. »Mein Name ist Chöni.«

Joe nickte. »Hi, Chöni. Ich bin Joe.«

»Ja, ich weiß.« Chöni zeigte große, strahlend weiße Zähne in einem hübschen Gesicht, vom dichten Pelz auf ihrem Kopf eingerahmt wie von einer Mütze. »Du bist Teresas Enkelin.«

»Wow, die kann Englisch«, flüsterte Joe Teresa zu.

»Lass dir von Chöni das Kloster zeigen«, schlug Teresa vor.

Joe blieb zurück und begann mit der jungen Nonne zu reden. Teresa seufzte erleichtert. Würden doch alle Tage mit Joe, die vor ihr lagen, so einfach sein. Ein Tiger, eine englisch sprechende junge Nonne, die befreiende Weite des Himmels über dem Berg, und schon wurde Joe zu einem ganz normalen jungen Mädchen. Doch es würde viele andere Tage geben, daran bestand kein Zweifel, angefüllt mit Ärger und Befürchtungen und Joes kleinen und größeren Höllen, und Teresa würde sich gründlich an alles erinnern müssen, was sie je über den Weg des Mitgefühls gelernt hatte.

Träumen, träumen, träumen, dachte Teresa, dieses ewige Träumen. Sie hatte versucht zu verhindern, sich die Begrüßung im Retreathaus zurechtzuträumen, doch sobald ihre Aufmerksamkeit nachließ, hatten sich hinterhältige kleine Kurzfilme eingeschlichen. Verführerisches Gift. Doch zumindest würde sie nun das Spiel ihres Geistes nicht mitspielen, würde das Angebot der Enttäuschung nicht annehmen angesichts Tashis höflicher Zerstreutheit, des fast kühlen Empfangs, des Austausches von Allgemeinplätzen.

Joe war ihr mit den neugierigen Nonnen gefolgt, um Tashi kurz zu begrüßen, und er hatte ihre ironisch übertriebene Verbeugung mit einem schrägen Lächeln quittiert. »Hallo, Prinzessin, übst du für den Dalai Lama?«

Und während Joe mit ihren neuen Freundinnen zwischen den verstreuten Gebäuden des Klosters verschwand, hatte er das Fliegengitter an der Haustür hinter Teresa geschlossen und war ihr mit der Teekanne schweigend in den Meditationsraum hinauf gefolgt, ohne Anstalten zu einer Umarmung zu machen. Sie setzten sich, er füllte die Teeschalen und sie schauten den dicken, weißen Wolken zu, die sich über den Himmel schoben. Vielleicht würde es an diesem Nachmittag nicht regnen.

Komm morgen wieder, hatte er gesagt, dann habe ich etwas, worauf ich mich freuen kann. So viel zu seiner emotionalen Glaubwürdigkeit.

»Irgendwelche Probleme?«, fragte sie mit größtmöglicher Sachlichkeit.

Tashi wiegte den Kopf mit der kleinen, vage bejahenden Geste, die sie so sehr an ihm mochte. »Ein bisschen durcheinander. Ich habe von Sherab geträumt. Ein Albtraum.«

Träumen, träumen – die einen so, die anderen so. Wann werde ich aufhören zu urteilen?

»Heute Morgen ließ mich Ani Rinpoche wieder zu sich rufen«, sagte Tashi. »Ich würde gern mit dir darüber reden.«

»Rede, und auf Englisch, wenn dir das lieber ist.«

Mit einer Hilfe suchenden Geste hob Tashi die Hände. »Ich weiß, ich benehme mich exzentrisch. Entschuldige. Ich möchte dir nicht auf die Nerven gehen.«

»Du gehst mir nicht auf die Nerven, Tashi. Bitte, rede! Reden kann sehr klärend sein. Ich habe eine langjährige Freundin, Jane, mit der ich immer alles besprechen kann, was mir wichtig ist. Und sie mit mir. Wir lieben das Umkreisen – ein Thema von mehreren Standpunkten aus betrachten. Jane sagt: Wenn wir auch ziemlich blind sind, so doch zumindest Blinde, die den Elefanten von allen Seiten betasten wollen, anstatt nur von einer. Dann kann man wenigstens sagen: Der Elefant ist wie ein Fass, aber er ist auch wie ein Schlauch und wie eine Säule und wie ein Segel und wie ein Besen.«

»Wo ist Jane?«, fragte Tashi nach einer nachdenklichen Pause.

»Bei ihrer Familie in Kanada. Nach dem Monsun kommt sie wieder. Ich vermisse sie.«

Tashi nickte. »Und ich vermisse Sherab. Und ich mache mir große Sorgen um ihn. Er ist mein Freund seit unserer Klosterzeit. Wir vertrauen einander.«

Er füllte die Teeschalen nach und fuhr fort: »Das Bild mit den Blinden und dem Elefanten gefällt mir. Ich kenne die Geschichte, aber ich hab sie noch nie in diesen Zusammenhang gebracht – so miteinander zu reden. Ich hatte eine Lehrerin, eine Yogini, die hat gesagt, ich müsse von innen reden lernen. Sie sagte, Männern fällt das nicht so leicht wie Frauen. Ich wünsche mir, dass du mir hilfst, von innen zu reden. Sie sagte, ich müsse mich darum bemühen, damit ich in Harmonie komme.«

»Vertraust du mir?«, fragte Teresa.

Tashi schaute auf seine Hände, die er im Schoß ineinandergelegt hatte. Er hielt seine Hände stets ruhig beim Reden, vielleicht ein Ergebnis seiner klösterlichen Erziehung.

»Ja«, antwortete er, »ich vertraue dir. Und ich will versuchen, selbst vertrauenswürdig zu sein.«

Teresa nahm sein Angebot eines Verschwörerlächelns an und erwiderte es. Ihr Herzschlag war schnell und flatternd, ein Kolibri, der sich anstrengen muss, um beim süßen Genuss seinen Platz zu halten. Ihre Gedanken wagten den Mann vor ihr kaum zu berühren. Die Vermutung, er könne sich in sie verlieben, erschien ihr undenkbar und zugleich zutiefst natürlich. Sie fürchtete sich davor und sie sehnte sich danach. Mehr noch wünschte sie, sich selbst die Erlaubnis geben zu können, sich ohne jede Absicherung aufs Lieben einzulassen, auf das vollkommene Ja, das jede nur denkbare Möglichkeit mit einbezog. Und das Tashi den Raum geben würde, er selbst zu sein ohne jegliche Abzüge.

»Hast du keinen Mann? Keinen Geliebten?«, fragte Tashi unvermittelt.

Teresa schüttelte mit entzücktem Erschrecken den Kopf. »Nein. Ich lebe schon viele Jahre allein.«

»Willst du das?«

Teresa zögerte ein wenig. »Nein, meine Entscheidung war das nicht. Es hat sich einfach nicht ergeben. Und ich werde nicht jünger. Meine letzte Liebesgeschichte liegt mindestens fünf Jahre zurück. Sie endete katastrophal.«

»Möchtest du mir davon erzählen?«

»Du warst es, Tashi, der reden wollte. Eins nach dem anderen. Du warst heute Morgen bei Ani Rinpoche.« *Klinge ich schulmeisterhaft? Großmütterlich? Darf ich ihn korrigieren? Wo liegt die Grenze zwischen »natürlich sein« und blind den Gewohnheitsmustern folgen? Welche Rolle weist er mir zu?*

»Ja, sicher, du hast recht«, sagte Tashi. Seine Hand tastete nach den langen Haaren und fand sie nicht. Stattdessen strich er über das kurze Fell auf seinem Kopf, langsam, mit unbewusstem Vergnügen.

»Ani Rinpoche hat wieder Milarepa zitiert. Als wüsste sie von meiner Leidenschaft für seine Gesänge. Meine Klosterzeit wird wieder lebendig, das ist aufregend und verwirrend.«

Er griff nach einem Papier auf seinem provisorisch hergerichteten Schrein. »Hier, ich hab es übersetzt:

Und du, mein Sohn, bist du zurückgekehrt aus der Fremde?
Waren dein Leben dort und deine Reisen ermüdend für Körper und Geist?
Ist dein Verstand scharf? Ist deine Logik schlagkräftig?
Bist du den Anweisungen deines Lamas gefolgt?
Hast du neue Lehren erhalten?
Bist du frei von Selbstgefälligkeit und Stolz?
Diente alles, was du tatest, dem Wohl der anderen Lebewesen?
Mein Sohn, du bist aus der Fremde zurückgekehrt,
Und dieses Lied ist mein Begrüßungsgeschenk.

Dann schwieg sie lange und ich musste weinen, weil ich plötzlich das Gefühl hatte, so viele Jahre meines Lebens vertan zu haben. Ich fragte mich, ob es besser gewesen wäre, im Kloster zu bleiben. Aber dann dachte ich, alle die Erfahrungen im Westen waren auch zu etwas gut, ich habe viel gelernt, und jetzt kann ich anfangen, das alles fruchtbar zu machen. Und irgendwann sagte sie: ›Du wolltest doch immer schon in den Westen, schon vorher, in deinem früheren Leben.‹ Mehr konnte oder wollte sie mir nicht sagen. Sie zitierte nur den Spruch von Guru Rinpoche: ›Wenn du wissen willst, wer du warst, dann schau, wer du bist. Wenn du wissen willst, wer du sein wirst, dann schau, was du tust.‹ Es ist erstaunlich – wenn sie etwas sagt, das ich schon längst weiß, ist es, als würde ich es zum ersten Mal hören.«

Nach einer kleinen Pause fügte er hinzu: »Sie ist wunderbar, ein strahlender Geist. Ich habe noch nie zuvor eine so überwältigende, furchterregende, sanfte Autorität erlebt.«

Ja, solch ein Mensch war auch er gewesen, der alte Mann, dessen unendlich weiter, gewaltiger Geist sie vor vielen Jahren im Armenhaus Asiens festgehalten hatte, in dieser schmutzigen Stadt, deren verunreinigte Luft man kaum atmen konnte. Ihr Rinpoche. Ihr kostbares Juwel.

»Wie war es im Westen?«, fragte sie. »Hast du dort keine Lamas getroffen?«

»Für mich hatte der Westen nichts mit meiner Tradition zu tun. Vielleicht war das eine Prägung durch Maria – für sie war meine Tradition eine akademische Sache, nicht etwas wirklich Lebendiges. Und ich passte mich an. Ich war sehr jung. Verstehst du, ich wollte nicht zurück nach Asien und ich wollte im Westen nicht der Fremde sein. Natürlich habe ich hin und wieder Buddhisten kennengelernt. Manche waren ganz in Ordnung und spielten sich nicht buddhistisch auf, aber viele waren entsetzlich religiös. Sie meinten, sie dürften nicht einfach ganz normale Menschen sein. Und ich wusste nie, was ich sagen sollte. Man konnte so leicht etwas Falsches sagen. Aber am schlimmsten war es, wenn sie Heiligkeit von mir erwarteten oder sie mir sogar unterschoben, weil ich ein Tibeter bin. Aber wie auch immer, ich gehörte jedenfalls nicht dazu. Ich hatte damals noch die Illusion, ich müsse irgendwo dazugehören.«

Teresa lachte. »Vielleicht lebe ich deshalb in Nepal, da ist es so überdeutlich, dass ich nicht dazugehöre, also gibt es wenig Nahrung für diese Illusion.«

»Aber all die westlichen Buddhisten hier – ich habe den Eindruck, dass sie sich sehr dazugehörig fühlen.«

»Das ist ein großer Club, der aus vielen kleinen Clubs besteht. Es ist mir nicht gelungen, ihr Zugehörigkeitsspiel zu teilen. Aber ich hab es schon in der Schule nicht geschafft, dazuzugehören. Und jetzt ist es mir nicht mehr wichtig.«

Schritte näherten sich vor dem Haus, unten wurde das Fliegengitter am Eingang aufgestoßen und eine junge Stimme rief: »Gelong-la! Thermos.«

Tashi sprang auf. »Ah, frischer Tee. Sie verwöhnen mich, die Nönnchen.«

Teresa sah ihm nach, überließ sich einen genussvollen Augenblick lang der Betrachtung seiner Bewegungen, denen das rote Gewand besondere Anmut und Würde gab. Sie würde diesen Anblick vermissen, wenn Tashi wieder zur banalen Anonymität gewöhnlicher Alltagskleidung zurückkehrte. Wann? Wie lange mochte dieser Mafia-Albtraum noch dauern?

Als er mit der Thermoskanne die Treppe heraufkam, verkündete er: »Die Ani sagt, Joe sei bei Ani Dechen, einer kranken Nonne. Offenbar langweilt sie sich nicht.«

»Das ist ungewöhnlich. Sie langweilt sich meistens.« Teresa war sich ihres nörgeligen Tons bewusst und ärgerte sich darüber.

Tashi schien nicht darauf zu achten. Abwesend goss er Tee nach und sagte: »Hast du gehört? Die Nonne hat mich Gelong-la genannt.«

»Nun ja, du wirkst überzeugend«, erklärte Teresa. »Für sie ist es schließlich selbstverständlich, dich als Mönch anzusprechen.«

Tashi seufzte. »Ich weiß nicht mehr, als wen oder was ich mich sehen soll.«

»Gut, lass uns deine Identität suchen«, sagte Teresa heiter, »was immer das sein mag. Gibt es etwas, worüber du nicht gern sprichst? Ein heikles Thema? Etwas, woran du nicht erinnert werden möchtest? Eine Meinung, die du dringend verteidigen musst, wenn jemand anders darüber denkt? Irgendetwas in dieser Art?«

Überrascht hob Tashi den Kopf. »Interessant … ich weiß nicht.«

»Ich nenne das Minen«, erklärte Teresa. »Meiner Erfahrung nach haben die meisten Menschen irgendwo in ihrer Seelenlandschaft ein vermintes Gebiet. Je mehr sogenannte Identität, desto mehr Minen. Religion ist oft eine Mine, oder ein politischer oder moralischer Standpunkt, oder Sex oder Tod. Erstaunlich viele Leute haben ihre unantastbaren heiligen Kühe, ihre Tabus, ihre Unaussprechlichkeiten.«

Tashi lachte leise. »Ich verstehe. Und wenn man das Thema anspricht, geht die Mine hoch. Klingt gefährlich.«

Er schwieg und dachte ein wenig nach. »Es fällt mir nichts Derartiges ein.«

»Ich würde dir gern eine sehr persönliche Frage stellen«, sagte Teresa zögernd, »aber … es geht mich eigentlich nichts an.«

Tashi nickte. »Frage.«

»Joe sagte, du hast eine Gummipuppe. Eine … Sexpuppe.« Peinliche Röte verbreitete sich über ihren Hals und ihr Gesicht.

Tashi nickte wieder, gelassen. »Ja.«

»Warum? Ich meine – warum du?«

Mit einem leichten Lächeln schaute Tashi in die Weite, die sich vor dem Fenster ausbreitete. »Keine Mine. Ein Experiment. Eine Yogini hat mir Unterricht im sexuellen Tantra gegeben. Ich sollte Orgasmus ohne Ejakulation üben. Das ist sehr wichtig. Ich hatte keine Freundin und im Alleingang erschien mir das Üben schwierig. Also ließ ich mir das Ding aus Kalkutta mitbringen und hab damit experimentiert. Nicht sonderlich geeignet. Srimala, die Yogini, hat darüber Tränen gelacht.«

Tashis aufmerksamer Blick nährte Teresas Verdacht, dass er ihre Röte bemerkte.

»Das klingt für dich sicher seltsam. Nun ja, man kann das wohl missverstehen.« Er lachte ein wenig vor sich hin. »Ja, natürlich. Man hat diese Puppen nicht für Leute wie mich erfunden.«

»Ich werde versuchen, es Joe zu erklären. Nicht ganz einfach.«

Tashi wiegte den Kopf auf die übliche halb bejahende, halb alles offenlassende Weise. »Ich frage mich, ob es in allen Kulturen schwierig ist, über sexuelle Themen zu sprechen. Ich meine – weder medizinisch noch hässlich. Im Westen ist das viel problematischer als bei uns. Wir machen nicht so ein großes Trara um Sexualität. Als Kinder und Jugendliche machten wir Witze darüber, aber das waren zahme Witze. Vor allem Witze über alte Männer, die hinter jungen Mädchen her sind. Tibetische Flüche haben nie mit Sexualität zu tun, sie verwenden anale Bilder. In meiner ersten Zeit in Amerika musste ich immer lachen, wenn die Leute ›fuck‹ sagten. Und ich konnte nicht verstehen, warum es im Westen für die schönste Erfahrung im Leben nicht auch schöne Worte gibt. Ich glaube, das verstehe ich heute noch nicht.«

»Man muss wohl die christliche Sexualneurose in den Genen haben, um das zu verstehen«, erklärte Teresa mit einem kleinen Lachen. »Aber du hast von einer Yogini gesprochen. Darf ich mehr von ihr erfahren? Oder ist das geheim?«

Tashi schüttelte den Kopf. »Nur so geheim, wie ich selbst es bestimme. Srimala hat mir kein Schweigen abverlangt. Aber das, was sie mir beigebracht hat, ist sehr außergewöhnlich, sehr wertvoll. Ich weiß nicht, warum sie mich für wert hielt …« Tashis Blick wanderte zurück zum Fenster. »Sie nimmt selten Schüler an.«

»Eine Tibeterin?«

»Halb tibetisch, halb nepalesisch. Es gibt eine alte, aus Kaschmir stammende Tradition, in der nur Frauen lehren. Ich habe nie zuvor davon gehört. Du?«

Teresa schüttelte den Kopf. »Ich hätte es nicht mal zu hoffen gewagt.«

»Srimala sagt, diese Linie halte sich selbst geheim, schon tausend Jahre lang … Mir ging es nicht gut, als ich von Amerika kam. Ich war depressiv und wollte mich nur verkriechen. Sherab hatte gehört, Srimala sei eine große Heilerin. Er war fest entschlossen, mich zu ihr zu schleppen. Es war nicht leicht, sie zu finden. Eine Frau, von der ich die geheime Telefonnummer Srimalas bekam, sagte, Srimala könne nur von Menschen gefunden werden, die bereit für sie seien. Ich saß oft in Kunzangs Atelier neben dem Telefon und wollte sie anrufen, aber ich konnte nicht. Dann hatte ich einen Traum. Meine Mutter sagte, ich solle mich auf den Weg zum Palast der Dakinis machen. Da rief ich Srimala endlich an, aufgeregt, mit gewaltigem Herzklopfen. Sie hatte eine sehr schöne Stimme. Als Erstes fragte sie mich, ob ich ein anständiger Mensch sei.«

»Darf ich wissen, was du geantwortet hast?«

In Tashis Blick lag leichte Verwunderung. »Warum nicht? Ich sagte, ich würde mir Mühe geben, niemandem zu schaden. Der Gedanke, ich könnte jemandem schaden, ist mir sehr unangenehm. Und dann fragte sie nach meiner Mutter, und ich sagte: Wenn ich an sie denke, tut mir das Herz weh, weil ich zu jung und zu dumm war, um sie auch nur annähernd so zu lieben, wie sie mich liebte.«

Er machte eine seiner langen Pausen. Teresas Gedanken wanderten zu ihrer Tochter und schreckten zurück. Wie oft noch würde sie Astrid zum Ziel ihrer Meditation des Mitgefühls machen, bis die Wunden sich schlossen und sie Liebe für diese harte Frau würde empfinden können? Tashis Stimme erlöste sie von dieser oft und unwillig wiederholten Frage, die wie etwas in ihrem Leben herumstand, an dem man sich immer wieder anstößt, weil man sich nicht daran gewöhnen kann.

»Und dann fragte sie nach meiner Beziehung zu Frauen. Das hat mich noch nie jemand gefragt und ich hatte noch nie darüber nachgedacht. Ich sagte, ich sei gern mit Frauen zusammen und hätte es immer als selbstverständlich betrachtet, dass sie irgendwie geheimnisvoll sind. Ich glaube, ich sagte: Eine Frau ist wie ein faszinierendes fremdes Land. Ich kenne Berge und Täler und Seen und Bäume, all das, aber es ist ein fremdes Land und es kann ein Leben lang dauern, es auch nur teilweise kennenzulernen. Dann gab Srimala mir ihre Adresse und ich durfte sie besuchen. Sie war so schön wie ihre Stimme – auf der einen Seite. Die andere Seite ihres Gesichts war völlig verbrannt, voller Narben. Es gibt so viele Unfälle mit Kerosinkochern in den Küchen der armen Leute.«

Teresa konnte ihren Gedanken nicht entkommen. *Was hat sie dich gelehrt? Ich möchte wissen, was sie dich gelehrt hat, lass es mich fühlen, lass mich erleben, was ich bisher nur lesen konnte in trockenen Verschlüsselungen geheimer Lehrtexte. Ah la la, wie in Milarepas Gedicht:*

> Die Glückseligkeit, wenn von oben der Bodhicitta-
> Strom herabfließt,
> Die Glückseligkeit, wenn die Vitalkraft der reinen
> Energie unten alles durchdringt,
> Die Glückseligkeit der Liebe, wenn die weißen und
> roten Energien zusammentreffen,
> Die Glückseligkeit der reinen Freude im Körper …

Ach, ich weiß viel zu wenig. Ich möchte lernen, wissen, erleben. Zeig es mir, lehre es mich!

Teresa versuchte, diese Gedanken vor sich selbst zu verstecken, sie zu übertönen mit freundschaftlichem Interesse, mit anderen, ordentlichen, allem Wilden und Chaotischen überlegenen Gedanken. Aidan! Denk an Aidan, schütze dich!, sagten die ordentlichen, geradlinigen, furchtsamen Gedanken und bauten sich vor ihr auf und wollten ihr den Zutritt zum Labyrinth verwehren.

Doch sie beugte sich vor, berührte Tashis Arm und sagte: »Was hat sie dich gelehrt, die Yogini?«

Tashi ergriff ihre Hand und umschloss sie mit beiden Händen. Teresa musste sich anstrengen, um seinem unbeirrten Blick standzuhalten. »Sie hat mich verwandelt. Sie sagte, es gibt unzählige Männer, die einfach menschliche Primaten sind. Sie kämpfen um äußere und innere Territorien und versuchen, ihren Samen zu verstreuen und Weibchen zu beherrschen. Sie nennen es Liebe. Manche machen kein Hehl daraus und halten es für völlig in Ordnung, andere verstecken es in klingenden Konzepten. Aber es gibt auch ein paar wirkliche Menschen unter den Männern, sagte sie, potenzielle *Dakas.* Die haben echtes Mitgefühl und sie haben Respekt Frauen gegenüber. Sie sagte, sie wolle mich lehren, ein richtiger Daka zu werden und zu lernen, sexuelle Energie in spirituelle Energie zu verwandeln.«

Er gab ihre Hand frei. Sie war heiß und pochte.

»Und wozu, meinst du, soll das Zölibat gut sein, wenn es diese Methode der Verwandlung gibt?« Sie zwang sich zu einem kühlen, sachlichen Ton.

»Es ist nicht mein Weg. Für andere mag es eine Hilfe sein. Für mich nicht.« Er zögerte ein wenig und fügte hinzu: »Für dich offenbar auch nicht.«

»Nein, für mich auch nicht.«

»Aber du lebst ohne Mann.«

»Ich sagte ja, das ist nicht meine Entscheidung.«

So kam es schließlich doch dazu, dass sie von Aidan sprach. Von dem, den sie in ihm erhofft hatte, und dem, als der er sich zeigte. Von einem Erleben, dessen kreative Kraft und poetischer Wert nicht gemindert wurden durch des Mannes Ambivalenz und Verrat. Von den Wunden, die schwer heilten, und der Angst, die sich als Gelassenheit tarnte.

»Ich dachte, nach den vielen Jahren Dharma-Studium und Meditationspraxis müsste ich abgeklärter sein. Ich habe nur erreicht, dass ich mich entsetzlich deutlich sehe. Wie unter einem Riesenscheinwerfer. Ich würde gern mehr lachen. Mein Rinpoche lachte so viel. Ich weiß nicht, wie er das fertigbrachte. Er nannte es ›playmind‹. Wenn er sagte: ›Des einen Spiel ist des anderen Ernst und des einen Ernst ist des anderen Spiel‹, dann bog er sich vor Lachen. Und dann sagte er: ›Immer ist Trennung die Ursache von Frustration‹, und dann stand er auf und lief mit ausgestreckten Armen herum und tat so, als könne er unter all den Menschen, die ihn umgaben, keinen einzigen berühren. Wir lachten Tränen. Dann umarmte er irgendjemanden von uns, ganz innig, ganz … gebend. Und wieder Tränen – aber diesmal weinten wir. Du lieber Himmel, ich kam mir idiotisch vor. Erst dachte ich, dieser Mann hat unglaublich viel Macht, er spielt auf unseren Gefühlen Klavier. Aber dann wurde mir klar, dass ich ja immer nur selbst auf meinen Gefühlen Klavier spielte. Dur, Moll, wohltemperiert oder schräg. Ganz nah an ›playmind‹, aber doch auch wieder ganz und gar daneben.«

Und jetzt spiele ich mein Tashi-Stück. Es geht wohl nicht anders.

»Ich erinnere mich«, fuhr sie fort, »dass er uns immer wieder nahezubringen versuchte, wir sollten uns auf das Vertrauen des Nichtvertrauens einlassen. Er machte Witze über die Sicherheit, die wir in den kleinen Käfigen unserer Konzepte suchen. Er ging mit uns hinauf auf den Berg und sagte: ›Schaut den Himmel an, seine Weite, darauf könnt ihr vertrauen. Auf den Raum.‹ Und dann drehte er sich im Kreis und tanzte und lachte und sang: ›Hey ho, Dakinis!‹ Ich vermisse ihn so sehr.«

Tashi nickte nachdenklich. »Playmind. Schön. Ja. Das ist es. Die Macht der Dakinis.«

»Srimala – sie ist eine Dakini, ja?«

Tashi lächelte. »Du auch.«

»Erzähl mir von ihr, bitte«, sagte Teresa.

Tashi nickte, versank jedoch tief in Gedanken. Sein gesenkter Blick schien sich nach innen zu stülpen.

»Sie trägt immer einen Sari«, sagte er schließlich, »so kann sie ihr Gesicht halb mit dem Tuch bedecken. Sie bewegt sich wenig, sitzt nur da und spricht sehr intensiv. Manchmal habe ich ihre Entstellung völlig vergessen.«

»Hast du ...?« Teresa suchte nach Worten. »Entschuldige, ich möchte nicht indiskret sein. Ich kann mir nicht recht vorstellen, wie deine Ausbildung vor sich ging.«

»Bitte, sei indiskret, es stört mich nicht«, entgegnete Tashi. »Ja, ich durfte mit ihr schlafen.«

»Liebst du sie?«

Tashis Blick hielt den ihren fest, mit so viel Sanftheit, dass sie sich ohne viel Anspannung darauf einlassen konnte.

»Hast du deinen Lehrer geliebt?«, fragte er schließlich.

»Ja, sehr.«

»Gute Lehrer lehren uns lieben«, sagte Tashi. »Ich war vielleicht kein besonders guter Schüler, aber Srimala war eine gute Lehrerin.«

»War?«

»Als sie mich wegschickte, sagte sie, von nun an müsse ich mein eigener Lehrer sein.«

Joes Rufe vor der Tür durchbrachen grell die Ruhe des Nachmittags. »He, Teresa, wir müssen los!«

»Oh, ich habe die Zeit vergessen.« Teresa sprang auf wie ertappt.

»Kommst du morgen wieder?«, fragte Tashi und berührte ihre Stirn mit der seinen.

»Übermorgen«, flüsterte sie. »Es ist zu auffällig, wenn ich jeden Tag komme.«

»Der Klosterjeep nimmt uns mit«, rief Joe. »Beeil dich!«

Tashi stieg hinter ihr die Treppe hinunter und legte kurz den Arm um Joe. »Hallo, Prinzessin, wo warst du? Hast du dich nicht gelangweilt?«

Mit einem überraschend ernsten, offenen Blick, der ahnen ließ, wie eine erwachsene, entfaltete, aus ihrer atemlosen Selbstumklammerung befreite Joe aussehen würde, antwortete sie: »Nein, es war nicht langweilig. Ich war bei Ani Dechen, sie ist krank und wird bald sterben. Sie ist so alt wie ich.«

Teresa fragte nach der Papierrolle in Joes Hand.

»Ach, nur ein Plakat«, winkte Joe ab. »Von Dechen.«

Tashi hielt ein paar Schritte lang heimlich Teresas Hand, bevor er an der Hecke, die das Retreathaus abschirmte, stehen blieb. Teresa war nicht sicher, ob Joe es gesehen hatte. Sie befürchtete es.

»Dechen ist sehr krank«, sagte Joe beim Abendessen. »Kennst du sie?«

Teresa verneinte.

»Sie hat Leukämie oder so was. Chöni sagte, das sei vielleicht heilbar, aber nur mit viel Geld. Kennst du jemanden, der Geld hat, den man fragen könnte? Man sollte es wenigstens versuchen.« Joe kaute an einem Fingernagel herum.

»Nicht beißen«, sagte Teresa sanft.

Joe versteckte ihre Hand unter dem Tisch. Sie hatte sich vorgenommen, mit dem Nägelknabbern aufzuhören. Schöne Nägel für Tashi. Doch seit ihrem Verrat mochte sie nicht mehr an Tashi denken. Es war seine Schuld. Er hatte sie in diese Lage gebracht. Es gab keinen Grund mehr, die Nägel zu schonen.

Teresa seufzte. »Liebe Joe, wenn du wüsstest, wie schwer es ist, Leute dazu zu bringen, Geld herzugeben, vor allem wenn sie viel haben.«

»Ich könnte Großvater fragen«, erklärte Joe. »Er hat so viel Geld. Und wenn er tot ist, erbe ich es sowieso. Hat er gesagt.«

»Versuch es«, erwiderte Teresa.

An diesem Abend verzichtete Joe auf CNN und Star TV. Stattdessen setzte sie sich im Dunkeln mit Shimi auf ihr Bett und schaute hinaus auf die regennasse, spärlich beleuchtete Straße. Auf dem Tisch lag das Plakat von Dechen. Sie hatte es an den Ecken mit Büchern beschwert, um es am Einrollen zu hindern.

»Warum Dechen?« Joe presste die Hand auf die Brustmitte. Wenn sie nicht achtgab, würde sie vielleicht weinen müssen. Die Erinnerung an diese Begegnung war wie einer jener starken Träume, die sich über die Wirklichkeit des Alltags legen und ihm die Farbe nehmen.

Dechen. Ein schmales, lächelndes Wesen mit einem zartbraunen Porzellangesicht, einer Puppennase und Geisha-Augen, verbannt in ein winziges Zimmer, das sie mit Chöni teilt. Von Kissen gestützt, kann sie durch die offene Tür und das kleine Fenster in den Garten und den weiten Himmel schauen.

Dechen ist zu schwach zum Laufen, die Nonnen tragen sie häufig hinauf zum Lhakang zur Puja, und sie sitzen oft in ihrem Zimmer mit ihr zusammen.

Als Joe fragt, ob sie einen Rollstuhl habe, lachen die Mädchen. »Was soll sie mit einem Rollstuhl hier auf dem Berg?«

Ein paar tastende Fragen, ein paar aufrichtige Antworten und Joe ist aufgenommen. Sie wird nicht beurteilt. Sie ist Joe von einem anderen Stern. Sie spürt keine Wut und vergisst, an ihren Fingernägeln zu kauen.

In manchen Augenblicken vergisst sie auch Dechens Krankheit. Sie lachen viel. Sie lachen darüber, dass Ani Tsültrim, die Klosterleiterin, an einem Abend bei plötzlichem Stromausfall in einen frischen Kuhfladen gefallen ist. Sie lachen über die kleine

Jangchub, in deren Gesicht während einer Puja die Reste einer großen Kaugummiblase kleben blieben. Sie lachen über Joes Internatsgeschichten und über vieles, an das sich Joe danach vergeblich zu erinnern versucht. Sie fühlt sich schließlich so angenommen, dass sie zu fragen wagt, wie Dechen es aushalte, schwer krank zu sein und zu wissen, dass es nicht besser würde, sondern schlimmer.

»Dechen sagt, die Krankheit gehöre zu ihr«, übersetzt Chöni die Antwort. Dechen fügte etwas hinzu und Chöni übersetzt lachend: »Wie ihre Nase.«

»Aber ihre Nase ist schön«, protestiert Joe, ohne nachzudenken.

»Krankheit ist nicht hässlich«, erwidert Dechen. »Manchmal macht sie den Geist der Menschen hässlich. Und manchmal macht sie den Geist der Menschen schön.«

Dechen erklärt, dass die Krankheit ihr helfe, die buddhistischen Lehren besser zu verstehen. Und sie verbringe viel Zeit damit, Tara, die Gottheit des Mitgefühls, für sich und andere um Hilfe zu bitten.

»Schau, ich rezitiere alle diese Texte«, sagt sie und weist auf einen Stapel in Stoff gewickelter tibetischer Bücher, »und jedes Mal verstehe ich sie ein bisschen besser. Es ist gut, so zu leben. Manchmal wünsche ich mir so sehr, ich könnte wieder herumlaufen. Aber die anderen helfen mir. Sie sind sehr gut zu mir.«

Ob Dechen immer so heilig sei, fragt Joe; es fällt ihr kein anderes Wort dafür ein.

Manchmal sei sie niedergeschlagen und wolle nicht reden, antwortet Chöni, aber meistens könne man gut mit ihr lachen.

Als die junge Nonne aufsteht, um zu gehen, will Joe ihr folgen, doch Dechen hält sie fest. Sie zieht sie neben sich aufs Bett, wickelt eines ihrer Bücher aus und beginnt zu singen, mit einer kleinen, schwachen, aber melodiösen Stimme. Joe lehnt sich zurück und schließt die Augen. Mit dem Gefühl der Peinlichkeit bemerkt sie, dass sich Tränen unter ihren Lidern sammeln. Sie spürt, wie Dechen, ohne ihren Gesang zu unterbrechen, ihre Hand ergreift.

Dann kommt Chöni mit einer Freundin zurück, um die kranke Nonne zur Mahakala-Puja zu holen.

»Wow, Mahakala, den kenn ich«, sagt Joe aufgeregt und kramt die Statuette aus ihrer Hosentasche. Wie sehr sie das Erstaunen und die Bewunderung der Nonnen genießt. Sie besitzt einen Schatz, der sie mit den Mädchen verbindet, sodass sie sich noch weniger als Fremde fühlen muss.

Dechen streicht lange mit den Fingerspitzen über die feinen Details des kleinen Kunstwerks. Mit beiden Händen nimmt Joe die Figur wieder in Empfang. Sie fühlt sich gut dabei. Würdevoll. *Er hat ihn mir geschenkt und ich hab mich gefürchtet wie vom Teufel gejagt. Er hat es gut mit mir gemeint. Ich habe ihm nicht gedankt. Was bin ich für ein Feigling!*

Der plötzliche Gedanke an den Zauberer verwirrt sie. Sie hätte ihm danken sollen. Warum macht sie alles falsch? Nein, hier bei den Nonnen hat sie nichts falsch gemacht. Die Nonnen mögen sie. Die kranke Dechen mag sie.

Dechen sagt etwas zu Chöni und zeigt auf einen der Drucke an der Wand. Chöni löst ihn ab und reicht ihn Joe. »Dechen möchte dir dieses Bild geben. Es ist Tara, die Gottheit des Mitgefühls.«

Joe blinzelt heftig. Wieder Tränen. Wie sehr sie Tränen hasst. Mit einem angestrengten Lächeln versucht sie dagegen anzugehen. Chöni fordert sie auf mitzukommen, dann heben die beiden Nonnen Dechen hoch und tragen sie hinaus. Joe rollt das Bild auf und folgt ihnen mit gesenktem Kopf. Man hat sie ganz offensichtlich aufgenommen, aber der Preis ist hoch. Tränen!

Ein leichter Windzug weht durch die offenen Fenster des Lhakang. Dechen wird in eine gepolsterte Kiste mit hoher Rückenlehne gesetzt, in der sie von allen Seiten gut gestützt ist. Sie streckt die Hand aus und winkt Joe neben sich.

Dann singen die Nonnen und sie schlagen die großen Trommeln und blasen auf Trompeten und langen Alphörnern, und bei all diesem Auf und Ab von Rezitieren und Singen und Dröhnen gleitet Joe in eine andere, leichtere Welt. Der Mahakala fährt aus ihrer Hosentasche wie der Geist aus dem Glas, wird riesig, wird Nacht und Feuer, doch sie fürchtet sich nicht. Im Gegenteil, sie lässt sich mitziehen in den Tanz, in den gewaltigen Reigen, denn der Mahakala ist sowohl einer als auch viele. Sie sieht Mahakalas Herz schlagen, es ist ein großes, schönes, mitfühlendes Herz, das laut donnernd schlägt, und sie fühlt sich sehr beruhigt, dass dieses Herz so lebendig ist.

Ein heftiger Wind ließ den Regen gegen das Fenster prasseln und Joe wurde des dunklen Zimmers gewahr. Sie griff nach dem Schalter der Tischlampe und spürte dabei die Mahakala-Figur in ihrer Hosentasche. Mit einer achtsamen, würdevollen Geste stellte sie die Statuette auf das Regal gegenüber ihrem Bett. Darüber würde sie das Bild der Tara aufhängen. Sie fühlte sich beschützt und auf eine unvertraute, inhaltslose Weise zufrieden.

»Ihr zwei«, sagte sie, bevor sie einschlief, »bitte, lasst Dechen nicht sterben.«

6

Die weiß behandschuhten Hände des Obers tanzten über den Tisch. Warum hatte sie es in all den Jahren nicht fertiggebracht, Harichandra von dem Widerwillen zu überzeugen, den sie dieser bizarren kolonialistischen Puppenstube gegenüber empfand? Jeder vorsichtige Vorschlag, in ein anderes Restaurant zu gehen, stieß auf ein »Aber nein, meine Liebe! Nur das Allerbeste ist gut genug für dich«. Mit Handkuss.

»Das Chateaubriand?«, fragte Harichandra mit seiner angenehmen, ein wenig hohen Stimme. »Das ist hier doch immer hervorragend, nicht wahr?«

Teresa bemühte sich um ein begeistertes Lächeln. »Ja, gewiss. Das war immer sehr gut.«

Ihre Gedanken schwankten zwischen Schuldgefühl, weil sie ihm misstraute, und der Hoffnung, er sei der anständige, verlässliche, wenn auch nie ganz durchschaubare Freund, als den sie ihn seit Jahren sah. Hatte sie wirklich geglaubt, ihn zu kennen? Sie musste sich eingestehen, dass die Menschen dieses Landes ihr nie völlig vertraut sein würden. Allein das allgegenwärtige Wiegen des Kopfes: ein Ja, ein Wahrscheinlich, ein Möglich, ein höfliches Bekunden des Einverstandenseins, aber mit dem Ausweg, sich unter bestimmten Umständen ganz legitim eines anderen zu besinnen. Wie einfach dagegen die Verbindlichkeit eines westlichen Nickens. Im Westen denkt man in Blöcken, hatte Harichandra einmal gesagt, im Osten hingegen in Prozessen. Konnte solch ein mäandernder Prozess auch beinhalten, dass ihr kultivierter Freund sich in einem Gespinst undurchschaubarer Loyalitäten tummelte?

Es tat weh, ihm zu misstrauen. Kein anderer Mann hatte je so stilvoll und ausdauernd um sie geworben. Selbst wenn er betrunken war, bewahrte er Haltung. Sie hatte ihn einmal zu später Stunde bei einem Fest in einem der reichen Häuser beobachtet. Er war an eines der Fenster getreten, hatte es geöffnet und die Kühle der Winternacht tief eingeatmet, bis seine Haltung wieder die übliche, aufgerichtete Würde hatte, die ihn stets größer erscheinen ließ, als er tatsächlich war. Er hatte seinen Fahrer angewiesen, Teresa in seinem großen Geländewagen zu ihrer Wohnung zu bringen. Vorsichtig artikulierend hatte er erklärt: »Bitte um Verzeihung, Schönste, ich bin nicht mehr gesellschaftsfähig. Ich werde ein Taxi nehmen.«

Sie erzählte von Joe, leichthändig und unterhaltsam, eine Enkelin als Comicstrip, Ringe in der Nase und vor dem Schrein der Videowelt in Anbetung versunken. Harichandra lächelte unter dem leicht ergrauten Schnauzbart.

»Sie ist kein Kind mehr«, sagte Teresa, »ich kann sie nicht halten. Ich bin unruhig, wenn sie allein unterwegs ist. Seit dem Mord an diesem Thangka-Maler kommt mir Kathmandu plötzlich gefährlich vor. Obwohl es sicher immer schon gefährlich war, für manche Leute jedenfalls.«

»Nicht für dich, meine Liebe«, erwiderte Harichandra gelassen und hob sein Weinglas, »und auch nicht für deine Enkelin. Jedenfalls solange ihr keine heilige Kuh überfahrt, und das ist ja recht unwahrscheinlich.«

»Er war ein Maler wie ich«, sagte Teresa und lächelte ein wenig, um deutlich zu machen, dass das Thema nicht allzu ernst zu nehmen sei. »Aber weißt du, was ich gehört habe? Die Kunst-Mafia soll ihn umgebracht haben.«

»Wer sagt das?«, fragte Harichandra ohne großes Interesse.

»Ein Healing Lama, eine Art Hellseher.«

Harichandra verzog belustigt das Gesicht. »Nun, das ist doch wenigstens eine sichere Quelle.«

»Aber er könnte doch recht haben.«

»Keine überzeugende Theorie. Was sollte es da für Gründe geben?«

Teresa zuckte mit den Schultern. »Das weiß ich doch nicht. Aber so etwas wie eine Kunst-Mafia gibt es hier, oder nicht?«

Oh, wie dünn, wie kurzatmig hatte sie dies hervorgestoßen und dabei nur mit Mühe ein nervöses Husten unterdrückt.

»Ihr westlichen Menschen seid seltsam«, sagte Harichandra, offenbar immer noch erheitert. »Kaum habt ihr den Westen verlassen, glaubt ihr jedem Voodoo-Onkel.«

Teresa zwang sich zu einem Lächeln. »Und ihr östlichen Menschen seid nicht weniger seltsam. Eine westliche Erziehung macht euch wissenschaftsgläubiger als jeden Abendländer.«

»Gut pariert.« Harichandra legte seine Hand einen Augenblick lang auf die ihre. »Verzeih, ich habe vergessen, dass du eine halbe Tibeterin bist. Mehr als eine halbe. Und ich fand das immer sehr attraktiv, wie du weißt.«

»Und die blonde, weißhäutige Außerirdische vom tibetischen Sonnensystem sagt dir, dass die Schamanen sehr oft recht haben. Und sie sagt dir, dass sie deine gönnerhafte Art, Überlegenheit zu demonstrieren, noch nie leiden konnte.«

Harichandra mochte es, wenn sie sich jugendlich und aufmüpfig gebärdete, so sehr im Kontrast zu den Frauen seiner eigenen Kultur. Es hatte sie oft vergnügt, diese Rolle zu spielen, sich als eine Person zu fühlen, die sie nie gewesen war.

»Im Übrigen sind alle diese Ostwesteinteilungen Klischees«, sagte sie im Ton kühler Vernunft. »Welche Möglichkeiten haben wir denn überhaupt? Ich bin mit den Meinungen meiner westlichen Kultur vertraut. Wenn ich der östlichen Kultur begegne, kann ich behaupten, deren Meinungen seien falsch, weil sie mir unvertraut sind. Das wäre die konservative Haltung. Aber ich könnte mir auch diese und jene Meinung der östlichen Kultur zu eigen machen, sie zugleich aber nach den Maßstäben meiner westlichen Kultur interpretieren. Das wäre die liberale Haltung. Ich könnte die Seiten wechseln und behaupten, in Wirklichkeit seien nur die Meinungen der östlichen Kultur richtig und die der westlichen Kultur falsch. Das wäre die Konvertitenhaltung. Oder ich sage: Alles ist relativ, jeder hat auf seine Weise recht, letztlich ist alles eins. Wie sollen wir das nennen? Geistige Bequemlichkeit? Gut. Was bleibt sonst noch übrig?«

Harichandra lächelte sein Vaterlächeln. »Es ist sicher schwierig, herauszufinden, was richtig ist.«

»Hast du es herausgefunden?«

Sein Lächeln war so inhaltslos wie die abgestreifte Haut einer Schlange. »Vielleicht ein zu anspruchsvolles Thema während des Essens, meine Liebe. Das Fleisch ist sehr schön zart. Du solltest es genießen.«

Wie lange schon hatte er beschlossen, nicht mehr zuzuhören? Er konnte das sehr gut, mit einer zerstreuten Höflichkeit, an der niemand Anstoß nehmen konnte. Er hatte in den Jahren ihrer Beziehung viel Geduld für ihre Monologe gezeigt. Eine kultivierte und ein wenig langweilige Beziehung, wie Teresa plötzlich mit ungewohnter Schärfe feststellte. Er hatte einmal Macht besessen, dieser wohlerzogene, gebildete Gentleman. Man kannte seinen Namen in diesem kleinen Land, vielleicht sogar darüber hinaus, doch als nackter Mann auf ihrer Bettkante mit Sorge um seine Erektion mochte es wenig bedeuten, ob er ein designierter nepalesischer Politiker oder der Präsident der USA war. Langweilig. Sie lächelte und nickte, richtete ihre Aufmerksamkeit auf das Fleisch, das tatsächlich sehr zart und schmackhaft war, ließ sich auf ein Geplauder über internationale Kochkunst ein und suchte nach einem Vorwand, das Gespräch auf den Mord zurückzuführen. Ein letzter Versuch, obwohl nichts darauf hindeutete, dass er etwas wusste.

»Diese grünen Bohnen sind köstlich«, sagte sie schließlich. »Wenn nur die Gemüsepreise nicht so hoch wären. Du müsstest meine Sita schimpfen hören, wenn sie vom Markt kommt. Obwohl, in den letzten Tagen hat die Sache mit dem Mord sogar ihren gerechten Zorn über die Preise verdrängt. Sie sagt, ganz Boudha spricht davon.«

»War er ein bekannter Maler?« Ein wenig abwesend betupfte ihr Gegenüber seine Lippen mit der gestärkten Leinenserviette.

»Wahrscheinlich der beste Thangka-Maler in ganz Nepal. Ich kannte ihn flüchtig. Der Schamane soll etwas von einem wertvollen alten Thangka gesagt haben.«

Harichandra winkte den Ober mit den weißen Handschuhen herbei und deutete mit einer kleinen ungeduldigen Geste auf die fast leeren Weingläser.

»Vielleicht sollte dein Schamane auf Detektiv umsatteln«, sagte er und fügte beiläufig hinzu: »Kennst du ihn?«

»Den Schamanen? O nein«, sagte sie vage und begann von Mircea Eliade und anderen Schamanismus-Forschern zu sprechen, anerkannten Wissenschaftlern. Und Harichandra ließ keinerlei Neigung erkennen, zum Thema des Mordes zurückzukehren.

Beim Cognac nach dem Desert dachte sie daran, ihn ins Vertrauen zu ziehen. Sie würde es ihm sagen und er würde sie trösten und ihr seine Hilfe versprechen. Er würde seine Kontakte benützen und die Gangster davon überzeugen, dass Tashi nichts wusste. Sie würden sich unbeschwert fühlen können, weil sie einen Gönner hatten, der über sie wachte und alles Unheil abwehrte. Doch konnte Harichandra das wirklich, selbst wenn er es wollte? Wie gut waren seine Kontakte, wie groß war sein Einfluss? Oder begab er sich gar in Gefahr, wenn er sich einzumischen versuchte?

Plötzlich sah sie sich selbst am Tisch sitzen, dem Mann gegenüber, den sie so lange schon kannte und doch nie kennen würde, der Ober mit den weißen Handschuhen in gehörigem Abstand lauernd auf Zeichen irgendwelcher Wünsche, und hinter ihr, wie ihr Schatten, doch unvergleichlich viel größer, die tanzende, lodernde Gestalt Mahakalas.

Sie hob ihr Glas, lachte, murmelte: »Auf Mahakala«, und fügte laut hinzu: »Auf dich, mein guter alter Freund.«

Harichandra erhob ebenfalls sein Glas und lächelte erfreut: »Auf dich, meine Liebe«, nicht ahnend, an wen der Toast in Wahrheit gerichtet war.

Ein paar Nachmittagsstunden lang während ihrer Besorgungen in der Stadt fühlte sie sich weit entfernt von jeglicher Bedrohung, von ihren Schwierigkeiten mit Joe und sogar von der Aufregung, die sie jedes Mal erfasste, wenn sie an Tashi dachte. Doch schon auf dem Heimweg fiel das Hochgefühl in sich zusammen. Sie sah sich vorsichtig um, als sie vor dem Tor aus dem Taxi stieg, und stocherte nach dem verborgenen Riegel. Aber im Abendverkehr sah niemand verdächtig aus – oder jeder. Das Haus war in dämmrige Stille eingebettet, kein Licht in Gerdas Fenstern, auch die Frontfenster in der oberen Wohnung waren dunkel. Lila trottete gelangweilt durch den Hof und verlangte nach einer ausführlichen Begrüßung.

Joe saß mit einem Stapel Videokassetten neben sich vor dem Fernseher und nagte an getrockneten Kokosnussstücken.

»Ausgeleierter Schrott«, brummte sie.

Sie sei mit Samten und Puntsok in der Altstadt gewesen, verkündete sie in der Küche, während Teresa Sitas vorgekochte Suppe aufwärmte.

»Die Jungs sind okay«, sagte Joe. »Wie Brüder. Ich hätte so gern Brüder gehabt. Wir waren in einem echten tibetischen Restaurant. Da gab es scheußliches tibetisches Bier, dieses Chang. Schmeckt wie abgestandenes Weißbier. Ich hab die Jungs zum Essen eingeladen, mein Geld hat gerade gereicht. Ich meine, das sind Mönche, die verdienen ja nichts. Gib mir noch Geld, ich bin pleite.«

»Bitte«, sagte Teresa.

»Okay, okay, okay, dann eben bitte«, antwortete Joe und rollte die Augen nach oben. »Sie haben mir die Innenstadt gezeigt, diese irre engen Gassen. Du hättest sehen sollen, wie ein Typ mich dazu bringen wollte, einen Schal zu kaufen, so ein rosa Teil mit Elefanten drauf. Er tänzelte und schwänzelte und dann legte er ihn weg und holte einen blauen und dann verzog er das Gesicht und sagte: O nein, nicht den, o nein, nicht den. Und dann nahm er theatralisch wieder den anderen, den mit den Elefanten, ihhh, du hättest dieses Winseln hören müssen: Memsab, es MUSS dieser sein, sooo schön! Ich hab mir fast in die Hosen gemacht. Also, der war nicht blöd, er war absichtlich komisch, und wir hatten einen Wahnsinnsspaß. Samten und Puntsok quietschten wie die Lachsäcke. Ich glaube, ich hätte das Ding gekauft, wenn ich noch Geld gehabt hätte.«

Joes heiterer, mit Sarkasmus gewürzter Bericht gab dem Abend ein wenig Farbe. *Sie sind scharfsichtig, diese visionslosen Kinder, und sie schreien nach Zuneigung mit ihrer Bitterkeit.* Sie würden mit der Zeit Freundschaft schließen, Enkelkind und Großmutter. Sie würden beide verwandelt aus diesem gemeinsamen Sommer hervorgehen. Und Tashis Problem würde sich lösen, irgendein Wunder würde geschehen. Und dann?

Sie schauten »Auf der Suche nach dem goldenen Kind« an, und Joe zappelte vergnügt und beklatschte Eddie Murphys Sprüche.

»Mann, ich will auch mal nach Tibet«, sagte sie vor dem Schlafengehen. »Ist doch gar nicht so weit weg.«

Der Vormittag in der Ambulanz verging langsam, die Zeit schlurfte, trödelte. Mit einer vagen Freundlichkeit, die sie bei anderen verabscheute, versorgte Teresa die Patienten. Es war ein ruhiger Tag, keine interessanten Fälle, Routine.

Sie wollte zu Tashi. Oh, wie sie diese leise, herzklopfende Besessenheit genoss und verabscheute.

Tashi. Glück. Was für ein Name. Hatte das Glück ihn begleitet, wie seine glücklosen Eltern es ihm gewünscht hatten? Brachte Tashi, der weglief, Tashi, der Depressive, Tashi, den die Gangster jagten, ihr Glück? Oder hatte sie es nicht schon, das Glück, weil es ihn gab, weil sie sich danach sehnen konnte, ihn zu sehen? Das Glück, Glück und Kummer zu kosten?

Zu Hause vor dem Tor schaute sie sich nach möglichen Beschattern um. Fast war es schon zur Gewohnheit geworden. Ein paar Kinder, zwei Radfahrer, ein Tuktuk. Mittagsruhe. Keine verdächtige Gestalt. Oder doch? Konnte Paranoia so selbstverständlich werden wie ein chronischer Schnupfen?

Kaum hatte sie das Haus betreten, stürzte Gerda aus der Parterrewohnung.

»Teresa, warte! Es ist wichtig.«

»Komm mit rauf«, sagte Teresa. »Ich bin spät dran. Sita wartet mit dem Mittagessen.«

»Es ist etwas passiert«, erklärte Gerda mit lautem Bühnenflüstern, während sie hinter Teresa die Treppe hinauflief. »Ich hab nicht viel Zeit, Judy erwartet mich, ich muss gleich weg, wir wollen zum Lunch ins Shangri-la, du kennst doch Judy?«

Teresa steuerte unbeirrt auf die Küche zu, wo Sita und Joe den Tisch deckten.

»Setz dich erst mal hin«, sagte sie. »Was ist los?«

Gerda setzte sich auf den äußersten Rand des Stuhls, auf den Teresa gewiesen hatte. »Ich bin extra noch nicht weggegangen, damit ich es dir gleich sagen kann. Ich glaube, es ist wichtig, ich meine, nach allem, was Joe mir erzählt hat.«

Joe zog den Hals ein. »Scheiße, Scheiße, Scheiße«, murmelte sie kaum hörbar und biss auf ihre Unterlippe, dass es schmerzte.

»Heute Vormittag«, fuhr Gerda fort, »klopft eine Frau ans Tor, eine Tibeterin. Sie fragt, ob ich einen Tibeter mit langen Haaren kenne, einen gewissen Tashi. Sie sagt, sie muss ihm eine Nachricht bringen. Nein, kenne ich nicht, sage ich. Dann fragt sie, ob er vielleicht oben zu Besuch sei. Aber ich fiel natürlich nicht darauf herein, Joe hat mich ja eingeweiht, und ich sage, nein, nicht dass ich wüsste. Ich sage, da oben ist kürzlich mal ein Mönch aus Indien zu Besuch gewesen, es kommen öfters Mönche, aber der ist nicht mehr da. Ja, und dann ging sie wieder.«

Teresa warf Joe einen kurzen, wütenden Blick zu. Joe kniff die Lippen zusammen.

»Wie sah sie aus? Beschreib sie!«

»Eine einfache junge Frau«, antwortete Gerda eifrig. »Ziemlich groß, schönes Gesicht, lange Zöpfe, tibetisches Kleid. Schlechtes Englisch. Ach ja, sie sagte noch, sein Freund würde ihn suchen. Meinst du, das stimmt? Wie kam sie nur auf unsere Adresse?«

»Hör zu«, sagte Teresa fast flüsternd und legte ihre Hand fest auf Gerdas Arm. »Sprich um Himmels willen mit keiner Menschenseele darüber. Bitte. Mit gar niemandem. Auch nicht mit deinem Mann, wenn er wiederkommt. Es sind Gangster, richtige, brutale Gangster.«

»Ja, ich weiß, das hat Joe mir gesagt. Das war doch richtig, das mit dem Mönch, oder?«

Teresa nickte. »Ja, ich denke schon.«

»Glücklicherweise war ich misstrauisch«, erklärte Gerda. »Ich war mir ja nicht sicher, ob Joe nicht wieder Märchen erzählt hat, aber als dann diese Frau dastand und nach dem Mann mit den langen Haaren fragte, und da war doch dieser Ngakpa mit dem Knoten …«

Teresa stand auf. »Ja, Gerda, danke. Und vergiss nicht, ich verlasse mich auf dich. Ich muss jetzt telefonieren.«

Zögernd erhob sich Gerda und wandte sich an Joe. »Gut, dass du mich eingeweiht hast«, erklärte sie, »sonst hätte ich vielleicht etwas Ungeschicktes gesagt.«

Joe stand auf und schob sie zur Tür. »Genau. Und denk dran: Klappe halten.«

Unter Sitas missbilligenden Blicken holte Joe Teresas Whiskeyflasche aus dem Küchenschrank und nahm einen langen Schluck.

»Warum du Gerda gesagt?«, fragte Sita.

»Weiß ich doch nicht«, antwortete Joe und floh aus der Küche.

Teresas Versuch, Tashi zu warnen, war erfolglos. Die Nonne, die Tashi ans Telefon im Büro des Klosters holen sollte, konnte ihn nicht finden. Seine Tür sei abgeschlossen. Niemand hatte ihn gesehen. Welche Erleichterung, dass Ani Pema in ihrem Büro erreichbar war.

»Sie finden ihn nicht, Pema, er ist weg«, sagte Teresa. In ihrer Stimme zitterte ein hysterischer Unterton, den sie verabscheute. Wie groß die Gefahr doch war, stets das zu werden, was sich schamlos zur Identifikation anbot! Jede Unaufmerksamkeit, jedes Nachgeben ließ einen mehr hineingleiten in die Karikatur, an deren Rand man sich ständig entlangbewegte.

Sie würde sich darum kümmern und wieder anrufen, erklärte Ani Pema.

Teresa aß fast nichts. Joe gab es auf, in ihrem Teller herumzustochern. Sita räumte schweigend den Tisch ab.

»Es war doch gut, dass ich Gerda eingeweiht hab«, sagte Joe, während sie auf den Anruf der Nonne warteten. Nachdrücklich rückte sie sich eine neue Wahrheit zurecht: Sie hatte Tashi nicht verraten, es gab keinen Grund mehr für ein schlechtes Gewissen. Sie war nicht schuldig. Es lag nicht an ihr, dass diese Tibeterin aufgetaucht war.

Teresa schaute auf. »Vielleicht. Ich weiß es nicht. Jedenfalls war es falsch, es eigenwillig zu tun, ohne mich zu fragen. So etwas nennt man Verrat.«

»War es nicht«, beharrte Joe. »Gerda hätte sich verplappern können. Sie hatte doch keine Ahnung.«

»Das ist nicht der Punkt.«

»Geht es um einen Punkt oder geht es um Tashi?« Joe war nicht bereit, sich ihre Erleichterung nehmen zu lassen. Das Problem mit dem Verrat gab es nicht mehr. Sie war nicht mehr wütend auf Tashi. Sie würde wieder von ihm träumen können. Das war das Wichtigste.

Wenig später kam Ani Pema und aß zu Sitas Freude den größten Teil des übrig gebliebenen Mittagessens.

»Ich habe einiges erfahren«, berichtete die Nonne. »Heute Vormittag kam ein Mann, ein junger Tibeter, ins Kloster hinauf und fragte eine der älteren Nonnen, ob sie einen Besucher gesehen hätte, einen Tibeter mit langen Haaren. Die Ani wusste von nichts und sagte, der einzige Besucher sei ein Mönch im Retreat. Der Mann verschwand wieder und die Ani dachte nicht mehr daran. Dann hab ich mit Ani Tsültrim gesprochen. Sie hat den Schlüssel zu Tashis Retreathaus im Büro liegen sehen. Also hat Tashi nicht vor, bald wiederzukommen. Und noch etwas hab ich herausgefunden – Tashi war gestern bei der alten Amdo

Ani. Eine Hellseherin. Bestimmt hat sie etwas gesehen und er ist deshalb weggegangen.«

Amdo Ani hatte tatsächlich etwas gesehen. Ani Pema, Teresa und Joe drängten sich auf dem Boden des winzigen Zimmers vor einem groben Bettgestell, auf dem die alte Nonne wie ein großes, rotes Kissen thronte. Der struppige Hund neben ihr hob den Kopf und gähnte.

Ein bekümmerter Schatten lag über Amdo Anis sanftem Gesicht. Sie sprach langsam, begleitet von asthmatischem Keuchen.

»Sie sagt, sie hat Tashis Freund Sherab in einer Schale mit Wasser gesehen«, übersetzte Ani Pema. »Und Tashi muss besondere Fähigkeiten haben – er hat es auch gesehen. Irgendwo in den Bergen auf dem Weg nach Tibet. In einer Art Einsiedelei. Die Ani sagt, er ist verletzt und hat Blut verloren. Und von Männern mit Gewehren hat sie gesprochen. Sie hat versucht, den Weg zu beschreiben. Tashi hat ihr erzählt, dass er früher einmal mit Sherab auf diesem Weg heimlich nach Tibet gegangen ist. Die Ani sagt, dass Tashi sich sehr aufgeregt habe. Sie meint, dass er bestimmt schon unterwegs zu seinem Freund sei. Sie haben eine starke Verbindung aus früheren Leben, sagt sie.«

Teresa zog ihr Notizbuch und einen Stift hervor und reichte ihn Ani Pema. »Frag sie nach den Details des Wegs. So genau wie möglich. Alle Anhaltspunkte, die ihr einfallen.«

Amdo Ani ließ sich von Ani Pema eine Schale mit Wasser geben, blickte lange hinein, murmelte, schloss die Augen, öffnete sie wieder und fing schließlich an zu sprechen.

Ani Pema schrieb eilig mit. »Das ist eine ganz gute Wegbeschreibung«, erklärte sie schließlich und gab Teresa das Notizbuch zurück.

Die alte Nonne lächelte plötzlich Teresa an und fügte etwas hinzu.

»Sie sagt, du habest auch eine starke Verbindung mit Tashi aus früheren Leben«, übersetzte Pema und fügte hinzu: »Obwohl man das auch sehen kann, ohne Hellseherin zu sein.«

Auf dem Platz vor dem Lhakang stand eine Schar Nonnen beisammen. Sie schauten alle in die Richtung eines abfallenden Bergrückens nahe dem Kloster.

Es war Chöni, die winkte und rief: »Der Tiger ist da, seht mal, dort oben, auf seinem Felsen!«

Der Umriss des Tigers hob sich schwarz gegen den hellen Himmel ab.

Joe winkte matt, ohne Begeisterung. »Wir haben das Fernglas sowieso nicht dabei«, sagte sie zu niemandem.

Ani Pema war bereits auf dem Weg zum Büro. »Ich hole den Schlüssel zum Retreathaus«, rief sie über die Schulter.

Der Zettel, den sie in der kleinen Küche fanden, war an Teresa adressiert. »Teresa, ich weiß jetzt, wo Sherab ist. Er ist verletzt, ich muss ihm helfen. Ich komme zurück, so schnell ich kann. Tashi.«

Was habe ich erwartet?

»Ich habe mich die ganze Zeit gefragt, warum die Gangster jetzt erst aufgetaucht sind«, sagte Teresa nachdenklich. »Ich glaube, sie haben die ganze Zeit Sherab verfolgt und er ist ihnen entkommen. Und jetzt versuchen sie es mit Tashi.«

»Aber wie haben sie euch gefunden?«, fragte Ani Pema.

Teresa krampfte ihre Finger ineinander. »Wahrscheinlich wurden wir von Anfang an beschattet. Ich hab es befürchtet. Oder vielleicht, als Joe die Katze aus Tashis Wohnung holte …«

»Jetzt soll ich wieder schuld sein«, fuhr Joe auf.

Ani Pema legte den Arm um ihre Schulter. »Keine Aufregung,

Joe. Wir denken doch nur nach. Es sind diese Gangster, die Schuld haben.«

»Er kann Sherab doch gar nicht helfen«, sagte Teresa zitternd und schweißnass vor Anspannung. »Er kann ihn nicht medizinisch versorgen. Dazu braucht er Antibiotika, Verbände. Vielleicht ist es ein Steckschuss. Rennt einfach so davon. Was für ein Unsinn!«

Sie ergriff Ani Pemas Hände. »Pema, hilf mir! Wir kennen den Weg. Wir können es schaffen.«

Ani Pema willigte ohne Zögern ein. Teresa bemühte sich, die aufsteigenden Tränen zurückzuhalten. Hatte sie jemals zuvor Ani Pemas großes Herz erkannt?

»Ich geh mit«, erklärte Joe nachdrücklich.

Kopfschüttelnd wehrte Teresa ab: »Kommt nicht infrage, Joe. Es ist zu gefährlich.«

»Ich geh mit«, wiederholte Joe.

»Nein.«

»Doch.«

Mit schweigender Abwehr wandte sich Teresa zum Gehen.

Joe ballte die Fäuste. Eine böse Hitze stieg in ihr auf, erschreckend und lustvoll. Nur einen Augenblick hielt sie sich zurück, dann gab sie nach, der Entscheidung deutlich bewusst.

»Du rennst hinter ihm her und denkst, du kannst mich hierlassen!«, schrie sie Teresa nach. »Du willst ihn für dich haben. Du denkst nur an dich und du willst mich abstellen wie … wie ein überflüssiges Möbel. Verdammte Scheiße, das kannst du nicht! Ich bleib nicht hier!«

»Schrei nicht so!«, fauchte Teresa. »Ich sagte, es ist zu gefährlich.«

»Gefährlich ist es hier schon die ganze Zeit. Komm mir nicht damit. Du willst mich nur nicht dabeihaben, das hab ich schon kapiert.« Joe holte Luft und suchte nach weiteren Argumenten.

Plötzlich stieß sie triumphierend hervor: »Aber mach das nur, lass mich nur hier, okay, okay. Ich hab ja Madhu und Ajit.«

Auf der schweigsamen Fahrt zurück in die Stadt wusste Joe, dass sie gewonnen hatte. Ein Gewitter und prasselnder Regen machten jedes Gespräch unmöglich, doch sie sah an Teresas erschöpfter Haltung, dass kein Widerstand mehr zu befürchten war. Die Strategie war gut. Diesen Trick hatte sie von Hell gelernt, ihrer einzigen richtigen Freundin in all den Internatsjahren. Hell war eine Kriegerin. Viele sagten, sie sei verrückt, aber das sagten sie natürlich, weil sie Angst vor ihr hatten. Außerdem war Hell wirklich verrückt, so verrückt wie eine besoffene Ratte. Ich heiße Hell, sagte Helen, Hell wie Hölle, und niemand wagte, sie anders zu nennen, auch die älteren Schüler nicht.

Das Problem sind die Hemmungen, sagte Hell. Angsthasenhemmung, verstehst du. Du musst dich gegen die Hemmung entscheiden. Das liegt bei dir. Du lässt dein wildes Tier raus. Du legst deine ganze Kraft in die Faust, und du weißt, da können Zähne zu Bruch gehen, deine Knöchel vielleicht auch, aber du scherst dich nicht darum. Oder du weißt etwas, das du nicht wissen sollst, du merkst etwas, das du nicht merken sollst, und du setzt es ein. Du schlägst damit zu. Sie werden dich hassen. Und fürchten. Aber du scherst dich um gar nichts. Dann hast du Macht. Es kann tödlich sein, nicht wiedergutzumachen, sagte Hell. Hast du dazu Mut?

Einmal hatte Hell sie beim Ritzen überrascht. Ritz nicht dich, ritz die anderen, sagte Hell. Es gibt genug, die es verdienen. Joe hörte zu. Sie ritzte sich nur noch, wenn sie in den Ferien bei Mam und Pa zu Hause war. Dort blieb sie der Angsthase. Meistens.

7

He! Scheiße!«, schrie Joe, als Ani Pema nach einer Kurve plötzlich auf die Bremse trat und Joe gegen den Vordersitz geschleudert wurde.

»Ende der Straße«, sagte Ani Pema gleichmütig. »Glück gehabt.«

Vor ihnen war die schmale, vom Monsunregen unterhöhlte Schotterstraße am Steilhang bis zur Mitte weggebrochen.

»Man kann noch hinüberlaufen«, erklärte Ani Pema. »Das muss heute Nacht passiert sein, sonst hätten sie es in der Lodge gewusst. Ich bring den Jeep zurück und lass ihn im Dorf stehen.«

Während Ani Pema langsam zur nächsten Ausweichstelle zurückrollte, um dort zu wenden, reihte Teresa die Rucksäcke am Straßenrand auf und setzte sich in der Wärme der frühen Sonne daneben.

»So eine Wahnsinnsriesenscheiße«, brummte Joe. »Jetzt können wir den ganzen verdammten Weg laufen.«

»Du wolltest mitkommen«, erwiderte Teresa ohne Schärfe. »Wenigstens haben wir es schon bis hierher geschafft.«

Sie wandte den Blick nachdrücklich von Joe ab und überließ sich der harten, herausfordernden Schönheit der Berglandschaft mit den endlosen Terrassenfeldern und der strahlenden, farblosen Weite des Himmels. Unterhalb der in den Hang geschnittenen Straße toste der Fluss in seinem engen Bett. Sie wollte nicht reden, nicht denken. OM TARA TUTARE TURE SVAHA. Mit einem leisen Klick-klick glitt ihre Mala durch die Finger, zog und schob das Mantra, bis es von selbst dahinfloss, als gäbe es neben ihrem Alltagsgeist noch einen anderen, einen Mantra-Geist, der von der heiligen Formel lebte, sich von ihr nährte und wachsen konnte, bis er seine Bilder hergab und sie entfaltete wie einen Himmel voller Regenbögen. Sanfte Tara, mächtige Tara, liebende Tara. OM TARA TUTARE TURE SVAHA.

Joe hatte sich schließlich auf ihrem Rucksack im kaum nennenswerten Schatten eines Busches niedergelassen und angefangen, an ihren Nägeln zu knabbern.

Wir machen einen Ausflug, hatte Teresa zu Gerda gesagt, als sie um deren Wanderausrüstung für Joe bat. »Ein bisschen Abwechslung. Joe muss ja wenigstens einmal die Berge sehen. Und bitte nicht über meinen Besucher reden. Bitte, nicht reden, Gerda.«

Doch Gerda würde reden, spätestens wenn ihr Mann aus den Bergen zurückkam, wo er als Straßenbauingenieur beschäftigt war. Ein Nepali mit westlicher Schulbildung, intelligent und herrschsüchtig. Doch zumindest er würde wissen, wie wichtig es war, den Mund zu halten.

»Wie lang müssen wir laufen?«, fragte Joe schließlich.

»Weiß ich nicht«, antwortete Teresa. »Ich war noch nie hier.«

»Und wenn die Straße ganz kaputt ist? Und wenn es nicht mehr weitergeht?«

»Wart es ab.«

Ungeduldig scharrte Joe mit den Füßen. »Wo bleibt Ani Pema? So weit weg ist das Dorf doch nicht.«

»Sie muss den Jeep unterbringen. Man kann ihn nicht einfach auf der Straße stehen lassen, bis wir irgendwann zurückkommen.«

»Irgendwann?«

Teresa seufzte. »Joe, ich sagte doch, ich weiß nicht, wie lange wir unterwegs sein werden. Wir haben nichts anderes als die

Wegbeschreibung einer alten Nonne, die sagt, dass sie den Weg in einer Schale Wasser gesehen hat. Wie genau sie ihn sah, wissen wir nicht. Und wenn wir Sherab finden, braucht er Pflege. Nimm es als Abenteuer. Man hat nicht so oft richtige Abenteuer im Leben.«

Joe kratzte sich. »Ich glaube, in der Lodge gab es Läuse. Oder Flöhe. Es juckt überall.«

»Schweiß juckt auch«, sagte Teresa mit der flachsten Stimme, derer sie fähig war.

»Und was die dort Betten nennen, das war scheißhart.«

Teresa schwieg und versuchte, sich wieder in den Fluss des Mantra zurückgleiten zu lassen. »Ich muss aufs Klo«, jammerte Joe.

»Du hast die ganze Straße zur Verfügung. Wenig Verkehr, wie du siehst.« *Geh weg, hässliches Mädchen mit deiner Wut, die du umklammerst, als würdest du sonst untergehen. Geh einfach weg, weit weg. Ich wäre gern ein guter Mensch, sanftmütig und hilfreich und gut, aber ich halte dich nicht aus, nicht mit deiner dumpfen, verbohrten Abwehr. Sie riecht schlecht, ein geistiger Gestank. Könnte ich doch einfach von dir weglaufen, möglichst bis ans Ende der Welt! Leider sind wir schon dort.*

Sie wollte das nicht fühlen, nicht denken, doch die bösen Gedanken schlichen sich ein, unter das Mantra, dahinter, dazwischen, und sie konnte nichts anderes tun, als zuschauen und sie ertragen, traurig über sich, traurig über diese Enkeltochter, die sich selbst ebenso wenig entfliehen konnte wie Teresa ihr.

Kaum hatte Joe die Hose hochgezogen, erschien in der nächsten Kurve ein Trupp schwer beladener barfüßiger Männer.

»Von wegen kein Verkehr!«, knurrte Joe.

Die Männer liefen mit ihren riesigen Transportkörben auf dem Rücken über den verbliebenen schmalen Rest der Straße, ohne auch nur einen Blick in die Tiefe zu werfen, und trabten scheu an den Fremden vorbei.

»Namasté!«, rief Teresa ihnen zu und erntete einen dankbaren Gruß. Joe begnügte sich damit, eine Kaugummiblase platzen zu lassen.

Ungeduldig ging sie ein Stück auf der Straße zurück, hockte sich an den Rand und warf Steine den Steilhang hinunter. Teresa schloss die Augen, ließ das Bild der Gottheit wieder entstehen und tauchte ein in den Strom des Mantra, klick, klick, klick, bis sich schließlich ein heiter-gelassenes Gefühl des Friedens in ihr ausbreitete.

Ach, Teresa, wie lange musst du deinen Geist noch zähmen, bis er sich endlich beruhigt hat und seine Krallen nicht mehr in jeden Impuls schlägt? Wie lange wird er sich noch mit all dem Kleinkram herumschlagen, den er ständig selbst produziert? Wie schön wäre es, wie einer dieser wunderschönen, strahlenden Berge zu sein und all das Zeug vorbeiziehen zu lassen. Die Wolken ballen sich um ihn, es regnet, es hagelt, es schneit, dann scheint wieder die Sonne, aber er steht einfach nur da und lässt alles geschehen, und es ist völlig in Ordnung. Vielleicht kommt ein Erdbeben und schüttelt ihn und er verrutscht und bricht ein bisschen auseinander und bekommt neue Konturen, aber dann steht er wieder da und strahlt und es ist alles in Ordnung. Ja, so sollte es sein.

»Was machst du da eigentlich?« Joe stand vor ihr und legte ihren Schatten auf sie.

»Ich unterhalte mich mit Tara«, antwortete Teresa mit einem kleinen Lächeln, »der Gottheit der Liebe und des Mitgefühls.«

Mit einem knackenden Knall platzte eine Kaugummiblase und hinterließ klebrige Fetzen, die Joe mit spitzen Fingern wegpickte. »Und was sagt sie?«

»Hm, sie sagt, dass wir uns als getrennt empfinden, aber im

Innersten nicht getrennt sind. Nicht ›ich und andere‹, sondern ›wir‹. Wir zusammen. Sie sagt, ich soll die Verantwortung übernehmen für das, was ich denke und fühle, für das, was ich wünsche. Für mich und für andere.«

Joe schwieg und kaute und legte weiterhin ihren Schatten auf Teresa.

»Sie sagt auch, ich soll mich nicht ärgern, wenn du ständig schmatzt beim Kaugummikauen. Manchmal macht sie es mir ganz schön schwer. Das heißt, ich mach es mir schwer. Sie gibt eher Hinweise, wie ich es mir weniger schwer machen könnte. Aber ich kann Schmatzen nicht leiden. Komisch, es ist ja nichts anderes als nur ein Geräusch. Einfach nur ein Geräusch.« Teresa seufzte. »Der menschliche Geist ist sehr kompliziert.«

Joe nickte. »Du sagst es. Meiner auch. Echt Scheiße.«

Sie spuckte den Kaugummi den Abhang hinab und setzte sich wieder auf ihren Rucksack, in einer so beruhigten, einverstandenen Weise, als habe sie plötzlich einen tiefen, befriedigenden Sinn in diesem Ausflug entdeckt.

»Wie ist das?«, fragte Joe nach einer Weile. »Woran glaubst du eigentlich?«

»Glauben? So, wie an Gott glauben? Hm … Ich glaube an Liebe und Mitgefühl. Ich glaube, dass wir alle imstande sind, liebevoll und mitfühlend zu werden, wenn wir es wirklich wollen.«

»Klingt nett«, sagte Joe. »Aber in der Schule hatten die Netten keine Chance. Da musste man knallhart sein.«

»Es gibt eine alte Geschichte zu diesem Thema. Ein Yogi zog durchs Land und kam zu einem Dorf. Die Leute dort jammerten sehr, weil eine Kobra in der Nähe lebte, und an ihren Bissen waren viele Dorfbewohner gestorben. Sie wagten sich gar nicht mehr hinaus zur Feldarbeit. Der Yogi versprach Abhilfe und stellte die Kobra zur Rede. ›Du kannst so nicht weitermachen‹, sagte der Yogi, ›dein Karma wird immer schlechter und du musst damit rechnen, unter höllischen Umständen wiedergeboren zu werden. Wenn du nun schon mal eine so ungünstige Inkarnation hast, dass du dich von anderen Lebewesen ernähren musst, dann lass wenigstens die Menschen in Ruhe.‹ Die Kobra sah diese Logik ein und versprach Besserung. Es vergingen ein paar Monate und der Yogi kam wieder durch das Dorf. Die Leute dankten ihm und feierten ihn, weil seit seinem letzten Besuch niemand mehr von der Kobra gebissen worden war. Der Yogi besuchte die Kobra, aber er war doch recht erschüttert, als er sie halb tot am Wegrand vorfand. Die Schlange hob schwach den Kopf und krächzte: ›Da hast du mir was eingebrockt, heiliger Mann. Siehst du, was sie mit mir gemacht haben? Ich war freundlich und hab sie nicht gebissen und dafür haben sie mich fast umgebracht.‹ Der Yogi schüttelte den Kopf und sagte: ›Ach herrjeh, Kobra, ich hab doch nicht gesagt, du sollst dumm sein.‹ Da hörte er Schritte vom Dorf her kommen und versteckte sich schnell hinter einem Busch. Ein Mann näherte sich mit einem Stecken in der Hand, und als er die Schlange sah, hob er ihn hoch zum Schlag. Mit letzter Kraft richtete sich die Kobra auf, faltete ihren Kopfschmuck drohend auseinander und zischte, so gut es ging. Entsetzt machte der Mann einen Satz rückwärts und rannte davon. ›Na siehst du‹, sagte der Yogi, ›jetzt hast du verstanden, wie das geht.‹«

Joe kicherte. »Ich glaube, die Geschichte gefällt mir.«

»Liebe und Mitgefühl sind nicht dumm«, sagte Teresa.

»Aber es heißt doch, Liebe macht blind.«

»Dann ist es nicht Liebe«, erklärte Teresa, »sondern Projektion und Abhängigkeit. Liebe ist wach und aufmerksam. Liebe fragt, was wirklich gut ist für den anderen.«

Joe schwieg nachdenklich und Teresa fuhr mit ihrem Mantra

fort, glücklich über den Mantel des Friedens, der sich um sie und ihr Enkelkind gelegt hatte. Ein großer Vogel, ein Adler vielleicht, kreiste über ihnen, berauscht von der Schönheit seiner Welt.

Erst als Ani Pema in der Kurve erschien, den feuerroten Anorak über dem dunkelroten Nonnenrock um die Taille gebunden, auf dem Kopf ihre zitronengelbe Schirmmütze, schien die Zeit wieder einzusetzen.

»Der Jeep steht bei ziemlich erstaunten Ziegen in einem gut geschützten Pferch«, berichtete sie. »Und die Leute sind begeistert über die Rupien, die ich ihnen versprochen habe.«

Sie hatten gehofft, Tashis Vorsprung mit dem Jeep wettmachen zu können. Beim Aufbruch von der Endstation des Busses war er gesehen worden, und die Nacht zuvor hatte er in dem Dorf verbracht, in dem nun Ani Pemas Jeep auf ihre Rückkehr wartete. In der Monsunzeit waren keine Trekker unterwegs. Ein einzelner Mann fiel auf. Es würde nicht allzu schwierig sein, ihm zu folgen.

Als die Schotterstraße sich weg vom Fluss und in die Berge hinaufzuwinden begann, zweigte ein Pfad nach Norden ab. Nach den Angaben der alten Ani musste die Einsiedelei irgendwo in dieser Richtung liegen. Erschöpft vom Wandern im ununterbrochenen Regen erreichten die drei am späten Nachmittag eine kleine Ansammlung von Häusern aus Natursteinen mit hübschen hölzernen Aufbauten, zwischen denen das Regenwasser in Bächen dahinsprudelte.

Kinder mit dünnen, schlammverkrusteten Beinen zogen die drei zu einem hässlichen, mit Wellblech gedeckten Gebäude.

»Lodge! Lodge!«, schrien die Kinder und krallten ihre kleinen Hände in die Kleider der Besucher.

»Lass deine Scheißpfoten weg«, fauchte Joe einen kleinen Jungen an und riss sich los.

Ani Pema legte den Arm um Joes Schultern. »Das sind keine Bettler, Joe. Sie freuen sich nur.«

»Die sollen sich verdammt noch mal ohne mich freuen.«

Ein kleines Mädchen rutschte auf den nassen Steinen aus und fiel in eine Wasserlache. Das schmale Gesichtchen verzog sich vor Schmerz, doch nur ein Wimmern kam zwischen den zusammengepressten Lippen hervor. Ein nicht viel größeres Mädchen zog die Kleine hoch und nahm sie auf den Arm. Mit dem sanften, klaglosen Ausdruck eines schwer beladenen Yaks schleppte sie das triefende Kind zur Lodge.

»Ja, der Mann ist heute Morgen weitergezogen«, sagte die junge Wirtin mit Augen, die in Trauer verschwammen. Teresa hatte Mühe, ihren Dialekt zu verstehen. Nein, er sei nicht am Fluss entlang auf dem alten Handelsweg zur tibetischen Grenze weitergegangen, sondern nach Westen, und sie zeigte ihnen einen Trampelpfad, der durch ausgedünnte Oleanderwälder tief in die Bergwildnis hineinführte. »Ich hab mich gewundert, was er dort oben bei den Yak-Hütern will.«

Die kleine Frau kochte auf dem rauchenden Feuer des gemauerten Herds einen großen Topf Tukpa und setzte die Gäste an den langen Tisch in der Küche ihrer »Lodge«. Nach und nach kam die Geschichte zutage, die hinter der erschreckten Trauer der Frau stand. Sie war noch nicht lange im Dorf; sie stammte aus einem entfernten Distrikt, wo die Rebellen herrschten. Mit Gewehren seien sie gekommen und hätten »Kapitalist« geschrien und Geld von ihnen verlangt. Doch ihr Mann hatte kaum Geld. Sie besaßen nur ein bescheidenes Haus, das sie noch nicht abbezahlt hatten, und betrieben ein kleines Geschäft. Die Rebellen schlugen ihren Mann blutig und sagten, er müsse das Haus verkaufen und ihnen das Geld geben. Nach einiger Zeit kamen sie zurück. Aber ihr Mann hatte noch immer kein Geld. Er konnte doch das Haus nicht verkaufen, wo sollten sie denn leben mit den vier Kleinen? Da hatte der Anführer ihn aus dem Haus gezerrt und mit dem Gewehr in den Kopf geschossen – vor ihr und den Kindern und den Leuten im Dorf. Sie sei dann zu Verwandten in diese Gegend geflohen und habe das kleine Gästehaus zur Pacht übernommen. Aber hier war nichts los, in dieses Gebiet kamen selten Touristen, und alle hatten Angst vor den mörderischen Rebellen.

»Maoisten nennen sie sich und behaupten, den Armen zu helfen, aber hier haben sie noch keinem geholfen«, sagte die kleine Frau und Tränen liefen über ihr Gesicht. »Unserem Nachbarn haben sie den Sohn gestohlen. Sie entführen unsere Kinder und machen sie verrückt, damit sie mitkämpfen.«

Sie schluchzte und die Kinder weinten mit. In den offenen Fenstern drängten sich die Gesichter der Dorfkinder, schweigend, mit großen Augen.

Joe wühlte in ihrer Hosentasche nach einem Stück Klopapier, um ihre vom Rauch tränenden Augen abzuwischen, und berührte dabei den Mahakala. Sie zog ihn heraus und hielt ihn Ani Pema hin.

»Könnte der nicht helfen?«, flüsterte sie.

Ani Pema nahm die Figur entgegen, und nach ein paar Worten mit der jungen Frau wurden sie in ein Zimmer neben der Küche geführt, in dem der typische tibetische, schrankähnliche Schrein stand, offenbar das Wohn- und Schlafzimmer der Familie. Die Frau brachte eine Schale Reis als Opfergabe und ein paar zusätzliche Butterlampen. Ohne Aufforderung folgten ihr die Kinder und setzten sich auf die Matten entlang den Wänden.

»Was soll das werden?«, fragte Joe.

Ani Pema lächelte. »Wir machen eine Mahakala-Anrufung. Das hilft.«

»Einfach so, ohne Trommeln und all das?«

»Einfach so. Ausführliche Rituale sind gut, aber nicht unbedingt nötig. Sie sind äußerer Ausdruck eines inneren Vorgangs. Am wichtigsten ist das, was sich in deinem Geist abspielt. Ruf Mahakala und bitte ihn um Hilfe. Du kannst ihn in deiner Vorstellung überall als Wächter postieren – an Türen und Fenstern und auf dem Dach, vielfach und in allen Größen.«

»Wahnsinn«, sagte Joe anerkennend und beschloss, gleich das ganze Dorf in Mahakalas Hand zu packen. Tibetischer Super-King-Kong. Sie musste kichern. Die Kinder kicherten mit und schubsten sich gegenseitig.

Ani Pema setzte sich und begann, mit ihrer starken, reichen Stimme, die mühelos den Raum füllte, zu singen. Die Tür wurde geöffnet, es war ein Rascheln und Huschen und Drängeln, und in wenigen Minuten war der Raum voller auf den Boden gekauerter Menschen, wie Wasser, das sich sammelt.

Schließlich setzte Ani Pema zum »Mönlam-Gebet« an, einem Lied, das alle konnten und hingebungsvoll sieben Mal wiederholten. Auch Teresa fiel mit ein.

Der Abend dehnte sich aus, ein paar Plastikflaschen mit Chang tauchten auf und Teresas Schulter wurde eifrig beklopft als Anerkennung für ihre holperigen Nepali-Kenntnisse. Die junge Wirtin ging mit leichterem Blick schlafen und in den müden Gesichtern der Kinder leuchtete die Heiterkeit des Abends.

Teresa lag noch lange wach auf der harten Pritsche. Sie fragte sich verwirrt, warum sie aus ihrem ruhigen, ereignislosen Leben heraus plötzlich in eine höllische Weltebene voller Mörder gefallen war. Sie würden Mahakala in vielfacher Manifestation brauchen, um das heil durchzustehen.

Ein kühler, strahlender Morgen erleichterte das Wandern auf dem immer unwegsamer werdenden Pfad. »Bindet eure Hosen unten zu«, hatte Ani Pema gesagt und eine Rolle Schnur aus dem Rucksack gekramt. »Sonst fressen euch die Blutegel auf. Und wo Bäume und Büsche sind, solltet ihr die Jacken anlassen.«

Als sie Rast machten und ihre Jacken auszogen, fand Joe einen Blutegel an der Innenseite ihres Arms. Sie schrie auf und wollte den Egel abreißen, doch Ani Pema hielt Joes Handgelenke fest.

»Mach dieses Wurmvieh weg«, heulte Joe. »Es ist eklig, eklig, eklig. Mach es weg! Bitte, mach es weg!«

Sanft strich Teresa über den dicken, vollgesogenen Wurm. »Der ist bald satt, dann fällt er von selber ab. Die Bauern hier auf den Feldern machen es immer so, sie lassen sie dran, bis sie abfallen. Das ist sogar gesund. Verdünnt das Blut.«

»Ich will ihn weghaben«, winselte Joe.

»Denk an die Verbundenheit aller Wesen«, murmelte Teresa, während sie Salz auf den Kopf des Egels streute. Augenblicklich fiel er herunter.

»Scheiß Verbundenheit«, erwiderte Joe. »Nicht mit Blutegeln.«

»Mit niedlichen kleinen Kätzchen vielleicht?«, fragte Ani Pema.

»Meinetwegen«, lenkte Joe ein, »das schon eher.«

»Es gibt Geschichten von Yogis, die so vollkommen in der Verbundenheit lebten, dass Moskitos und Blutegel und Giftschlangen und wilde Tiere sie in Ruhe ließen«, erklärte Teresa. »Wahrscheinlich hielten sie die Yogis für ihresgleichen.«

Joe verzog das Gesicht. »Okay, okay. Aber jedenfalls gehörst du auch nicht zu denen. Du nimmst ein Glas zum Spinnenfangen, ich hab's gesehen.«

Bald hatten sie die grünen Terrassenfelder hinter sich gelassen und der Weg führte an abgeholzten, teilweise erodierten Steilhängen entlang. Endlich wurden die gewaltigen Eisriesen des Himalaja sichtbar, die von Wolken und den Vorbergen verdeckt gewesen waren.

»O ihr Götter, ist das schön«, sagte Teresa und blieb stehen. »Schau nur, Joe!«

Das Mädchen ließ sich samt Rucksack fallen und schloss die Augen. »Kann nicht mehr. Bin zu müde zum Schauen. Guck du, aber lass mir was übrig.«

Das Dorf, ein paar winzige Häuser aus aufgeschichteten Steinen, lag wie angeklebt am ansteigenden Ufer eines Wildbachs, dahinter erhob sich ein Gebirgszug mit dem ersten hohen Pass des Weges. Aufgetürmte Wolken versprachen Regen, der sie den ganzen Tag verschont hatte.

»Wir haben lang gebraucht«, sagte Ani Pema seufzend.

»Nehmen wir es als Pilgerreise«, erwiderte Teresa. »Je anstrengender, desto mehr Verdienste.«

Ani Pema lachte. »Pilgerreisen haben Pilgerziele.«

Teresa lachte mit. »Und der Weg ist das Ziel, so heißt es doch.«

»Du willst ja nur zu Tashi«, knurrte Joe. »Da ist er, da vorn.«

Eine Gestalt stand vor den Häusern neben einem großen, wild bellenden Hund. Der Hund zerrte an seiner kurzen Kette und sah gefährlich aus.

Bald waren sie so nah herangekommen, dass auch Teresa ihn erkannte. Sie wollte ihm zuwinken, doch er stand so unbeweglich da, so voller Abwehr, dass sie die Hand augenblicklich sinken ließ.

»Mann, da freut sich aber einer«, murmelte Joe.

»Hallo, Tashi!«, rief Ani Pema munter. Sie erhielt keine Antwort.

»Ist das wirklich Tashi?«, fragte Teresa unsicher.

»Wir sind doch nicht blind.« Joes Stimme bebte vor Gereiztheit.

Schweigend stapften sie auf das Dorf zu, Ani Pema voran, Teresa hinter ihr und Joe mit müde schlurfenden Füßen als Letzte.

»Was soll das?«, fragte Tashi, als sie ihn erreicht hatten. Seine Züge waren hart und dunkel, als hätten die Berge den dünnen Belag der neuen Welt von ihm abgerieben. »Namasté, tashi delek, how do you do, bonjour, buon giorno und so weiter«, sagte Teresa.

»Gruezi, Schwizerkäs«, fügte Joe hinzu.

Ani Pema lachte. »Hi, Tashi, du freust dich wohl sehr, uns zu sehen.«

»Was wollt ihr hier?«

In Teresas Kehle stauten sich die Worte, schoben sich übereinander, stellten sich quer, behinderten einander und wollten ihr die Luft nehmen. *Habe ich mir wirklich eingebildet, gegen Enttäuschungen immun zu sein? Wie beschränkt, zu meinen, man habe alles Vorstellbare eingesammelt, alle denkbaren Puzzlestücke ins Bild gesetzt und könne sich zurücklehnen, ohne Überraschungen befürchten zu müssen, weil alles schon vorweggenommen ist. Die Enttäuschungen lauern in den Lücken der Vorstellungen und sie treiben hervor und blühen giftig auf, ehe man sichs versieht.*

Ani Pema und Joe schwiegen. Es war an ihr, Teresa, die Verantwortung für die Situation zu übernehmen. Was hätte ihr Rinpoche gesagt? Was würde Tara sagen?

»Ich habe Medikamente und Verbandszeug dabei«, erklärte sie in einem so leichten, sachlichen Ton, dass es sie selbst verwunderte. »Antibiotika, Spritzen, Lokalanästhesie, Skalpell, Klemmen, Schmerzmittel. Was man eben so braucht, um einen Verletzten zu versorgen. Darum geht es doch, oder?«

Tashi hielt ihren Blick kurz fest und wies dann auf Joe. »Und warum hast du *sie* mitgenommen?«

»Diese SIE habe ich mitgenommen, weil es nicht anders ging«, antwortete sie mit Schärfe.

Doch Tashi wollte keine Antwort. Tashi war wütend.

»Wie konntet ihr nur auf eine so blödsinnige Idee kommen? Wisst ihr nicht, wie gefährlich es in den Bergen ist? Ohne Führer, ohne Träger, ohne vernünftige Ausrüstung? So viel Ignoranz ist nicht zu fassen.«

»Wir sind hier, wohlbehalten, oder nicht?«, sagte Ani Pema ruhig. »Kein Grund zur Aufregung.«

Tashis tibetische Antwort konnte Teresa kaum verstehen, doch es war nicht schwierig, sich den Inhalt vorzustellen.

»Lass Ani Pema in Ruhe«, sagte sie, »ich hab sie dazu überredet. Und ich möchte dich um ein anständiges Benehmen bitten, auch wenn du meinst, das sei eine Dummheit und du hättest das Recht, uns wie Schulkinder zu behandeln.«

Tashi wandte sich um und ging auf den Hauseingang zu. »Setzt euch, ich hole Tee!«, rief er über die Schulter zurück.

Der Hund bellte und zerrte an seiner Kette. Ein halbwüchsiger Junge erschien im dunklen Loch des Eingangs.

»Das ist Puchung«, erklärte Tashi kurz. »Er ist taubstumm.«

Der Junge nahm den Kopf des Hundes fest in den Arm, bis er sich beruhigt hatte, und scheuchte ein paar Kinder weg, die sich, dicht zusammengedrängt, herangeschoben hatten. Ein kleiner Steinwall entlang der Hauswand diente als Bank, auf der Teresa und Ani Pema sich erschöpft niederließen. Joe streckte sich stöhnend auf dem Boden aus. Sie hatte kaum über die Anstrengung des Marsches geklagt, war nur immer weiter zurückgeblieben, sodass Ani Pema und Teresa von Mal zu Mal anhalten und auf sie warten mussten.

Teresa lehnte sich gegen die Hauswand und schloss die Augen. *Das ist er also, mein sanfter Fast-Mönch, der gute Mensch von*

Boudhanath. Ach, Teresa, und du hast gedacht, du würdest die Menschen kennen. Wie soll man jemanden wirklich kennen? Jenseits von Hoffnung und Furcht müsstest du sein, so ganz, ganz weit offen, dass nichts mehr zwischen dir ist und der Wirklichkeit. Jenseits von Erwartungen, jenseits von Schutz und Nichtschutz. Verwundbar und unzerstörbar. Ich ahne es, ich ahne diese Fähigkeit. Die Liebenden sind es, die sich aus der Selbstumklammerung ihres Ichs befreien, nicht diejenigen, die sich lieben lassen; die wahren Liebenden, die nicht blind sind, sondern vielmehr scharf sehen, ohne zu urteilen.

Einen Augenblick lang schien ihr, als stünde sie ganz nah vor der Verwirklichung dieser Möglichkeit, als bedürfe es nur einer winzigen Bewegung, so, wie das bloße Verlagern des Gleichgewichts an einem Abgrund zum Fallen führt. Das mochte ihr Rinpoche gemeint haben, als er sagte: »Wir befinden uns immer eine Mikrosekunde vor der Erleuchtung; wir müssten uns nur dafür entscheiden.« Diese Wahrheit war wie ein Feuer, ein mächtiges Feuer, das in Teresas Körper aufflammte und sie zum Glühen brachte. Ein glückseliges Glühen, wissend und ohne Kommentar.

Der Augenblick war vorbei und ließ ein Gefühl überwältigender Dankbarkeit in ihr zurück. Die Zeit hielt inne und verwandelte sich in Raum. Der Raum war unendlich, sodass es keinerlei Anhaltspunkte für Bewertungen darin gab. Ohne Verwunderung erkannte Teresa, dass es der Raum selbst war, der aus Liebe und Klarheit bestand. Unbegrenzt. So einfach war das.

Tashi brachte eine Thermoskanne und einige Holzschalen aus dem Haus.

»Buttertee«, sagte er.

Teresa nickte lächelnd. »O ja, Cha ist jetzt gut.«

Das Lächeln war da, ohne Absicht oder gar Überwindung. Als

Tashi ihre Schale füllte, sagte sie: »Ich hab einmal eine Geschichte gelesen von einem Zen-Mönch, der durch einen Blick in seine Schale Tee erleuchtet wurde. Ich nehme an, dass man deshalb bei der japanischen Teezeremonie immer die Schale in der Hand dreht – um den Punkt der Erleuchtung darin zu sehen.«

Die Andeutung eines Lächelns dämmerte um Tashis Augen. »Ist wohl schwer zu finden.«

»Wer weiß«, erwiderte Teresa und hob ihre Schale, sodass er sie füllen konnte. »Tashi delek, Tashi-la.«

»Tashi delek, Khandro-la«, erwiderte Tashi.

Als er sich zu Joe hinunterbeugte und ihr eine gefüllte Schale reichte, flüsterte er: »Sorry, Prinzessin.«

Joe flüsterte gleichmütig zurück: »Idiot.«

Ein paar Frauen, umringt von Kindern, standen an der Hausecke. Höflich winkte Tashi die Frauen herbei und bot ihnen Tee an. In einigem Abstand setzten sie sich auf den Boden und warfen schnelle, scheue Blicke zu den Besuchern.

»Sie sind nur im Sommer hier oben«, erklärte er. »Die Männer und die älteren Kinder sind bei den Yaks auf den Weiden. In der Nachbarprovinz wurden viele Yaks gestohlen, sagen sie. Wahrscheinlich von den Rebellen. Seit Kurzem treiben sie sich auch in dieser Gegend hier herum.«

Ani Pema beugte sich vor. »Ich frage mich, warum du noch hier bist, Tashi. Wir haben nicht damit gerechnet, dich so schnell einzuholen.«

»Ich warte auf einen Mann vom Dorf«, antwortete er. »Unglaubliches Glück: Er soll angeblich heute vom Tal heraufkommen und dann will er Proviant für die Yogis in die Einsiedelei bringen. Das macht er offenbar alle paar Wochen. Sie sagen, außer ihm und seinem Sohn kennt niemand den Weg dorthin.«

»Wenigstens existiert die Einsiedelei«, sagte Teresa, »also wird

Sherab wohl auch dort sein. Hoffen wir's.« Sie stand auf und nickte Tashi zu. »Und jetzt möchte ich bitte mit dir reden.«

Ein letzter Hauch von Helligkeit lag über den Bergen und ein kalter Abendwind strich um das Dorf. Die Frauen hatten Ani Pema und Joe mit in eines der niedrigen Häuser genommen und sich darangemacht, eine dicke Tukpa zu kochen. Die Männer kamen nur mittags zum Essen, nachts blieben sie bei ihren Tieren.

Tashi hatte Teresa zum Rand des Wildbachs geführt, dessen Rauschen ihre Worte hütete. Sie saßen auf einem großen, abgeflachten Stein, ohne einander zu berühren.

»Wo ist Tashi?«, fragte Teresa.

Tashi rieb schweigend die Finger aneinander.

»Weißt du, diesen Tashi hier kenne ich nicht«, sagte sie ruhig. »Ich kenne nur Srimalas Tashi und Bön-Onkels Tashi und den Kloster-Tashi. Wer ist der jetzige Tashi?«

Mit einem Schulterzucken antwortete Tashi: »Ein tibetischer Wilder. Ein undressierter, unzivilisierter, barbarischer tibetischer Wilder.«

»Es tut weh, wenn du so mit mir sprichst.«

Er drehte den Kopf hin und her wie ein Yak, der Fliegen abschütteln will. Plötzlich ergriff er ihre Hand und legte sie auf sein Gesicht. »Ich würde gern anders sein, Teresa, aber ich kann nicht.«

Ein langes Schweigen, eingebettet in das Rauschen und Gurgeln des Wassers, milderte den harten Nachklang seiner Worte. Schließlich zog Teresa sanft ihre Hand zurück.

»Du hättest nicht kommen sollen«, sagte er ohne Anklage. »Es ist so gefährlich geworden in den Bergen. Und dann auch noch mit Joe!«

»Du glaubst doch nicht, dass das eine freiwillige Entscheidung war«, erwiderte Teresa geduldig. »Sie hat mich unter Druck gesetzt.

Die Alternative wären ihre Dealerfreunde mit Dope und Rum und ich weiß nicht was gewesen. Ich hatte keine Wahl. Vielleicht habe ich überstürzt und unüberlegt gehandelt. Aber ich hielt es für wichtig zu kommen. Ich habe medizinische Möglichkeiten …«

»Wir haben Schamanen«, unterbrach er sie. »Ich bin sicher, dass die Yogis nach einem Heiler-Lama geschickt haben.«

»Du hättest mich anrufen können, bevor du verschwunden bist. Die Nonnen haben ein Telefon.«

»Okay, hätte ich tun sollen. Ich dachte nicht daran.«

Teresa unterdrückte ein kleines Lächeln. Er hatte die Sprache gewechselt, in sein fast akzentfreies Amerikanisch. Wollte er wieder einmal seinem Maria-Schatten entkommen?

»Ich hatte keinen anderen Gedanken, als dass Sherab mich brauchte. Den Weg über die Berge, den er nehmen wollte, kann ich mir ungefähr vorstellen – ein sehr schwieriger Weg, aber man kann es schaffen. Doch die Einsiedelei, von der Amdo Ani sprach, könnte ich allein nicht finden. Die Frauen sagen, man braucht nicht einmal einen Tag bis dorthin, aber niemand findet sie ohne Hilfe.«

»Bist du sicher, dass Sherab dort ist?«

»Ich habe den Ort in Amdo Anis Schale gesehen und es ist die einzige Einsiedelei weit und breit. Dieses Gebiet hier ist sehr unwirtlich, nur ein paar Hochweiden mit Ziegen und Yaks.«

»Gerda sagte, dass eine Frau, eine Tibeterin, zu unserem Haus gekommen ist und nach dir gefragt hat. Und ein Mann hat dich bei den Nonnen gesucht. Das war am Morgen, nachdem du verschwunden warst.«

Tashi erstarrte, eingefroren in Spannung. »Sie haben uns also die ganze Zeit beschattet.«

»Wahrscheinlich. Sie könnten dir zum Kloster gefolgt sein. Es ist auch möglich, dass sie Joe gesehen haben, als sie Shimi holte.

Vielleicht der Mann auf dem Strommast … Aber sie waren sich offenbar nicht sicher. Ich denke, erst nachdem sie Sherab fast erwischt und dann doch wieder verloren hatten, haben sie angefangen, ernsthaft nach dir zu suchen.«

»Dann sind sie wenigstens hier nicht hinter uns her.«

Sie überließen sich erneut dem Schweigen. Es gab zu viel zu sagen. Die Dunkelheit begann nach und nach die Täler zu füllen, bis sie überliefen.

Sie durften in einem leeren Haus übernachten, nicht mehr als ein ummauerter Raum mit gestampftem Boden, der mit ein paar laubgefüllten Matratzen ausgestattet war. Der Mann, der sie führen sollte, war am Abend eingetroffen. Nach kurzer Verhandlung sagte er zu, dass er sie zur Einsiedelei mitnehmen würde. Sie müssten sehr früh aufbrechen, erklärte er nachdrücklich, um den schwierigen Weg bis zum Abend zu bewältigen.

Tashi setzte sich vor dem Schlafen beim Schein einer Butterlampe zu Joe und sprach leise mit ihr, brachte ihr noch eine Schale Kräutertee und legte den Arm um ihre Schultern. Joe bekam rote Bäckchen und schnurrte. Teresa schloss beruhigt die Augen. In dieser Nacht würde sie schlafen können, geschützt durch Tashis Nähe und Joes inneren Frieden.

Doch es war eine kurze Nacht. Lange vor Tagesanbruch begann Joe über Bauchkrämpfe zu klagen und trottete immer wieder, von Teresa gestützt, an den Rand des Dorfs.

»Ein Königreich für ein Klo«, jammerte Joe. »Die leben ja wie die Viecher.«

Tashi entfaltete unerwartete Fürsorglichkeit. Er hielt ihre Hand, tröstete sie, wischte ihr den Schweiß von der Stirn. Eine kleine Darminfektion sei ortsüblich, sagte er, sie brauche nur ein paar Tage Ruhe. Joe lächelte zwischen den Krämpfen.

»Das war nur ein Tee zum Abführen«, flüsterte er Teresa zu.

»Keine Sorge, die Wirkung wird bald nachlassen. Dann sind wir schon weit weg. Pema wird bei ihr bleiben. Glaub mir, es ist besser so.«

Daran hatte Teresa keinen Zweifel.

8

Der Führer Lündup, ein hagerer, schweigsamer Mann mittleren Alters mit wachsamen Augen, ging mit gleichmäßigen Schritten voran. Auf dem Rücken trug er einen Korb mit Butter, Tee, Salz, Trockenfleisch, Tsampa, Reis und getrockneten Früchten für die Einsiedler. Und Teresas Rucksack.

»Wie will er das mit seinen dünnen Turnschuhen schaffen?«, fragte Teresa beunruhigt.

Ohne zu antworten, legte Tashi seine Hand kurz auf ihren Rücken. Die Berührung ließ sie aufglühen in der morgendlichen Kälte. Es war ein glücklicher, klarer Augenblick. Alles schien einfach und überschaubar. Sie hatten Joe in der Obhut der Nonne zurückgelassen. Am Abend würden sie bei Sherab sein, sie würde ihn versorgen und vielleicht konnten sie schon am nächsten Morgen zum Dorf zurückkehren. Die Gangster hatten Sherabs Spur verloren und verfolgten nun in Kathmandu Tashis Phantom. Vielleicht würde sie ein paar Stunden lang so tun können, als sei alles in Ordnung. Bis sie Sherab fanden.

Lündup hatte den sichtbaren Trampelpfad bald verlassen und sie über karge, steile Sommerweiden geführt. Ein paar Yaks hoben ihre dunklen Köpfe und beobachteten sie aus der Ferne. Vom fast wolkenlosen Himmel brannte die Sonne, und das Wandern durch ein endlos langes, langsam ansteigendes Flusstal wurde immer beschwerlicher. Auf einer felsigen Plattform über einer Quelle hielt der Führer an. Teresa ließ sich erschöpft fallen. Sie waren mehrere Stunden lang langsam, aber ununterbrochen gelaufen. Ihr Knie schmerzte.

»Ich fürchte, ich bin zu alt für solche Aktionen«, seufzte sie. »Und dabei muss ich nicht mal meinen Rucksack tragen.«

Tashi ergriff ihre Hand. »Du hältst dich tapfer. Ich bin das Laufen auch nicht gewöhnt.«

»Aber ich bin nun einmal alt«, sagte Teresa. »Ich bin eine Großmutter und sehe schlecht und bekomme alle möglichen Zipperlein. Der Buddha hat sich deutlich genug ausgesprochen, was Alter, Krankheit und Tod betrifft.«

Kopfschüttelnd streichelte Tashi ihre Finger, jeden einzeln. »Du hast so viel Lebendigkeit in dir, Teresa. Das Zahlenalter ist nichts Lebendiges. Menschen haben sehr unterschiedliche Zeit in sich. Sag nicht, du seist alt. Das bist du nicht.«

Sie verbot sich, über seine Worte nachzudenken, obwohl sie sich eingestehen musste, dass sie solch eine Antwort erhofft und mit einer winzigen Giftdosis Koketterie herausgefordert hatte. Die Sonne berührte heiß ihr Gesicht, der Boden gab angenehme Kühle ab, das Wasser der Quelle, das Tashi in einem Becher für sie schöpfte, war kalt und klar, und Tashis Gegenwart hatte keine andere Bedeutung als Zusammensein, einfaches, grundlegendes Zusammensein. Dies konnte nur anhalten, solange ihr Geist still blieb, dessen war sie sich bewusst. Überlegungen hätten die Köstlichkeit dieser Erfahrung, so schwebend über der scheinbaren Wirklichkeit von Lust und Schmerz, zerstört.

Sie drückte kurz Tashis Hand. »Hunger«, sagte sie.

Tashi verteilte Brotfladen und den harten, salzigen Yakkäse. Teresa zog zur großen Freude des Führers ein paar Schokoladenriegel aus ihrem Rucksack. Mit einem kleinen, würdevollen Nicken nahm er das Geschenk an und lutschte langsam und laut daran. Das letzte Eckchen legte er zu anderen kleinen Gaben von Brot und Käse an den Rand der Quelle in einen kleinen Kreis von Steinen, Opfer für die Geister der Berge und des Wassers, mit einer leise gesungenen Bitte um ihren Schutz.

»Jetzt kommt der unbequeme Teil des Wegs, sagt Lündup«, erklärte Tashi, als sie nach der kurzen Ruhepause aufbrachen.

»Uhh«, brummelte Teresa. »Und bisher soll es bequem gewesen sein?«

Der Führer fügte lachend etwas hinzu. Tashi verzog belustigt das Gesicht. »Er meint: sehr schwieriger Pilgerweg zur Einsiedelei, gutes Karma.« Teresa schnürte seufzend ihre Wanderschuhe zu. »Na gut, dann widme ich die Mühe gleich jetzt allen Wesen. Hinterher ist mir vielleicht nur noch nach Fluchen zumute.«

Kurz darauf arbeiteten sie sich in einem tief in die Felsen eingeschnittenen Flusstal entlang. Bald gab es keinen Uferrand mehr, auf dem man hätte gehen können. Der Führer stieg in das quirlige, schäumende Wasser. Teresa sah ihm entsetzt zu.

»Mit den Schuhen? Da wird ja alles nass!«

»Bist du sicher?« Tashi lachte so laut, dass es von den Felswänden widerhallte.

Zögernd folgte Teresa Lündup in den eiskalten Fluss. Er war flach, nur an manchen Stellen knietief, doch sie musste alle Kraft aufbieten und sich manchmal von Tashi stützen lassen, um der starken Strömung zwischen den großen Steinblöcken standzuhalten. Nach einer kleinen Ewigkeit hielten sie schließlich auf einem Geröllstreifen an, der sich in einer Biegung des Flusses angesammelt hatte. Teresa leerte das Wasser aus ihren Schuhen und rieb stöhnend ihre von der Kälte krebsroten Füße.

»In all den Jahren hier in Nepal war ich nie auf einer Trekkingtour«, sagte sie. »Ich kam einfach nicht auf die Idee. Jetzt weiß ich, warum.«

»Die Tibeter machen Zwangstrekking«, erwiderte Tashi. »Weißt du, wie viele Kinder mit kaputtgefrorenen Füßen auf dieser Seite der Berge ankommen – wenn sie überhaupt ankommen?«

Teresa wischte ihre Schuhe mit einem Frotteetuch aus und kramte trockene Socken aus ihrem Rucksack.

»Nein, das weiß ich nicht, Tashi. Aber sprich bitte nicht so anklagend. Ich bin von Kindheit an mit einem gewaltigen sozialen schlechten Gewissen beladen, das jederzeit ausbrechen kann – einem deutschen sozialen schlechten Gewissen. Das ist ein besonders aggressives geistiges Virus.«

»Entschuldige«, erwiderte Tashi. »Die Nähe zu Tibet hat mich im Griff.« Und nach einer Pause fügte er leise hinzu: »Jedes Mal, wenn ich die Schneeberge sehe, möchte ich weinen.«

Teresas fragender Blick hielt den seinen fest.

»Ein Kind sehnt sich nach seiner Mutter, auch wenn sie eine schlechte Mutter ist«, sagte er.

Oder Großmutter, dachte Teresa. *Sehnt sich mein Enkelkind nach mir? Ich bin eine schlechte Großmutter. Ich sollte Joe lieben. Du sollst deinen Nächsten lieben … Du sollst, sollst, sollst … Klavier spielen können. Ich habe trotz all des erzwungenen Übens die einfachsten Sonatinen schlecht gespielt. Ich könnte Joe lieben, ich ahne, dass ich es könnte. Stell dir vor, wie du das Stück spielen könntest, sagte die Klavierlehrerin, die ich liebte. Irgendwann fing ich an, es mir vorstellen zu können. Aber da war es leider schon zu spät. Ach, Joe, ich kann dich lieben, aber nur, wenn du weit weg bist.*

Die Kletterpartie aus dem Flussbett zum Rand der Schlucht begann in einer verdeckten Spalte der Felswand. Sie war halsbrecherisch steil und feucht und jeder Schritt verlangte äußerste Aufmerksamkeit. Teresa krallte die Hände in den Fels, ihre Fingernägel brachen ab. Sie presste die Lippen zusammen. Das kann ich nicht, wollte sie schreien, das ist verrückt, das ist lebensgefährlich, das kann niemand von mir verlangen. Dazu bin ich verdammt zu alt.

Doch dann stieß sie die Gedanken weg, schnitt sie durch, warf sie in den Wind, rief das Bild der helfenden Gottheit Arya Tara mit ihrem Mantra herbei und ließ Füße und Hände führen vom Vertrauen auf eine Hilfe, die aus dem Vertrauen selbst erwuchs.

Hoch über dem Fluss angekommen, folgte Lündup einem kaum sichtbaren Pfad weiter in eine menschenleere Bergwildnis hinein. Immer wieder mussten die beiden Männer für Teresa Pausen einlegen. Schließlich begannen ihre Knie so sehr zu zittern, dass sie nicht mehr weitergehen konnte.

»Es tut mir leid«, keuchte sie. »Einmal die Woche im Fitnessclub ist keine Vorbereitung für diesen Pilgerweg voller Verdienste, alle Buddhas und Bodhisattvas mögen es mir verzeihen.«

Tashi lachte. »Du hilfst mir, das Gesicht zu wahren. Ich brauche auch eine Rast.«

Er schob ihre Hose hoch und massierte ihre Knie mit einer Salbe, die ihm Lündup in die Hand gedrückt hatte, und er reichte ihr den Becheraufsatz der Thermoskanne mit dem herrlich fetten, salzigen Cha. Ihre Beine waren ein wenig gebräunt von den wenigen Stunden am Swimmingpool des Yak-und-Yeti-Hotels, schlanke Beine mit zierlichen Knöcheln. Nur ein paar kleine Landkarten unbotmäßiger Venen. Kinderfüße mit kurzen Zehen, ein einziger krummer Nagel, leicht zu übersehen. Teilweise beruhigt lehnte sie sich zurück. *Für den Geist ist das Alter ein Segen. Für den Körper ist es eine Zumutung.*

Tashis Hände waren sicher und kraftvoll und sanft.

»Du bist lieb«, sagte sie, die Stimme klein vor Müdigkeit. »In meinem Weltbild sind Männer nicht lieb.«

»Ich habe einiges wiedergutzumachen«, erwiderte Tashi.

Teresa lächelte. »Stimmt.«

»Und ich kann dir nicht einmal versprechen, dass ich mich nicht mehr schlecht benehmen werde.«

»Mir genügt deine gute Absicht.«

»Mir nicht.«

Teresa schaute in die tiefblaue Weite des Himmels und verlor sich darin. Ein leichtes Rütteln an ihrer Schulter weckte sie auf.

Tashis Gesicht war nah, ganz nah, Fortsetzung eines vagen, zarten Traums von Nähe und Beglückung. »Teresa, wir müssen weiter, sonst schaffen wir es nicht bis zum Abend.«

Der Weg wurde steiler und noch schwieriger. Mühselig schleppte sich Teresa hinter Lündup her. Der große Korb auf seinem Rücken schien ein Teil seines Körpers zu sein, es gab kein Schwanken, kein Stolpern, kein müdes Zögern der Schritte. Auch Tashi passte sich der unwegsamen Landschaft an, als überließe er sich ihrer Umarmung. Vielleicht, dachte Teresa, hatte die Gangart der beiden Tibeter tatsächlich etwas mit Hingabe zu tun, mit Nichtgetrenntsein, sodass sie widerstandslos angenommen wurden vom Element Erde. Sie fühlte sich steif und ungeschickt, alles andere als verbunden.

Vor einem schmalen Sims im Fels, der an einem nackten, sehr steilen Felshang entlangführte, schreckte sie zurück. Der Blick in die Tiefe löste ein unwiderstehliches Ziehen nach unten aus, als habe die Welt sich verdreht.

»Das kann ich nicht«, flüsterte sie entsetzt. »Mir wird schlecht.«

Tashi legte den Arm um ihre Schultern. »Es gibt keine andere Möglichkeit.«

»Aber ich kann nicht«, wiederholte sie mit dem Versuch, ihrer Stimme sachliche Festigkeit zu geben. »Es liegt nicht am Willen. Ich zittere zu sehr.«

Lündup war auf der anderen Seite langsam weitergegangen.

Tashi rief ihm etwas zu und der Mann nahm seinen Korb ab, um zu warten.

»Setz dich und lehne dich an den Fels«, sagte Tashi. Er ging neben ihr in die Hocke, ergriff mit beiden Händen ihre Hand und hielt sie behutsam fest. Wie einen verletzten Vogel, dachte Teresa. Wenn meine Hand ein Vogel wäre, würde der Vogel keine Angst mehr haben. Eine Welle der Ruhe floss durch ihre Hand in ihr Herz und ließ es langsamer schlagen.

Tashi wies sie an, wie sie atmen sollte. Schon nach wenigen Minuten hatte sie sich beruhigt und begann, von seiner Anweisung geführt, Entspannung und Kraft in ihre Gelenke zu leiten.

»In Tsurphu, dem Sitz der Karmapas in Tibet«, sagte er in leichtem Erzählton, »gibt es eine Kora, den Umgehungsweg um das Kloster. Es liegt am Fuß eines steilen, felsigen Bergs, und an einer Stelle führt die Kora über einen großen Stein, der über einem Abgrund zwischen zwei Felsen hängt. Alle Mönche müssen sich an diesen Weg gewöhnen. Eine gute Übung.«

Er stand auf. »Unser Führer wartet. Komm! Und nicht runterschauen!«, fügte er hinzu, während er seinen Rucksack aufnahm.

Schritt für Schritt schob sich Teresa, der Felswand zugewandt, auf dem Sims voran. Einen Fuß vorschieben, den anderen nachziehen. Sich an die Felswand pressen – vorschieben – nachziehen. *Nicht nach unten schauen!*

Doch in ihrem Blickfeld waren nicht nur die Felswand und der Himmel darüber und Lündup, der in einiger Entfernung wartete, sondern eben auch ein Unten, der Abgrund, bodenlos, ein Nichts, dort, wo Festigkeit und Sicherheit sein sollten.

Die Panik raste wie Feuer durch alle ihre Zellen. *Nicht denken, nicht denken, es ist nur Energie, reine feurige Energie. Denk nicht an die Panik! Bleib bei der Energie, überlass dich ihr. Denke nicht!* Ah, es war Tara, die Schützende, die Strahlende, die zu ihr sprach.

OM TARA TUTARE TURE SVAHA. Sich Tara überlassen, wohin das auch führen mochte.

Die Angst verflog. Plötzlich fühlte sie sich sehr leicht. Unter den Händen spürte sie die kühle, raue Oberfläche des Felsens, die Haut der Erde, und mehr noch, deren feine, schwingende Energie, die sich in ihr fortsetzte, deren Teil sie war und bis zu der Schwelle sein würde, die man Tod nannte.

Unversehens hatte sie die andere Seite des Simses erreicht und ging mit lockeren Schritten weiter, und es schien ihr, dass sie den Boden kaum berührte. Sie hätte springen können, in weiten Sätzen. *Warum springe ich nicht? Die tibetischen Schnellläufer können es, natürlich, es ist einfach die Folge einer Veränderung der Energie. Warum traue ich der Sache nicht, wenn ich das doch weiß und spüre?*

»Ich glaube, jetzt ist mir klar, was die Mönche bei ihrer Kora über den Stein lernen müssen«, sagte sie zu Tashi. »Es geht um die Verbindung mit der Energie.«

Tashi hielt ihren Blick lange fest. »Ja, Khandro-la«, erwiderte er. Konnte es sein, dass sie etwas wie Ehrfurcht in seiner Stimme hörte? Zum zweiten Mal hatte er sie Khandro, Himmelstänzerin, genannt. Irgendwann würde sie springen, ohne den Boden zu berühren.

Es war nicht mehr so anstrengend, dem Führer zu folgen. Ihre Füße fanden ohne Mühe die richtigen Stellen im Fels, und kein einziges Mal mehr musste sie die Hände zu Hilfe nehmen.

Und dann plötzlich, schon eingebettet in die Schatten des Abends, lag das kleine Hochtal mit der Einsiedelei unter ihnen, dahinter rot glühend die Schneeberge in der untergehenden Sonne. Strahlende goldene Ränder zogen sich um die von Süden herandrängenden grauen Monsunwolken.

»Das ist es, so hab ich es gesehen!«, rief Tashi und warf die Arme hoch. »Ki ki so so! Lha gyalo!«

Teresa schwebte. *LHA GYALO. Die Götter siegen. Ihr Götter der Elemente, der Planeten und der Sterne, Ihr gewaltigen Energien, die Ihr alle Kleinkariertheit und Niedrigkeit und Banalität bezwingt, der Sieg ist Euer. Ihr lehrt mich Respekt vor dem Chaos. Ihr lehrt mich Respekt vor der Verwirrung. Ich werde aufhören, banal zu sein. Das ist mein Gelübde. Ich verspreche es mir und Euch allen.*

Ein weiß glühendes Band zog sich über Boden und Wand. In die leere Bewusstheit, die wach, aber ohne Inhalt war, stürzte der erste Gedanke: Sherab! Teresa richtete sich auf. Sie musste sofort nach ihm schauen. Fast schrie sie auf unter dem Ansturm der Schmerzen in allen Muskeln.

Am Abend zuvor hatte sie Tashis fieberndem Freund ein Antibiotikum gespritzt und die Wunde gereinigt und verbunden. Die Yogis hatten entzündungshemmende Kräuter darauf gepackt, das hatte Wundbrand verhindert, doch das Projektil war in einem schrägen Winkel in die Schulter eingedrungen und steckte tief. Lündup hatte berichtet, dass sein jüngster Sohn unterwegs sei, um einen Schamanen zu holen, und es könne nicht mehr lang dauern, bis sie kämen. Der Schamane würde die Kugel herausholen. Teresa versuchte sich vorzustellen, wie das vor sich gehen sollte.

Beim Klang des abendlichen Gesangs der Yogis im Lhakang war sie eingeschlafen, in Kleidern und Anorak, zu müde, um etwas zu essen. Tashi hatte die Nacht bei Sherab verbracht. Die winzige Kammer, zu der Lündup sie geführt hatte, war leer. Auf dem gestampften Boden lag sie in ihrem Schlafsack, darunter nur die dünne Isoliermatte, neben ihr der Rucksack.

Teresa bemühte sich, nicht an die Freuden eines Badezimmers zu denken. Ein paar Bürstenstriche durch die Haare mussten genügen. Im Licht der offenen Tür – sie hatte die ganze kühle Nacht lang offen gestanden – blieb sie am Bild in ihrem Taschenspiegel hängen. Zerknitterte Augenlider, ein Gefächer von Fältchen unter den Augen, ein zartes Netz roter Äderchen auf den Wangen. O nein, sie mochte sie nicht, diese dünne, helle, fast durchsichtige Haut der weißen Rasse, die jeden kleinen Fehler, jedes Zeichen des Verfalls grell preisgab. Ob ein Zeitpunkt des Alterns kommen würde, an dem sie sich entschloss, ihr Haar nicht mehr zu blondieren, kein Make-up mehr zu verwenden, das Alter ihres Gesichts nackt der Welt zu zeigen? Sie erinnerte sich an eine alte Frau in einem stillen Film über die Tuareg, die schwärzte eifrig ihre Augenränder in einem Gesicht wie Dörrpflaumen; und recht hatte sie, es brachte ihre Augen zum Strahlen, sodass niemand mehr an Dörrpflaumen dachte.

Sie ging hinaus in den funkelnden Morgen, in die Richtung des gurgelnden Wildwassers, und ergab sich seufzend dem tibetischen Brauch öffentlicher Erleichterung. Immerhin, hinter einem Busch verborgen konnte sie sich ein wenig waschen. Das Wasser war eiskalt.

Die Einsiedelei, ein kleiner Tempelraum mit ein paar aneinandergereihten Kammern zu beiden Seiten, bestand aus Natursteinmauerwerk unter einem überhängenden Felsen, sodass der Fels die Rückwand und den größten Teil des Daches bildete. Blühende Sträucher begrenzten das Gebäude, in einem großen, gepflegten Garten wuchs Gemüse und auf der Wiese, die sich zum Tal hinunterzog, standen sogar einige Obstbäume. Aus dem Lhakang drangen die tiefen Stimmen der Yogis, das Ding-ding kleiner Glocken und die hellen Schläge der Handtrommeln.

»Sein Fieber ist ein bisschen gesunken«, sagte Tashi, als Teresa Sherabs Kammer betrat. »Heute Morgen hat er mich erkannt.«

Sherabs Augen lagen tief in dem schmalen Gesicht. Der Blick, der sich auf Teresa richtete, schien hinter ihr zu enden, irgendwo auf der groben Wand. Suchend tastete seine Hand den Boden neben der dünnen Matte ab.

»Deine Brille, hier, ich hab sie.« Mit zärtlicher Vorsicht setzte Tashi dem Kranken eine große, hässliche Brille auf. Der Blick verlor sich dennoch fern im Raum. Die Lippen bewegten sich ein wenig, doch es folgte ihnen kein Ton.

Bei Tageslicht sah die Wunde beunruhigend aus.

»Für solch eine schwierige Operation bin ich weder ausgebildet noch ausgerüstet«, sagte Teresa unglücklich. »Und er ist schon so sehr geschwächt vom Fieber und von den Schmerzen. Ich kann nichts anderes tun, als ihm Antibiotika und Schmerzmittel zu geben.« Und eine Tara auf deinen Kopf und auf die Wunde und in dein Herz, OM TARA TUTARE TURE SVAHA.

»Der Schamane kommt bald.« Tashis Stimme war voller Zuversicht. »Sie haben ihn gestern schon erwartet. Und der alte Yogi, Lama Tsondu, hat gesagt, dass Sherabs Zeit noch nicht zu Ende sei.« Er strich dem Freund leicht über das strähnige Haar und stand auf. »Lassen wir ihn schlafen. Er hatte eine unruhige Nacht.«

»Und du demnach auch«, stellte Teresa fest, während sie ihm nach draußen folgte. »Ich hab ein schlechtes Gewissen, dass ich schlief wie ein Stein.«

Tashi ergriff ihre Hand und blies darauf. »Ach, ihr traurigen Kinder der Schuldkultur. Könnt euch nur als gute Menschen fühlen, wenn es wehtut.«

Mit einem belustigten Lächeln entzog Teresa ihre Hand. Schuldkultur. Das klang nach Maria. Er hatte »Maria-Sprüche« und »Terry-Sprüche«. Sie hätte ihm dies gern gesagt, aber sie würde es nicht tun. Grenzüberschreitungen bekamen einer Freundschaft nicht gut.

In der Morgensonne breitete Tashi seinen Schlafsack vor dem Eingang zu Sherabs Kammer aus und winkte ihr zu, sie möge sich daraufsetzen. Aus der offenen Küche unter dem Felsüberhang holte er für sie eine Schale Reissuppe und einen Becher Buttertee. Er habe schon gefrühstückt, sagte er und ließ sich neben ihr nieder, mit einem kleinen, wohlproportionierten Abstand, der ein gelegentliches freundliches Berühren der Ellbogen zuließ. Vor ihnen lag das Tal mit seinen Wiesen und Büschen und Gruppen von kleinen Bäumen, umringt von hoch aufragenden, kahlen Felsbergen.

»Wie hat Sherab es nur geschafft, mit seiner schweren Verletzung diesen außerirdischen Ort zu erreichen?«, fragte Teresa.

»Nenn es ein Wunder«, antwortete Tashi. »Lama Tsondu hat Hilferufe gehört und die beiden anderen Yogis, Tinley und Jampal, hinunter zum Fluss geschickt. Sie fanden Sherab am Flussufer vor der Schlucht. Da war er schon ein gutes Stück gelaufen, obwohl es mehr als erstaunlich ist, dass er sich überhaupt noch auf den Beinen halten konnte. Frag mich nicht, warum er dorthin ging, und frag mich nicht, wie sie ihn hier heraufgebracht haben. Abgesehen davon, dass es völlig unmöglich ist, jemanden aus so großer Entfernung zu hören.«

»Also Siddhis«, sagte Teresa.

Tashi hob heiter die Augenbrauen. »Wir sind hier auf tibetischem Kulturboden, Teresa. Hier wachsen die Siddhis auf den Bäumen. Massenhaft.«

Teresa lehnte sich gegen die sonnenwarme Wand und schloss die Augen. Das letzte Bild, das sie bewahrte, war Tashis Hand auf dem groben Stoff seiner Hose, seine braune, feste Hand auf sandfarbenem Stoff, ausdrucksvoll wie ein eigenständiges Wesen. *Tashis Handgesicht. Verkörperter Geist. Nicht hier Körper, dort Geist, nein, sie durchdringen einander, wie Tashis Geist seine Hand durchdringt.*

Sie spürte ihre eigenen Hände, die sie ineinandergelegt hatte, und die umfasste Linke war ein Häufchen Knochen, warm und lebendig, wie ein kleines Tier. Sie streichelte dieses kleine Wesen, das ihre Hand war, mit einem durchdringenden Gefühl der Zärtlichkeit für alle Hände, die es geben mochte, weiche, schwielige, kleine, große, runde, knochige, kalte, heiße, trockene, schwitzende Hände. In Händen verkörperter Geist.

»Ich hatte einen eigenartigen Traum«, sagte Tashi unvermittelt. »Ich war ein Kind und lebte in einem kleinen Kloster und durfte den Mönchen beim Thangka-Malen helfen. Dieses Kind hatte so große Freude am Malen. Es war ein schöner Traum. Früher träumte ich hin und wieder von diesem Kloster. In den Träumen war ich dort sehr glücklich. Und alles war so völlig klar und deutlich, als hätte ich das wirklich erlebt. Morgens sagte ich dann begeistert zu meiner Mutter: Amala, ich war wieder in meinem Kloster. Aber meine Mutter freute sich nicht darüber. Sie bekam feuchte Augen und schaute weg, und ich hatte das Gefühl, dass sie mir nicht sagen würde, warum.«

»Vielleicht war es tatsächlich eine Erinnerung.«

Tashi nickte bedächtig. »Die meisten dieser Träume habe ich inzwischen vergessen. Aber einmal, als ich schon ein Klosterzögling war, ein ziemlich rebellischer Zögling, träumte ich, dass ich fürchterlich ausgepeitscht wurde. In diesem Traum war ich ein längst erwachsener Mann, älter als jetzt. Es war grauenhaft, und nicht nur die körperlichen Schmerzen. Es waren Tibeter, die mir das antaten, es hatte nichts mit den Chinesen zu tun. Ich wusste, es waren meine eigenen Leute. Heute weiß ich, dass die Minister und der Klerus in der Zeit vor dem Einmarsch der Chinesen in Tibet mit Regimekritikern gnadenlos umgingen. Ich nahm mir vor, solche Träume nicht mehr zu haben, und ich bat Arya Tara, mir zu helfen. Meine Mutter hat mich von klein an gelehrt, Arya Tara zu verehren.«

»Und dann? Hast du dann keine Erinnerungen mehr geträumt?«

»Nein, nie mehr. Bis heute Nacht. Wenigstens war es ein schöner Traum.«

Im Lhakang war es still geworden. Bald danach kamen die drei Bewohner der Einsiedelei und Lündup heraus. Die Yogis, zwei ältere und ein jüngerer Mann, trugen ausgebleichte Mönchsröcke und darüber Hemden und Wolljacken in einheitlicher Farblosigkeit. Ihre langen Haare hatten sie in dicken, verfilzten Strängen um die Köpfe gewunden und die Bärte waren lang. Tashi sprang auf und half Teresa auf die schmerzenden Beine. Nach tibetischem Brauch ein wenig gebückt und mit gefalteten Händen, überreichte er jedem der Yogis die traditionelle Kata, einen dünnen, seidenen Glücksschal, den dieser daraufhin um seinen Hals legte. Teresa rannte in ihre Kammer und kramte in ihrem Rucksack ebenfalls nach ein paar Katas. Es blieb nicht genügend Zeit, um sie ordentlich aufzurollen. Mit einem Gefühl der Beschämung schüttelte sie das zarte Gewebe aus, das eine besondere Neigung zeigte, sich zu verheddern, und war sich schmerzhaft der Stillosigkeit bewusst, mit der sie die Geste des Überreichens der Katas vollzog, die für jeden Tibeter so natürlich ist wie Atmen.

Der alte Yogi, beträchtlich alt, gemessen an den tiefen Faltenwürfen seines Gesichts und dem Weiß seiner Haare und Bartfäden, nahm die Kata mit einem strahlenden, zutiefst liebevollen Lächeln entgegen. Dass ihm ein paar Zähne fehlten, beeinträchtigte dieses Strahlen in keiner Weise.

»Gut geschlafen?«, fragte Lama Tsondu. Freundlich, fast zärtlich legte er Teresa die Kata um den Hals und ließ seine Hand kurz auf ihrer Schulter ruhen.

Sie stotterte eine Antwort in holperigem Tibetisch. Dieser Mensch war außergewöhnlich, das sagte ihr jedes aufgestellte Haar am Leib.

Tashi stellte sie den Yogis als »westliche Ärztin« vor. Sehr übertrieben, dachte Teresa, doch wie sollte sie diese Aussage berichtigen? Qualvoll war sie sich ihrer Unzulänglichkeit bewusst angesichts Sherabs schwerer Verletzung.

Der zweite Yogi, Tinley, überragte den fragilen Alten um Haupteslänge, ein großer, breitschultriger Mann, tiefschwarz der mächtige Turban aus Haarsträngen und der dichte Bart. Die Augen blitzten wie zwei polierte Knöpfe aus den schmalen Augenschlitzen, ein angedeutetes Lächeln gab starke, weiße Zähne frei. Mit einer lässigen Geste warf er die Kata um Teresas Hals. Teresa gab ihm ein amüsiertes Lächeln zurück. *Ah la la, Yogi, du verrätst dich. Weißt du denn nicht, dass Frauen das dritte Auge für den Tanz der Hormone haben?*

Jampal, der Jüngste der drei, war ein Sohn des Führers, ein heiterer junger Mann, seinem Vater nicht im Geringsten ähnlich, mit einfachen, klaren Zügen unter dem dünnen Bart und einem unbefangenen Lächeln, dem leicht vorstehende Vorderzähne einen besonderen Charme verliehen.

Lama Tsondu führte Tashi an der Hand von den Gebäuden weg. Von hinten sah es eher aus, als führe Tashi ein Kind, so erstaunlich klein erwies sich der Lama neben seinem Besucher. Verkörperter Geist. Dieser große Geist ließ auch den Körper groß erscheinen, wenn man ihm gegenüberstand und sich für ihn öffnete.

Versunken in das Wunder dieser unberechenbaren Relativität, bemerkte Teresa nicht, dass man sie unversehens allein gelassen hatte. Die beiden jüngeren Yogis waren nicht mehr zu sehen. Wie ein blickloses Auge war die dunkle Öffnung des Lhakang auf sie gerichtet, einladend und warnend zugleich. Nachdem sie sich vergewissert hatte, dass Sherab schlief, betrat sie das warme, nach Butterlampen und Räucherwerk duftende Innere des winzigen Tempels. Filzteppiche bedeckten den Boden, an beiden Seitenwänden lagen rote Sitzmatten und davor befanden sich rohe, niedrige Bänke zum Ablegen der Texte und Utensilien tantrischer Meditation. Auf dem Schrein vor der nackten Felswand stand eine außerordentlich schöne Statue des Guru Rinpoche. Thangkas von hoher Qualität hingen an den Wänden. Neben der Tür entdeckte Teresa das gerettete Bild des Mahakala, jahrhundertelang vom Ruß unzähliger Butterkerzen gedunkelt, eingefasst in einen auffallend neuen Brokatrand, dessen gedämpfte Farben jedoch das Bildnis respektierten. Hierfür also war Kunzang ermordet worden.

Sie vergaß zu atmen. Eine Welle nackter Macht schlug ihr entgegen, dicht, fast körperlich. Nein, dies war kein Traum.

»Da bist du ja, Schwarzer Beschützer«, flüsterte sie und faltete grüßend die Hände. *Wie soll ich dich begreifen, du mächtiges Wesen? Bekehrter Dämon? Transformierte Energie? Bild meiner erlösten Ängste? Ich weiß, dass du existierst, ein Teil meiner Realität. Du BIST! Ich spüre dich. Mein Körper versteht dich besser als mein Verstand. Verzeih, wenn ich je wagte, dich mit psychologischen Abstraktionen erfassen zu wollen.*

Sie musste nicht nach den Worten der Anrufung suchen:

»HUM! O großer schwarzer Mahakala!
Du trägst ein Tigerfell um deine Hüften.
Wer Hindernisse schafft, du trittst ihn nieder.
Komm herab aus deinem Reich, empfang mein Opfer!
Ich verneige mich vor dir.
Beschütze zornvoll die Lehren des Buddha!
Preise zornvoll die herrlichen Drei Juwelen!

Wir Lehrenden, wir Schüler, alle, die mit dir verbunden sind,
Wir bitten dich, vernichte, was uns hindert auf dem Pfad!
Gewähre alle Fähigkeiten, die uns helfen auf dem Pfad!«

Die Augen der mächtigen Gestalt rollten in wilder Bestätigung, die Flammenaureole loderte auf. Teresas Finger hakten sich aufgeregt ineinander. Das war eine Macht, die ihren Platz in der Welt hatte. Sie wusste es. Spürbar. Dieses Wissen kroch unter die Haut, in die Organe, in die Nervenbahnen. Der Gedanke, das Bild habe sich tatsächlich in der Klause eines Einsiedlers in Tibet materialisiert, kam ihr nicht mehr märchenhaft vor.

Ein wenig entfernt waren die Stimmen der Yogis zu hören, Verzierungen der großen Stille über den Bergen. Teresa setzte sich und überließ sich dem Zauber des kleinen Tempels. Irgendwann dachte sie an Sherab. Wenn er sterben würde, wäre dies sicher der beste Ort dafür. Trotz der vielen Jahre buddhistischer Schulung empfand sie einen Anflug von Schuld, dass sie so selbstverständlich an Sherabs möglichen Tod dachte. Er war Tashis Freund von Jugend an, der ihm nächste Mensch, und ihn zu verlieren wäre für Tashi ein entsetzlicher Schmerz.

Wessen Tod würde mich so sehr schmerzen? Der Tod meiner Tochter? Meines Ehemannes? Fremde, weit weg. Meines Enkelkindes? Schuldgefühle. Und Tashis Tod?

Es war lediglich der Schock des Abbruchs jeglicher Dauer, den sie sich lebhaft vorstellen konnte. Abbruch von Zukunft. Doch selbst dies schien porös, nicht überzeugend. Wie alles.

Plötzlich, unerwartet, kam Trauer, eine mächtige Trauer aus großer Tiefe. Es war Trauer über das Getrenntsein, über das Nichtverbundensein, und es spielte keine so große Rolle, ob Astrid oder Joe oder der alte Mann, mit dem sie einmal verheiratet gewesen war, lebten oder nicht. *Es ist* mein *Zustand, nicht der Zustand anderer, um den es geht. Getrenntsein ist mein eigenes Getrenntsein. Getrenntsein ist der Tod in meinem Herzen. Wie oft muss ich es noch erleben, bis ich es nicht mehr vergesse?*

Nach und nach begann die dichte Ruhe des kleinen Tempels sie einzuhüllen und der Strom der Gedanken versickerte in Stille. Die subtilen Kräfte der Erde, des Wassers, der Sonne, der Luft schienen im kleinen und unendlich großen Raum dieses Lhakang zusammenzutreffen – das innerste Wesen, der geheime Geist der Elemente. Nichts, das sie hätte aussprechen können, doch sie fühlte es, jede Zelle wusste es, es sprühte durch die Synapsen und tanzte in ihrem Blut.

»Ich danke euch«, flüsterte sie. »Danke, danke, so ein wundervolles Geschenk!«

Wie selbstverständlich gestaltete ihre Vorstellung die Opfergaben: Körbe voller Früchte, Schalen mit Reis und Korn aller Art, Käselaibe und Torten, Schinken, Brathühnchen, Champagner, Whiskey, Brokate und kostbare Stoffe, Juwelen, Statuen, Fresken, Bilder, Bücher – ein Feuerwerk aller guten und schönen Dinge dieser Welt, die ihr einfielen, auf einem kosmischen Tablett angerichtet.

Die Gottheiten in ihren Thangkas an den Wänden strahlten Wohlwollen herab.

Schließlich erhob sie sich, um nach Sherab zu sehen. Der scharfe Ausschnitt, den das Licht auf den Boden warf, war ein großes Stück weitergewandert. Sie hatte kein Gefühl dafür, wie viel Zeit vergangen war. Vor dem Lhakang traf die Sonne sie mit aller Macht. Die fernen Schneeberge schossen Pfeile von Licht in das kleine Tal. Es war windstill und sehr warm.

»Lass ihn, er schläft wieder«, sagte Tashi, als sie Sherabs Kammer betreten wollte. »Ich glaube, er hat tagelang vor Schmerzen kaum geschlafen.«

Sie hatte Tashi nicht wahrgenommen. Er saß im Schatten eines kleinen Baums. Ein dichtes Feld schwer lastender Gedanken hüllte ihn ein. Teresa wunderte sich kaum, dass sie es spüren konnte. Es war ein ungewöhnlicher Tag.

»Lama Tsondu sagt, der Schamane komme noch heute.«

Teresa nickte und setzte sich neben ihn. Sie empfand es nicht als erstaunlich, dass Lama Tsondu dies wusste. Siddhis fielen hier oben wohl tatsächlich von den Bäumen.

»Sobald Sherab wieder auf den Beinen ist, gehe ich mit ihm nach Tibet«, erklärte Tashi. »Ich bleibe so lange hier und pflege ihn. Lündup bringt dich zurück. Du verstehst das doch?«

»Aber sicher verstehe ich das.«

»Ich muss ihn begleiten.«

Hörte sie eine Spur von Gereiztheit in seiner Stimme? Sah er Marie in ihr? Oder Terry? Oder wen sonst?

»Ja, natürlich.«

»Dieser Weg über die Berge ist viel zu gefährlich für einen allein. Und abgesehen davon könnte ich es nicht aushalten, Tibet so nah zu sein und nicht hinzugehen. Nein, ich könnte es nicht aushalten.«

»Obwohl Tibet dich unglücklich macht?«

»Ich sagte doch …«

»Ja, ich weiß, die schlechte Mutter.« Teresa sah ihn an, nicht nur mit den Augen, sie sah ihn an mit dem ganzen Körper, nahm ihn auf mit weit geöffneter Wahrnehmung, ohne Urteil.

»Du bist verändert, seitdem du in den Bergen bist, Tashi. Spürst du das? Es ist sehr eng in dir geworden.«

Tashi knetete schweigend seine Hände.

»Der Tashi in Kathmandu war so offen. Du bist kein wilder Tibeter. Darf ich dir das sagen? Du sagst, ich sei nicht alt. Ich glaube dir das. Und ich sage dir: Du bist kein Klischee. Glaubst du mir das?«

Sie wartete vergebens auf sein Lächeln.

»Du sprichst von Tibet«, fuhr sie fort, »aber was siehst du? Wovon sprichst du? Du siehst dich selbst, deine Gefühle, deine Meinungen, ein Tibet in deinem Kopf. Wie im Spiegel. Aber die Wirklichkeit ist hinter dem Spiegel. Immer.«

Tashis Knöchel wurden weiß.

»Tibet ist nicht irgendein Land«, sagte er, ohne sie anzusehen. Unterdrückter Ärger lag in seiner Stimme. »Mehr als tausend Jahre lang hat dieses Land all seine Kraft in die Kultivierung des Geistes gepumpt, aber eine Bande von ignoranten, machtgierigen Politikern und Klerikern hat dieses einmalige Land in die Hände der Dämonen getrieben. Sie haben ihrem eigenen Land das Rückgrat gebrochen, noch bevor die Chinesen kamen. Wusstest du das? Und jetzt stirbt es. Hörst du: Tibet stirbt!«

»Ich weiß das doch alles«, sagte Teresa und legte begütigend die Hand auf seine Schulter.

»Dein Kopf weiß es. Weiß dein Herz es auch? So viele Jahre lang habe ich mich vor dem Unglück Tibets im Westen versteckt. Es hat nichts genützt. Jetzt kann ich nicht mehr ausweichen. Ich bin ein Teil von Tibet, verstehst du das nicht?«

»Doch, Tashi, ich verstehe es.«

»Dann solltest du auch verstehen, warum ich meinem Land helfen muss. Irgendwie. Nicht mit Gewalt, keine Sorge. Ich hatte früher Verbindung mit einer Gruppe von militanten Exiltibetern, aber das hielt nicht lange an. Sie sind mir zu kurzsichtig. Ich glaube nicht an Gewalt, sie hat die Welt noch nie besser gemacht. Aber es gibt andere Möglichkeiten.«

»Welche?«

»Den Untergrund.«

»Und was willst du tun? In Tibet kannst du schnell zum Märtyrer werden. Möchtest du das?«

»Behalte deinen Zynismus für dich.« Seine leise Stimme war so scharfkantig, dass Teresa zurückzuckte.

Denk an die Worte des wunderbaren Meisters des Geistes: »Vertraue nicht, aber sei freundlich. Wenn du zu anderen freundlich bist, vermehrst du dein Nicht-Vertrauen. So wird man immer mitfühlender und freundlicher.«

»Warum sprichst du so zu mir, Tashi? Ich habe das nicht zynisch gemeint, sondern besorgt. Der Dalai Lama will bestimmt keine Märtyrer.«

»Der Dalai Lama tut, was er kann, und ich tue, was ich kann.«

Abgrenzung, Verwirrung, Schmerz. Der Tiger macht aus Angst Angst. Tashi verursacht aus Schmerz Schmerz.

Mit einem leisen Seufzer lehnte Teresa sich gegen den rauen Baumstamm und schloss die Augen. Tara auf deinen Kopf, Tara in dein Herz. Tara über das Tal. Taras Licht in alle deine Gedanken. OM TARA TUTARE TURE SVAHA.

Sie hörte, wie er aufstand und wegging. Seine dunklen Gedanken hinterließen einen Schatten neben ihr, der sich nach und nach auflöste, da sie ihm die Nahrung der Bestätigung verweigerte.

OM TARA TUTARE TURE SVAHA. Vor vielen, vielen Jahren hatte sie dieses Mantra, das erste von vielen, von dem mächtigen alten Mann bekommen, der ihr Herz sprengte für alle Zeit. Ein Außerirdischer in Menschenverkleidung, der manchmal aussah wie eine Urgroßmutter und manchmal wie ein Kind und manchmal wie ein Löwe. Und sie hatte für ihn geschrieben:

Die Wirklichkeit hat ein Löwenhaupt
und den Blick der Sonne,
der das Gold aus dem Herzen schmilzt,

daraus die Krone zu schmieden.
Doch das Lächeln des Löwen ist zart
wie die Blüte des weißen Lotos.

Heute Morgen bin ich erwacht,
die Krallen des Löwen im Fleisch,
wissend, dass diese Umarmung für immer ist.
So frisch, so grell, so süß dieser Schmerz,
die Beute des Löwen zu sein.

Die Wirklichkeit hat ein Löwenhaupt
und das Auge des Adlers,
dem nichts entgeht.
Kein Versteck, keine Flucht,
kein Bann, kein Spruch
gegen den schrecklichen Frieden,
die Berührung des Jetzt.

Hundertmal täglich der Prankenschlag.
Hundertmal täglich verzaubert, erlöst.
Hundertmal täglich vom Windpferd geworfen
und fallend, fallend, fallend
von des Löwen Armen empfangen.

Die Wirklichkeit hat ein Löwenhaupt
und eine Mähne aus Feuer.
Diese Liebe hat mich zur brennenden Fackel gemacht.
Manchmal ruht der Wind,
dann brennt sie ganz mächtig und still
und erhellt die zehntausend Welten.

O wundervolle diamantene Krallen,
so sicher, so scharf.
O wundervolle Feuermähne,
so heiß, so hell.
Doch das Lächeln des Löwen ist zart
wie die Blüte des weißen Lotos.

Sie schwamm in der Zeit, in Dankbarkeit, im Glück der Nichtabgrenzung. Alle Zellen öffneten sich und ließen die Zeit hindurchziehen, ohne ihr Widerstand zu bieten. Es war sehr außergewöhnlich und zugleich vollkommen natürlich.

»Mittagessen«, hörte sie Tashi sagen. An der Oberfläche war Zeit vergangen, vorübergelaufen, weggeflossen. Wohin?

Ein appetitlicher Duft stieg aus der Schale, die er vor sie stellte. Mit heimlicher Freude sah sie zu, wie er sich mit der mühelosen Eleganz einer Katze neben sie setzte und dabei seine eigene Schale balancierte.

»Weißt du, dass Einstein sagte, Vergangenheit, Gegenwart und Zukunft seien eigentlich eine Illusion?« Teresas Stimme hatte die Leichtigkeit grundlosen Glücks.

»Das sagte Buddha auch.«

Teresa lachte. »Ach, Tashi, sei nicht so vorhersehbar. Einstein war kein Buddha.«

»Aber Buddha konnte wissenschaftlich denken. Unter anderem.«

»Touché«, sagte Teresa heiter und küsste ihn auf die Wange. »Und Einstein kann mir nicht helfen, meine Spiegel durchsichtig werden zu lassen. Im Gegensatz zum Buddha.«

Der Gedankenmantel um ihn war leichter geworden und die Art, wie er saß, war nun weich und geräumig. Dies ließ sie das Wagnis eingehen, sich ein wenig an seine Schulter zu lehnen und sich dem erschreckten Genuss der Intimität zu überlassen. Der gut abgerundete, ein wenig scharfe Geschmack des Eintopfs war wie ein Gewicht, das alles ins Lot brachte.

»Jampal hat gekocht«, berichtete Tashi. Es verstand sich, dass der Jüngste der drei Yogis diese Aufgabe übernahm.

»Er ist ein Meister des Würzens«, sagte Teresa. »Das ist sehr verdienstvoll. Mögen alle fühlenden Wesen sich würziger Mahlzeiten erfreuen. In einer weltweiten Gesellschaft zufriedener Esser schmeckt es noch besser.«

Der Schamane kam mit den Wolken. Am späten Nachmittag warf eine aufziehende Gewitterfront den Schatten eines Riesen über das Hochtal und die schräge Sonne schoss ihre Strahlen über die Bäume und Wiesen und ließ sie in grünen Flammen aufleuchten, bis alle Farbe erlosch. Die Luft stand zitternd still. Von ihrem erhöhten Platz am Wildbach sah Teresa zwei Gestalten über den Pass kommen.

Der Schamane Pawo sei ein berühmter Heiler, hatte Tashi von Lama Tsondu erfahren, und besonders geschickt im Entfernen von Gallensteinen, Nierensteinen und Tumoren. Teresa war voll verzweifelter Bereitschaft, daran zu glauben. Ihre Unfähigkeit, Sherab zu helfen, hatte sie beschämt und unglücklich gemacht. Sie hielt sich vor, sich überschätzt zu haben, und gestand sich zugleich ein, dass Sherabs Verwundung ein überaus willkommener Vorwand gewesen war, Tashi zu folgen. Die Verwirrung stach und brannte und sie wünschte sich die Gelassenheit des Vormittags zurück. Und doch – war dies nicht ein fragwürdiger Wunsch, wenn es darum ging, die Wahrheit hinter all den Betrügereien, die das Ego sich leistete, aufzudecken?

Es blieb ein ungewöhnlicher Tag. Als die beiden Männer den Wildbach im Tal erreichten, schaute einer der beiden zu ihr herauf und winkte fröhlich mit beiden Armen. Zögernd winkte sie zurück. Der Kleinere musste Lündups jüngster Sohn sein, den man losgeschickt hatte, den »Heiler-Lama« zu holen. War der Mann daneben, mit dem weißen Hütchen auf dem großen Schädel und der grellgelben Jacke, tatsächlich der erwartete berühmte Schamane? Er schien nicht alt zu sein, seine Schritte waren leicht und locker wie die eines jungen Mannes.

Was hatte sie sich vorgestellt? Einen alten Mann mit weißem Bart, wie Gandalf oder der liebe Gott? Sie hatte keine Erfahrung mit Schamanen. Nur die verrückte Heilerin in Kathmandu hatte sie einmal kennengelernt, die ihre Patienten ansprang und ihnen die Krankheit aus dem Leib biss und bläuliche Zahnspuren auf der Haut hinterließ. Fett war sie und filzige Zöpfe hingen bis zu ihren mächtigen Schenkeln herab. Teresa war dankbar, dass sie ihrer Heilkunst nie bedurft hatte.

Sie hatte erwartet, der Schamane würde unverzüglich an das Lager des Schwerkranken eilen. Doch als sie von ihrem Aussichtspunkt herunterkam, hockten alle plaudernd im Kreis auf dem freien Platz vor dem Lhakang, tranken Cha und füllten den Becher des Schamanen bis zum Rand mit Wodka.

»Wieso geht er nicht zu Sherab?«, flüsterte sie Tashi zu. »Ich dachte, deshalb sei er gekommen.«

»Er muss sich vorbereiten«, sagte Tashi.

Mit Wodka hatte alles begonnen. Kaum Vergangenheit, doch lang, lang her: Joes seltsamer Tibeter unter den Augen der Stupa sitzend, Zögling eines Bön-Onkels. Auf sie gerichtet dieser weit offene Blick ohne Hintergrund, in den sie einmarschiert war mit dem gedankenlosen Mut eines Soldaten, nicht ahnend, welch unerforschten Gebieten der Liebe sie würde standhalten müssen. Denn an diesem heutigen Tag hatte sie endlich reinen Tisch machen können in sich und das Versteckspiel aufgegeben.

Plötzlich war es ihr zutiefst lächerlich erschienen, sich zu zieren und das Geschenk ihrer Leidenschaft nicht anzunehmen, als sei es anrüchig in seiner Kraft und strahlenden Nacktheit.

Als ob man jemals zu alt sei zum Lieben. Als könnte man nicht immer und jederzeit und selbst eine Stunde vor dem Tod von vorn beginnen zu lieben, es von Neuem und besser lernen, indem man alle zweifelhaften Erfolge zurücklässt und sich in den leeren Raum der Hingabe stürzt.

Der Schamane Pawo schwenkte seinen nachgefüllten Becher. War sie es, die er ansah? Das große Gesicht reckte sich ihr zu, aus den Augenspalten unter schweren Brauen schossen wilde Blicke, der Arm schnellte vor und stieß den Becher ihr entgegen.

»Pawo will, dass du aus seinem Becher trinkst«, sagte Tashi.

»Warum?«

Tashi lachte. »Trink einfach. Vielleicht weißt du es dann.«

Sie ergriff den fein gearbeiteten Becher aus dünnem Holz und nahm einen großen Schluck. Sie mochte Wodka nicht. Und dieser Wodka war billig und brannte im Hals.

Pawo lächelte zufrieden, trank den restlichen Wodka aus und ließ den Becher erneut füllen. Er hielt ihn ihr wieder hin.

»Genug«, sagte sie.

»Nein, nein«, erwiderte das große Gesicht. Sagte er tatsächlich, sie solle reiten?

»Worauf reiten?«, fragte sie Tashi.

»Auf dem Windpferd wahrscheinlich«, flüsterte er. »Trink. Er weiß, was er tut.«

»Gut, wenn er es weiß. Ich weiß es nicht.«

Sie trank noch einmal aus dem Becher, mehrmals, den heftigen, eindeutig aufmunternden Handbewegungen des Schamanen gehorchend, und der Wodka schmeckte plötzlich erstaunlich gut. Pawos Gesicht zerschmolz in Zufriedenheit. Er trank weiter, trank allen zu, bis die Flasche leer war. Sein Blick ließ sie nicht los.

»Ho, Khandro-la!«, rief er und nickte ihr zu.

Sie sah sich aufstehen, obwohl ihr Körper noch immer auf dem Platz neben Tashi saß. Mit einem Sprung stand sie in der Mitte der Runde und begann zu tanzen, ohne dass ihre Füße den Boden berührten. Sie sah sich zwischen Tashi und den Yogis sitzen, doch ihr Blick drängte hinaus in die Weite, über den Rand des Tals hinweg zu den wogenden schwarzen Wolken und den fernen Blitzen, die ebenfalls tanzten. Die Rhythmen unsichtbarer Trommeln drangen aus den Wolken und verbanden sich mit dem Tanz ihrer Füße, und die Luft vibrierte von dröhnender Musik, die so wild war, dass sie herumwirbelte in ihrem Sog. Ihre Arme und Hände bewegten sich wie Tang im aufgewühlten Meer, trotz aller Wildheit der Strömung gehorchend. Jede Bewegung ihres Körpers sang das Lied der Dakini, jeder Muskel wusste das Wesen der Dakini sichtbar zu machen. Sie loderte und glühte, war feurige Lippen und funkelnde Reißzähne, war ein lachendes, rollendes Auge, war nackt aus sich selbst heraus entfaltet wie tausend Blüten aus tausend Knospen. Sie wurde getragen von den Blicken der Männer, von ihrer Verehrung der Göttin, des tanzenden Kosmos.

Unvermittelt sprang der Schamane auf, ergriff seine Stofftasche und strebte Sherabs Kammer zu. Alle eilten ihm nach, auch Teresa stand auf, unsicher, tastete nach Tashis Arm.

»Ich habe Schlagseite«, sagte sie. Ihre Stimme war übermäßig laut in ihrem Kopf.

»Macht nichts.« Tashi legte stützend den Arm um sie und führte sie hinter den anderen her.

»Aber Pawo hat keine Schlagseite. Versteh ich nicht. Er hat viel mehr getrunken.«

»Er ist ein Schamane.«

Pawo und Lama Tsondu verschwanden in Sherabs Kammer. Sie füllten den kleinen Raum, sodass Tashi sich mit Teresa am Eingang niederließ und die anderen draußen nah zusammenrückten. Die Wolken hingen schwarz über dem Tal, wie aufgespannt an den Felsspitzen der Berge.

Lange sang Pawo, von Donner begleitet, vorbereitende Verse, bis schließlich das Stakkato der Trommelschläge und der helle, scharfe Klang der Glocke die Invokation der heilenden Gottheit verkündeten. Tashi zog Teresa zu sich heran. Im Schein einer Reihe von Butterlampen konnte sie den Schamanen sehen. Er war in ein kostbares Brokatgewand gekleidet, auf dem Kopf die Lotoskrone der fünf Weisheiten, die Hände mit Handtrommel und Glocke erhoben und das Gesicht ekstatisch hochgereckt im wilden Gesang, bis er plötzlich hochgeschleudert wurde und weich, wie getragen, zurück auf die Matte fiel.

Dann war er ein anderer. Seine Züge verwandelten sich, wurden streng und sehr klar, und Teresa erschauerte in den spürbaren Wellen der Macht, die von ihm ausgingen. Eine dröhnende Stimme, wie aus einem großen, hallenden Raum, wies Lama Tsondu an, den Kranken zur Seite zu rollen und den Verband zu entfernen, sodass die Wunde freilag.

Was immer der Schamane im Halbdunkel getan haben mochte – plötzlich hatte Lama Tsondu das Projektil in der Hand. Ein wenig Blut klebte daran. Er reichte es an Tashi weiter und jeder durfte es kurz in die Hand nehmen. »Amerikanisches Gewehr, nicht Kalaschnikow«, sagte Lündup draußen vor dem Eingang. »Nepali-Soldaten.«

Kurz danach erhob sich der Schamane, nun wieder der vierschrötige Pawo mit dem heiteren, breiten Gesicht, der dem Wodka so eifrig zugesprochen hatte, und schritt in seiner schweren Brokatverpackung mit festen, würdigen Schritten zum Lhakang. Kaum war er darin verschwunden, stürzte der Regen aus den Wolken. Dicke Tropfen klatschten auf den Vorplatz und bald gurgelten Bäche durch jede Rinne im steinigen Boden, hinunter in den Grasteppich und die Birkenhaine, die das Tal überzogen. Das Prasseln ging in ein Rauschen über, dann in ein kaum hörbares Rieseln; schließlich war da nur noch die Geborgenheit schwarzer Stille, mondlos, sternenlos. Teresa blieb im Eingang sitzen, erschöpft von diesem Tag der Wunder. Sherab schlief.

Als er aufwachte, untersuchte sie neugierig die Wunde, die Pawo nach der wundersamen Operation mit einer vorbereiteten Kompresse bedeckt hatte. Sie schien kleiner geworden zu sein und auch der rote Hof darum war offensichtlich geschrumpft. Sherabs Augen waren geschlossen, während Teresa vorsichtig einen neuen Verband anlegte, doch ein leichtes Lächeln erhellte sein eingefallenes Gesicht. Plötzlich sah er sie an, das Lächeln vertiefte sich und mit heiserer Stimme flüsterte er: »OM TARA TUTARE TURE SVAHA. Tara hat dich geschickt.«

»Pawo hat dich geheilt«, erwiderte Teresa und strich über seine feuchte Stirn. »Die Kugel ist jedenfalls draußen.«

Eine schwache Hand legte sich auf die ihre. »So lassen«, flüsterte Sherab.

Sie ließ die Hand auf seiner Stirn liegen und öffnete das Energietor in der Handfläche. Es war noch immer ein besonderer Tag. Heilendes Mitgefühl strömte licht und kühl durch ihre Hand in die Stirn des Kranken und verteilte sich nach einer eigenen Ordnung. Das Glück, das sie dabei empfand, war die Quelle immer weiteren Fließens und weiteren Glücks. Die Zeit breitete sich aus wie ein Meer. Es gab nichts zu tun. Nur zu lassen.

»Du wirst viel Ruhe brauchen, Sherab«, sagte sie, als sie

irgendwann aufstand. »Ich denke, deine Schulter wird sich nicht versteifen. Aber sie benötigt Zeit zum Heilen.«

Seine Augen fielen zu, doch das kleine Lächeln hing noch immer in seinen Zügen, wie der zarte Duft von Räucherwerk in den Kleidern bleibt, lang nachdem man den Lhakang verlassen hat.

In ihren Schlafsack gehüllt saß Teresa in der Dunkelheit im Eingang ihrer kleinen Klause. Noch immer flammten am Horizont lautlose Blitze auf, ein Reigen allgegenwärtiger Mahakalas. Sie spürte Tashi, bevor sie seine Schritte hörte.

»Du bist noch wach!«

O ja, natürlich wartete sie auf ihn. Sie tat vor sich selbst nicht mehr so, als sei sie eine andere. Sogar ihre alten Ängste vermochten nicht, sie in jene Rolle zurückzutreiben, die jenes einfältigen, beharrlichen Liebens unwürdig war, zu dem sich ihr Herz entschlossen hatte.

Sie erhob sich und ergriff den Schlafsack. »Es wird zu kalt hier draußen«, sagte sie.

Tashi stand vor ihr und federleicht lehnte er seine Stirn an die ihre. Er folgte ihr in die Kammer und sie breitete den Schlafsack aus. Das bereitwillige Öffnen ihrer Arme und sein Hineinsinken geschahen mit solch vollkommen harmonischer Gleichzeitigkeit, dass nicht einmal Wünsche sich dazwischenstellen konnten.

Einige wenige Gedanken huschten vorbei, im Übrigen gab es nur eine endlose Weite, erfüllt von der Andacht einer stillen, erwartungslosen, ekstatischen Umarmung, in der sie nicht mehr Schauspieler waren, denn es gab keine noch so geheime Rolle mehr. Völlig befreit waren sie von Gewohnheitstexten und dem alltäglichen rollenhörigen Gebaren.

Als irgendwann Tashis Mund den ihren suchte, empfand sie fast ein Bedauern über das Zurückfallen in das Netz von Zeit und Raum. Doch bald wurde sie aufgesogen von der Antwort der Sinne, und mit Entzücken folgte sie der subtilen Musik der Berührung, dem langsamen, achtsamen Spiel der Lippen, dem elektrisierenden Tanz der Zungen. Die Zeit hatte keine Ränder mehr.

Tashis Flüstern drang in die zeitlose Welt. »Es ist nicht der richtige Augenblick für das große Fest.«

»Und nicht der richtige Ort«, ergänzte Teresa. »Aber dennoch ist alles vollkommen.«

»Ich möchte dich ehren und feiern, wie Srimala es mich gelehrt hat, meine Khandro-la. Sie hat gesagt, ich würde dich finden. Ich bin sehr glücklich.«

Er richtete sich auf, doch sie hielt ihn fest. »Willst du schon gehen? Der Tag ist ja noch fern. Es war die Nachtigall und nicht die Lerche.«

Tashi lachte leise und küsste sie auf die Stirn. »Ich bleibe gern … wie geht es weiter? So ähnlich wie: ›Jetzt wegzugehn macht mich verdrossen. Der Tod sei mir willkommen, hat Julia ihn beschlossen.‹ Na ja, stimmt wohl nicht ganz.«

Mit einem glücklichen Seufzer löste Teresa ihren Griff und erwiderte in deklamierendem Ton: »Hätt ich mein Herz nicht schon an dich verloren, würde es jetzt geschehn: Einer, der nicht nur Milarepa rezitiert, sondern im gleichen Atemzug mit Shakespeare mich beglückt – wie könnt ich widerstehn.«

»Dein Dank gebührt Maria«, sagte Tashi und stand auf. »Und ein bisschen auch den wohlgemeinten Prügeln meiner Klosterlehrer.«

Teresa wollte nicht schlafen. Zu kostbar war das leise Wunder dieser Nacht. Sie hatte des Liebens äußerste Intimität entdeckt, die keinerlei Grenzen setzt. Hingabe, furchtlos, durch kein Urteil zurückgehalten. *So viele werden der Liebe müde, wenn die Lust sie nicht mehr belohnt, doch diese Liebe ist anders, sie belohnt sich selbst, augenblicklich, weil es keinen Unterschied gibt zwischen Belohnung und Nichtbelohnung.*

Es ging, so sagte sie sich, im Dunkeln lächelnd, nicht einmal so sehr um Tashi, nicht um diesen oder jenen Tashi, eher um einen Tashi von innen. Inwieweit Tashi von diesem wusste, durfte in aller Herzensruhe dahingestellt bleiben.

Am Morgen hing dichter Nebel im Kessel des Hochtals und stellte die kompakte Existenz der Dinge infrage. Der Klang der tiefen Stimmen der Yogis, der Trommeln und Glocken schien dumpf aus allen Richtungen zu kommen, zurückgeworfen von den unzähligen Tröpfchen, die Himmel und Erde nahtlos verbanden.

Es war kalt. Teresa schloss ihre Jacke bis zum Hals und stellte den gepackten Rucksack an die Tür. Ihr kurzer Schlaf war leicht gewesen, voller Licht. In der frühen Dämmerung hatte der Yogi Jampal Buttertee und Tsampa gebracht. Sie solle sich Zeit lassen bis zum Aufbruch, sagte er. Lündup warte noch auf besseres Wetter.

Sherab war allein. Sein Blick hinter der zu groß wirkenden Brille war wach und ohne die Trübung durch Fieber und Schmerzmittel.

»Ah, Tara-la, ich habe auf dich gewartet«, flüsterte er mit einem hilflosen, entrückten Lächeln. Sein Englisch hatte einen britischen Klang. Von wem mochte er es gelernt haben?

»Einfach nur Teresa«, erwiderte Teresa. »Mehr hab ich nicht zu bieten.«

Warum sage ich das? Holen mich meine alten Dämonen schon wieder ein? Die Teresa, derer man sich schämen muss, weil sie davongelaufen ist und »malt«. Die sich zu den »Religiösen« gesellt hat und hinter einem »Meister« herrennt. Nun ja, eine »ältere Frau«

ohne Mann, was soll die schon anderes tun? Ein Leben in Anführungszeichen. Wann werde ich endlich aufhören, mich in anderer Leute Gedanken zu kleiden und mir fremde Drehbücher zu eigen zu machen? Warum nicht das Drehbuch der Teresa-Tara, der Liebenden, Helfenden, Gebenden, Wunschgewährenden, der vielgestaltigen Mutter aller Buddhas?

»Du bist gekommen und hast mich gerettet.« Die noch immer ein wenig heisere Stimme hatte Kraft gesammelt.

Teresa schüttelte den Kopf. »Ich konnte leider nicht viel für dich tun, Sherab. Erinnerst du dich nicht? Gestern, der Schamane – er war es, der die Kugel aus deiner Schulter geholt hat. Weiß der Himmel, wie.«

Mit einer kleinen Handbewegung wischte Sherab ihre Worte aus der Luft. »Hör zu, Teresa-la. Guru Rinpoche war bei mir, als ich hier lag und Fieber hatte. ›Sherab, du wirst noch nicht sterben‹, hat er gesagt. Die Schmerzen seien gut gegen altes Karma. Und dann hat er gesagt: ›Warum hast du Mahakala nicht um Hilfe gebeten?‹ Verstehst du – ich dachte einfach nicht daran. Ich hatte Mahakala vergessen. Mahakala war im Rucksack und ich habe ihn vergessen. Aber er hat sich um mich gekümmert.«

Sherab schloss erschöpft die Augen. Teresa wechselte den Verband und blieb noch ein wenig bei ihm sitzen. Als sie ihm die Brille abnahm, war er bereits tief eingeschlafen. Sie würde ihn beruhigt der Pflege der Yogis überlassen können.

Unschlüssig stand sie vor ihrer Kammer in der weißen Leere. Sie spürte eine Anwesenheit, fremd, unvertraut. Plötzlich griffen Hände von hinten nach ihr, große, harte Hände, die sich auf ihre Brüste legten. Massige männliche Körperlichkeit drängte sich an sie, besinnungslos, geistlos, sodass sie an die wilden Hunde in Kathmandus Straßen dachte, ineinander verkrampft in der Kopulation inmitten des Verkehrs der Stadt, ausgeliefert in dumpfer Verzweiflung. Es war Tinley. Sie wusste, es konnte nur Tinley sein.

Die Komik der Situation drängte ihre Empörung über den schamlosen Übergriff zurück. Sie lachte.

»Tinley, ma-ré!«, rief sie und versuchte, sich ihm zu entwinden.

Es war das Keuchen an ihrem Ohr, das sie ernsthaft wütend machte. Wie konnte er es wagen, sie derart anzukeuchen, mit seinem gierigen Atem in ihr Ohr zu dringen, ihr ungeschütztes kleines Ohr, dessen Umrisse Tashi in der Nacht zärtlich mit dem Finger nachgezeichnet hatte. Sie holte mit dem Fuß aus und stieß kräftig nach hinten, und augenblicklich fielen Keuchen, Hände, Körper von ihr ab. Ein unterdrückter Aufschrei, gedämpfte Schritte, dann nur noch Nebel.

»Ach, Tinley«, murmelte sie. Sie erfasste augenblicklich, dass er diese Entgleisung gebraucht hatte, dass die Verwirrung und – hoffentlich – Scham, die folgen würden, wertvolles Material für ihn waren, um die Barriere seiner Arroganz zu durchbrechen. Verwunderung über ihre Gelassenheit streifte sie. Es schien ein weiterer besonderer Tag zu werden. Vielleicht gab es an diesem verzauberten Ort stets nur besondere Tage.

Sie ging ungefähr in die Richtung des Lhakang und rief mit verhaltener Stimme nach Tashi. Seine Antwort wies ihr den Weg zu Lama Tsondus Kammer, in deren Türöffnung er stand und sie hereinwinkte.

»Gut, dass du kommst, der Lama möchte mit dir reden.«

»Du hättest mich wecken können.«

Seine Hand lag ein paar glühende Sekunden lang auf ihrer Schulter. »Schlaf ist kostbar. Für den Weg zurück wirst du alle deine Kräfte brauchen.«

Teresa lehnte sich gegen den Türrahmen und zog ihre Schuhe

aus. Sie lächelte vor sich hin. Es gab keinen Weg zurück. Nicht nach dieser Nacht. Nicht nach dem Tanz der Dakini.

Der Raum des alten Yogis war nur wenig größer als die übrigen Kammern, fast gänzlich ausgefüllt von seinem geringfügigen Besitz – der niedrigen, roh gezimmerten Pritsche, einem mit Brokat umkleideten Schrein, einem kleinen Regal mit abgegriffenem Vorhang und einer Truhe. Im Schein der Butterlampen beugte sich Lama Tsondu vor und klopfte mit der Hand einladend auf das Fußende seines Bettes. Teresa setzte sich an den Rand. Es wäre ihr lieber gewesen, Tashi, der sich auf der Matte vor dem Bett niedergelassen hatte, nicht zu überragen.

»Lama Tsondu hat über das Problem mit dem Thangka nachgedacht und das Orakel befragt«, sagte Tashi. »Er möchte dir seinen Vorschlag mitteilen. Er meint, es sei viel zu unsicher, das Thangka illegal über die Berge zu bringen; Sherab ist nur knapp den Grenzsoldaten entkommen. Es könnte den Nepali oder den Chinesen oder den Maoisten in die Hände fallen. Er sagt, wir sollen es zurück nach Kathmandu nehmen, und Pawo wird uns begleiten. Du informierst deinen Botschafter und lässt das Thangka in der Botschaft aufbewahren. Lama Tsondu ist sicher, dass die Botschaft einen legalen Weg finden wird, um es mit der Zustimmung der Chinesen in sein Kloster zurückzubringen. Sieh zu, dass die Geschichte des Thangkas in der Zeitung und vielleicht auch im Fernsehen veröffentlicht wird, und erkläre, dass ein Freund des toten Malers dir das Bild anvertraut hat, bevor er untertauchte. Sobald in der Zeitung steht, dass das Thangka im Tresor der Botschaft verwahrt wird, ist keiner von uns mehr in Gefahr.«

Teresa war beeindruckt von der weltnahen Klugheit des nur scheinbar weltfernen Yogis. Und Tashi – wie sehr überraschte er sie mit seiner bedingungslosen Unterwerfung unter Lama Tsondus Willen. Kein Wort mehr davon, dass er nach Tibet gehen wollte. Hatte Lama Tsondu ihn hinter den Spiegel schauen lassen? Es gab ein starkes Band zwischen Tashi und dem alten Yogi, fast konnte sie es sehen.

»Lama Tsondu ist ein sehr weiser Mann«, sagte sie. »Das ist sicher die beste Lösung.«

9

Joe hielt die Augen geschlossen, obwohl sie bereits wach war und sehr wohl das Rascheln von Stoff neben sich hörte. Und ein weiteres, winziges Geräusch kam hinzu, vielleicht vom Absetzen einer Holzschale auf dem gestampften Boden. Die Krämpfe in ihrem Bauch waren einem leicht schmerzenden, wunden Gefühl gewichen, und die Übelkeit wurde zu einer beruhigenden Leere, die sich nach und nach mit Durst anfüllte. Vielleicht sollte sie doch die Augen öffnen. Die Erinnerung an Tashis zärtliche Berührung war bereits ein wenig abgenutzt, so oft hatte sie sich an diesem späten Morgen den Genuss gegönnt, sie zu beschwören, und nun hatte sich die Anwesenheit des Jungen darübergelegt wie ein Schleier.

Natürlich wusste sie, dass es Puchung war. Kaum hatten Teresa und Tashi, von Ani Pema begleitet, den dämmerigen Raum verlassen, war Puchung mit einer Schale Tee hereingekommen. Da hatte sie gerade ein wenig geschlafen nach der fürchterlichen Nacht und war noch ganz benommen, und er hatte ihren Kopf angehoben und ihr die Schale vor den Mund gehalten. Ganz nah war er ihr gewesen und hatte so vielfältig gerochen, nach Tieren und Pflanzen und Erde, aber auch nach Körper und Sanftheit, ein ganz außerordentliches Geruchsbündel, das ihr wohltat mit seiner dunklen Wärme.

Der Entschluss, die Augen zu öffnen, musste bedacht sein. Da sein Mund keine Worte bilden konnte, ging das Sprechen über die Augen, und sie musste ihren Blick erst einrichten, um dem seinen begegnen zu können. Denn überaus verletzlich waren diese sprechenden Augen; sie sahen so viel, viel mehr, das ahnte sie, als sie selbst zu sehen vermochte, rannten doch ihre Worte gleich über alles hinweg, was sich auftat.

»Oh, Puchung, namasté«, sagte sie und lächelte, und der Junge lächelte zurück in seiner stillen Art. Sie setzte sich auf, trank den Tee aus und machte eine Geste des Essens. Eilfertig lief er hinaus und kam wenig später mit einer großen Schale voll duftender Suppe zurück. Er stellte sie auf den Boden, rollte Ani Pemas Schlafsack zusammen und bot ihn Joe als Kissen an. Auch bestand er darauf, die Schale zu halten, während sie mit dem Löffel aß, den Teresa für sie eingepackt hatte.

Später, als Puchung unter dem einzigen Fenster des Zimmers saß und an einem Stück Holz herumschnitzte, musste sie eingeschlafen sein. Der Raum war leer, als sie erwachte, und vor dem Eingang war es still. Es erschien ihr nicht mehr einladend, länger auf dem harten Bett liegen zu bleiben, obwohl sie zuvor daran gedacht hatte, noch eine Zeit lang die Rolle der Kranken beizubehalten. Würde Puchung sich weiterhin so eifrig um sie kümmern, wenn sie nicht mehr krank war? Er schien sie zu mögen, vielleicht genoss er aber auch nur die Abwechslung im langweiligen Dorfleben. Entschlossen stand sie auf.

»Die Hirten sind wieder weg und die anderen sind alle irgendetwas sammeln gegangen«, erklärte Ani Pema, die mit zwei älteren Frauen und einigen kleinen Kindern auf dem Platz zwischen den Häusern und dem Flüsschen saß. Puchung hockte an der Hauswand und schnitzte. Kaum hatte er Joe erblickt, legte er die Schnitzerei nieder, lief in die Küche und brachte Momos und eine Schale dicker Suppe samt dem kostbaren, sauber abgewaschenen Löffel.

Ani Pema lächelte. »Hier hast du wohl ein Herz erobert, Joe. Sei eine gute Herrscherin.«

»Ach, Quatsch«, erwiderte Joe.

Um der Nonne deutlich zu machen, dass sie nicht das geringste Interesse an einem taubstummen Dörfler hatte, vermied sie Puchungs Blick und bemühte sich, gelangweilt auszusehen. Bald verschwand Ani Pema mit den beiden Frauen und einem weinenden Kind, und die übrigen Kinder folgten ihnen, von Puchung lachend verscheucht.

Obwohl Joe sein eifriges Winken und Deuten aus den Augenwinkeln wahrnahm, blickte sie nicht auf. Schließlich kam er näher und nahm ihre Hand, so scheu und federleicht, dass sie nachgab.

Es war ein kleiner, schiefer Schuppen, zu dem er sie führte. Wie angeklebt hing er an dem Hang, der sich hinter dem Dorf erhob. Durch die Lücken in den Bretterwänden fielen helle Streifen von Licht auf den Boden. Der Raum war leer, nur in einer Ecke war ein wenig Heu aufgehäuft. Sie sah den großen Vogel nicht sofort. Erst als Puchung in die Hocke ging und streng riechendes Futter aus einem Beutel holte, löste sich ein Schatten aus der Streu. Es würde einmal ein stattlicher Adler sein, dieses zerzauste Wesen mit seinem dick umwickelten Bein.

Nach der Fütterung machte Puchung klickende Geräusche mit der Zunge und legte sich auf den Boden. Der Vogel näherte sich hinkend dem Gesicht des Jungen, senkte den Kopf und überließ sich mit geschlossenen Augen Puchungs vorsichtig streichelnder Hand, ein Ritual der Vertrautheit, das jeden Rest von Widerstand in Joe auflöste. Sie ging in die Hocke und strich ebenfalls über Kopf und Gefieder des jungen Vogels. Sie versuchte darüber hinwegzugehen, dass ein heißer Druck Brust und Hals ausfüllte und Tränen in ihre Augen trieb. Niemand konnte es sehen. In dieser Hinsicht war der taubstumme Junge niemand. Fast niemand. Er war so unwichtig, dass sie sich in seiner Unwichtigkeit entspannen konnte. Unwillkürlich lächelte sie ihm zu, als ihre streichelnden Finger einander berührten. Das beglückte Lächeln, das zurückkam, ließ noch mehr Druck in ihrem Hals entstehen. Sie erhob sich hastig und verließ den Schuppen.

Ein Ring von regenschweren Wolken lag um den Horizont, wie zurückgedrängt von der Hitze der Sonne. Schweiß sammelte sich auf Joes Stirn und unauffällig konnte sie samt dem Schweiß auch die Tränen abwischen. Kein verfließendes Kajal, der Vorteil des natürlichen Lebens.

Puchung eilte ihr nach und sie war gezwungen, immer wieder stehen zu bleiben und seiner Pantomime zu folgen, wie er den Vogel gefunden hatte. Er machte es gut, musste sie anerkennen, brachte sogar ein bisschen Komik hinein, obwohl es eine eher traurige Geschichte war. Sie konnte alles sehen, Puchung machte es lebendig mit Händen und Füßen, mit seinem ganzen Körper, mit Gesten und Pausen: das Klettern zu einem Aussichtspunkt, von dem aus das Adlernest zu sehen war – die wahrscheinlich tägliche Beobachtung des Anflugs und Abflugs der Adlereltern – die Erwartung, wann der Nachwuchs sichtbar werden würde – die Freude über die kleinen, aufgesperrten Schnäbel – den Schrecken über das verletzte Junge, das aus dem Nest gefallen war – den behutsamen Transport – die Anteilnahme der Dorfbewohner – das Anlegen der Schiene und schließlich die tiefe Beglückung über den vollbrachten Rettungsakt.

»Witziger Typ, dieser Puchung«, sagte Joe am Abend zu Ani Pema. »Der könnte bei uns Geld machen mit seinem Pantomime-Talent.«

»Hier macht er sich Freunde«, erwiderte Ani Pema. »Das ist ihm vielleicht mehr wert.«

Joe schwieg. Und was kann ich? Mir Feinde machen?

»Ich hätte vielleicht nicht so schreien sollen, als ich zurückkam«, sagte sie schließlich. »Aber diese verdammten Biester haben einfach meinen Rucksack durchwühlt, als ich weg war. Alles rausgezogen und beschnüffelt und verstreut.«

»Es sind Kinder, sie sind neugierig«, sagte Ani Pema gelassen und packte einen Stapel tibetisch bedruckter Blätter ordentlich zwischen zwei Holzdeckel. Joe schaute abwesend zu, wie sie im Schein einer Butterlampe das Paket in ein rotes Stofftuch wickelte und ein langes Band darumschlang.

»Umständliche Art von Buch«, brummte Joe.

»Unterstützt die Geistesberuhigung«, erwiderte Ani Pema heiter. »Der Mensch braucht das.«

Stundenlang, wie es Joe schien, hatte die Nonne sich durch die Blätter gearbeitet, Texte gesungen, manchmal mit der kleinen Handtrommel getrommelt und mit der Glocke geläutet und anmutige Bewegungen mit den Händen gemacht, und manchmal hatte sie einfach nur dagesessen, so still, als würde sie schlafen. Aber sie schlief nicht, das konnte Joe spüren.

»Warum bist du ins Kloster gegangen, Ani Pema?«

Die Nonne zog die Augenbrauen hoch. »Hm, warum? Es gibt äußere Gründe: Mein Vater, der mich als Kind oft verprügelt hat, das Ehejoch, das ich nicht wollte, die netten Nonnen, die ich im Kloster kannte. Vor allem der wunderbare Rinpoche, der damals in der Zeit vor Ani Rinpoche das Oberhaupt der Nonnen war. Irgendwie war es ganz unausweichlich. Es war mein Karma.«

»Vorbestimmt? Glaubst du das?«

Ani Pema kräuselte nachdenklich die Nase. Joe mochte diese ausdrucksvolle, verbindliche Mimik, die ihr das Gefühl von Nähe und Vertrautheit gab.

»Karma hat mit Ursache und Wirkung zu tun, nicht mit Vorsehung«, erklärte die Nonne. »Stell dir vor: Gene einerseits und

Vorsehung andererseits – da ist Karma eher auf der Seite der Gene als auf der Seite der Vorsehung. Gene sind Vorgaben, Vorsehung ist Festlegung.«

Joe gähnte. »Versteh ich trotzdem nicht.«

»Und ich versteh nichts von Genen«, erwiderte Ani Pema kichernd. »Aber so hat es ein amerikanischer Student von Ani Rinpoche ausgedrückt. Und Ani Rinpoche fand das gut. Also, ich erkläre es besser traditionell: Sagen wir, in meiner früheren Inkarnation war ich eine oberflächliche Person, aber ich wünschte mir, ein wirklich mitfühlender Mensch zu werden, und dieser Wunsch war so eine Art geistiges Gen, das dafür sorgte, dass ich diese Entwicklungschance bekam und Nonne wurde.«

»Okay, das versteh ich. Aber der Prügelvater, warum der?«

»Hast du auch so einen?«, fragte Ani Pema zurück.

Joe prustete ein wenig. »Mein Vater und prügeln? Der kann es besser. Der ist der Eismann und hat Eiswörter und mit denen macht er dich fertig. Was sag ich, der kann es noch viel besser, der schnieft nur mal verachtungsvoll und du bist schockgefroren. Und die richtige Frau hat er auch dazu, die Eiskönigin. Kennst du das Märchen? Nein? Vielleicht erzähl ich es dir mal. Aber wie ist das mit deinem Vater?«

Ani Pema hielt das fertig umwickelte Buch in ihren Händen und beugte ihr Gesicht darüber. »Wahrscheinlich hat die Person, die ich im früheren Leben war, andere schlecht behandelt.«

»Und zur Strafe hast du …«

»Nein, nicht Strafe«, fiel Ani Pema ein. »Ursache und Wirkung. Irgendwie holt einen alles ein.«

Das Schweigen wurde schwer in dem kaum beleuchteten Raum.

»Und was holt mich alles ein?«, fragte Joe mit einer kleinen, rauen Stimme. »Ich sag dir, mich holt ganz schön viel ein, wenn das stimmt, was du sagst. So viel Scheiße. So verdammt viel Scheiße, seitdem ich lebe.«

Ani Pema packte Buch, Trommel und Glocke in ein Bündel, stand auf und setzte sich zu Joe. »So solltest du das nicht sehen. Du bekommst viel Herausforderung angeboten. Wenn man sich nie anstrengen muss, entwickelt man keine Muskeln.«

»Ach, komm mir nicht damit. Mein Leben ist beschissen. Total beschissen.«

»Das kannst du ändern, Joe.«

»Nichts kann ich ändern. Besorgst du mir andere Eltern? Oder eine vernünftige Schule? Oder einen neuen Kopf?«

»Du brauchst keinen neuen Kopf«, sagte Ani Pema leise. »Dein Kopf ist okay. Dein Herz auch.«

Joe drehte ihr Gesicht zur Wand. »Ach ja? Du weißt doch gut genug, wie ekelhaft ich sein kann.«

»Das sind Wolken«, erwiderte Ani Pema. »Aber auch wenn der Himmel voller Wolken ist, scheint die Sonne. Wenn es regnet oder hagelt oder schneit, scheint die Sonne. Sie scheint immer. Dein Geist ist die Sonne. Wir nennen das Buddha-Natur. Deine Launen und Gedanken sind die Wolken; das nennen wir Samsara, die Welt des Leidens. Aber deine Sonne ist nicht immer verdeckt. Ich sehe sie manchmal.«

»Bei mir hagelt es oft.« Joe hüstelte ein wenig und ärgerte sich sogleich darüber, denn das machte noch deutlicher, dass sie nah am Weinen war. Eine Joe weinte nicht. »Aber versuch bloß nicht, mich zu bekehren«, sagte sie gegen die Wand. »Für Religion hab ich nichts übrig.«

Ani Pema lachte. »Keine Sorge, Buddhisten glauben nicht an Missionierung. Das ist wie mit den Äpfeln am Baum. Ist ein Apfel unreif, hält der Stiel fest und du kannst den Apfel nicht pflücken. Ist er reif, fällt er beim kleinsten Windhauch ab. Ist das Karma eines Menschen nicht reif, kannst du ihm erzählen, so viel du willst – es wird nichts nützen. Ist das Karma jedoch reif, sucht man von selbst nach Belehrung.«

Joe wandte sich der Nonne zu. »So? Und wie reift es denn?«

»Durch Leiden, so lange, bis man anfängt aufzuwachen.«

Joe schüttelte den Kopf. »Auch das noch.«

»Tut mir leid, aber so ist es. In einer Rezitation heißt es: Abscheu ist der Fuß der Meditation. Das heißt, du hast es satt, es ekelt dich an, du magst nicht mehr so weitermachen wie bisher. Du willst nicht mehr leiden. Du willst anders mit dir selbst und der Welt umgehen. Das hat damit zu tun, dass du erkennst, was Karma wirklich ist – selbst geschaffenes Leiden.«

»So ein Quatsch«, maulte Joe. »Jetzt soll ich auch noch an allem schuld sein.«

»Ach, Joe«, seufzte Ani Pema, »es gäbe keinen Ausweg, wenn wir nicht Verantwortung für uns selbst übernehmen könnten. Ich musste, als ich mit dreizehn Jahren ins Kloster kam, mit den anderen jungen Nonnen einen langen Text auswendig lernen, *Die Anleitung zur Glückseligkeit* von Shantideva. Da heißt es: ›Wenn wir einen positiv gestimmten Geist haben, wird sich das Gute, das ihm entspringt, um ein Vielfaches vermehren. Auch wenn den Söhnen und Töchtern der Buddhas großes Leid zugefügt wird, entstehen in ihnen keine negativen Gefühle; ihre guten Eigenschaften vermehren sich unablässig.‹ Buddhas Söhne und Töchter, das sind wir, wenn wir dem spirituellen Weg folgen.«

Nach einer langen Pause brummte Joe: »Wie soll man einen positiven Geist kriegen, wenn man nun mal nur stinkige Gedanken hat?«

»Ist das eine Frage?«

»Nein, natürlich nicht«, antwortete Joe und drehte sich mit einem nachdrücklichen Ruck zurück zur Wand.

Der Weg, den Puchung in der noch angenehmen Wärme der Morgensonne eingeschlagen hatte, führte zwischen unregelmäßig verstreutem Gebüsch durch Täler und an Abhängen entlang, manchmal steil aufwärts, manchmal nur leicht ansteigend, einmal auf großen Felsbrocken über ein Wildwasser. Es würde ein langer Weg werden, das konnte Joe ahnen, wenn ihr Blick Puchungs Finger folgte, der in ein Irgendwo zwischen Bergfalten und kahl aufragenden Felswänden wies. Sofern sie den Jungen richtig verstanden hatte, wollte er sie zum Nest der Adler führen. Er streife ständig irgendwo herum, hatte Ani Pema von einer der Frauen erfahren, und er könne in seiner sprachlosen Weise mit den Erd- und Wassergeistern reden. Das erklärte den gewissen Respekt, den man ihm im Dorf entgegenbrachte.

Auf nackten, sicheren Füßen kletterte er schließlich zu einer schattigen Felsnase hinauf, die genügend Platz für beide bot. Dank eines herausgebrochenen Stücks der Bergwand konnten sie fast in das nahe Adlernest hineinschauen. Nichts regte sich in dem großen, auf einer Felsbank ausgebreiteten Nest, und kein Adler war zu sehen. Joe wollte sich enttäuscht abwenden, doch Puchung zupfte an ihrem Ärmel, sie solle sich setzen. Er nickte aufmunternd und sie gehorchte, ein wenig verwirrt von der Unmöglichkeit, zu diskutieren oder sich auch nur mit einem Brummen verständlich zu machen.

Das Warten wurde ihr lang. Joe bewunderte Puchung, der reglos saß, offenbar ohne sich zu langweilen. Sie versuchte ruhig zu bleiben. Vielleicht sollte sie sich auf die Berge konzentrieren. Schöne Berge, zweifellos, aber eben doch nur Berge, nichts los. Sie mochte Natur, wenn sie mit dem Auto oder Zug durch eine Landschaft fuhr, da gab es Abwechslung. Doch hier geschah nichts. Nicht einmal eine Ameise war unterwegs. Ein kleiner Joint, dann wäre es erträglich. Vielleicht wuchs irgendwo in diesen Bergen wilder Hanf? Doch wie sollte sie Puchung fragen? Mit Papier und Stift hätte sie ein Hanfblatt für ihn aufzeichnen können. Wie sah ein Hanfblatt genau aus? Gezahnte Ränder?

Sie spielte an den Klettverschlüssen ihrer Sportschuhe herum. Puchung bedeutete ihr, stillzuhalten. Sie bemühte sich, doch es war qualvoll und machte sie wütend. Sie würde einfach aufstehen und zurückgehen. Was blieb ihm dann übrig, als ihr zu folgen?

Plötzlich spürte sie Puchungs Ellbogen in der Seite. Sie schaute auf und sah einen riesigen Adler mit einem leblosen Vogel in den Krallen am Nestrand landen. Der kleine Adler, der geschlafen hatte, richtete sich auf und schlug mit seinen halb ausgebildeten Flügeln. Wie anders war dies als in einem Fernsehfilm, dachte Joe. Kleine Schauer zogen über ihren Rücken und ihr Herz schlug schneller. Sie machte unwillkürlich den Mund auf, als der Kleine seinen Schnabel aufriss und mit Stücken des Beutevogels gefüttert wurde. Federn flogen, der Kleine stieß aufgeregte Schreie aus, Mutter Adler – oder war es Vater Adler? – hackte auf der Beute herum. Bald flog sie wieder davon. Ein hohes, empörtes Geschrei aus einem weit aufgerissenen Schnabel folgte ihr.

Dann kehrte wieder Ruhe ein im Nest. Puchung zupfte an Joes Ärmel. Mit schmerzenden Knien, aber tief befriedigt stand sie auf und folgte ihm bergab. Das war gut gewesen, besser als ein Joint. Es war lebendig. Als Kind hatte sie einmal mit ihrer Schulklasse einen Vormittag im Zoo verbracht. Warum hatte sie vergessen, wie schön das war?

Puchung hatte es eilig. Er deutete auf eine Wolkenbank, die sich schnell voranschob und bald den größten Teil des Himmels eingenommen hatte. Anstatt in das Tal hinunterzuklettern, aus dem sie gekommen waren, blieb Puchung am Berg, zielstrebig und trittsicher in dem felsigen Gelände.

Joe fürchtete sich. Freie Natur war recht und schön, solange sie nett und sonnig und ruhig war und es ordentliche Wege gab, deren Verlauf und Ziel man kannte. Sie hasste Gewitter.

Der Sturm kam plötzlich und mit erschreckender Gewalt, Blitze zerrissen den Himmel, krachender Donner schien die Berge zu sprengen. Joe kauerte sich nieder, schloss fest die Augen und hielt sich die Ohren zu. Sie hätte gern alle Poren geschlossen, die schutzlos dem schweren Rollen des Donners ausgeliefert waren. Ein heftiges Zerren und Ziehen brachte sie wieder auf die Beine. Puchung zog sie mit aller Kraft voran, stülpte ihr im beginnenden Wolkenbruch ihr Regencape über und hüllte sich selbst in ein großes Stück Plastik. Sie ließ sich ziehen, stolperte blindlings bergauf, zitternd und laut wimmernd, ständig in Erwartung eines Blitzes, der sie erschlagen würde. Ihre freie Hand umklammerte die Mahakala-Figur und sie wiederholte atemlos: »Hilf, Mahakala, hilf!«

Sie hätte die Höhle niemals gefunden, so versteckt lag sie in einer Falte des Bergs. Puchung führte sie zu einer geflochtenen Matte auf einer dicken Lage Laub, nahm ihr das triefende Regencape ab und zog ihr die nassen Schuhe und Strümpfe aus. Sie konnte nicht aufhören zu zittern und ballte ärgerlich die Fäuste und schaukelte in ohnmächtiger Aufregung vor und zurück.

»Blöde hysterische Kuh«, murmelte sie durch zusammengepresste Zähne. »Blöde Kuh, blöde Scheißkuh, verdammte blöde Scheißkuh.« Puchung konnte es ja nicht hören. Ha, sie konnte sagen, was sie wollte, er konnte es nicht hören.

»Und du bist ein Arsch«, knurrte sie weiter, »ein saublöder Riesenarsch von Bauerndepp, mich in diese ekelhaften Berge zu schleppen in diese Scheiße.«

Sie hob den Blick und begegnete seiner Besorgnis, seiner Verwirrung, die ganz nackt war, ganz ungeschützt. Nein, er hörte sie nicht, aber er fühlte sie. Das sah sie ganz deutlich und sie konnte diesem Wissen nicht entkommen. Sie hielt inne und begann zu weinen, lautlos, als flösse alle Wut einfach aus ihr heraus. Als flösse die gesamte Joe aus ihr heraus.

Puchung ließ sich neben ihr nieder und legte die Arme um sie, fiel mit ein in ihr Schaukeln, und dann war es kein Schaukeln der Verzweiflung mehr, sondern ein Wiegen des Trostes. Er schirmte sie ab vor den bösartigen Angriffen einer unberechenbaren Natur, vor den Blitzen, dem Donner, dem Sturm und dem hämmernden Regen. Ihre Starre löste sich und sie ließ es zu, dass sie gegen den anderen Körper sank, diesen warmen, lebendigen, beschützenden Körper, ein wenig wie der große, freundliche Hund der Nachbarn, mit dem sie kuscheln durfte, als sie ein kleines Mädchen war.

Nun legte sie ihrerseits die Arme um den nahen, warmen Körper und ließt sich nach hinten fallen, zog die Nähe mit sich und die wohlige Wärme, in die hinein sie sinken wollte, um nie mehr die einsame, unglückliche Joe sein zu müssen. Und da war ein Gesicht an dem ihren und ein suchender Mund, suchend wie der ihre. Und so gut war es, ihn zu finden, dass ihr Herz aufhörte zu schlagen und erst wieder einsetzte, als sie sich auf den vorsichtigen, langen Weg des Erkundens machte, wo Grenzen etwas so Zartes und Fließendes und Flüchtiges waren, dass man sie leicht vergessen konnte.

Irgendwann war es wie das Erwachen aus einem Traum. Das Gewitter hatte längst aufgehört und das wütende Rauschen des Monsunregens war einem leisen Wispern und Tröpfeln gewichen. Sie hob die Hand und strich über das Gesicht des Jungen neben ihr. Wie hatte sie je übersehen können, wie schön diese dunklen, mandelförmigen Augen waren, wie schön diese honigfarbene Haut mit dem zarten Bartflaum über den Lippen, diese kurze, gerade Nase, diese leicht geschwungenen Lippen mit dem bläulichen Rand, an denen sie sich festsaugen wollte für alle Zeit und Ewigkeit.

Wie gut, dass sie vor dem Zungenpiercing zurückgeschreckt war, nachdem Jeanie diese grässliche Entzündung bekommen hatte. Sie musste plötzlich lachen und der Mund an dem ihren lachte mit, lautlos, aber spürbar für ihre Lippen, für ihre Zunge. Das Lachen ließ die Verzauberung aufbrechen, um einer weiteren Verzauberung Platz zu machen, als sie beide, noch immer in ihre Umarmung verknotet, über die Matte rollten, spielerisch wie Kinder, die sie vor nicht allzu langer Zeit noch gewesen waren.

Dass er ihre Brust berührte, geschah ohne Absicht, oder vielleicht mit einer ganz kleinen, fein gewobenen Absicht, ohne Gewicht. Er ließ seine Hand kurz auf der Wölbung liegen und zog sie wieder zurück, und obwohl Joe wünschte, er wäre mutiger gewesen, war sie doch zugleich erleichtert und setzte sich schnell auf. Puchung hatte bereits nach seinem Beutel gegriffen und ihm die zwei Plastikflaschen entnommen, die sie an einer Quelle aufgefüllt hatten. Das Mittagessen, scharfes Gemüse, in salzlose Fladen eingerollt, und ein paar kleine Bergbananen, legte er auf ein Tuch. Ein wenig scheu aßen sie, ohne einander anzuschauen, benommen, beglückt und erschreckt von all der Nähe.

Die Höhle war nicht sehr groß, wie von zwei gegeneinander gestürzten Felswänden geformt, mit einer kurzen, steileren und einer längeren, flacher abfallenden Seite. Man könnte sie hübsch einrichten, dachte Joe, und sie könnte mit Puchung hier sein, weit weg von aller Welt. Sie würden auf einem Feuer vor der Höhle kochen und er würde schnitzen und sie würde ihr berühmtes Tagebuch schreiben, Joanas Tagebuch. Sie lächelte ihn an und er wischte mit einer zarten Geste einen Fladenbrösel von ihrem Mundwinkel.

Bevor sie die Höhle verließen, griff Puchung tief in seinen Beutel und reichte ihr einen mit Stoff umwickelten Gegenstand. Es war eine handgroße Holzfigur der Arya Tara, die Joe von Teresas Bildern her kannte, auf einer Lotosblüte sitzend und einen Fuß vorgestreckt, als wolle sie aufstehen. Es war eine wohlproportionierte Gestalt und das Muster der Schnittflächen war so fein, dass sie im Licht des heller werdenden Nachmittags schimmerte. Puchung deutete auf das Gesicht der Figur. Joe erkannte Andeutungen ihrer eigenen Züge darin – ihre ovale Gesichtsform, die geschwungenen Brauen, die kurze Oberlippe.

Sie wollte ihm um den Hals fallen, doch diese Geste erschien ihr zu grob für das feine Geschenk. So drückte sie die Figur mit beiden Händen gegen ihre Brust und legte ihren Dank in den Blick, und es störte sie nicht, dass sich Tränen dareinmischten. Puchung beugte sich vor und küsste ihre Augenlider. Dann wandte er sich schnell um und ging ihr voraus den Berg hinunter.

»War das ein langer Weg!«, sagte Joe und warf sich auf ihren Schlafsack. »Lang, steil und nass.«

Ani Pema ließ ihre Mala in den Schoß sinken. »Ich hab mir Sorgen gemacht wegen des Gewitters.«

»Kein Problem. Puchung hat eine Höhle gefunden.«

Das Lächeln in Joes Stimme ließ Ani Pema den Kopf heben. »Hat dir der Ausflug gefallen?«

Joe brummte bejahend und Ani Pema nahm ihre Mantra-Rezitation wieder auf.

Zufrieden ließ sich Joe zwischen den Bruchstücken der Erinnerung dahintreiben. Beim letzten Rest des Tageslichts waren sie im Dorf angekommen und hatten noch dicke Suppe gegessen, und sie hatte Puchung heimlich den hübschesten ihrer nicht sonderlich kostbaren Ringe in die Hand gedrückt. Mit der

Faust, in der er ihn hielt, hatte er seine Brust und seine Stirn berührt, und Joe mochte sich nicht trennen von diesem Bild. Nie zuvor hatte ihr jemand ein so wundervolles Zeichen seiner Liebe und Achtung gegeben. Genau genommen, meine liebe Joe, sagte sie zu sich selbst, hat dir noch nie jemand ein Zeichen der Liebe und Achtung gegeben.

Wie köstlich es doch wäre, Puchung ihren Eltern vorzustellen: Seht mal, das ist mein neuer Freund, er kann nicht lesen, er kann nicht schreiben und wahrscheinlich denkt er, die Erde sei eine Scheibe. Ah, das wäre eine bessere Lektion als alle Piercings und Tattoos der Welt. Mit einem zufriedenen und ein wenig bösen kleinen Lächeln schlief sie ein.

Laute, bellende Männerstimmen und grelles Geschrei der Frauen riss sie aus tiefem Schlaf. Der Fensterladen war geschlossen, doch die Tür stand halb offen und ließ Kälte und mattes Morgenlicht ins Zimmer.

»Was ist denn los?«, brummte sie. »He, Ani Pema!«

Sie bekam keine Antwort. Ani Pema war nicht da.

Verwirrt sprang Joe auf und rannte hinaus. Männer mit Maschinengewehren und Patronengurten über der Brust, ein Dutzend mochte es sein, trieben die schimpfenden Frauen zusammen; Kinder hielten sich heulend an den Röcken der Mütter fest. Schnell wollte sich Joe zurückziehen, doch es war zu spät, einer der Männer hatte sie entdeckt und kam mit anzüglichem Grinsen auf sie zu. Doch es war nicht wirklich ein Mann, dieser junge, dünne Bursche mit seinem glatten, haarlosen Gesicht. Nur der Blick war nicht jung.

Er rief etwas, das grob und hämisch klang. Sie sah seine Hand, die nach ihr greifen wollte, doch da war Puchung und stellte sich vor sie. Alles ging schnell, viel zu schnell. Ein Schlag mit dem Gewehr traf Puchungs Kopf und er fiel in sich zusammen, sie hörte sich schreien, mit aller Kraft, als könnte ihr Schreien sie aufwecken aus diesem Albtraum. Puchung lag auf dem Boden, Blut lief aus seinem dichten, dunklen Haarschopf über sein Gesicht. Viel Blut. Sie kniete neben ihm nieder und wollte das Blut aufhalten, doch es floss zwischen ihren Fingern hindurch und sie konnte nur schreien, schreien. Ein Tritt in ihre Seite nahm ihr den Atem.

»Pema!«, heulte sie, »Pema, komm!«

Dann war Ani Pema bei ihr und presste ein Tuch an Puchungs Kopf. Er öffnete die Augen und wollte sich aufrichten.

»Lass ihn nicht aufstehen«, sagte Ani Pema, drückte Joes Hand auf das Tuch und sprang auf. Joe hörte Ani Pema reden, mit leiser Stimme, als sei sie nicht die energische Ani Pema, sondern eine schüchterne Nonne, und eine harte Männerstimme im Befehlston mischte sich ein. Doch Joe wollte das alles nicht wissen, sie wollte nur bei Puchung sein. Sie rutschte ein wenig näher an ihn heran, hob seinen Kopf und legte ihn in ihren Schoß, und Puchung lächelte ein wenig und berührte heimlich ihre Hand, die sie, um die Figur des Mahakala geschlossen, leicht auf seiner Brust ruhen ließ.

»Komm, Mahakala, bitte«, murmelte sie. »Los, tu etwas, hilf uns, beschütze uns, das ist doch dein Job!«

Später erinnerte sie sich mit großer Verwunderung daran, dass sie plötzlich keine Angst mehr gehabt hatte. Sie war völlig ruhig, mit Puchung auf der Insel eines besonderen Friedens geborgen, zu der niemand sonst Zugang hatte.

Dann war Ani Pema wieder da und flüsterte ihr zu: »Das sind Maoisten. Sie wollen Geld und suchen es in unseren Sachen. Den größten Teil habe ich in meinen Schuhen versteckt, da finden sie es nicht. Ich habe gesagt, ich sei Puchungs Schwester und du seist eine Studentin und zu Besuch in meinem Kloster.

Sie haben alles geglaubt. Jetzt nehmen wir Puchung mit ins Haus und verbinden seine Wunde.«

Zwei der Rebellen durchwühlten Joes und Ani Pemas Taschen und Rucksäcke und behielten Joes Taschenmesser, Ani Pemas billige Armbanduhr und das wenige Geld, das sie fanden. Vor dem Eingang postierten sie einen der bewaffneten Männer.

Im Haus schnitt Ani Pema mit Joes Nagelschere die Haare um Puchungs Wunde weg und legte mithilfe der Bandage, die sie für den Fall einer Verstauchung bei sich hatte, einen Kopfverband an. Die Wunde blutete noch immer stark.

»Wäre nur Teresa da«, seufzte sie.

Joe fuhr hoch. »Wir müssen sie warnen. Vielleicht kommen sie heute zurück. Irgendjemand muss sie warnen.«

»Und wie?«, fragte Ani Pema. »Wir wissen nicht, wo sie sind, wir wissen nicht, wann sie kommen, und außerdem lassen die Rebellen uns nicht weg.«

Joe stand auf. »Und das ist nicht alles. Ich muss pinkeln.«

»Dann geh hinters Haus. Keine Sorge, ich komme mit.«

Mit ein paar Gesten machte die Nonne Puchung klar, dass er liegen bleiben müsse, ging mit Joe zur Tür und erklärte dem Wächter ihr Anliegen. Er begleitete sie hinter das Haus und Ani Pema redete auf ihn ein, bis er Joe den Rücken zukehrte.

»Wenn sie bei allen mitgehen, haben sie viel zu tun«, sagte Joe.

»Du bist ihnen wichtig«, erwiderte Ani Pema. »Sie reden von Lösegeld.«

Inzwischen schleppten die Rebellen die Vorräte des Dorfes herbei und befahlen den Frauen zu kochen.

»Die Kerle erwarten noch mehr Kumpane, irgendein Oberanführer soll dabei sein«, berichtete Ani Pema, der man erlaubt hatte, am Flüsschen Wasser zu holen. »Die Frauen sind verzweifelt. Die Bande nimmt ihnen alle Vorräte weg. Und zwei von den Kerlen sind losgezogen, um Ziegen zum Schlachten zu holen. Sie haben aus den Frauen herausgepresst, wo die Kinder mit der Ziegenherde sind.«

»Und wenn nachher die Männer von der Weide kommen?«

»Dann lass uns hoffen, dass es keine Schießerei gibt.«

Unglücklich wandte Joe sich Puchung zu und half ihm, aus einer Flasche zu trinken. Ani Pema hielt sich abseits. Sie sah ein Leuchten um das schmaler gewordene Mädchen und den sprachlosen Jungen mit den großen, tiefen Augen und fragte sich einmal mehr, wie viel sie denn wirklich über den menschlichen Geist wusste.

Später brachte Ani Pema Suppe, aber Puchung wollte nichts essen. Auch Joe war nicht hungrig, dank einer mächtigen, ihren Körper wie ihren Geist durchdringenden Energie, für die sie kein anderes Wort fand als »Liebe«. Sie mochte es nicht, dieses abgenutzte und vielfach missbrauchte Wort, hätte gern ein geheimnisvolleres, poetischeres verwendet, doch das, dachte sie, musste erst noch erfunden werden.

Am Dorfrand rief plötzlich eine schrille Frauenstimme ein paar Worte und brach ab. Ani Pema lief zum Eingang, doch der Wächter hinderte sie mit seinem Gewehr daran, das Haus zu verlassen. Wenig später wurden die Männer des Dorfs, die mit den größeren Jungen zum Mittagessen heimgekommen waren, auf den Dorfplatz eskortiert. Die Rebellen schrien durcheinander. Joe hockte sich neben Ani Pema, doch außer dem Rudel abgerissener junger Männer, die mit ihren Gewehren fuchtelten, und den paar eingeschüchterten Hirten war draußen nichts zu sehen.

»Was für ein verlotterter Haufen von sogenannten Befreiern«, sagte Ani Pema ärgerlich. »Sie sollten sich selbst befreien, aber davon wissen sie nichts.«

»Was wollen die denn?«, fragte Joe.

Ani Pema seufzte. »Was wollen Menschen, die so arm sind, dass sie nichts zu verlieren haben, und so unwissend, dass sie nur an Gewalt glauben können? Ihre Führer behaupten, sie würden dieses Land bald von seiner hoffnungslos unfähigen und korrupten Regierung befreien und dann alles besser machen. Aber sie verbreiten nur Terror. Ihre Anhänger finden sie unter den jungen Tölpeln, die denken, mit einer Kalaschnikow in der Hand seien sie die Herren der Welt. Ich fürchte mich vor der Zukunft.«

»Happy new year«, sagte Joe. »Toller Aufbruch ins neue Jahrtausend.«

»Euer Aufbruch«, entgegnete Ani Pema. »Ihr habt jetzt das Jahr 1999, aber bei uns ist es schon 2126.«

»Wie das?«

»Tibetische Zeitrechnung, nicht westliche Zeitrechnung.«

Joe grinste. »Dann braucht ihr ja keine Angst vor dem Weltuntergang zu haben.«

»Die Maoisten genügen uns völlig«, sagte Ani Pema trocken.

Die Unruhe im Dorf hatte sich endlich gelegt. Ani Pema saß am Eingang und sang leise ihre Gebete. Joe hatte sich wieder neben den schlafenden Puchung gesetzt. Es war gut, bei ihm zu sein und über ihn zu wachen. Mühelos gelang es ihr, in der Vorstellung einen großen, feurigen Mahakala vor der Tür zu postieren. Das war beruhigend.

Wieder stellte sich das Gefühl des Friedens ein, als beträfe alles Geschehen nur das Außen, eine Außen-Joe und einen Außen-Puchung, ohne jedoch ihre innere Wirklichkeit zu berühren. Sie erklärte sich selbst, dass sie eigentlich Angst haben müsse, doch da war keine Angst. Was geschah, geschah einfach. Vielleicht würden sie sterben. Das wäre in Ordnung, sofern sie mit Puchung sterben konnte.

»Ich habe das Gefühl, dass ich träume«, sagte sie zu Ani Pema, »aber dass ich zugleich wach bin im Traum.«

Die Nonne schaute sie aufmerksam an. »Gut, wenn du wach bist.«

»Teresa hat mal gesagt, Buddha bedeutet ›der Erwachte‹. Ich glaube, ich verstehe jetzt irgendwie, was damit gemeint ist.«

»Du bist ein kluges Mädchen, Joe«, sagte Ani Pema. »Du solltest buddhistische Philosophie studieren, das würde dir Spaß machen.«

Joe lächelte. Wohlig und warm breiteten sich Ani Pemas Worte in ihrem Geist aus. Mehr noch, Ani Pema breitete sich in ihrem Geist aus, ebenso wie Ani Pema zugelassen hatte, dass Joe sich in ihr ausbreitete. So war es. Sie breiteten sich ineinander aus; ein bisschen anders, als es mit Puchung war, denn Puchung war nicht nur in ihrem Geist, er war auch in ihrer Haut, in ihren Zellen, aber es gab doch eine gewisse Ähnlichkeit in diesem Offensein und Einanderdurchdringen.

»Es ist komisch«, sagte Joe, »ich hab keine Wut auf den Typen, der Puchung geschlagen hat. Ich meine, es war Scheiße, dass er das gemacht hat, aber ich glaube, er ist so irre, dass er gar nicht weiß, was er tut. Ich hab seine Augen gesehen – wirklich irre. Ich war auch manchmal so irre, ich kenne das. Es ist die Hölle.«

Ani Pema wiegte den Kopf, was man hierzulande als Zustimmung auffassen konnte, wie Joe gelernt hatte.

»Ja, stimmt, Hölle, Himmel, das ist alles in unserem Geist«, sagte Ani Pema.

»Und wo kommst du hin, wenn du tot bist?«

Mit einem heiteren Lächeln antwortete die Nonne: »Arya Tara wird mich zurückschicken, damit ich allen Wesen helfen kann. Darum bitte ich sie jeden Tag.«

»So? Ich dachte, das ist der Job von dem, wie heißt er noch mal? So was wie Avalavadingsda.«

Ani Pema brach in prustendes Lachen aus und das Gesicht des Wächters erschien im Eingang. Er grinste, dankbar für die Abwechslung.

»Avalokiteshvara«, sagte sie, »oder tibetisch Chenresig.«

»Irgendwie versteh ich das nicht. Teresa hat ein Bild von diesem Avaladings gemalt und sie hat mir seine Geschichte erzählt, dass er sich so angestrengt hat, allen Wesen zu helfen und sie vom Leiden zu befreien. Und dann hat er es tatsächlich geschafft und lief zu seinem Boss, dieser Obergottheit, Ami oder Ama, ach, ich weiß nicht …«

»Amitabha«, fiel Ani Pema ein, »aber wir sagen nicht Obergottheit. Er ist eine der zentralen Meditationsgottheiten.«

Joe schüttelte ungeduldig den Kopf. »Okay, jedenfalls der Boss. Und der Dings, der Avalava, der war ganz aus dem Häuschen, weil er alle befreit hat. Und da sagte der Boss, schau dich mal um, und der Avalava drehte sich um und sah Millionen und Milliarden Wesen, die immer noch litten.

Und da zerreißt es den armen Kerl in weiß der Kuckuck wie viele Augen, um diese Scheiße zu sehen, und in tausend Arme, um zu helfen, und er rast also sofort wieder los und stürzt sich ins Gewühl. Ich meine, das bringt's doch eigentlich nicht.«

»Nein? Ich denke, es lohnt sich allein schon, nur einem einzigen Wesen zu helfen, nur mit einem einzigen Wesen Mitgefühl zu haben.«

Einen kurzen, strahlend hellen Augenblick lang sah Joe, was soeben mit ihr geschah. Sie sah, wie sie unversehens aus ihrem Frieden herausgefallen war durch Gedanken, die in alten, ausgefahrenen Geleisen liefen. Dass sie in einen vertrauten Sumpf altbekannter Argumente geraten war, die ihr alle Sinne verstopften, die ihr Herz verschlossen und sie in eine farblose Welt tauchten. Sie schüttelte sich, sie konnte gar nicht aufhören mit Schütteln, und dann bemerkte sie, dass es ein Weinen war, das sie schüttelte, ein befreiendes, Gedankenkrusten sprengendes Weinen, das sie, welch ein Wunder, gar nicht unterdrücken wollte.

Sie spürte Puchungs Arme um sich und war traurig und froh zugleich, dass sie ihn geweckt hatte. Puchungs Arme veränderten die Welt. Ani Pemas offener, aufmerksamer Blick ruhte noch immer auf ihr. Joe war dankbar, dass Ani Pema alles so lassen konnte, wie es war. Denn es war ja alles gut. Sie liebte Puchungs Nähe und Ani Pemas Distanz und sie war ganz und gar einverstanden mit allem und hatte keine Angst.

»Ja, klar«, sagte sie. »Der hat schon recht, der Avaladingsda.«

Mittags durfte Ani Pema Buttertee und Dal Bhat bei den Frauen holen, und Joe fütterte Puchung, glühend vor beglückter Hingabe. Am Nachmittag brachten einige der Rebellen zwei Ziegen, die sie am Fluss schlachteten, wie Ani Pema vom Eingang her berichtete. Puchung trieb im Halbschlaf dahin und manchmal öffnete er die Augen, tastete nach Joes Hand und lächelte zufrieden. Der Geruch von geröstetem Fleisch zog durch das Dorf.

Plötzlich flammte ein erneutes Stimmengewirr vor den Häusern auf.

»Jetzt sind noch mehr Rebellen gekommen«, sagte Ani Pema. »Ich glaube, da ist ein Oberanführer dabei. Er schimpft die Kerle und sagt, sie sollen nett sein zu den Leuten, sie seien nämlich Freunde des Volkes und Befreier, und niemand müsse Angst haben außer den Kapitalistenschweinen. Ich möchte wissen, wo die in so einem armen Dorf Kapitalisten finden wollen.«

In der Abenddämmerung zwang ein Regenguss alle in den

Schutz der Häuser. Ani Pema sang leise ihre Abendrezitationen. Joe saß an der Wand, hörte dem Regen zu und war auf eine unbestimmte, aber durchdringende Weise glücklich.

Die Gestalten Lündups und des Schamanen verschwammen im Dunst, den der Nebel zurückgelassen hatte. Es fiel Teresa erstaunlich leicht, auf den feuchten, rutschigen Felsen mit ihnen Schritt zu halten. Tashi und Lündups jüngster Sohn gingen hinter ihr. Lündup hatte ihren und Tashis Rucksack in den Korb zu dem Mahakala-Thangka gepackt.

Beim Aufstieg zum Hochtal der Yogis hatte sich Teresa vor dem noch schwierigeren Abstieg gefürchtet. Nun wunderte sie sich, wie leicht er ihr fiel. Eine starke, unbeirrbare Energie stieg in ihr auf und trug sie voran, wie ein kräftiger Wind Dinge vor sich hertreibt. Selbst über den gefährlichen Sims schob sie sich munter, fast so, als würde sie zum Vergnügen der Berge und des inzwischen klaren, blauen Himmels eine Zirkusnummer vorführen.

Erst als sie den schwierigsten Teil des Wegs überwunden hatten, wandte sich Teresa an Tashi mit der Frage: »Gestern, als Pawo mir den Wodka gab … hast du das gesehen, den Tanz?«

»Ja, natürlich«, antwortete Tashi.

»Haben die anderen es auch gesehen?«

»Ich denke schon.«

»Kannst du das erklären?«

»Nein. Wozu?«

»Ein bisschen unheimlich, oder?«

»Ungewohnt. Niemand fand es unheimlich. Du warst wunderschön, meine Khandro-la.«

»Ich frage mich, wie Pawo das macht.«

»Ich würde sagen, Pawo, Lama Tsondu und du – ihr habt es zusammen gemacht.«

Teresa lachte. »Was mich betrifft, ich hab nur Wodka getrunken.«

»Das muss man eben können«, erwiderte Tashi.

Manchmal, wenn der Weg es zuließ, blieben Teresa und Tashi ein wenig zurück und hielten einander an den Händen. Teresa fühlte ihr eigenes Strahlen und sah zugleich ihrer beider Licht, das sie umtanzte und umwirbelte wie Musik in Wellen glücklichen Wissens, umkreist vom Mantra der Mutter aller Buddhas.

»Hörst du es?«, fragte Teresa.

»Was?«

»Das Mantra.«

Tashi lauschte. Er lächelte. »O ja.«

»Welches?«

»Das richtige«, antwortete Tashi. »Andere gibt es nicht.«

Manchmal sangen Lündup und sein Sohn, und der Schamane begleitete sie mit seiner großen, schwingenden Stimme; viele dieser Lieder kannte auch Tashi und fiel mit ein. Es wäre schön, dachte Teresa, noch tagelang so weiterzuwandern, umgeben von der ungebändigten Schönheit der Berge, mitfließend in den Mustern der Energien der Elemente, in dieser einfachen Gemeinsamkeit, die durch nichts infrage gestellt wurde, auch nicht dadurch, dass jeder ganz allein war. Allein, aber verbunden in einem allumfassenden, vollkommenen Mandala.

In der Dämmerung näherten sie sich dem Sommerdorf, sahen es weit unter sich, ein paar winzige Punkte. Dort unten ist Joe, dachte Teresa.

Achduheiligescheiße-Joe. Wut, Sehnsucht, Hormone, Unsicherheit. Shangri-la ist vorbei. Jetzt kommt die Bewährungsprobe. Wird die Außenwelt Platz haben in meinem Mandala?

Sie musste sich eingestehen, dass sie sich trotz aller inneren Hochstimmung ein wenig fürchtete.

»Wir sind bald da«, sagte Tashi.

Teresa schwieg. Ihre Erschöpfung hatte ein Ausmaß erreicht, das sie fast zusammenbrechen ließ. Mit zusammengebissenen Zähnen hatte sie sich durch den Regen weitergetrieben, doch nun raste ihr Herz, sie begann zu stolpern und wünschte, sich auf den nassen, dunklen Boden fallen lassen zu können und nicht mehr aufstehen zu müssen.

»Es ist nicht mehr weit«, sagte Tashi. »Halt dich an mir fest.«

Sie wollte entgegnen, dass es nicht einmal dafür mehr reichte, als Pawo sie einholte und seine Handfläche fest gegen ihr Kreuz drückte. Augenblicklich beruhigte sich ihr Herz, die Schwäche ließ nach und das beängstigende Gefühl, sich auf ihren Körper nicht mehr verlassen zu können, verschwand. Wenige Minuten später stiegen sie weiter bergab durch Dunkelheit und Regen, von Tashis kleiner Taschenlampe notdürftig unterstützt. Lündup und sein Sohn gingen voraus; sie mussten Katzenaugen haben.

Nie wieder würde sie die Geborgenheit der Stadt verlassen, schwor sich Teresa. Hin und wieder ein Retreat im Nonnenkloster auf dem Berg – mehr Landleben brauchte sie nicht.

Bald wurde der Weg leichter, gebahnt von den Füßen der Hirten, die täglich kamen und gingen. Nichts ahnend stolperten sie auf den Dorfplatz und wurden augenblicklich von dunklen Gestalten umringt und in eines der Häuser getrieben, in dem die Gruppe der Hirten trübsinnig an den Wänden hockte. Teresa hielt am Eingang inne und schaute sich eilig um, bevor sie über die hohe Schwelle gestoßen wurde. Pawo war verschwunden und das Thangka ragte nicht mehr aus Lündups Korb.

Tashi klopfte dem Anführer auf die Schulter, gab sich als sympathisierender nepalischer Journalist aus und Teresa als Botanikerin, mit der er ein Buch über einheimische Heilpflanzen schreiben wolle, und erklärte laut und wortreich, er sei auf der

Seite eines jeden, der sich für eine gerechte Verteilung der Güter einsetze. Teresa wurde mit einem Stück Ziegenfleisch und Fladen zum Haus der Gäste geführt, während die beiden Männer bei einem reichlichen Mahl am Herd hocken blieben und der Anführer mit Eifer die Gelegenheit wahrnahm, die Sache der Maoisten zu verkünden.

Teresa schloss Joe in die Arme. Sie vermochte gerade noch lange genug wach zu bleiben, um Puchungs Kopfwunde zu versorgen und kurz die Geschichte des Überfalls anzuhören; doch kaum war sie in ihren Schlafsack geschlüpft, schlief sie auch schon ein.

Als Tashi sie weckte, fiel es ihr schwer, sich aus ihrem steinschweren Schlaf herauszukämpfen.

»Steh auf, wir verschwinden«, sagte er leise. »Pawo wartet auf uns, er wird uns führen.«

Schnell und geschickt rollte er im schwachen Licht seiner Taschenlampe ihren Schlafsack zusammen, während sie benommen in ihre Schuhe stieg. Sie sah Joe und Puchung voreinander knien, die Arme umeinandergelegt, doch es gab nicht genug Zeit zum Staunen.

»Los, du und Joe, ihr kommt zuerst mit, ohne Rucksäcke, damit ihr euch leichter bewegen könnt«, flüsterte Tashi. Er half den beiden durch das Fenster hinaus auf einen schmalen Durchgang zwischen den Häusern. »Sie haben nur am Ortseingang einen Posten aufgestellt. Hinter dem Dorf ist niemand.«

Im tiefen Schatten der Berge in der frühen Dämmerung schlichen sie zu dem Schamanen, der flussaufwärts im Gebüsch auf sie wartete, das kostbare Thangka im Arm. Tashi kehrte augenblicklich zum Dorf zurück, um Ani Pema und die beiden zurückgelassenen Rucksäcke zu holen.

»Zu alt für solche Abenteuer«, sagte Teresa keuchend zu Pawo und strich ihre strähnigen Haare aus dem Gesicht. »Keine Kraft mehr.«

Wortlos legte Pawo wieder seine Hand auf ihren Rücken, und dankbar fühlte sie die Kraft in ihre Glieder zurückkehren. Wie schön war es, sich im Körper einrichten zu können, ohne an seine Begrenzungen zu stoßen.

Im Dorf begann eines der kleinen Kinder laut zu weinen. Joe schlug erschreckt die Hände vor den Mund.

»Nicht aufregen«, flüsterte Teresa und hielt sie fest, »es wird alles gut.«

»Witzbold«, flüsterte Joe zurück. Es klang fast freundlich.

Die Minuten dehnten sich, bis Tashi endlich mit Ani Pema aus dem Schatten der Häuser auftauchte.

»Tashi musste den Wächter ausschalten«, berichtete Ani Pema keuchend. »Ich dachte, wir schaffen es nicht.«

»Das weinende Kind hat ihn geweckt«, sagte Tashi, »und ich musste schnell sein. Hoffentlich ist er nicht tot.«

»Was hast du denn gemacht?«, fragte Joe, zitternd vor Aufregung.

Tashi reichte ihr den Rucksack und antwortete zögernd: »Oh, ein Griff … ein bestimmter Griff.«

Der Schamane hatte sich zum Gehen gewandt. »Bleibt dicht beisammen wegen der Leoparden«, warnte er und führte sie zu einer Stelle flussaufwärts, wo sie das Wildwasser auf Steinen überqueren konnten. Eilig kletterten sie im Schutz von Büschen und niedrigen Koniferen auf der anderen Seite am Steilhang entlang, immer in Gefahr abzurutschen, bis sie in ein Seitental einbogen und vom Dorf aus nicht mehr zu sehen waren. Teresas Beine schmerzten, sie sehnte sich nach Schlaf.

Stunden später, in der beginnenden Mittagshitze, erreichten sie eine winzige, kaum erkennbare Steinhütte mit einem Eingang ohne Tür. Dort sollten sie rasten und wenn möglich ein wenig schlafen, sagte Pawo, denn ihr Weg würde noch wesentlich anstrengender werden. Es seien keine Schlangen in der Hütte, erklärte er und verschwand.

Tashi verteilte einen Stapel Fladen, den er am Abend zuvor vom Herd geholt hatte, und Ani Pema füllte die Plastikflaschen an einem Bach nahe der Hütte auf.

Joe wollte nichts essen. Sie rollte sich auf ihrem Schlafsack zusammen und drehte das Gesicht zur Wand. Vorsichtig streichelte Teresa ihre Schulter und spürte ein Zittern. »Was ist, Joe? Geht's dir nicht gut?«

Joe rollte sich noch mehr zusammen und schluchzte auf. Teresa strich über ihr struppiges Haar und wartete.

»Puchung«, wimmerte Joe, »wir hätten ihn nicht zurücklassen dürfen.«

»Er hat eine Kopfverletzung«, erwiderte Teresa sanft. »So einen Gewaltmarsch könnte er nicht durchstehen.«

»Und sie werden ihm nichts mehr tun«, fügte Ani Pema hinzu. »Er ist wertlos für sie.«

Die Nonne wandte sich an Teresa und Tashi. »Puchung war sehr mutig. Er hat Joe gegen einen der Rebellen verteidigt und der hat ihn niedergeschlagen.«

»Ich hab ihn allein gelassen.« Joe weinte mit hohen, kindlichen Schluchzern in ihren Schlafsack.

»Er ist nicht allein, Joe«, erklärte Ani Pema nachdrücklich. »Seine Leute kümmern sich um ihn. Und sie tun es gern. Die Frauen erzählten mir, er sei der Liebling der ganzen Sippe, und ein Lama habe gesagt, er sei ein Bodhisattva.«

Ein sehr vernünftiger Lama, dachte Teresa. Was kann man Besseres tun, als den Leuten solch einen behinderten, taubstummen Jugendlichen als höheres Wesen anzudienen? Oder vielleicht war Puchung wirklich ein Bodhisattva. Freundlichkeit schien sein natürliches Element zu sein. Er roch geradezu nach Freundlichkeit.

Joe war verstummt. Sie musste ihre Aufmerksamkeit zwischen ihrem Schmerz und Ani Pemas Worten teilen. »Was soll das sein, ein … wie hast du gesagt?«, fragte sie.

»Ein Bodhisattva. Das ist jemand, dem andere wichtiger sind als er selbst«, antwortete Ani Pema. »Ein hohes Wesen.«

»Aua«, sagte Joe. »Wirklich?«

Sie setzte sich auf und schaute die Nonne mit großen Augen an, aus denen noch immer Tränen rannen. »Bist du sicher? Ich meine, wegen Puchung.«

Ani Pema konnte ihr Lächeln nicht unterdrücken. »Jedenfalls war sich der Lama sicher. Lamas sagen so etwas nicht einfach zum Spaß.«

Joe nickte. »Okay. Ich glaub es auch.«

Sie wischte mit beiden Händen die Tränen ab. »Dann wird Mahakala es auch glauben, und der wird wohl wissen, was er zu tun hat.«

Mit der Figur des Mahakala in der Hand schlief sie ein. Soldaten führten sie und Puchung durch lange, neonbeleuchtete Flure. Sie waren Gefangene und hinter offenen Türen sah sie Verhörzimmer und Folterkammern. Sie hielten einander fest an den Händen und Puchung sagte: »Wir lassen nicht zu, dass sie uns trennen.« Joe rief nach Mahakala, mit sicherer Gewissheit, dass er helfen würde. Und da stand er vor ihnen, riesig, furchterregend, und versperrte den Durchgang mit Feuer und Rauch. Die Soldaten verschwanden, die Flure verschwanden. Sie hielt Puchung in den Armen und er lächelte ihr zu. Als sie erwachte, war der Schmerz einer zarten Hoffnung gewichen. Puchung war ein hohes Wesen, ihm würde nichts geschehen. Und sie würde ihn wiedersehen. Mahakala würde ihr helfen.

Die Sonne brannte noch immer zwischen den aufziehenden Regenwolken hervor, als Pawo mit einem Bündel von Pflanzen und Zweigen zurückkam. Wortlos sammelte er trockenes Reisig und machte vor der Hütte ein Feuer.

»Wir haben doch nichts zum Braten«, brummte Joe schlaftrunken. »Wozu macht dieser Typ ein Feuer? Zum Wärmen bestimmt nicht. Ich schwitz mich kaputt.«

»Er ist ein Heiler-Lama, ein Schamane«, erklärte Ani Pema. »Er zelebriert ein Ritual für unsere Reinigung von negativen Kräften und für unsere Verbindung mit den Elementen. Das hilft, damit wir wohlbehalten nach Hause kommen. Man könnte auch sagen, er macht Wetter. Diesmal macht er nicht Regen, sondern er verhindert den Regen.«

»So ein Ritual schafft eine harmonische Verbindung zwischen den Elementen der Natur und den Elementen unseres Körpers, verstehst du?«, ergänzte Teresa. »Wir bestehen ja schließlich auch aus den Elementen.«

Joe strich sich den Schweiß von der Stirn und schnupperte unter ihren Achselhöhlen. »Meine Elemente stinken jedenfalls wie die Hölle«, sagte sie naserümpfend. »Gut, dass man Abenteuerfilme nur sehen, aber nicht riechen kann. Stell dir Indiana Jones auf Geruchsebene vor … Ich schau mal, ob ich in dem Bach da drüben genug Wasser finde für so viel … puhh …«

Als das Feuer gut brannte, setzte sich Pawo mit seiner Trommel ans Feuer und begann zu singen. Hin und wieder warf Tashi auf ein Zeichen von ihm ein bestimmtes Kraut ins Feuer.

Es bricht mir das Herz, wie schön er ist, dachte Teresa und bündelte unwillig ihre schweißverklebten Haare zu einem dünnen Knoten zusammen. *Ich wollte, er wäre weniger schön. Oder ist es meine Wahrnehmung, die ihn so schön erscheinen lässt? Ach, mein Geist, was spielst du für ein Spiel? Lässt ihn mir vollkommen erscheinen und nennst mich alt, sodass ich vor jedem Kameraauge fliehe, als raube es mir die Seele.*

»Was macht er denn da?«, flüsterte Joe, die mit Teresa und Ani Pema im Schatten der Hütte saß.

Teresa deutete zum Himmel. »Schau, da!«

Die Wolken hatten sich zu Schleiern geformt und eine Art Wirbel um die Sonne gebildet und die Luft schien zu schwanken und Wellen zu schlagen.

»Ich glaub, ich spinne«, flüsterte Joe, plötzlich sehr wach.

Später war sie sich nicht mehr sicher, was sie tatsächlich gesehen hatte – Mahakala im Feuer, kreisrunde Regenbögen im Wolkenwirbel, Luftwellen, die eine nicht sichtbare, aber deutlich spürbare Anwesenheit von Puchung herantrugen. Doch gewiss war, dass sie für eine kurze Weile jegliches Unglück vergaß.

Während des Nachmittags und Abends wanderten sie über einen hohen Bergrücken und nachts im schwachen Schein des halben Mondes durch ein lang gestrecktes Tal. Als bahne der Schamane den Weg, schritten alle unbehindert, ohne zu stolpern, hinter ihm her. Ein paar Stunden bis zur Morgendämmerung schliefen sie unter einem Felsüberhang und der Himmel hielt den Regen zurück bis zum nächsten Mittag, als der Schamane sie am Rand der Ortschaft verließ, in der Ani Pema den Jeep im Ziegenpferch gelassen hatte. Während dieser langen, anstrengenden Wanderung hatten sie nichts anderes zu sich genommen als Quellwasser und ein paar braune Pillen von Pawo, doch niemand hatte Hunger verspürt und das Laufen und Klettern war ihnen erstaunlich leicht gefallen.

»Auto fahren, was für ein Luxus!«, jubelte Joe, als sie in Ani

Pemas Jeep stieg. Wie ein Kind legte sie auf dem Rücksitz den Kopf in Teresas Schoß. Was für eine verwandelte Joe, die nach Kathmandu zurückkehrt, dachte Teresa. Aus dem Bündel Wut und Verzweiflung ist ein richtiger Mensch geworden. Es fiel ihr nicht mehr schwer, das Mädchen zu mögen. Sanft strich sie über die filzigen schwarzen Haare, die mit Ringen eingefassten Ohrläppchen, die glatte, kaum mehr gerundete Wange und ließ sie schließlich auf der Schulter liegen. Meine kleine Joe, flüsterten ihre Gedanken, meine liebe kleine Joe.

Ani Pemas Jeep holperte auf der schlechten Straße hoch über dem Fluss entlang. Ani Pema und Tashi sangen unverdrossen gegen das Trommeln des Regens an. Teresas Blick wanderte zärtlich über Tashis klares Profil und die vollkommene Linie von seinem Ohr zum Schlüsselbein. Es gab Augenblicke, da war Schönheit so überwältigend, dass sie einem das Herz brach. Sie erinnerte sich, wie sie zum ersten Mal den urgewaltigen, strahlenden Riesen des ewigen Schnees gegenübergestanden hatte. Vollkommene Linien, vollkommene Schönheit und das Gefühl, sterben zu müssen vor schmerzhaftem Glück. Wie jetzt. Das Herz weit offen – welch ein Wunder!

Tashi wandte den Kopf und lächelte ihr zu. Dieses Lächeln erfüllte den Horizont, erfüllte sie selbst, füllte alles aus, was ausgefüllt werden konnte.

Und was ist das jetzt für eine Teresa?, fragte sie sich.

10

Ein stürmischer Regen warf die Nacht gegen das Badezimmerfenster. Dampf lief daran herab und bildete Pfützen auf dem Sims. Das war beunruhigend, gar so viel Nacht auf einmal, die klaffte und gefüllt werden wollte, als sei ein Leben verflossen im Warten auf diesen Augenblick der Sättigung.

Lass den Raum offen, Teresa, steh dir nicht im Weg, liefere dich aus. Es gibt keinen Schutz vor der Wirklichkeit.

Teresa hatte Joe und Tashi den Vortritt im Badezimmer gewährt, um sich all den ersehnten Badezimmerritualen in Ruhe hingeben zu können.

Seit dem Abstieg vom Tal der Yogis hatte sie wenig Gelegenheit gehabt, mit Tashi zu sprechen. Das Unausgesprochene war gewachsen mit den Stunden, den Nächten, und es schien reif über alle Worte hinaus.

Was war geschehen im Tal der Siddhis? Wie war es möglich, dass Tashi sie tanzen sah, nackt und brennend, im Knochenschmuck der Dakinis? Es war selbstverständlich, als es geschah, doch nun schien sie zwei zu sein, eine Teresa-Dakini und eine Dakini-Teresa, die sich nicht mehr ordentlich zusammenfügen ließen. Sie vertraute darauf, dass Tashi es war, durch den sich die Kluft schließen würde.

Mit dieser Gewissheit schlug sie den Vorhang zum Atelier zurück, und völlig angemessen erschien es ihr, dass dieser golden leuchtende, frisch rasierte, nur mit einem Badetuch bekleidete Mann im Alkoven aufstand, ihr entgegenging und sagte: »Wie schön du bist, Khandro-la.«

Daran gab es keinen Zweifel. Ihre Schönheit war da wie die Schönheit eines Baums, eines Steins, einer sanft geschwungenen Wiese, und sie durfte sich ihrer erfreuen und sie Tashi überreichen als Geschenk. Die Schönheit ihrer kleinen Füße, ihrer schmalen Nase, der daunensanften Wellen ihrer hellen Haare. Die Schönheit der gefältelten Haut ihrer Augenlider, ihrer weichen Brüste und der Haut wie zerknitterte Seide. Die Schönheit ihres Gefühls, schön zu sein jenseits allen Vergleichens. Verkörperter Geist.

Wie natürlich es war, die Welt als Mandala-Palast zu sehen, gefasst in Schutzwälle aus Würde, sie selbst die strahlende Muttergottheit in den Armen der strahlenden Vatergottheit. Und natürlich wie der Atem war das große Feueropfer der Ekstase in der Umarmung. Jede Berührung Verehrung. Jeder Funke der Lust eine Opfergabe, in die Grenzenlosigkeit entlassen. Die brennenden Gottheiten in den Feuern der Chakren. Die Frage erhob sich nicht, woher ihr Geist all dies wusste. Er wusste sich selbst.

»Leben und Tod«, flüsterte sie später gegen Tashis schweißnasse Schulter in die Vollkommenheit der Ruhe. Schweigend antwortete er mit einem leichten Druck seiner Arme. Natürlich war ihm dies bewusst, waren sie doch gemeinsam in das Mandala eingetaucht und aus ihm heraus wiedergeboren worden.

Worte drängten sich in ihre Erinnerung, die sie jahrelang mit Hoffnung genährt hatten:

Durch den Geschmack des Verlangens
weiß man nicht mehr, welcher der andere ist
und was einem selbst geschieht.
Die Liebenden erfahren unaussprechliche Seligkeit,
wie sie diese niemals zuvor erlebt haben.

Ah la la, Sahaja-yogini-chinta, Meisterin der heiligen Vereinigung, zwölfhundert Jahre trennen unsere körperliche Existenz, aber nichts trennt unseren Geist. So lang musste ich leben, um dir im Herzen endlich zu begegnen.

Tashis Arm lag still und schwer um sie.

»Schläfst du?«

»Noch nicht … Traum-Yoga«, murmelte Tashi.

Sie lächelte. Das hatte gewiss der Bön-Onkel ihn gelehrt. Was mochte sein Geist erfahren in den Innenwelten des Kleinen Todes, während sein Körper neben ihr lag, warm und atmend und unerreichbar?

Teresa schlief nicht. Sie erzählte sich die Geschichte der wunderbaren nächtlichen Reise, erfühlte noch einmal alle Stationen des verzauberten Spiels, kleidete in Bilder, was sich mit Worten nicht fassen ließ, kreiste hinein in das große Mandala der seligen Formen und der zahllosen Freuden bis zu Nicht-zwei, zum einen, einzigen Zentrum, das weniger als ein Punkt, weniger als die Idee eines Punkts war und zugleich das glückselige Alles über jegliches Alles hinaus.

Sie sah sich selbst im Atelier stehen, in ihrem neuen Kimono aus blau-goldenem Brokat, den sie noch nie getragen hatte, sah Tashi niederknien und das Gewand öffnen und sein Gesicht auf ihre geheime Mitte pressen, die Hände an ihren Hüften, als hielte er ein Gefäß, das Opfergefäß des heiligen Rituals. Sie sah ihn versunken in Küssen und Streicheln, das wissende Gebet des Daka, und sie sah ihre eigene ekstatische Antwort, das Geschenk der Dakini. Zugleich erahnte sie die Führung Srimalas, die dem Fluss der Leidenschaft Form gab, den Geist hinaussteuerte aus den Begrenzungen der Begierde in den unbegrenzten Raum des Herzens, sanft, ekstatisch, offen für die Unendlichkeit.

Sie rief sich alles in Erinnerung, was sie je in den Yogini-

Tantras gelesen hatte über das Ritual der Vollkommenen Vereinigung, über die alchimistische Verwandlung der Leidenschaft in erleuchtete Ekstase. Vom »innersten Selbst, das gesammelt bleibt, während man sich der Vielfältigkeit des Liebesspiels hingibt«, vom Geist, der, »von einem subtilen Wind getragen, seine ursprüngliche Essenz heiliger Glückseligkeit sucht«, und von der Gefahr, sich in den Niederungen vordergründiger Begierde zu verlieren. Von höchst komplizierten Praktiken sprachen die Lehrer, die kaum zu meistern sind, von den Gefahren für die geistige Gesundheit, wenn sich subtile mit groben, ungereinigten Energien mischen. Was würde sie noch alles lernen müssen? Denn sie war sicher, dass sie lernen musste. Diese einmalige Erfahrung war ein Durchbruch, doch bedurfte es innerer Übung, um die Fülle der Möglichkeiten zu entfalten. Wie lange würde es dauern, bis letztlich der leise, tiefe Schmerz, dieser so grundlegende Schmerz an der Existenz wirklich aufgehoben war? Bis sie Hoffnung und Furcht endgültig überwunden hatte?

Waren ihre Gedanken zu laut gewesen? Tashi wachte auf und rückte näher an sie heran.

»Ich habe geträumt«, flüsterte er, »von dem Mandala der Dakinis, und du warst sie alle, jede einzelne. Sie schwangen ihre Messer, um die Knoten in meinem Herzzentrum aufzuschneiden, und ich war so glücklich, dass sie mich auserwählt hatten. Dass du mich auserwählt hast.«

»Wie schön du das sagst. Aber hast nicht du selbst dich auserwählt? Und vielleicht ich mich?«

»Als ob solche Unterscheidungen noch eine Rolle spielen würden«, erwiderte er und zog sie mit in seine schläfrige Ruhe.

Etwas störte. In der wohligen, randlosen Nähe, die zu weit von Gedanken entfernt war, um einen Namen zu haben, war ein

Etwas, das störte. Mit unwilliger Anstrengung tauchte Teresa aus dem Schlaf auf, von Lilas aufgeregtem Bellen geweckt, und wand sich vorsichtig aus Tashis Arm. Der Himmel stand hell hinter den Moskitogittern der Atelierfenster, doch die frühe Sonne hing noch hinter den Bergen.

»Dummer Hund«, murmelte sie, schlüpfte in den Kimono und lief zur Haustür, wohl wissend, dass Lila nur ihre Pflicht als Wächter erfüllte.

»Was ist los, Lila?«, rief sie in den Hof hinunter. Die Hündin lief vom Tor ein paar Schritte zum Haus und kehrte bellend zum Tor zurück. Es lagen Eifer und ein wenig Verzweiflung in ihren Bewegungen. Diese bewundernswerten Haustiere, dachte Teresa, während sie die Treppe hinuntereilte, sie geben sich so viel mehr Mühe, sich den Menschen verständlich zu machen, als die Menschen sich um eine angemessene Kommunikation mit den Tieren bemühen.

»Hallo«, kam es von der anderen Seite des Tors. Eine einheimische weibliche Stimme. Es mochte Gopala sein, die kleine Frau des Taxifahrers Rahul, der ein paar Häuser weiter wohnte. Als Teresa die kleine Tür zur Straße öffnete, schob Lila ihren dicken Kopf vor und knurrte leise.

»Ma'm, sorry, ich suche Tashi. Wichtige Nachricht von Freund.«

Die Tibeterin. Die Verfolgerin. Panik wie Feuer. Panik wie Eis. Teresa wollte die Tür zuschlagen, ins Haus rennen, alles verschließen, sich verstecken, sich unsichtbar machen, doch sie stand versteinert am Tor und versuchte, ihren Atem wiederzufinden, um antworten zu können, irgendetwas Unverbindliches, Normales zu sagen.

»Sehr wichtig«, drängte die junge Frau im tibetischen Kleid. Warum passte ihr Gesicht nicht zu den Zöpfen und der groben

Türkiskette um den Hals? Teresas Gedanken rasten, überschlugen sich, suchten vergebens Auswege. Da war sie wieder, die Höllenwirklichkeit, hatte gelauert, war heimlich durch alle Ritzen ihrer schönen Träume geschlichen und ließ ihr keinen Ausweg. *Etwas sagen. Keine Angst zeigen. Ich weiß von nichts. Ich habe nichts damit zu tun. Nur ein bisschen, ganz am Rand, ganz unwissend.*

»Tashi?«, sagte sie schließlich. »Ach, der. Ja, der war mal kurz hier.« Ihre Stimme klang rau und ihr angestrengtes Hüsteln machte es nicht besser.

»Freund von Tashi hat große Probleme. Wichtige Nachricht.«

»Sie können die Nachricht hierlassen«, sagte Teresa. »Ich geb sie ihm, falls er sich meldet.«

Die Frau fiel ihr ungeduldig ins Wort. »Nein, nein. Sehr wichtige Nachricht. Muss ich Tashi sagen.«

Teresa zuckte mit den Schultern. »Dann kann ich nicht helfen. Wahrscheinlich ist er längst in Indien.« Ihr Hals war so trocken, dass zu ihrer Verzweiflung Tränen in ihre Augen traten. Sie hüstelte wieder.

»Freund auch nach Indien gegangen?«

»Ja. Sonst noch was?«

Die Frau wandte sich ab, schaute noch einmal zurück und murmelte: »Sorry, Ma'm.«

Teresa warf die Tür zu und lehnte sich mit dem Rücken dagegen. Ihre Hand, die den Kimono zusammenhielt, hatte sich so sehr verkrampft, dass sie schmerzte. Ihre Beine zitterten und ihr Herzschlag dröhnte mit wütendem Stakkato in ihren Ohren. Hatte sie sich richtig verhalten? Hatte sie das Richtige gesagt? Hatte sie normal gewirkt? Hatten ihre Stimme, ihr Hüsteln, ihre aufgerissenen Augen die Panik verraten? Sie wusste es nicht.

Was wusste sie überhaupt? So viele Annahmen. So wenig

Gewissheit. Die Gangster hatten Sherab nicht in die Berge verfolgt. Grenzsoldaten hätten ihn angeschossen, hatte er gesagt. Doch wie sicher konnte er dessen sein? Wer hatte diese Frau geschickt? Wie groß war die Gefahr?

Lila leckte Teresas Hand mit freundlichen kleinen Winseltönen. Streichelnd und klopfend bedankte Teresa sich und stieg dann erschöpft hinauf in die Wohnung. Alles war still. Das Gift der Bedrohung fand keinerlei Widerstand, es kroch ins Haus, in die Wände, unter die Haut, in alle Zellen.

Tashi regte sich und wachte auf, als Teresa sich auf der Bettkante niederließ. Er streckte die Hand nach ihr aus.

»Diese Frau war am Tor, diese Tibeterin«, sagte Teresa. Ihre Stimme klang hässlich, rau, alt. »Sie hat nach dir gefragt. Wieder die Geschichte mit der Nachricht. Ich hab erklärt, du seist mal hier gewesen, aber jetzt wahrscheinlich in Indien. Und Sherab sei auch in Indien. Es war das Erstbeste, was mir einfiel.«

Sie bemühte sich, klar und ruhig zu sprechen, doch ihre Lippen zitterten und die Worte kamen eckig aus ihrem Mund, mit dem flatternden, hysterischen Unterton, den sie hasste. Tashi zog sie an sich, hüllte sie ein mit Armen und Beinen und seinem festen, schlafwarmen Körper, sodass sie sich loslassen und ein wenig weinen konnte vor Erleichterung.

»Du hast das Richtige gesagt«, murmelte er in ihr Haar. »Mach dir keine Sorgen. Sie wissen nichts, sonst würden sie nicht fragen.«

»Aber sie haben bestimmt das Haus beobachtet und uns gestern Abend kommen sehen.«

Tashi drückte ihren Kopf an sich und wühlte mit offensichtlichem Vergnügen in ihren weichen, seidigen Haaren.

»Sie haben Ani Pemas Jeep im Dunkeln kommen und wegfahren gesehen«, sagte er. »Sie konnten nicht wissen, wer darin saß und wer ausstieg. Und niemand hat die geringste Ahnung, dass sie das Thangka mitgenommen hat.«

»Vielleicht ist einer auf die Mauer geklettert.«

»Auf die eingemauerten Glasscherben? Da klettert niemand hinauf. Und was wäre denn zu sehen gewesen? Du, Joe und irgendein Mönch. Sie wissen gar nichts. Und ich verstecke mich wieder bei den Nonnen, bis alles vorbei ist.«

»Du kannst das Haus nicht verlassen. Sie beobachten uns.«

»Solange ich hier bin, seid ihr in Gefahr. Ich komme wieder, wenn die Thangka-Geschichte in der Zeitung erschienen ist. Aber jetzt ist früher Morgen und wir können nichts tun.«

»Das sagt die Vernunft. Aber ich bin nicht vernünftig. Ich frage mich, wozu all die Jahre Meditation gut waren, wenn ich mich jetzt anpinkle vor Angst.«

»All die Jahre Meditation waren dazu gut, dass du dich nicht anders zu sehen versuchst, als du bist. Keine Falschheit.«

»Man hat mir von frühester Kindheit an beigebracht, dass ich perfekt sein muss und dass ich mich schämen soll, weil ich es nicht bin. Ich hab mich immer brav geschämt, aber perfekter wurde ich dadurch nicht. Das ist sehr unangenehm.«

Mit einem leisen Lachen küsste Tashi ihre Nasenspitze. »Du hast einmal deinen Rinpoche zitiert: Der Tantra-Pfad bedeute, dass wir weiterleben mit all den Ängsten und Begierden und Aggressionen, nur mit dem Unterschied, dass wir damit arbeiten können, weil wir sie vom erleuchteten Standpunkt aus sehen. Daran muss ich oft denken.«

»Zitieren kann ich gut.« Sie versuchte beiläufig zu klingen, doch ihre Stimme bebte bei der Erinnerung an den kleinen, alten Buddha, der ihr die Tür zur Befreiung geöffnet hatte. Wäre er doch nur nicht gestorben. *Er ist nicht gestorben, Teresa. Er ist hinter dem Spiegel. Er ist die Wirklichkeit.*

Während Tashis Körper in den Tag hinein erwachte und er alle ihre Sinne lockte, sich bis in den tiefsten Grund zu öffnen, legte sich der Aufruhr in ihr und sie überließ sich der zärtlichen Gewalt der Leidenschaft im Weltall des glückseligen Geistes.

»Harichandra hat den Botschafter erreicht«, sagte Teresa und setzte sich wieder an den Küchentisch. Ani Pema werde das Thangka in die Botschaft bringen, berichtete sie, und dort werden sie sich mit Harichandra treffen. Dieser habe auch ein Lunch mit einem Journalisten von der *Kathmandu Daily* organisiert.

Sie gingen die Details noch einmal durch. Kunzang hatte für die Kunst-Mafia gearbeitet, das konnten sie jetzt ohne Bedenken preisgeben. Er hatte das kostbare Thangka aus dem Kloster in Tibet behalten und es bei seiner alten Freundin Teresa versteckt, bis er Zeit haben würde, es zu seinen rechtmäßigen Besitzern in Tibet zurückzubringen. Kunzang wurde ermordet und seine Wohnung wurde durchsucht, dann auch die Wohnung eines engen Freundes von Kunzang, der daraufhin in Panik nach Indien floh. Teresa hatte diese Ereignisse sehr beunruhigend gefunden, fühlte sich jedoch nicht persönlich davon betroffen. Dann machte sie mit ihrer Enkelin eine kleine Reise durch Nepal, und als sie zurückkam, stand eine dubiose Tibeterin vor ihrer Tür und fragte nach Sherab. Teresa wurde misstrauisch und beschloss augenblicklich, nun selbst dafür zu sorgen, dass das Thangka in sein Kloster zurückkam, und brachte es deshalb zu ihrer Botschaft.

»Eine astreine Geschichte«, sagte Teresa. »Du kommst nicht ins Spiel. Dich gibt es so gut wie gar nicht. Es gab einen Ngakpa und einen Mönch, die bei mir zu Besuch waren. Die hatten nichts mit dem Thangka zu tun.«

Tashi lächelte. »Meine kluge Khandro-la. Kein Wunder, dass die weibliche Energie als die Energie der Weisheit gilt.«

Unberührt stand das Frühstück auf dem Tisch. Teresa hatte den Morgen mit Telefonieren verbracht und war immer wieder aufs Dach gestiegen, um vorsichtig die Straße zu inspizieren, aber es gab nichts Auffälliges zu sehen. Doch irgendwo lauerte eine Tibeterin, die nicht war, was sie zu sein vorgab. Und jeder auf der Straße konnte der Feind sein – der Radfahrer im schmutzigen Hemd, der Motorradfahrer mit dem antiquierten Helm, die zwei jungen Männer, die so langsam gingen, als habe der Tag hundert Stunden.

Tashi saß auf dem Platz am Küchentisch, der am weitesten vom Fenster entfernt war. Noch zwei Tage lang mussten sie mit der Gefahr leben. Ani Pema würde ihn am Abend zu einem von Teresas westlichen Freunden bringen, den sie eingeweiht hatten. Es würde niemandem auffallen, wenn dort frühmorgens ein Mönch in einem Taxi wegfuhr.

Mit Bedauern dachte sie daran, dass er die mönchische Verkleidung bald nicht mehr tragen musste. Die Robe war gut für ihn, sie schien ihn nicht nur zu umgeben, sondern unter seine Haut zu dringen, tief hinein in die Schichten seiner Persönlichkeit. Sie hob seine Würde und Achtsamkeit hervor, sodass der andere, der Barbar, in Vergessenheit geraten konnte. Auch wenn sie jene Laune, die er den »wilden Tibeter« nannte, jetzt nicht fürchtete, nicht an diesem Morgen, in dem die Glückseligkeit der Nacht nachtönte wie die Musik von Engeln, wusste sie doch, dass sie wiederkehren würde. Die tiefen Spurrillen alter Gewohnheitsmuster ließen sich nicht von einem Tag auf den anderen glätten.

»Ich habe von Kunzang geträumt«, sagte Tashi. »Er bat mich um eine besondere Puja. Ich werde sie mit den Nonnen für ihn abhalten. Die Sorge um das Thangka scheint ihn festzuhalten. Ich hätte ihn im Bardo besser begleiten sollen.«

»Hast du nicht den Mönchen meines Klosters diesen Auftrag gegeben?«

Tashi verzog belustigt das Gesicht. »Weißt du, ich habe zwar nichts dagegen, ein Kloster für solche Dienste zu bezahlen, und ich weiß auch, dass viele Mönche und Nonnen sich ernsthaft Mühe geben, den Auftrag nicht nur äußerlich, sondern auch innerlich zu erfüllen. Sie wissen ja schließlich, dass das eine spirituelle Praxis ist, die gleichzeitig ihnen selbst zugutekommt. Aber ich bin trotzdem ein bisschen misstrauisch. Nur wenn ich es selbst mache, kann ich ganz sicher sein.«

»Ich verstehe«, entgegnete Teresa, »hier spricht der Tashi aus der Schweiz.«

»Nicht nur. Das scheint eher eine karmische Spur der Vorsicht zu sein, die ich aus früheren Leben mitgebracht habe. Lama Tsondu hat mich wiedererkannt. Er war ein Freund und Schüler meiner früheren Inkarnation, eines tibetischen Poeten und Gelehrten, der bekannt und berüchtigt war für sein Misstrauen gegenüber der Tradition.«

Teresa sah ihn fassungslos an. »Und das sagst du so beiläufig? Man erkennt frühere Inkarnationen nicht einfach so. Lama Tsondu muss ein sehr hoch entwickeltes Wesen sein. Und wer warst du? Ich meine, wer war dein Vorgänger?«

»Schau, wer ich bin, dann weißt du es«, antwortete Tashi lachend und ergriff ihre Hand. »Du kennst doch Guru Rinpoches Spruch: Wenn du wissen willst, wer du warst, dann schau, wer du bist; und wenn du wissen willst, wer du sein wirst, dann schau, was du tust. Ich versuche, nicht allzu beeindruckt zu sein. Mein Vorgänger war zwar ein Tulku, aber eine zwiespältige Figur. Lama Tsondu sagte, er sei an einer kaputten Leber gestorben, weil er so viel trank. Aber andererseits starb er mit großer geistiger Klarheit. Lama Tsondu kennt seine Biografie sehr gut. Er erzählte von einer Verhaftung und Auspeitschung und drei schrecklichen Jahren im Gefängnis von Lhasa, und danach war dieser arme Mann so krank, dass er nicht mehr lange gelebt hat.«

»Deine Träume! Also sind sie tatsächlich Erinnerungen.«

»Das ist anzunehmen. Und dieser Vorgänger wollte so gern in den Westen. Er lernte Englisch und sehnte sich nach Amerika, aber er kam nicht über Asien hinaus. Es war eine ungünstige Zeit, der Zweite Weltkrieg, und er hatte nie Geld.«

»Also musste er auf die nächste Inkarnation warten. Du hast es geschafft.«

»Übrigens heißt es, dass er aus Kalkutta eine Gummipuppe mitgebracht hat«, sagte Tashi grinsend. »Daran erinnern sich die Leute im Zusammenhang mit ihm am besten, obwohl er offenbar ein großartiger Gelehrter und Dichter war. Ich werf das Ding am besten schnell in den Müll, sonst geht es mir auch so.«

Teresa schnalzte erheitert mit der Zunge.

»Aber der interessanteste Zusammenhang ist der«, fuhr Tashi fort: »Er wollte die verkrustete Tradition Tibets gründlich reformieren und hat sich damit den mächtigen Klerus und die Regierung zu Feinden gemacht. Man könnte sagen, er ist an seiner Liebe zu Tibet gestorben.«

Das Dröhnen eines Flugzeugs, das Kurs nach Norden in Richtung Tibet nahm, unterbrach ihn und hinterließ eine Stille, die sich dicht mit Schweigen füllte.

»Ich bitte darum, dass dir das nicht geschieht«, sagte Teresa schließlich leise. »Hattest du je die Idee, dass du an deiner Liebe zu Tibet sterben könntest?«

Tashis Blick war ziellos aufs Fenster gerichtet und nichts deutete darauf hin, dass er ihr zugehört hatte.

Oh, oh, Teresa, du bist mal wieder auf die Mine getreten, mitten darauf, in aller ignoranten Unschuld. Glaubst du denn immer noch, dass Nähe hält, was sie verspricht? Das tut sie nie. Ah la la, wunderbarer Meister des Geistes, elfter Trungpa, wie deutlich hast du es doch gesagt:

Vertraue nicht.
Wenn du vertraust, bist du
In den Händen anderer …
Wenn du in der Einsamkeit bleibst,
Kannst du niemals überwältigt werden.
Vertraue daher nicht.
Denn Vertrauen bedeutet,
Sich selbst aus der Hand zu geben.
Vertraue niemals, niemals.
Aber sei freundlich.
Wenn du zu anderen freundlich bist,
Vermehrst du dein Nicht-Vertrauen.
Es geht darum, unabhängig zu sein,
Nicht verstrickt,
Nicht an andere angeleimt, könnte man sagen.
So wird man immer mehr
Mitfühlend und freundlich …

Ja, gewiss doch. Nähe als Arbeitsmaterial. Die furchtbare Nähe als die zornvolle Gottheit meines Beziehungsweges. Wann werde ich aufhören, sentimental zu sein?

Sie bemerkte das Wetterleuchten eines Lächelns um Tashis Augen und atmete aus. Hatte sie den Atem so lange angehalten?

»Weißt du«, sagte er, »ich habe gerade etwas gesehen – du wirst froh darüber sein. Ich habe zwei gesehen. Der eine wollte sagen:

Du bist die einzige Person, der ich erlaube, mir diese Frage zu stellen. Der andere wollte sagen: Ich möchte an Liebe sterben, ja, aber an der Liebe zu dir, jedes Mal, wenn wir uns umarmen, so, wie Srimala es erklärt hat. Aber sie stehen einander im Weg, diese zwei, meine Arroganz und meine Hingabe. Ich wünschte, mein Vorgänger hätte sich zu einer weiblichen Wiedergeburt entschließen können. Das heißt, Nummer zwei wünscht das. Nummer eins ist ein Kind kollektiver Ignoranz und spielt den wilden Tibeter. Und ja, Nummer eins hatte heroische Ideen: etwas Spektakuläres tun, die Welt aufmerksam machen, am besten unter Lebensgefahr. Ja, ich hatte solche Ideen.«

Tashi schwieg und fügte dann hinzu: »Ich hoffe, du kannst damit leben, dass du es mit diesen beiden zu tun hast – und einer davon ist ziemlich verrückt. Vielleicht sind es sogar noch mehr als zwei und ich kenne sie nur noch nicht.«

Teresa stützte das Kinn in die Hände. »Ich kann nicht mit Sicherheit sagen, wie vertrauenswürdig ich selbst bin. Nach so langer Zeit ohne intime Beziehung … Aber Vertrauen ist vielleicht gar nicht nötig. Wissen ist besser.«

»Du bist ein Wunder, Teresa«, erwiderte Tashi. »Jahrelang hat Terry mich damit geplagt, dass ich mich ihres Vertrauens würdig erweisen müsse. Wann immer ich etwas tat, das sie nicht mochte, war es ein Vertrauensbruch. Ich konnte das Wort nicht mehr hören.«

Mit einer kleinen Handbewegung gebot sie Einhalt. »Oh, ich meinte nicht, dass du dich nicht darum bemühen solltest, vertrauenswürdig zu sein. Das nicht!«

Stimmen im Flur weckten Joe aus den warmen Tümpeln des Halbschlafs. Sie wollte nicht aufwachen, wollte sich nicht Vernunftgründen und gesundem Menschenverstand ausliefern, die ihr einreden würden, dass der Weg zurück zu Puchung unmöglich, vom mörderischen Wahn dummer, besessener Männer versperrt war. Unter der Schwelle dieser flachen, linierten Realität beschloss sie, die Seiten zu wechseln und den Träumen den Vorzug zu geben, tiefer und ausdrücklicher diesmal, als sie es je getan hatte. Denn dieses Material ihrer Träume war echtes, massives Gold, das sie in sich aufbewahren konnte bis ans Ende der Zeit.

Es war still geworden im Flur, doch der Schlaf war nicht bereit, sie wieder aufzunehmen. Mit schmerzenden Muskeln kroch sie aus dem Bett, drapierte das Bettlaken um sich und öffnete die Tür. Tashi und Teresa standen in jener ineinander verknoteten Einheit im Flur, die Joe, wenn sie gezwungen war, sie im Kino mit ansehen zu müssen, stets nur ärgerlich ertragen hatte und die sie jetzt eher mit Verzweiflung erfüllte. Immerhin waren die beiden so rücksichtsvoll, auseinanderzustieben wie verschreckte Hühner.

»Macht nur weiter«, brummte Joe. »Ich geh aufs Klo.«

»Guten Morgen und auf Wiedersehen! Ich muss weg, Rahul wartet«, sagte Teresa und wandte sich der Haustür zu. Joe wedelte ein wenig mit der Hand und verschwand im Badezimmer. Noch nie in ihrem Leben hatte sie so große Lust auf ein Badezimmer gehabt. Die schnelle Dusche vom Abend zuvor, die sie vor Müdigkeit kaum gespürt hatte, zählte nicht. Heißes Badewasser, viel Badeschaum, ihr Lieblingsshampoo, das nach Maiglöckchen duftete, eine Bürste mit nicht zu harten Borsten – es war alles so, wie es sein sollte. Wie hätte Puchung dieses Badezimmer gefallen? Joe streckte sich in der Wanne aus, sank tief hinein in den Schaum und schloss die Augen. Goldbraune Haut, sonnig schimmernd. Feine Härchen jungen Bartwuchses. Viel würden es nie werden, nach Tashis spärlichem Sechstagebart oder den langen, glatten Bartfäden einiger älterer Hirten zu schließen. Ein dichter, schwarzer Haarbusch auf dem Kopf, Strähnen, die über seine Stirn hingen, ohne sie zu berühren. Die Brust ganz glatt, wie poliert, das hatte sie sehen können im offen stehenden Hemd mit dem kleinen Stehkragen. Schmale, sehnige Hände mit hellen Handflächen, stark vom vielen Schnitzen.

Mehr würde sie von ihm nie sehen. Tränen stiegen auf und rannen in den Schaum. Und doch konnte sie sich nicht wünschen, es wäre mehr geschehen als diese lange, stille Umarmung in der Höhle, denn es war alles so zutiefst richtig gewesen, wie es war; und jeder Versuch, es umzudenken, hätte die Vollkommenheit zerstört. Diese Erkenntnis war, sosehr sie dies auch erstaunte, außerordentlich beruhigend.

In der Wohnung roch es nach Räucherwerk. Hinter dem Vorhang am Eingang zum Atelier vernahm sie Tashis Stimme im Singsang einer Rezitation, wie sie ihn im Tempel der Nonnen gehört hatte. In der Küche war der Frühstückstisch gedeckt, doch niemand schien gefrühstückt zu haben. Kein Wunder, dachte sie und lächelte leicht vor sich hin. Ein köstliches Gefühl von Großzügigkeit breitete sich in ihr aus. Überrascht stellte sie fest, dass sie sich zu Hause fühlte. Ihr Zuhause. Ein Ort, an den man gehörte, in den man Wurzeln versenken konnte, weil er gut und nährend war. Vielleicht konnte sie Teresa überreden, sie hierzubehalten.

Mit Shimi auf dem Schoß saß sie im Wohnzimmer und versuchte, auf einer Landkarte den Weg zu finden, der zum Sommerdorf der Hirten führte, als Tashi sich zu ihr gesellte.

»Alles okay, Prinzessin?«, fragte er.

»Es könnte schlimmer sein«, antwortete Joe. »Alle Knochen tun mir weh. Ich bin in meinem ganzen Leben noch nie so viel gelaufen.«

Tashi lächelte und setzte sich neben sie. »Man sieht es dir an. Es hat dir gutgetan.«

»Nicht mehr so viel Fett?« Es war keine Frage.

»Nimm ein Kompliment an, wenn du es bekommst«, sagte Tashi ohne Schärfe. »Es ist ein Geschenk.«

»Bin ich nicht gewöhnt«, murmelte Joe und flüchtete sich in heftiges Streicheln der geduldigen Shimi.

»Kommt noch«, erklärte Tashi mit breitem Grinsen. »Du wirst jeden Tag hübscher.« Ohne Übergang machte er sich daran, ihr ausführlich über den Weg, den das Thangka nehmen sollte, und die Version der Ereignisse, die sie sich für die Zeitung ausgedacht hatten, zu berichten.

»Merk dir alles genau«, sagte er eindringlich. »Mit wem du auch sprichst – verwende immer diese Version. Teresa ist jetzt in der Botschaft, aber die Gefahr ist noch nicht vorüber.«

Joe zog die Mahakala-Figur aus ihrer Hosentasche und stellte sie auf den kleinen Tisch vor der Sitzmatte.

»Meinst du, er passt auf sie auf?« Ohne Tashis Antwort abzuwarten, fuhr sie fort: »Ich meine, auf Sherab hat er ja nicht sonderlich gut aufgepasst. Und dabei hatte der doch das magische Thangka, nicht nur so ein kleines Ding wie das da.«

»An der Größe liegt es wohl nicht«, erwiderte Tashi.

Joe sprach unbeirrt weiter: »Und der Maler, der wurde sogar umgebracht. Nennst du das beschützen? Ich versteh das nicht.«

Tashi machte eine Pause, bevor er antwortete: »Weißt du, das habe ich mich auch gefragt. Ich bin mir nicht sicher, aber ich denke, dass Mahakala doch geholfen hat. Kunzang hatte ständig Frauen und Geld im Kopf. Er war lebenslustig und leichtfertig. Und er spielte gern mit dem Feuer. Das war auch so mit dem Mahakala-Thangka. Ein Teil von Kunzang machte sich wirklich Sorgen um das Kloster. Der andere Teil genoss den Kick, die

Mafiatypen zu betrügen. Und er hielt es wohl auch für ein tolles Abenteuer, das Thangka heimlich nach Tibet zurückzubringen und im Kloster dafür bewundert zu werden. Der leichtfertige Teil war der stärkere – und das war gar nicht gut für Kunzang. Man könnte es so sehen: Mahakala hat ihn daran gehindert, so weiterzumachen.«

Joes fragender Blick ließ ihn zögernd fortfahren: »Den Lehren nach sind die Gottheiten und Beschützer nicht so etwas wie eigenständige Wesen, nicht außerhalb, wie man sich üblicherweise Götter vorstellt, nicht von uns getrennt. Mahakala ist nicht von dir getrennt. Mahakala war nicht von Kunzang getrennt. Es liegt in unserem Geist, wie diese Energie wirkt, die wir Mahakala nennen.«

»Das sagt mir alles«, erklärte Joe mit einer Grimasse.

Doch es gab eine Art von Verstehen, wenn sie an Mahakala im Feuer des Schamanen dachte und an den Blick des Zauberers, der ihr die Figur geschenkt hatte, und an den Mann mit dem Messer im Rücken im Arm der Nacht. Sie fühlte, dass diese Nacht, die sie gesehen hatte, nicht einfach Finsternis und Schrecken war, sondern in Wirklichkeit der Beschützer, der Vertraute, der mächtige Freund.

»Irgendwie ist mir das alles zu kompliziert bei euch«, sagte sie schließlich. »Bei den Indianern ist es viel einfacher. Großer Geist, Schutztotems, Natur, basta.« Sie hob ihr Handgelenk mit dem tätowierten Adler. »Ich hab gelesen, dass ihre Religion die Natur ist«, sagte sie eifrig. »Heilen der Erde, Heilen der Natur und so. Diese Religion hätte ich gern gelernt, aber wie, das stand nicht in dem Buch. Wenn ich in der Natur war, hab ich mich immer nur gelangweilt. Wirklich, ich hab es versucht. Ich bin aus dem Internat abgehauen und hab mich am Abend an einen Waldrand gesetzt. Es war nett dort und ich hab mir die Wolken angeguckt und die Naturgeister gerufen, aber da kam keiner. Na ja, war ja auch dumm.« Sie lachte hilflos.

Tashi blieb ernst und hielt den Blick fest auf sie gerichtet. »Das war nicht dumm, Joe. Im Gegenteil. Du hast versucht, einen Eingang zu finden. Mach dir keinen Vorwurf daraus, dass es dir nicht gelungen ist. So einfach ist das nicht. Der Eingang ist ein verändertes Bewusstsein, eine andere Energieebene. Ich hatte eine indianische Lehrerin, eine junge Cherokee. Sie machte mir deutlich, wie viel Ähnlichkeit besteht zwischen den indianischen Weisheitslehren und den alten Weisheitslehren Tibets.« Nachdenklich hielt er inne und fügte dann hinzu: »Ich glaube, ich habe etwas für dich.«

Er verließ das Wohnzimmer und kam mit einem kleinen, in Brokat eingewickelten Gegenstand zurück. Es war ein Bergkristall, klar wie Quellwasser. Er öffnete Joes Hand und legte ihn hinein.

»Spüre ihn«, sagte er. »Ein Kristall ist ein lebendiges Wesen. Das Leben vibriert darin mit mehr als Lichtgeschwindigkeit. Die meisten Leute denken dabei nur an Computertechnik. Aber diese indianische Lehrerin nannte ihn ›das kristallene Herz der Erde‹.«

Joe schloss ihre Hand um den Kristall. Sie spürte seinen pulsierenden Atem.

»Sie hat mir gezeigt, wie man mit dem Kristall arbeitet«, fuhr Tashi fort. »Er verstärkt die Energien in unserem Geist und er unterstützt die bewusste Entwicklung guter Energien. Und wenn die Energien gereinigt sind, kann man damit die Elemente heilen. Wasser zum Beispiel. Wenn du Wasser trinkst, lege vorher einen Kristall ins Glas.«

Tashi erzählte vom heiligen Kreis der Steine und den Ritualen für die Gesundheit der Erde und Frieden zwischen den Menschen, und dann fügte er hinzu: »Aber was besonders wichtig ist: Der Kristall hilft dir, mit deinem Geist zu arbeiten. Soll ich dir erklären, wie?«

Joe nickte eifrig.

»Es gibt eine wichtige Voraussetzung, wenn du anfängst, den Kristall einzusetzen«, erklärte Tashi. »Nimm dir vor, nicht über die Welt zu schimpfen, über Umstände oder Menschen, die dir nicht passen. Das lädt dich negativ auf. Und wenn du dann mit dem Kristall arbeitest, verstärkt er diese negative Ladung.«

Mit einem kleinen Schaudern ließ sie den Kristall auf das Tischchen vor sich fallen. »Puh, das lass ich lieber. Ich ärgere mich so oft.«

Tashi legte den Kristall mit sanftem Nachdruck in ihre Hand zurück. »Warte, nicht so voreilig! Ich sage ja nur, du sollst es dir vornehmen. Wenn wir uns ärgern, sind wir uns dessen oft gar nicht bewusst. Da ist einfach nur Ärger, sonst nichts. Der Kristall hilft dir aufzuwachen. Verstanden? Also, du machst es so: Jeden Tag nimmst du den Kristall in die Hand und konzentrierst dich auf seine Schwingung. Du spürst sie im ganzen Körper. Und dann spürst du sie in deinem Geist – als Licht. Der Geist nimmt diese subtile Energie als Licht wahr.«

Joe sah ihn mit großen Augen an und wartete. Da er nicht weitersprach, fragte sie schließlich: »Ist das alles?«

»So wenig ist das gar nicht«, antwortete Tashi lachend. »Vor allem nicht, wenn du es jeden Tag machst. Nur wenn du die Verbindung mit dem Kristall jeden Tag erneuerst, kann sie wachsen. Fünf Minuten, zehn Minuten. Wenn du Zeit hast, länger. Ist keine große Aktion.«

In Joes weit geöffnete Neugier goss er Geschichte um Geschichte aus dem Reservat, und schließlich sang er mit seiner weichen, melodischen Stimme ein Adlerlied und wiederholte es mehrere Male: »Da go no hi hi …« Bei einer weiteren Wiederholung richtete Joe sich auf und begann mitzusingen, erst ganz leise, dann mutiger, angespornt vom Rhythmus des Kristalls. Sie sangen zahllose Wiederholungen und es war wie ein Wiegen und Wogen und Schwingen, getragen von Wellen einer umfassenden, sprachlosen, grundlosen Freude.

Der Kristall pochte heftig und Joe gab ihn scheu zurück. Tashi wickelte ihn in das Brokatstück ein und überreichte ihr das kleine Bündel mit beiden Händen. »Für deine Kristallmeditation«, sagte er und es erschien ihr als ein wunderträchtiges Ritual, dieses Überreichen des magischen, lebendigen Steins. All ihr tief verwurzeltes Misstrauen gegen Erwachsene konnte nicht verhindern, dass sie in Tashi einen Freund erkannte.

Teresa und Ani Pema liefen lachend ins Haus, Sekunden nur, bevor der Nachmittagsregen in den Hof klatschte. In Teresas Stimme perlte Hysterie.

»Es ist vollbracht!«, rief sie, warf ihre Handtasche auf den Flurtisch und stieg aus ihren hohen Schuhen, lachsfarben wie das teuere Kleid aus leichtem, fließendem Stoff, ihrem einzigen bürgerlichen Sommergewand. »Lama Tsondu ist ein Genie. Es lief alles, wie er es gesagt hat.«

Sie lehnte sich einen Augenblick an Tashi, genoss für Sekunden seine Hand auf ihrem Rücken und seine Wange an ihrer Stirn, bevor sie sich löste, in williger Unterwerfung unter den höflichen asiatischen Brauch, andere nicht zum Publikum intimer Zurschaustellung zu machen.

»Aber ich wurde beschattet, da täusche ich mich nicht. Ein Motorrad hat uns verfolgt. Ich bat Rahul, einen kleinen Umweg zu machen, und das Motorrad war immer hinter uns. Bis zur Botschaft. Die Frau war es nicht, es war ganz eindeutig ein Mann. Er fuhr erst weg, als er mich mit Ani Pema und

Harichandra herauskommen sah und wir in Harichandras Auto stiegen. Vielleicht der Mann, der bei den Nonnen nach dir gefragt hat. O Gott, wäre doch alles schon vorbei!«

Joe streckte den Kopf aus der Küche. »Sag Gott, er soll auch gleich die Maoisten zum Teufel jagen. Ich hab Tee gemacht. Hat jemand Hunger?«

Teresa winkte ab. »Wir waren mit Harichandra und einem Journalisten beim Essen. Der Journalist schlug das beste Sushi-Restaurant vor. Selbst könnte er sich das wahrscheinlich nicht leisten. Na ja, ich leiste mir das auch nicht. Es war köstlich.«

Ani Pema kicherte. »Teresa hat Sake getrunken. Ziemlich viel Sake.«

»Das war nötig«, sagte Teresa mit Würde. »Ich hätte sonst nicht essen können vor Aufregung.«

Ani Pema folgte Teresa in die Küche und wandte sich Tashi zu. »Teresas Freund Harichandra ist ein sehr netter alter Mann.«

»Ein alter Mann?« Teresa warf die Jacke über einen Stuhl. »Er ist genauso alt wie ich.«

»Das muss ein Irrtum sein«, erklärte Ani Pema. »Er behandelt dich wie eine Tochter und es passt. Du bist nicht alt. Er ist alt.«

Teresa lächelte dankbar. »Frag mal mein Knie. Für den Körper ist das Altern eine Gemeinheit.«

»Jung sein ist auch nicht toll«, sagte Joe. »Ich seh nie so aus, wie ich möchte, und hier«, sie tupfte mit dem Finger an den Kopf, »ist die Hölle los.«

»Hölle?« Ani Pema hob fragend die Augenbrauen.

Joe verzog das Gesicht zu einer missmutigen Grimasse. »Elternhölle. Internathölle. Überhaupt. Läuft ja nichts so, wie es soll.«

»Ah la la, Joe!« Ani Pema lachte. »Wann läuft es jemals so, wie es soll?«

»Bis jetzt ist doch alles gut gegangen«, sagte Tashi. »Wir leben noch. Sherab lebt noch. Puchung lebt noch. Und der Wächter lebt hoffentlich auch noch.«

Joe schüttelte den Kopf. »Das nennst du gut?«

»Aber ja. Wir leben noch. Niemand starb einen vorzeitigen Tod. Die Lehren sagen, es gibt einen natürlichen Tod, wenn die Lebensspanne vorbei ist, und einen vorzeitigen Tod durch Unfall oder Gewalt. Wir bitten Mahakala um Schutz, damit unser Leben nicht vorzeitig beendet wird. Pass auf: Ein Mann baute ein Haus, und als es fertig war, bat er einen Zen-Meister, einen schönen Spruch auf sein Tori, das Eingangstor, zu schreiben. Der Zen-Meister schrieb: ›Großvater stirbt, Vater stirbt, Sohn stirbt.‹ Der reiche Mann fand, das sei kein schöner Spruch. ›Na hör mal‹, sagte der Zen-Meister, ›du möchtest doch nicht, dass es andersherum abläuft?‹ Da erkannte der Mann, dass es ein schöner Spruch war.«

Joe zeigte mit dem Finger auf Tashi. »Der Typ denkt, er hat Humor.«

»Was meinst du, was Humor ist?«, fragte Ani Pema.

»Wenn man über was lachen kann.«

»So wie über Charlie Chaplin?«

Joe nickte.

»Ich hab Charlie-Chaplin-Filme gesehen. Ich musste lachen, aber zugleich musste ich auch weinen.«

Joe biss ein wenig ratlos auf ihrer Lippe herum.

»Im Dharma versteht man Humor so, dass er immer etwas mit Mitgefühl und zugleich mit Raum zu tun hat«, sagte Ani Pema. »Raum wie Spielraum. Raum für Leben, Raum für Tod. Raum für alles, was geschieht. Raum für dich.«

Joe zog einen Mundwinkel nach oben. »Meinst du, über sich selber lachen?«

»Ah la la! Unsere Joe ist ein kluges Mädchen«, erwiderte Ani Pema vergnügt.

»Dazu weiß ich auch eine Geschichte«, warf Teresa ein. »Es geht darin sozusagen um den Humor der letzten Stunde. Ein Lama wusste, dass er in kürzester Zeit sterben würde. Er fragte seinen Kusung: ›Lama sowieso ist im Lotossitz gestorben, nicht wahr?‹ Der Kusung bejahte das. Der Lama dachte nach. Dann fragte er: ›Und Yogi sowieso ist in einer Höhle gestorben?‹ Der Kusung bejahte auch dies. ›Na gut‹, sagte der Lama, ›dann leg ich mich einfach in mein Bett.‹«

»Also, das find ich schon gar nicht komisch«, sagte Joe.

»Das Sterben?«

»Darüber macht man doch keine Witze.«

Teresa lachte. »Lamas schon.«

Ani Pema drängte zum Aufbruch. Als Tashi, nun wieder in die rote Robe gekleidet, ins Atelier ging, um seine Sachen zu holen, folgte ihm Teresa. Sie schloss die Tür hinter sich und legte die Arme um ihn. Tashi drückte sie an sich und rezitierte leise in ihr Haar:

»Soll ich dich mit einem Sommertag vergleichen?
Anmutiger, gemäßigter bist du.
Des Maies Lieblinge jagt Sturmwind von den Zweigen,
Und nur zu früh gehn Sommers Pforten zu.
Bald scheint zu heiß des Himmels Auge, bald
Umdunkelt sich sein goldner Kreis; es weilte
Das Schöne nie in seiner Wohlgestalt,
Vom Zufall, vom Naturlauf übereilet.
Du aber sollst in ew'gem Sommer blühn,
Nie soll dich Tod in seinen Schatten ziehn,
Wenn meines Herzens Bilder dich der Zeit erhalten.«

»Shakespeare?«

»Mhm. Ich habe mir nur eine winzige Änderung erlaubt.«

»Komm bald zurück! Des Herzens Bilder sind mir nicht genug.«

»Hab ich gesagt, sie reichen mir? Bald haben wir Zeit. Nur noch ein paar Tage!«

»Ein paar Ewigkeiten«, erwiderte Teresa an seinem Mund.

»Soll ich abspülen?«, fragte Joe zu Teresas Erstaunen nach dem Abendessen.

»Lass nur, das macht Sita morgen.« Teresa lächelte mit einem Mundwinkel. »Nicht als Sklavendienst. Wie ich sie kenne, wäre sie beleidigt, wenn ich ihr nichts zu tun übrig ließe, nachdem heute ich gekocht habe. Sita ist sehr auf das bedacht, was sie für die richtige Form hält. Ihre Ordnung der Dinge muss gewahrt werden, sonst fühlt sie sich nicht wohl.«

Als Teresa den Tisch abwischte, stellte Joe eine kleine Statue vor sie hin.

»Das hat Puchung mir geschenkt«, sagte Joe. »Er hat sie selbst geschnitzt.« Sie nahm Shimi auf den Arm, die auf einem der Küchenstühle schlief, setzte sich und rieb ihr Gesicht an dem harten, kurzhaarigen Fell der Katze.

Teresa zog einen Stuhl heran, ergriff ihre Brille und hob die Figur mit beiden Händen hoch.

»Zauberhaft«, sagte sie beeindruckt. »Perfekt in den Proportionen. Feine Züge. Eigenwilliger Stil. Ein großes Talent.«

Joe schwieg. Die Knöchel ihrer ineinander verkrampften Hände waren weiß.

Teresa stellte die Figur wieder auf den Tisch. »Ein wunderbares Geschenk. Du musst großen Eindruck auf ihn gemacht haben.«

»Wir lieben uns«, sagte Joe.

Teresa konnte sich nicht entsinnen, dass die Stimme ihrer Enkeltochter jemals so ruhig und klar geklungen hatte.

»Das ist gut«, erwiderte sie.

Wie hübsch Joe geworden war. Das zuvor rundliche Gesicht hatte seine natürliche ovale Form gefunden, weich eingebettet in den Rahmen glatt herabfließender Haare. Die Augen erschienen größer und die Nase weniger breit. Das Doppelkinn war einer schön geschwungenen Linie vom Kinn zum Hals gewichen.

»Ist Puchung wirklich ein … Dings, wie sagte Ani Pema? Ich kann mir das alles nicht merken.«

»Ein Bodhisattva. *Bodhi* bedeutet erleuchtet, *sattva* bedeutet Wesen. Bodhisattvas sind personifizierte Weisheitsenergien, aber so nennt man auch Menschen, deren Herzenskraft hoch entwickelt ist. Menschen mit viel Mitgefühl und wenig Ego.«

Joe nickte. »Ja, so ist er.«

»Als Buddhisten legen wir das Bodhisattva-Gelübde ab. Wir versprechen, uns alle Mühe zu geben, unseren Egoismus zu überwinden und für andere da zu sein. Dass wir Mitgefühl allen Wesen gegenüber entwickeln und allen Gutes wünschen wollen, sogar unseren Feinden.«

»Ich soll dem Scheißkerl, der Puchung zusammengeschlagen hat, auch noch Gutes wünschen?« Joe hatte die Worte so wütend herausgefaucht, dass Shimi ihren Schoß mit einem blitzschnellen Sprung verließ. An die Seelenruhe, die sie unmittelbar nach dieser Gewalttat empfunden hatte, konnte sie sich kaum mehr erinnern. »Das verzeih ich dem nie.«

»Ich nehme an, dass Puchung ihm verzeiht«, sagte Teresa. »Sein waches Herz erkennt wahrscheinlich, was für ein dummes, verblendetes Wesen dieser junge Rebell ist, so gefangen in seiner Unwissenheit und Aggression, dass er sein Karma immer mehr verschlimmert. Puchung wird ihm vermutlich eine positivere Lebenssituation wünschen, in der seine Negativität nicht weiter geschürt wird und er sein Karma verbessern kann.«

Joe schwieg und lockte Shimi wieder heran. Noch zögerte sie, den Wunsch auszusprechen, der seit der Heimkehr aus den Bergen in ihr gewachsen war zwischen allen Zweifeln und der uneingestandenen Angst vor Zurückweisung.

»Teresa, ich möchte auch mein Karma verbessern«, sagte sie schließlich. »Könnte ich bei dir bleiben? Ich will nicht zurück. Die wollen mich sowieso nicht haben.«

Teresa beugte sich über den Ausguss, um ihr Erschrecken nicht zu zeigen. Es kam alles zugleich: Die Abwehr, ihre lang kultivierte Isolation, ihr Leben ohne Einschränkung durch andere aufzugeben; die Scham über ihre selbstsüchtige Reaktion und das Mitgefühl mit dem jungen Mädchen, das nie die Geborgenheit einer liebevollen Familie erlebt hatte.

»Wie stellst du dir das vor, Joe?«, sagte sie vorsichtig. »Du musst doch in die Schule gehen.«

»Gibt es hier keine englischen Schulen?«

»Nein, Westler, die hier leben, schicken ihre Kinder in englische Internate nach Indien.«

Du willst mich auch nicht, sagte Joes verzweifelter Blick. Es war schlimmer, als wenn sie geschrien und getobt hätte.

»Andererseits – von Indien aus könntest du in den Ferien immer hierherkommen und ich könnte dich auch besuchen«, sagte Teresa schnell. »Und in den Internaten in Indien ist es vielleicht angenehmer als in England. Jedenfalls anders.«

»Und dann könnte ich Puchung sehen. Er könnte hier in der Stadt leben und seine Schnitzereien verkaufen.« Ein kleiner Jubel in Joes Stimme war unüberhörbar.

»Joe, halt an!«, unterbrach Teresa. »Sei nicht unrealistisch. Der Junge könnte unmöglich in der Stadt leben. Er ist behindert. Er braucht seine Familie. Hier wäre er verloren. Und ich hatte den Eindruck, dass er zu Hause keineswegs unglücklich ist.«

»Aber er ist so arm«, beharrte Joe. »Du hast selbst gesagt, er hat ein großes Talent. Er könnte schöne Statuen schnitzen und viel Geld verdienen.«

Teresa seufzte. »Ach Joe, hier verdient niemand viel Geld, außer denjenigen, die schon viel haben.«

In Joes Augen standen Tränen. »Aber es muss ihm doch jemand helfen.«

Teresa stand auf und legte die Arme um das Mädchen. »Du hast ein gutes Herz, Joe. Du möchtest die sterbende Dechen retten. Du möchtest dem armen Puchung helfen. Ich kann dich gut verstehen. Es tut mir jedes Mal weh, wenn ich die Bettler an der Stupa sehe, oder die mageren Hunde oder die heiligen Kühe, die Zeitungspapier und Müll fressen. Aber auf der physischen Ebene sind unsere Möglichkeiten begrenzt.«

»Und du tust einfach nichts?«

»Ich tu das Begrenzte, so weit es eben möglich ist. Zum Beispiel unterstütze ich ein Kind im Kloster meines verstorbenen Rinpoche und eine junge Tibeterin, die nicht im Kloster bleiben wollte. Jetzt lernt sie Computerbuchhaltung und ich konnte ihr eine Verbindung zu einem Betrieb verschaffen, der sie nach ihrem Abschluss nehmen will. So kann sie außerhalb des Klosters leben, ohne irgendeinen Mann heiraten zu müssen, den sie nicht will ... Lass uns überlegen. Wir könnten vielleicht einen vertrauenswürdigen Händler finden, der Puchungs Arbeiten an Touristen verkauft. Man kann sich so manche sinnvollen kleinen Aktionen ausdenken, um zu helfen. Im Übrigen gibt es die Meditation des Mitgefühls. Gute Wünsche, wenn sie aus tiefstem Herzen kommen, haben viel Macht. Sehr viel Macht.«

»Und wie geht diese Meditation? Ist sie schwierig?«

»Nimm deine Tara und komm mit«, sagte Teresa, legte den Arm um Joes Schultern und führte sie ins Gästezimmer, wo das Regal bereits zu einem Schrein geworden war, mit der Reproduktion des Tara-Thangkas von Dechen an der Wand und auf einem roten Seidentuch der Mahakala und der Bergkristall, eine Kerze und ein Räucherstäbchen und nun Puchungs kleine Statue, die ihren Platz in der Mitte wieder einnahm.

»Es gibt verschiedene Versionen«, sagte Teresa, »aber du kannst ganz einfach anfangen. Stell dir Tara in deinem Herzen vor, oder, wenn dir das zu schwierig ist, stell dir einfach Licht in deinem Herzen vor. Das Licht ist Tara, Tara ist Liebe, Mitgefühl, und das ist es, was du in deinem Herzen spürst. Wiederhole das Tara-Mantra und schicke deine guten Wünsche, wem immer du willst: dir selbst, Puchung, Dechen, deiner Mam, deinem Pa, Großvater …«

Joe verzog das Gesicht.

»Du kannst es zumindest versuchen. Einer nach dem anderen. Und am Schluss denkst du: Mögen alle Wesen glücklich sein!«

»Mann o Mann, das klingt ja wie die Heilsarmee«, sagte Joe.

Teresa lachte. »Nur dass die Heilsarmee keine Meditation des Mitgefühls anzubieten hat.«

Joe schüttelte den Kopf. »Ich glaube, ich kann das nicht. Ich meine, für Puchung schon und für Dechen. Aber für alle? Vielleicht kannst du das, aber ich nicht, ich meine, jedem Arschloch Gutes wünschen. Ich kann das einfach nicht. Verstehst du, diese bekloppte Idee: Wenn dir einer ins Knie tritt, dann halt ihm das andere hin – das find ich Scheiße. Ich will Dechen wünschen, dass sie gesund wird, und Puchung, dass er Geld bekommt …«

»Und deiner Mam, dass sie sich glücklicher fühlt, weil wirklich glückliche Menschen freundlich sind.«

»Okay, meinetwegen.«

»Fang mit denjenigen an, die du liebst. Und dann kannst du dich von Mal zu Mal ein bisschen voranarbeiten. Es liegt eine Logik in dieser Meditation: Wenn alle Wesen glücklich und zufrieden sind, ist ihre natürliche Liebesfähigkeit nicht mehr blockiert. Erinnere dich an eine Situation, in der du glücklich warst. Erinnere dich, wie du dich bei Puchung gefühlt hast. Da war ein Gefühl da, niemandem böse sein zu können. Stimmt's?«

Joe nickte nachdenklich. »Stimmt. Nicht mal dem Rebellentypen …«

»Glaubst du, dass ein Mensch mit diesem Gefühl im Herzen dich schlagen oder betrügen oder demütigen könnte?«

»Nein, natürlich nicht … Also nicht das andere Knie.«

»Nicht das andere Knie. Lieber weglaufen.«

»Und Mahakala rufen.«

»Gute Idee.«

An diesem Abend blieben die Videokassetten im Wohnzimmer unberührt. Eine reiche Stille erfüllte die Wohnung, derart, dass sich alle hungrigen Gedanken darin auflösten. Teresa konnte sich nicht erinnern, jemals so zutiefst zufrieden gewesen zu sein. Sie erkannte, dass sie in den vielen Jahren, in denen sie sich bemüht hatte, eine erwachsene, ausgeglichene, altersweise Teresa heranzuzüchten, vergessen hatte, neugierig, spielerisch und unschuldig zu sein.

Bedeutete dies, dass sie eine neue Welt betrat, in der das Einfachste nicht mehr das Schwierigste war?

11

Teresa wollte nicht aufwachen.

Könnte man doch dortbleiben, vor dem ersten Gedanken, in dieser Freiheit jenseits der Freiheit, in dieser Vollkommenheit über alle Vollkommenheit hinaus. O dummer kleiner Geist, willst immer das Werden und beklagst dich über das Vergehen, willst auf und ab und hin und her. Aber suchst du den Himmel, findest du auch die Hölle.

Sie war in eine dunkle Stimmung hinein aufgewacht, so unpassend an diesem strahlenden Morgen und mit der Aussicht auf die baldige Auflösung des alltäglich gewordenen Albtraums der Verfolgung und Gefahr. Sie bemühte sich, an eine freundliche Zukunft zu denken, an Tashis Umarmungen und an Bilder, die sie malen wollte, doch darüber lag ein Firnis der Trauer, die alles und jedes zu Vergangenheit machte, selbst wenn es noch nicht geschehen war.

Ach, das ist nur Erschöpfung, dachte sie zornig und stieg aus dem Bett. Sie hatte sich vorgenommen, an diesem Morgen pünktlich in die Ambulanz zu gehen, wieder Ordnung in ihr Leben zu bringen nach dem Chaos, das mit Joes Ankunft begonnen hatte. Man würde sie wahrscheinlich zurechtweisen, ihr Unzuverlässigkeit vorwerfen, und sie würde sich verteidigen mit kläglichen Hinweisen auf viele Jahre braver Pflichterfüllung und den geringen, fast nur symbolischen Lohn.

Mit Sorgfalt wählte sie einen Sarong, den sie besonders gern mochte, und eine Bluse, die vielleicht ein wenig zu elegant war für einen Arbeitsalltag mit Knochenbrüchen, Hundebissen und speienden Kindern, und sie verwendete mehr Zeit für das, was sie mit dem ironischen Seemannsbegriff als ihre »Takelage« bezeichnete. Die Sorgfalt lenkte sie ab und das Ergebnis beruhigte sie. Die Bedrückung blieb.

Als sie das Hoftor öffnete, wartete Rahul schon in seinem Taxi. Er sprang heraus und hielt ihr die Autotür auf, lächelnd wie immer mit seinen schlechten Zähnen und den großen, schönen Augen.

Dann war plötzlich ein verzerrtes Gesicht vor ihr, Augen, in denen Funken von Verrücktheit aufstoben, eine Hand, die an ihrer Bluse zerrte und sie am Einsteigen hinderte.

»Wo ist Sherab?«, schrie das abscheuliche Gesicht in nepalesischem Englisch. »Wo ist er?«

Speichel traf sie, das zarte Gewebe der Bluse riss mit einem scharfen kleinen Geräusch, dann hatte Rahul sich zwischen sie und den Mann gedrängt. Doch der war kräftiger als der kleine, magere Rahul, er stieß ihn beiseite und packte wieder Teresa. »Ich will wissen, wo Sherab ist!«

»Ich weiß es nicht!«, keuchte Teresa und schlug mit ihrer Handtasche nach dem Angreifer. Ein Messer! Wütendes Zerren an ihren Haaren brachte sie aus dem Gleichgewicht, sie fiel gegen das Auto und hörte Rahul zetern, weitere vertraute Stimmen mischten sich ein. Ein Messer!

Es war Narendra, Gerdas Ehemann, der den Fremden von ihr wegriss und ihn dann noch ein Stück die Straße hinunter verfolgte, doch der Mann war jung, kräftig und schnell und verschwand bald im Morgenverkehr.

Gerda wollte Lila hinter ihm her schicken, aber es war zu spät, um der Hündin dies begreiflich zu machen. Lila bellte außer sich in der immer dichter und lauter werdenden Menge der Schaulustigen, und Gerda hatte Mühe, das große Tier am

Halsband zum Haus zurückzuzerren. Gerdas Mann führte die zitternde Teresa in den Hof und warf das Tor zu.

»O mein Gott, er hatte ein Messer«, murmelte Teresa verwirrt. »Ich hab es gesehen.«

»Was ist denn los?« Joe, in einen von Teresas Baumwoll-Kimonos gehüllt, lehnte sich gefährlich weit über die Terrassenbrüstung.

»Teresa wurde überfallen!«, rief Gerda hinauf. Trotz ihres Schocks konnte Teresa einen winzigen lustvollen Beiklang wahrnehmen, doch sie war Gerda so dankbar für ihr Eingreifen, dass sie keine Mühe hatte, ihr das Vergnügen an der Aufregung zu gönnen.

»Ist schon gut, Gerda«, sagte sie kraftlos. »Vielen Dank. Und erklär bitte dem armen Rahul, dass ich jetzt lieber zu Hause bleiben möchte.«

Eilig entwand sie sich Gerdas überstürzten Befragungen und stolperte die Treppe hinauf in ihre Wohnung. Sie war ärgerlich über sich selbst, über ihre Panik, über ihre Unfähigkeit, Ruhe zu bewahren. Und hier war auch noch dieses Kind mit dem besorgten Blick, ihre nicht mehr wütende Joe, die gezähmte Wilde, wirklich und wahrhaftig besorgt.

»Wer hat dich überfallen?«, fragte Joe und folgte Teresa in die Küche. »Du siehst ja fürchterlich aus.« Ohne eine Antwort abzuwarten, goss sie Whiskey in ein Glas und schob es Teresa hin. »Ich glaube, das brauchst du jetzt.«

Teresa trank folgsam. Ihre Hände hörten auf zu zittern.

»Ein Mann ging wie besessen auf mich los und schrie, er wolle wissen, wo Sherab sei. Sah aus wie ein Tibeter. Ich verstehe das alles nicht.«

»Klingt nicht nach Mafia«, sagte Joe. »Die haben doch professionelle Leute, oder?«

Teresa griff nach der Whiskeyflasche und schenkte nach. »Hier ist nicht Sizilien oder Amerika, Joe. Hier ist Banana-Land.«

Ein Messer. Hatte niemand das Messer gesehen? War es wirklich ein Messer gewesen?

»Ich weiß nicht mehr, was ich denken soll. Zuerst war alles ganz logisch: Thangka gefälscht. Mord. Suche nach dem Thangka. Bei Sherab. Bei Tashi. Alles ganz logisch. Aber jetzt wird die Geschichte immer unklarer. Diese merkwürdige Frau. Sie sah verkleidet aus. Und jetzt dieser verrückte Mann. Was soll ich nur tun? Was soll ich jetzt nur tun?«

Ihre Stimme kippte. Joe legte unbeholfen die Arme um sie, die rührend linkische Geste eines Kindes, das bisher nur wenig Gelegenheit zu Umarmungen hatte.

»Könntest du nicht Polizeischutz anfordern?«

Teresa schüttelte den Kopf. »Bakschisch. Viel zu teuer. Ich sag dir doch: Banana-Land.«

»Was machen wir jetzt?«

»Ich kann nicht in die Ambulanz gehen. Ich hab zu viel Angst. Der Mann sah geisteskrank aus. Vielleicht liegt er auf der Lauer. Weiß der Himmel, was der vorhat.«

War da wirklich ein Messer? Aber ich habe es gesehen. Es war keine Einbildung.

Wen sollte sie um Rat fragen, um Hilfe bitten? Jane war nicht da, die treue Jane, auf die immer Verlass war, die immer gute Ideen hatte. Tashi war selbst ein Verfolgter und sie scheute sich, ihn in der vorläufigen Sicherheit des Klosters aufzustören. Ani Pema hatte schon mehr als genug Belastung auf sich genommen. Harichandra? Nein, sie wollte nicht zu viel Nähe zu ihm, das wäre allzu verpflichtend gewesen.

Ich habe niemanden. Nur mich selbst. Wunderbarer Meister des Geistes, elfter Trungpa, zumindest dies darf ich mit dir teilen:

Einsamkeit ist meine Gewohnheit –
Ich wuchs auf in Einsamkeit.
Wie ein Rhinozeros
Ist Einsamkeit mein Gefährte –
Ich unterhalte mich mit mir selbst.
Doch manchmal kommt auch,
Einsamer Mond,
Traurig und froh zusammen.
Vertraue nicht.

»Yogi-Lama!«, rief sie plötzlich. »Warum kam ich nicht früher darauf?«

Sie lief zum Telefon. Hatte sie sich so sehr vergraben in den letzten beiden Jahren, dass sie ihren besten Berater vergessen konnte? Sie hatte ihn nicht gebraucht in ihrem kleinen, sauber abgepackten Leben hinter den Wänden ihrer Resignation. Nur an Losar, dem tibetischen Neujahr, hatte sie ihm wie immer ein Geldgeschenk gebracht, mit all den vielen anderen Besuchern, die Verdienste erwarben durch die Unterstützung des heiligen Mannes. Yogi-Lama würde Rat wissen – falls sie ihn fand.

Nach einem komplizierten, mit mehreren langen Pausen durchsetzten Telefongespräch sagte sie mehr zu sich als zu Joe: »Vajrayogini-Tempel bei Sanku. Dort ist er. Ich fahre hin.«

»Wer ist wo?«, fragte Joe. »Ich will mit.«

Teresa wählte bereits Rahuls Nummer. »Kommt nicht infrage. Das ist viel zu gefährlich. Der Verrückte könnte noch immer da sein.«

Während Teresa das Taxi rief, lief Joe in ihr Zimmer, schlüpfte in Jeans und T-Shirt, steckte den Mahakala ein und griff nach einem der beiden Regenschirme im Flur.

»Ich komme mit!«, rief sie Teresa zu, die ihre zerrissene Bluse und den hübschen Sarong gegen schlichtere Kleidung wechselte. »Mahakala passt auf. Ich geh schon raus und hol das Taxi ganz nah ans Tor.«

Ohne Teresas Antwort abzuwarten, rannte sie die Treppe hinunter. Sie meint es gut, dachte Teresa und überlegte gleichzeitig hektisch, wie sie das Mädchen dazu bringen könnte, zu Hause zu bleiben. Doch Joe würde sich nichts sagen lassen. Joe tat, was sie wollte. Und eine sehr versteckte innere Teresa bewunderte sie dafür.

Joe hielt das Tor zum Öffnen bereit, nachdem sie Rahul bereits nah an das Tor herangewinkt hatte. Sie blickte schnell die Straße hinauf und hinab, zog dann Teresa zur offenen Taxitür, schob sie auf den Rücksitz und warf sich neben sie – dies alles so schnell, dass Rahul bereits davonschoss, ehe Teresa auch nur einen einzigen ihrer vernünftigen großmütterlichen Einwände äußern konnte.

»Kein Verfolger«, erklärte Joe mit einem Blick durch das Rückfenster. »Kein Motorrad, kein Verrückter, niemand.«

Teresa schüttelte den Kopf. »Es ist Irrsinn … ich trage die Verantwortung für dich …«

»Wenigstens kannst du sie mit dem da teilen«, sagte Joe munter und hielt Teresa die Mahakala-Figur vors Gesicht.

»Das ist kein magischer Talisman«, sagte Teresa kraftlos. »Du verstehst das nicht ganz.«

Joe legte beide Hände um ihren Schatz. »Was gibt's hier zu verstehen? Er fährt mit. Er ist überall, wo ich ihn hinwünsche. Als die Rebellen ins Dorf kamen, war ich zu verschlafen, um ihn zu rufen, sonst wäre das mit Puchung bestimmt nicht passiert. Oder – was weiß ich. Jedenfalls war er nicht schwer verletzt. Hätte alles viel schlimmer sein können.«

Teresa seufzte. Wo verlief die Grenze zwischen Aberglauben

und der Macht des Glaubens? Als die Roten Garden über Tibet hereinbrachen, liefen Tibeter mit ihren Amuletten auf sie zu und glaubten, damit vor Gewehrkugeln geschützt zu sein. Sie starben alle. War es Mut oder Dummheit, die das junge Mädchen so furchtlos sein ließ?

»Glaubst du denn nicht, dass er uns beschützt?«, fragte Joe. »Du bist doch die Buddhistin.«

Rahul fuhr Slalom, um einer Kuh auf der Straße auszuweichen, und enthob Teresa damit einer schnellen Antwort.

»Es ist nicht so leicht zu erklären«, sagte sie schließlich. »Es gibt einen Glauben, der beruht auf dem Weisheitsgeist, und das ist eher eine Art Wissen, das intuitive Wissen um die tatsächliche Natur der Wirklichkeit. Und es gibt eine andere Art Glauben, die beruht darauf, dass man sich geistig an einem bestimmten Inhalt festklammert. Das ist ein absolutes Für-wahr-Halten. Aber deshalb muss es noch lang nicht wahr sein. Das ist das Problem der Fundamentalisten, dieses Absolut-für-wahr-Halten. Im Buddhismus nennt man das ›Fixierung‹. Und dann gibt es da natürlich noch das Vertrauen. Im ersten Fall, also bei dem intuitiven Wissen um die Wirklichkeit, bezieht sich das Vertrauen nicht auf etwas Bestimmtes, es ist eher ein Grundgefühl, eine Unerschütterlichkeit gegenüber allem, was geschieht. Im zweiten Fall ist Vertrauen ein Festhalten eines Inhalts: Ich will, ich will, ich will, dass es so und so ist, und wenn ich es ganz, ganz intensiv will, wird es auch so sein. Es klappt nur oft nicht.«

»Mann, du machst es dir schwer«, sagte Joe und grinste. »Ich steh auf Mahakala und er auf mich. Basta.«

»Wie viele Stufen sind das – hunderttausend?« Joe ließ sich auf eine der ausgetretenen Steinstufen fallen, die den Berghang hinauf zu den altersdunklen Pagoden führten. »Ist ja nett hier, aber ich könnte für die nächsten paar Monate aufs Klettern verzichten.«

»Die Hälfte haben wir schon«, keuchte Teresa. Sie bemühte sich, nicht ständig hinter sich zu schauen. Die kleine Straße war fast leer gewesen, niemand war ihnen gefolgt, doch es war, als spüre sie das Messer des Verrückten an ihrem Rücken. Große Willenskraft war nötig, um immer wieder das Bild des Mahakala und aller anderen Beschützer und Beschützerinnen herbeizurufen, und zudem musste sie den Ärger über ihre Hysterie zurückdrängen, wenigstens um Armeslänge.

»Vielleicht ist der Yogi-Lama gar nicht da«, sagte sie. »Bei ihm weiß man nie, wo er sich herumtreibt.«

»Find ich irgendwie gut.« Joe stand auf und ächzte. »Wieso heißt er eigentlich Yogi-Lama?«

»Er heißt nicht so, man nennt ihn so. Er ist ein Ngakpa, das ist sozusagen ein Orden ohne Klöster. Im alten Tibet hat man die Ngakpas wegen ihrer angeblichen Zauberkräfte gefürchtet. Heute fotografiert man sie.«

Joe kicherte. »Du solltest öfters witzig sein. Das steht dir.«

»Ich arbeite daran«, erwiderte Teresa und wurde dafür mit einem fröhlichen Lachen belohnt.

Es war still um die kleinen Tempel des Heiligtums. In ihrer ersten Zeit in Nepal war Teresa mehrmals im Jahr hierhergefahren, zuerst allein und später, als sie sich mit Jane angefreundet hatte, mit ihr zusammen. Ein Machtort, aufgeladen in vielen Jahrhunderten der Verehrung der Gottheit. In den meisten Klöstern standen männliche Statuen, Buddha Shakyamuni, Padmasambhava, manchmal hing ein Tara-Thangka an den Wänden, doch sie sehnte sich nach der dynamischen Kraft der wilden, roten Göttin, tanzend im Feuer. Warum hatte sie diesen Ort vergessen?

Der Ngakpa saß vor dem geschlossenen Innenraum im Schatten des weit überstehenden Daches der größten der Pagoden, an demselben Platz, an dem sie mit Jane die Gottheit zu rufen pflegte.

So ein großartiger Geist, der Yogi-Lama, dachte Teresa, aber wie ein Unkraut sieht er aus mit seinem schmuddeligen Gewand und dem zerzausten grauen Haarknötchen auf dem Scheitel und den Plastikschlappen. Vom gleichen Schlag wie Milarepa. Den störte es auch nicht, dass herausgeputzte Mädchen ihn verhöhnten, weil er so abgerissen daherkam; die fünf himmlischen Dakinis, die seine tantrischen Gefährtinnen wurden, kümmerten sich jedenfalls nicht darum.

»Er ist da«, sagte sie leise, »allen guten Geistern sei Dank.«

Sie hielt eine Kata und ein Kuvert mit ein wenig Geld bereit, als sie sich dem Ngakpa näherte.

»Das darf nicht wahr sein! Das ist er, das ist der Zauberer!« Joe hatte versucht zu flüstern, doch die Aufregung hatte ihrer Stimme mehr Stärke verliehen als beabsichtigt. Der alte Mann hob den Blick und lächelte, als er Teresa sah. Sie beugte sich zu ihm nieder und er legte die Kata, die sie ihm überreichte, um ihren Hals und tätschelte ihr den Kopf.

»Lama-la«, sagte Teresa, »wir brauchen Ihre Hilfe.«

Der Yogi-Lama wiegte bejahend den Kopf und bedeutete ihr, sich zu setzen, und so offen und liebevoll war sein Lächeln, dass sie weinen musste und ihr Anliegen nur mit kleinen Schluchzern versetzt vorbringen konnte.

»La so, la so«, brummelte der Alte und begann, Perlen an seiner abgegriffenen Mala abzuzählen.

»Was macht er?«, flüsterte Joe, die sich halb hinter Teresa hingehockt hatte.

»Ein Mo«, antwortete Teresa. »Er befragt das Orakel.«

Mit geschlossenen Augen begann der Ngakpa zu sprechen, zu schnell, als dass Teresa alles verstehen konnte, doch offenbar verkündete das Orakel Gutes.

»Keine Gefahr«, hörte sie, »nicht für dich, nicht für euch.« Die Gefahr habe sich von ihnen abgewendet und gehe nun in eine andere Richtung.

»Scheiße, Scheiße, schon wieder ein Messer«, wimmerte Joe hinter ihr. »Ich seh es. Warum macht er das?«

Teresa gab die Frage weiter. Der Ngakpa winkte Joe zu sich heran, berührte ihre Stirn mit der seinen, klopfte ihr murmelnd mit den Fingerknöcheln auf den Scheitel und die Mitte der Brust und blies ihr ins Gesicht. Er lachte sie an, ein zahnlückiges, vergnügtes Lachen, fast wie das Lachen eines kleinen Kindes, und Joe entspannte sich und lachte ebenfalls.

»Sie kann sehen«, sagte er und erklärte, dass seine Anwesenheit dies lediglich verstärke. Und dass sie es nicht kontrollieren könne, weil ihr die Schulung fehle. Und er sagte noch einiges, dessen Bedeutung Teresa eher erraten musste, denn ihr Nepali-Wortschatz bezog sich nur auf einfache Dinge.

»Was hat er denn gesagt?«, fragte Joe ungeduldig.

»Du hast offenbar eine mediale Begabung«, antwortete Teresa zögernd. »Wenn ich ihn richtig verstanden habe, wirkt seine Energie wie ein Verstärker. Er hat keinen Einfluss darauf, was du siehst. Du selbst könntest jedoch eine gewisse Kontrolle erlernen. Ich fürchte, ich hab nicht alles genau verstanden, nur, dass du Meditation üben sollst, vor allem die Meditation des Mitgefühls.«

»Mann, das gibt's ja nicht! Meint er, ich bin so 'ne Art Wahrsagerin?«

»Wir reden noch darüber. Aber wenn du jetzt Fragen an ihn hast, dann frage. Es wäre nicht höflich, seine Zeit zu verschwenden.«

»Frag ihn nach dem Messer. Ich hab etwas gesehen, als würde jemand erstochen. Bei dem Maler war es anders, der hatte das Messer schon im Rücken. Das ist verdammt gruselig.«

Teresa übersetzte die Frage, so gut es ging. Der Yogi-Lama richtete seinen Blick in die Ferne, bis seine Anwesenheit kaum mehr spürbar war.

»Die Gefahr hat eine andere Richtung genommen«, sagte er schließlich. »Sie soll sich nicht darum kümmern. Aber sie soll lernen.«

Dann schloss er die Augen, nahm die Mala wieder auf und begann zu murmeln, als sei er völlig allein auf der Welt.

»Komm, wir gehen«, flüsterte Teresa. »Jetzt mag er nicht mehr.«

Auf dem Weg bergab hüpfte eine aufgeregte Joe wie ein Bällchen neben Teresa her und konnte nicht aufhören zu fragen: »Was hat er noch alles gesagt?« – »Was soll ich lernen? Wie soll ich lernen?« – »Meinst du, dann kann ich wahrsagen? Das wäre irre!« – »Aber warum sehe ich etwas, wenn ich mich nicht darum kümmern soll?«

»Ich muss zuerst selbst über all das nachdenken«, wehrte Teresa ab. »Und wir können Tashi fragen, als Bön-Lehrling versteht er sicher mehr von alledem als ich. Jetzt lass uns erst mal genießen, dass wir nicht mehr in Gefahr sind. Solche Schrecken sind Gift für meine alten Nerven.«

»Du und deine alten Nerven«, sagte Joe trocken. »Sooo alt scheinst du gar nicht zu sein. Frag Tashi.«

Sie grinsten einander an. Wie Schulmädchen, dachte Teresa. Dass ich das noch erlebe! Und sie sah das einsame Schulmädchen, das sie einmal gewesen war, mit der unordentlichen, unerziehbaren Liebe zu Bildern und Büchern, die sie mit niemandem teilen konnte, und der Sehnsucht nach dem goldenen

Elf, den es in dieser Welt nicht gab. Nicht zu geben schien, verbesserte sie sich und lächelte.

»Ist es wirklich sicher, dass wir nicht mehr in Gefahr sind?«, fragte Joe auf der Heimfahrt. »Ganz sicher?«

Teresa antwortete nicht sogleich. Dann sagte sie: »Ganz sicher bin ich mir über nichts. Bis jetzt habe ich die Erfahrung gemacht, dass die Voraussagen der Lamas im Allgemeinen zutreffend waren. Und der Yogi-Lama war sehr eindeutig. Die Gefahr geht in eine andere Richtung, hat er gesagt. Ich muss ständig an den Verrückten denken, der mich attackiert hat. Weiß der Himmel, auf wen er noch losgehen wird.«

»Jedenfalls nicht auf dich. Und nicht auf Tashi.«

»Das nehme ich an.«

»Also glaubst du es nicht?«

»Da sind wir schon wieder beim Glauben, Joe. Kannst du dir eine Mitte zwischen Glauben und Nichtglauben vorstellen? Das ist mein bevorzugter Standpunkt. Aber wie gesagt – ich habe guten Grund anzunehmen, dass der Yogi-Lama recht hat.«

Joe zog die Mahakala-Figur aus der Tasche. »Also gut, dann geb ich mir jetzt ganz viel Grund zu glauben, dass der Mahakala seinen Job gut machen wird. Amen.«

Teresa begann zu lachen, und schließlich lachte sie so unbändig, dass Joe mit einfiel und Rahuls braune Zähne den Rückspiegel ausfüllten. Als sie die Wohnung betraten, stieß Teresa noch immer kleine Dampfwölkchen untergründiger Fröhlichkeit aus.

Auf dem Herd stand Sitas längst kalt gewordenes Mittagessen und Teresa zündete eilig die Gasflammen an, während Joe den Tisch deckte.

»Bist du jetzt wieder normal?«, fragte Joe. Teresa antwortete beglückt mit tränenden Augen und roten Wangen: »O nein, nie wieder, bitte nie, nie wieder.«

Teresas Morgenmeditation wurde von Wellen der Unruhe unterbrochen. Sie ertappte sich dabei, dass sie auf Lilas Bellen wartete, jenes gewisse hohe, heitere Bellen, das etwas Vertrautes ankündigte, wie die Zeitung, die der Junge über das Tor warf und die Lila diensteifrig packte und vor die Haustür legte. Es war Gerdas Zeitung, doch heute würde Teresa sich augenblicklich darauf stürzen, um sicher zu sein, dass der Artikel darin stand, der das Ende der Verfolgung bedeutete.

Ah la la, mein Wort in Buddhas Ohr!

Lila bellte. Teresa zwang sich, ihre Meditation ordentlich zu beenden, den Vers zum Wohl aller Wesen aufmerksam zu rezitieren und aktuell zu erweitern – »Und außerdem möget ihr alle, die ihr verfolgt und gejagt werdet, die ihr in Angst leben müsst, aus dieser scheußlichen Situation befreit werden und in Ruhe leben dürfen« –, die Kerzen zu löschen und ihren Praxistext aufzuräumen, bevor sie die Treppe hinunterlief, um sich an Ort und Stelle die Zeitung vorzunehmen. Die Brille! Wütend stellte sie fest, dass sie die Brille vergessen hatte. Sie zwang sich, trotz ihrer Aufregung Lila in den Arm zu nehmen, ihr ein gebührendes Maß an liebevoller Aufmerksamkeit zukommen zu lassen und dann ohne allzu große Hast mit der Zeitung nach oben zu gehen.

»Motiv für Mord an Thangka-Maler geklärt«, lautete die Schlagzeile gut sichtbar auf der unteren Hälfte der Frontseite. Teresa atmete auf und sandte im Geist dem Journalisten ihren Dank und gute Wünsche. Schnell überflog sie den Artikel, las ihn dann ein zweites Mal gründlicher und überlegte, ob sie einige der guten Wünsche zurücknehmen sollte.

»Feigling!«, murmelte sie. »Was für ein jämmerlicher Feigling!«

Die Fälschung und Kunzangs Verbindung mit der Kunst-

Mafia wurden in dem Artikel mit keinem Wort erwähnt. Der Maler sei in den Besitz eines sehr kostbaren alten Thangkas gekommen, hatte der Journalist geschrieben, und Räuber hätten es offenbar gesucht, aber nicht gefunden. Der Rest der Geschichte entsprach dem, was Teresa ihm erzählt hatte. Der Artikel verwies auf viele offene Fragen und die nach wie vor intensiven Bemühungen der Polizei, den Mörder zu finden.

»Er will sich nicht mit der Mafia anlegen«, sagte sie am Telefon zu Ani Pema. »Lieber so tun, als gäbe es sie gar nicht. Nun ja, vielleicht hat der Chefredakteur das so diktiert oder der Herausgeber.«

»Wenigstens weiß jetzt jeder, wo das Thangka ist«, erwiderte Ani Pema gelassen. »Und darum geht es doch. Sie können ja versuchen, es aus dem Safe der Botschaft zu stehlen.«

Stillschweigend legte Teresa die Zeitung vor Gerdas Wohnungstür. Sie wollte nicht mit Gerda sprechen. Sie wollte mit niemandem sprechen. Sie wollte zu Tashi.

Während der Fahrt in Rahuls Taxi durch die Stadt kaufte sie die Zeitung und ließ, während sie zum Nonnenkloster fuhren, Joes Kommentare an sich vorüberziehen. Sie wollte an Tashi denken und an die Zeit, die sie miteinander und füreinander haben würden, Zeit, die sich ausdehnen und über alle Ufer treten durfte. Frei, frei, frei, jubelten ihre sich überstürzenden Gedanken. Noch war es kaum vorstellbar, endlich wieder ohne den Druck zu leben, obwohl das, was sie bereits als ihr »früheres Leben« bezeichnete, kaum mehr als zwei Wochen zurücklag.

»Wird Tashi jetzt bei uns wohnen?« Joes unschuldige Frage ließ die schönen Vorstellungen, die gerade Gestalt annahmen, in Stücke fallen. »Bei uns«, sagte dieses Mädchen, nicht »bei dir«. Es war nicht mehr ihr, Teresas Heim, über das sie frei verfügte, in dem sie tun und lassen konnte, was sie wollte, dessen Tür sie vor der Welt schützte. Jetzt war Joe da. Zumindest bis zum Ende der Ferien. Und dann? Teresa würde ein Internat in Nordindien für sie suchen. Doch die Sommerferien indischer Internate dauerten einen ganzen Monsun lang. Und dann gab es Winterferien. Und weitere Ferien, im nächsten Jahr, im übernächsten Jahr.

»So weit denke ich jetzt nicht«, antwortete Teresa. »Ich bin einfach froh, dass der Terror ein Ende hat.«

Es war so selbstverständlich gewesen, dass sie ihre Wohnung für sich hatte. Sie wollte nichts als Tashi. Mit gewaltigem, wütendem, brodelndem Egoismus wollte sie Tashi. Ihr Gefühl schlug um sich, ihr Gefühl schrie: Lasst ihn mir, mir allein, niemand darf mir das nehmen, niemand darf das stören, ich habe mich so lange danach gesehnt! Zugleich wusste sie: Dies ist rohes, nacktes Ego, die Falle, die Dunkelheit. Und wusste: Spiegel der Illusion, doch dahinter ist Raum, Freiheit, Nichtgetrenntsein.

»Weil«, sagte Joe zögernd, »dann brauchst du doch dein Gästezimmer, oder?«

Teresa legte den Arm um sie und drückte sie an sich. »Wir nennen es jetzt besser dein Zimmer. Wenn du nicht da bist, kann es gelegentlich als Gästezimmer dienen. Ich sage dann zu meinem Gast: Okay, du kannst in Joes Zimmer schlafen.«

»Ich muss also nicht zurück?« Joes Augen waren groß und rund, flackernd zwischen Misstrauen und Hoffnung.

»Wenn deine Mutter es erlaubt.«

Joe holte tief Luft. »Oh! Wow! Wahnsinn!«

»Ich rufe sie morgen an und frage sie«, sagte Teresa und hielt erschreckt inne. Hatte sie das wirklich gesagt?

»Sie wird froh sein. Das wird sie dir nicht sagen, klar, aber ich weiß es. Sie kann mich echt nicht leiden.«

Joe tanzte den steilen Pfad von der Straße zum Kloster hinauf und sang. Joe sang! Genauer, sie rappte: »Ich bleibe im Banana-Land, ich bleib da – ihr könnt mich mal, Eis-Ma und Eis-Pa – ich geh nicht mehr dahin, ich geh nicht mehr zurück – ich hab jetzt auch mal ein Recht auf Glück.«

Bald verschwand sie hinter einer Biegung und war nicht mehr zu sehen, als Teresa etwas später schwer atmend die ersten Gebäude des Klosters erreicht hatte. Teresa lächelte. Joe war bei den Nonnen. Sie würde sich keine Sorgen mehr über das junge Mädchen machen müssen. Der Samen war gelegt. Joes Neugier würde dafür sorgen, dass er aufging.

Sie beschloss, Ani Rinpoche aufzusuchen. Seit dem Tod des früheren Rinpoche, der die Yogini als seine Nachfolgerin eingesetzt hatte, war Teresas Verbindung mit dem Nonnenkloster abgerissen und sie hatte nie daran gedacht, das neue Oberhaupt kennenzulernen. Es gab eine Zeit lang Gerüchte über die Eigenwilligkeit der Yogini. War sie doch einst eine Gefährtin des Rinpoche dieses Klosters gewesen und hatte danach viele Jahre in der nahe gelegenen Einsiedelei gelebt, dort oben unter dem Tigerfelsen. Einige wenige Nonnen solle sie als Schülerinnen genommen haben, hieß es, aber das war selten, und kaum jemand außerhalb des Klosters wusste damals von ihrer Existenz.

Teresa wurde in das schöne, im traditionellen tibetischen Stil ausgestattete Wohnzimmer geführt, mit den typischen bemalten Säulen, den Thangkas und einem großen, verglasten Schrein mit kostbaren Statuen. An der Wand hing ein gerahmtes Foto von dem früheren Oberhaupt des Klosters und Teresas Lehrer, lachend, die Köpfe aneinandergelehnt. So viel liebevolle Leichtigkeit lag in diesen Zügen, dass Teresas Augen überliefen und Ani Rinpoche sie mit nassen Wangen überraschte. Teresa überreichte ihre Kata und Ani Rinpoche legte sie ihr um den Hals, nahm einen Zipfel davon und wischte ihr sorgfältig die Tränen ab.

»Mein Lama«, stammelte Teresa und wies auf das Bild.

Die alte Frau vor ihr lächelte, setzte sich auf ihr mit Brokat bezogenes Polster und sagte: »Ich weiß.«

»Sie wissen, wer ich bin?«

Ani Rinpoche antwortete in klarem, britischem Englisch mit leichtem Akzent: »Teresa, die Traurige? Teresa, die Glückliche?«

Teresa musste lachen. »Ist meine Verwirrung so offensichtlich?«

»Gutes Karma, wenn Ihre Leiden öffentlich sind«, antwortete die Yogini. Aus ihrem zarten, alterslosen Gesicht strahlte hintergründige Macht wie Sonne an einem kühlen Tag.

»Ich habe mich lang genug eingesperrt«, sagte Teresa. »Und ich hielt es für eine Tugend. Vielleicht war es das sogar. Vielleicht musste es sein. Ich bin eine Europäerin. Ich dachte, ich könnte einfach eine Tibeterin werden, aber das war natürlich Unsinn. Mir stecken die Höhlen und die Askese und das Familienleben mit den Gottheiten nicht im Blut. Nachdem mein Lama gestorben war, habe ich mich mit der Erinnerung an ihn in meiner Wohnung eingesperrt, hinter einer Mauer aus fester, dichter Einsamkeit. Leider ist er in den Jahren immer mehr verblasst, bis mein Herz ihn fast vergessen hatte. Mein Kopf nicht, aber mein Herz. Ich war mir dessen gar nicht bewusst.«

Und bevor sie nachdenken und eine Entscheidung treffen konnte, hatte sie angefangen, von all dem zu sprechen, was ihr unaussprechlich erschienen war, dem plötzlichen Erwachen, dem Voranpreschen und Zurückfallen, dem nüchternen Rausch einer klaren, leuchtenden, überwältigenden Leidenschaft, derer sie sich geschämt hätte, wäre sie noch die Teresa von vor zwei Wochen gewesen.

Sie bemerkte, dass sie sich im Erzählen aus ihrer geduckten Haltung aufrichtete, dass sie größer zu werden schien, kraftvoller, dass sie sich immer leichter und freier ausdrückte, bis es nicht mehr nötig war zu sprechen, so nah war sie ihrem Gegenüber, ohne irgendwelche Gedanken dazwischen.

»Bitte, darf ich Ihre Schülerin sein?«, bat Teresa beim Abschied, wieder ohne jede vorbereitende Überlegung. Die Yogini umarmte sie, und es war, als seien ganz viele unterschiedliche Teresas versammelt, die alle anerkannt wurden und Platz hatten in Ani Rinpoches Armen.

»Meine Sterne müssen wunderbar stehen«, sagte sie danach zu Tashi. »So viel Glück auf einmal.«

Sie hielten einander in der Geborgenheit des kleinen Raums, ohne der Härte der Schlafmatte gewahr zu sein, leicht, zärtlich, atmeten einander ein, badeten in den Wellen des Begehrens, ohne mit dem Körper zu antworten. Zeit löste sich auf in Raum.

Ein tiefer, langer Seufzer brach den Bann.

»Ah«, flüsterte Tashi, »ich konnte es nicht halten. Srimala sagte, das gehe. Höhepunkt ohne den Regen. Ich kann es noch nicht.«

Als er aufstand, um sich zu säubern, war sein Gewand glatt und ohne Knitterfalten, so still hatten sie gelegen. Teresa setzte sich auf und schaute durch das Fenster in den bedeckten Himmel. Sturmböen zerrten an den schlecht schließenden Fenstern und Türen, Wind strich durch das Haus und trocknete den Schweiß auf ihrem Gesicht und Körper. Sie würde sich nie an den Monsun gewöhnen, an den Film von Feuchtigkeit, der ständig auf der Haut lag, an den Schweiß, der bei jeder Bewegung aus den Poren drang. Würde sie dennoch den Rest ihres Lebens in dieser Stadt verbringen?

Sie breitete die Zeitung aus und zeigte Tashi den Artikel, und sie berichtete von der Attacke des Verrückten und von Yogi-Lamas Aussage.

»Du könntest doch jetzt mit hinunterkommen«, sagte sie. »Du bist nicht mehr in Gefahr.«

Tashi blickte sie nachdenklich an. »Ich wollte, ich würde diese Geschichte verstehen. Es gibt Erklärungen, aber sie genügen mir nicht. Ich frage mich, ob es wirklich vorbei ist. Und, ehrlich gestanden, möchte ich noch hierbleiben. Ich habe so viele Jahre drauflosgelebt. Jetzt habe ich das Bedürfnis, in mir aufzuräumen. Kannst du das verstehen?« »Ja, natürlich kann ich das verstehen.« Teresa verbarg ihre Enttäuschung. Sie wollte ihn bei sich haben, ausschließlich, Tag und Nacht, in jedem Augenblick. Obwohl ihr klar war, dass sie diesem brutalen, infantilen Impuls nackten Habenwollens nicht nachgeben durfte, schacherte sie mit sich: wenigstens für eine kurze Zeit. Nur dieses eine, einzige Wochenende. Danach würde ihr Alltagsleben wieder beginnen.

»Es tut mir gut, hier oben zu sein«, sagte er. »Nachdem Srimala mich weggeschickt hatte, hoffte ich, die richtige Führung zu finden. Und ich hab sie gefunden.«

»Ani Rinpoche.«

Tashi lächelte und nickte. »Ani Rinpoche. Lama Tsondu. Meine Sterne müssen auch fantastisch stehen. Ich habe dich gefunden und ich habe meine Lamas gefunden. Mehr könnte ich mir nicht wünschen.«

»Was machst du jetzt mit dem wilden Tibeter?«

»Er verpuppt sich gerade. Wirf ihn noch ein paar Mal an die Wand und er wird vielleicht ein Prinz.«

Eine Nonne klopfte unten an die Tür. Sie brachte Schalen mit Reis, Dal und Gemüse, das täglich gleiche Mittagsmahl des

Klosters. Tashi goss ein wenig von dem Whiskey, den er für die Opferung an die schützenden Gottheiten mitgebracht hatte, in die Teebecher. Die Wolken häuften sich auf, ließen den Regen herabstürzen und zerteilten sich wieder. Teresa hatte Rahul nach Hause geschickt. Der Klosterjeep würde sie und Joe am Abend mit in die Stadt nehmen.

Sie sprachen lange miteinander, in der ruhigen, arglosen Weise, wie sehr enge Freundschaft sie möglich macht. Tashi bemühte sich, jene »Sprache von innen« zu finden, die Srimala ihm als Aufgabe abverlangt hatte.

»Erinnere mich daran, wenn ich es vergesse«, sagte er. »Es ist so verführerisch, sich in Ignoranz zu verpacken.«

Als Teresa in der Abenddämmerung mit Joe im Jeep saß, war sie dankbar, dass die holperige Fahrt auf der ausgeschwemmten Straße kein Gespräch möglich machte. Alles, was Tashi gesagt hatte in der Verzauberung eines inneren Feuers, das wie in einem Tiegel der Achtsamkeit lebendig erhalten wurde, durch Blicke oder ein gelegentliches, zartes Berühren der Hände, wollte sie festschreiben in ihrer Erinnerung. Zu kostbar war es, um vergessen zu werden.

»Ich habe die Liebe nicht verstanden«, hatte er gesagt, »und ich nehme an, viele Männer verstehen sie nicht. Frauen vielleicht eher. Ich hatte die Vorstellung, ich müsse mich gewaltig, grenzenlos, aus allen Fugen geratend verlieben, wie eine Sturmflut, oder so, wie der Blitz einschlägt. Ja, ich dachte, es sei ganz und gar meine Sache, mich zu verlieben. Aber die Frauen kamen mir zuvor, sie zogen mir den Boden unter den Füßen weg und dann sollte ich ihre Liebe erwidern. Das empfand ich als Bedrängnis und Forderung und es passte nicht zu meiner Vorstellung. Natürlich war Anziehung da, Begierde, Abhängigkeit, Eifersucht, das ganze Egodrama. Auch Zuneigung, sicher, ja.

Aber es war nicht Liebe, nicht die Liebe, die Grenzen überschreitet; nur so viel davon, dass die Sehnsucht nach diesem Grenzenüberschreiten gefüttert wurde. Erst Srimala hat mir beigebracht, dass meine Vorstellung falsch war.«

»Mhm. Hingabe.« Teresa lächelte in der Erinnerung an sein eifriges Nicken.

»Es geht ja nicht um Erwidern. Es geht um … Demut. Der Priester und die Göttin. Srimala sagte, das ist die innere Wirklichkeit – nach außen gestülpt. Männliche und weibliche Energie in Harmonie. Zuerst muss es im Innern stattfinden.«

»Das heißt, du hast die Göttin in dir und ich habe den Priester in mir? Ja, natürlich, wie sonst? Vater-Mutter-Buddha.«

Tashi hatte ihr eines der Bilder auf seinem Schrein gereicht. »Oder Mutter-Vater-Buddha. Das ist selten.«

Das Foto zeigte ein Thangka, auf dem die traditionellen Yab-Yum-Rollen vertauscht waren: Eine Weiße Arya Tara hielt ihren Gefährten in tantrischer Umarmung im Schoß. Nie zuvor hatte Teresa diese Version gesehen. It's a men's world, dachte sie, und das seit gut dreitausend Jahren. Tausend Jahre Tantrayana haben daran nichts ändern können. Außer kleinen Nischen wie dieses Bild. Oder wie die geheimen Überlieferungen der Yoginis. Doch wer weiß schon davon?

Joe verschwand in ihrem Zimmer, kaum dass sie heimgekehrt waren, und bald zog der Duft von Räucherstäbchen durch die Wohnung. Teresa setzte sich im Atelier an ihren Zeichentisch und machte ein paar Porträtskizzen von Tashi, doch obwohl sie ihr gut gelangen, ließ ihre Konzentration schnell nach und sie konnte nicht verhindern, dass ihre Gedanken wieder dorthin wanderten, wo ihre Ängste und Bedenken lagen. Wie sollte es weitergehen? Dies war keine Beziehung, die Dauer vertrug. Musste sie sich nicht wappnen für den Augenblick, in dem Tashi sie verlassen würde? Oder würde sie selbst sich von ihm abwenden, erschreckt von der unerbittlichen Bedrohung ihres inneren Gleichgewichts durch seine Jugend, gedemütigt ebenso durch ihre eigenen Projektionen wie durch Gerüchte, durch Anzüglichkeiten ihrer Umwelt – oder einfach durch die Angst davor, noch bevor es so weit kommen konnte? Der Gedanke an ein Leben ohne Tashi war unerträglich. Bliebe Tashi »danach«, nachdem er sie verlassen hatte, in der Stadt, würde sie das Land verlassen müssen. Wo sollte sie hingehen? Wo sollte sie sterben? Seit dem Tod ihres Rinpoche hatte sie vage daran gedacht, ihm langsam nachzusterben in dieser Stadt, die ihr Exil war wie das seine. Doch es war weder Leben noch Sterben gewesen. Ein riesengroßes Missverständnis.

Warum hatte sie sich nie für einen neuen Lehrer geöffnet? Der Verdacht kam ihr, es könnte Arroganz im Spiel gewesen sein: Einen Besseren gibt es nicht, einen weniger Guten will ich nicht.

»Was ist mit Abendessen?« Joe hatte den Vorhang vor dem Ateliereingang zurückgeschlagen und entdeckte die Skizzen von Tashi.

»Könntest du auch ein Bild von Puchung zeichnen?«, fragte sie zögernd. »Ich meine – ich seh ihn ja nicht so bald wieder.«

Teresa zog ein leeres Blatt heran und begann zu skizzieren. Es war gut, es lenkte sie ab, und es war schön, sich in das empfindsame Gesicht des taubstummen Jungen hineinzufühlen, in diese Augen, die hören und sprechen konnten, und in den für immer sprachlosen Mund. Es war eine schnelle, flüchtige Skizze, doch sie holte Puchung herbei, machte seine Erinnerung lebendig.

»Wir können ihn besuchen, wenn die Gegend von den Maoisten gesäubert ist«, sagte sie. Doch sie glaubte selbst nicht daran. Früher hatte sie das Rebellenproblem kaum beachtet; es fand irgendwo im Hinterland statt und hatte sie nicht berührt. Doch nun, da sie begonnen hatte, die Zeitung aufmerksamer zu lesen, musste sie zu ihrem Entsetzen feststellen, dass dieses Land krank war, dass der Tumor der Gewalt, von Korruption und Ignoranz genährt, Metastasen zu bilden begann.

Nichts wurde berichtet von der Rebellenpräsenz in dem Gebiet, in dem sie überfallen worden waren. Vielleicht war es nur ein versprengtes Grüppchen gewesen ohne klare Struktur, schlecht organisiert. Noch … Ihre Gewehre waren minderwertig, hatte Tashi gesagt, die Mannschaft zu jung und völlig verwildert, die Reden des Anführers nachgeplapperte Slogans. »Keine Substanz«, hatte Tashi gesagt, »aber gefährlich.«

»Puchung könnte doch auch zu uns kommen, das würde ihm sicher gefallen«, sagte Joe hoffnungsvoll und hielt die Skizze wie eine zerbrechliche Kostbarkeit oder einen sakralen Gegenstand in beiden Händen.

»Ja, sicher«, antwortete Teresa halbherzig, »warum nicht.«

Beim Abendessen berichtete Joe von Dechen, deren Zustand noch so war wie zuvor, was alle für ein Wunder hielten, und von Chöni, die ihr ein Klosterlied beigebracht hatte.

»Und es gibt Krieg im Kloster«, erzählte sie, »einen Kleinkrieg zwischen den Nonnen, so ähnlich wie im Internat. Die einen sind echt tibetisch, aus Tibet oder von der Grenze irgendwo, und die anderen sind zwar auch Tibeter, aber von hier, vom Kathmandu-Tal. Und Einheimische, Newari, sind auch dabei. Jede Seite hat bestimmte Jobs, wie im Garten arbeiten oder den Lhakang putzen, und jetzt wollen die einen, dass neu verteilt wird, und die anderen wollen es nicht. Ich hab gesagt, sie sollen die Jobs einfach auslosen, aber das finden sie auch wieder nicht gut, sonst müsste vielleicht eine aus dem Süden mit einer aus dem Norden zusammenarbeiten. Die spinnen, die Nonnen!«

Teresa lachte. »Kloster schützt vor Ego nicht. Jeden Tag geht es von vorn los, ob im Kloster oder nicht.«

»Was?«

»Die Geisteszähmung.«

»Ah, du meinst, so eine Art Dressur für den Geist? Wie wenn man einen Hund dressiert?«

»Hm, Meditation ist eigentlich eher … Ruhe geben. Damit fängt man jedenfalls an. Das erinnert mich an Tofu Roshi. Ein Schüler wandte sich an ihn mit dem Problem, dass sein Hund nicht auf dem Meditationskissen sitzen bliebe und ob er nicht das Sitzkissen stattdessen auf den Hund binden solle. Tofu Roshi antwortete, dass dies die tiefgründige Frage aufwerfe, wer an wem festgebunden werde. Die Anweisung für die Sitzmeditation jedenfalls laute schlicht und einfach: Sitz! Basta.«

Joe lachte. »Verarsch mich nicht. Das hat Ani Pema schon besorgt. Sie ist witzig. Ich hab mal gesagt, dass ich das Mantra-Brabbeln komisch finde und was das soll. Da sagt sie: Mantra-Brabbeln ist gut gegen das Hin-und-her-Denken. Und sie hat eine Geschichte erzählt: Da war mal ein Tibeter und der kletterte über den ganzen Himalaja nach Indien zu einem berühmten buddhistischen Guru – weil es damals den Buddhismus in Indien gab –, und er wollte von dem Guru ein Mantra zum Erleuchtetwerden. Der Tibeter war ziemlich dreckig und in Indien war es heiß und er stank und er ging vor dem Guru auf die Knie und sagte auf Tibetisch: Bitte ein Mantra! Bitte ein Mantra! Der Guru scheuchte ihn weg und sagte so was wie: Achduheiligescheiße, hau bloß ab! Der Tibeter verstand natürlich nicht Indisch und dachte, das sei das Mantra. Und dann ging er wieder nach Tibet und setzte sich in eine Höhle und rezitierte eifrig das Mantra ›Achduheiligescheißehaubloßab‹ und stellte sich irgendwie dieses göttliche Licht vor oder so ähnlich. Okay, und dann wurde er immer erleuchteter und erleuchteter ... ich meine, weil er mit dem Hin-und-her-Denken aufhörte und so ...«

»Ist Teresa noch da, Joe? Sie muss das unbedingt sehen!«

Gerdas vor Aufregung schrille Stimme im Flur schreckte Teresa aus dem ungewissen, papierdünnen Schlaf des Morgens auf. Zwei Tage hatte sie auf ihrem Bett verbracht, ihr Knie in einem Salbenverband, nachdem es zu einem Ballon angeschwollen war. So hatte sie auf ihrem freien Montag bestehen können, obwohl man in der Ambulanz keinen Zweifel daran ließ, dass sie gebraucht wurde.

Joe, nur mit einem übergroßen T-Shirt bekleidet, öffnete die Tür zu Teresas Schlafzimmer. Gerda stürzte hinein in ihrer wohlmeinenden, aufgelösten Art und schwenkte die Zeitung.

»Siehst du das? Die Tibeterin! Das ist diese Tibeterin, die nach Tashi gefragt hat! Sie ist es!« Ihr Zeigefinger durchbohrte fast die Frontseite, auf der ein großer Balken verkündete: »Mord an Schwester!« Darunter waren Opfer und Täter abgebildet.

Teresa setzte ihre Brille auf. Es war tatsächlich die Tibeterin, auf diesem Bild ohne Zöpfe, die Haare in offener Fülle um ein schönes, geschminktes Gesicht mit herausforderndem Blick drapiert, ein Studiofoto, das schmeichelte. Aber auf jeden Fall war es diese junge Frau. Und daneben der Verrückte, der Teresa auf der Straße angegriffen hatte.

»Ihr Bruder hat sie erstochen, stell dir das vor! Und er hat auch gestanden, dass er den Maler umgebracht hat. Wegen dem Thangka. Steht alles da drin.«

Mit einem Ausdruck empörter Befriedigung setzte Gerda sich auf die Bettkante und überließ die Zeitung Teresa. Der Bruder, Sohn einer wohlhabenden Khampa-Familie, aber in zweifelhafte Geschäfte verwickelt und schwer verschuldet, hatte gestanden,

Kunzang im Auftrag seiner Schwester erstochen zu haben. Die Schwester, eine sehr schöne und stolze Frau, war außer sich vor Wut gewesen, weil der Maler sie um einer westlichen Frau willen verlassen hatte. Zum Lohn für die böse Tat sollte der Bruder das kostbare Thangka bekommen, von dem die Schwester wusste. Doch sie hatten das Bild nicht gefunden und vermutet, Kunzangs Freund Sherab müsse es haben. Als der Bruder nun aus der Zeitung erfuhr, dass der erhoffte Schatz in der Botschaft eingeschlossen und damit für ihn unerreichbar geworden war, war es zum Streit mit der Schwester gekommen und er hatte zum Messer gegriffen. Die Schwester starb noch am Tatort. Er habe das nicht gewollt, sagte er.

»Und wir dachten die ganze Zeit … o Scheiße!« Joes Stimme war ganz klein, als wage sie noch nicht, das alles zu glauben. Und atemlos fügte sie hinzu: »Und ich hab's gesehen. Beim Yogi-Lama hab ich's gesehen.«

»Diese wilden Khampas!«, sagte Gerda, ganz glücklich vor Empörung.

Teresa ließ sich in ihr Kissen zurücksinken. »Es ist vorbei«, flüsterte sie. »Ich kann es kaum glauben. Es ist wirklich vorbei.«

Plötzlich begann Joe zu lachen. »Ist das schräg. Wir dachten die ganze Zeit, die Mafia ist hinter uns her, und dabei waren es nur diese beiden Gierkröpfe.«

»Gefährliche Gierkröpfe«, sagte Teresa. »Sie haben Kunzang umgebracht. Und dieser Bruder, der Irre, der auf mich losgegangen ist – er hatte wirklich ein Messer. Wahrscheinlich dasselbe Messer, mit dem er Kunzang und seine Schwester erstochen hat.«

Gerda faltete die Zeitung zusammen und stand auf. »Das muss ich sofort Narendra erzählen«, sagte sie. »Wir dachten doch auch, es sei die Mafia. Narendra hatte schon überlegt, wie er sich auf dem Schwarzmarkt eine Pistole besorgen könnte. Ich hab ihm gesagt, das ist doch verboten, aber er hört mir ja nicht zu. Stell dir vor, er erschießt so einen Gangster, der uns überfällt, und dann stecken sie ihn ins Gefängnis, weil er eine Pistole hatte. So eine Ungerechtigkeit!«

»He, wir haben doch gesagt, du darfst niemand was erzählen«, sagte Joe. »Und ein Küchenmesser neben dem Bett tut's auch.«

»Das liegt da längst«, erwiderte Gerda ernsthaft.

Joe begleitete Gerdas Abgang mit wildem Kichern. »Komische Tante«, sagte sie, als sie die Wohnungstür zufallen hörte. »Ich find sie nett und muss über sie lachen und sie geht mir tierisch auf die Nerven.«

Teresa seufzte. »Sie ist ein freundlicher Mensch. Idiot compassion. Eine Nervensäge, aber eine freundliche Nervensäge. Ein gutes Karma hat mir Gerda gegeben, damit ich mehr Toleranz lerne. Ich kann diese gereizte Seite an mir nicht ausstehen.«

»Ach, du bist doch Milch und Honig, jedenfalls verglichen mit meiner Mam und mit Opa.«

»Oh, deine Mutter. Ich hab sie gestern Nacht erreicht. Erst hat sie ein bisschen rumgeredet, aber dann konnte ich sie überzeugen, dass du hier gut aufgehoben bist. Ich sagte, wir beide verstehen uns gut. Ihre Antwort darauf war: ›So?‹ Mit einer Stimme wie eine Spitzhacke.«

Sie verschwieg die säuerlichen Worte Astrids über ihre Tochter, das missratene Kind, das Schande über die Familie brachte, weil es nicht ebenso funktionierte wie Mutter und Vater und Großvater. Was für eine akademische Spießerin, dachte Teresa. Sie krümmt sich jetzt schon im Gedanken an eine Zukunft, in der sie die Frage nach ihrer Tochter vermutlich nicht mit Stolz würde beantworten können: Oh, sie ist Juristin – Medizinerin – Studienrätin – oder besser noch: Sie hat eine Professur an der Sowieso-Universität. Wird diese Mutter ihr Kind jemals lieben können?

Teresa legte den Arm um Joe. »Und ich war fleißig. Hab schon ein Internat in Nordindien für dich gefunden. Mir fiel ein, dass die Tochter einer Bekannten dort in die Schule geht. Du wirst sie demnächst kennenlernen.«

Joe klatschte in die Hände, strampelte mit den Beinen und sang laut und unmelodisch. »Ich muss nicht mehr heim, ich hab wahnsinnig Schwein.«

Teresa genoss diese direkte, kindliche Freude. Joe war – unter der Oberfläche einer zunehmend gemildert bizarren Aufmachung – erfrischend unkompliziert. Barbarisch, unerzogen, unverfeinert, jedoch authentisch in ihren Äußerungen. Wenn sie sich freute, freute sie sich aufrichtig. Wenn sie wütend war, war sie in aller Form wütend. Wenn sie unglücklich war, versuchte sie nicht, es zu überspielen. Ohne Zweifel eine anstrengende Persönlichkeit, aber guter Stoff, unverdünnt.

»Ich zieh was an und geh die Zeitung kaufen«, erklärte Joe. »Und dann fahr ich zum Kloster rauf und geb sie Tashi und besuche Dechen. Sie braucht mich.«

Teresa musste lächeln über die vertrauensvolle Selbstverständlichkeit, mit der Joe ihren Platz als Freundin und Betreuerin des sterbenden Mädchens eingenommen hatte, das weder Kultur noch Religion noch Sprache mit ihr teilte. Wundersame Sprache des Herzens, über die Joe so leichthändig zu verfügen schien – niemand hatte Verwendung dafür gehabt in der Welt, aus der sie kam.

Nun werde ich alles wiedergutmachen können, mein Kind – dass ich dich dem Albtraum überließ, vor dem ich selbst geflohen bin. Doch hätte ich nicht versucht, mich selbst zu retten, könnte ich dir jetzt keine Hilfe sein. Und endlich lerne ich, mich wie eine Mutter zu fühlen, die lieben und geben will ohne Erwartung und Anspruch und so unglaublich viel Glück daraus schöpft.

12

In den Gassen war es ruhig am späten Morgen. Teresa näherte sich dem Neubau, in dem Tashi seit Kurzem ein Appartement bewohnte, zögerte vor der Haustür und ging weiter, auf die Stupa zu. Ein paar Umrundungen des Heiligtums mochten ihr ein wenig Ruhe bringen. *Mögen alle Wesen glücklich sein, mögen alle von Unruhe Geplagten Ruhe finden, OM MANI PEME HUNG.*

Der Monsun war schwächer geworden, doch hatte die herbstliche Touristensaison noch nicht begonnen und nur wenige Bettler saßen an der Stupamauer. Kaum einer machte sich die Mühe, angesichts Teresas wohlbekannter Erscheinung die Hand auszustrecken. Manchmal gab sie etwas, manchmal nicht; es war nicht vorhersehbar und unabhängig von bereitgehaltenen Händen. Diesmal gab sie jedem ein paar Rupien. Großzügigkeit mochte der angemessene Auftakt sein zu ihrem Vorhaben.

Sie fürchtete sich. Eine schlaflose Nacht lang hatte sie mit sich selbst diskutiert, welche Haltung sie Tashi gegenüber einnehmen sollte. Am Morgen hatte sie schließlich das Orakel befragt und sich mit dessen Antwort TSA RA, »Die feurige Waffe«, beruhigt. Keine Kompromisse, hatte das Orakel empfohlen, sich nicht bedrängen lassen, seinen Standpunkt vertreten, klar und deutlich, aber nicht ohne Mitgefühl.

Dennoch fürchtete sie sich.

Mit entschlossenen Schritten machte sie sich erneut auf den

Weg zu Tashi, stieg die noch unfertige Treppe hinauf und pochte an seine Tür.

Tashi öffnete und nahm sie ohne Zögern in die Arme, hob sie hoch und schwenkte sie ins Zimmer. Angestrengt lachend entwand sie sich ihm und schob ihn zurück.

»Arbeitest du?«, fragte sie.

Tashi wies auf seinen Schreibtisch. Sein Laptop war geöffnet und zeigte einen tibetischen Text.

»Maria hat mir einen Auftrag und Geld geschickt«, sagte er. »Beides eine Wohltat.«

Teresa setzte sich auf die Bettkante, legte Tasche und Schirm neben sich und strich ihren Sarong glatt. »Tashi, wir müssen reden.«

Mit einem Fuß zog Tashi den einzigen Stuhl heran und setzte sich ihr gegenüber.

»Du weißt, warum?«

Tashi schwieg mit fragendem Blick.

»Wir sehen uns immer seltener«, sagte Teresa. »Und ich möchte wissen, warum. Es ist ja nicht so, dass ich erwarte oder gar wünsche, dass wir ständig aneinanderkleben. Aber du sagst nicht, dann oder dann komme ich wieder. Du rufst nicht an. Du kommst irgendwann, unerwartet, ohne dich vorher zu vergewissern, ob es auch für mich eine geeignete Zeit ist. Wenn ich dich frage, wann du wiederkommst, weichst du aus. Wenn ich einen bestimmten Tag vorschlage, sagst du, du würdest dich melden, tust es aber nicht. Ich habe das bis jetzt nicht angesprochen, aber ich habe nachgedacht. Nach Aidan habe ich mir geschworen, dass ich mir eines nie, nie wieder antun will: die Ambivalenz eines Mannes. Und hier ist sie wieder. Ich ertrage sie nicht. Ich erlaube sie nicht. Also ist jetzt der Augenblick für eine Entscheidung gekommen.«

Sie war selbst erstaunt über die Festigkeit ihrer Stimme.

Tashi setzte sich neben sie und hielt sie schweigend fest.

»Es tut mir leid«, flüsterte er schließlich. »Glaub mir, es tut mir leid.«

Als sein Griff ein wenig lockerer wurde, nutzte Teresa den Augenblick, um sich sanft zu entziehen. »Erkläre es mir, Tashi. Willst du unsere Beziehung beenden? Ich habe nicht erwartet, dass sie allzu lange dauern wird, es sind sehr große Unterschiede, die uns trennen. Ich wäre naiv, wenn ich das übergehen würde. Ich verlange nur, dass du dir – und mir – klarmachst, was du willst.«

Tashi rieb unruhig seine Hände.

»Ich will dich, Teresa«, antwortete er. »Ich komme gern zu dir und ich bin immer glücklich bei dir. Ich möchte das nicht beenden, ganz sicher nicht.«

Teresas aufgeregter Herzschlag begann sich zu beruhigen. Er hätte sagen können: Ja, du hast recht, es war schön, aber nicht auf Dauer angelegt. Er hätte sagen können: Ich wollte dir nicht wehtun, ich dachte, eine langsame Trennung ist leichter. Aber er hatte gesagt: Ich möchte es nicht beenden, ich bin immer glücklich bei dir. Sie konnte spüren, wie lebendige Energie durch ihren Körper strömte, hell und frisch, durch ihre Haut trat und sie mit einem starken, leuchtenden Strahlen umhüllte.

»Ich glaube, es hat mit Maria und Terry zu tun«, fuhr Tashi fort und hakte seine Finger ineinander wie ein schuldbewusstes Kind. »Sie hatten mich beide fest an der Leine. Bei Maria akzeptierte ich es einfach. Ich war so jung und wusste so wenig und respektierte ihre Überlegenheit. Bei Terry war es anders, wir waren etwa im gleichen Alter. In den ersten Jahren ging es ganz gut, wahrscheinlich deshalb, weil wir ständig alles gemeinsam machten. Aber dann hatte sie zwei Fehlgeburten hintereinander und begann sich an mir festzukrallen. Sie wollte mich ganz für sich haben, vielleicht als Ersatz für das Kind, das sie nicht bekommen konnte. Ich fühlte mich nicht mehr wohl bei ihr. Ich wurde depressiv. Dann blieb ich immer länger im Reservat. Terry machte Szenen und ich kam nicht mehr heim. Die Depression war ein guter Vorwand. Arme Terry. Wir haben einander das Leben so schwer gemacht.«

Er strich sich ein paar Mal über das Gesicht, als wolle er den Schmerz der Erinnerungen abstreifen. »Ich wusste nicht, was ich tat. Sie wusste nicht, was sie tat. Wir waren einfach unseren eigenen Reaktionen ausgeliefert.«

»Und jetzt ist es wieder so?« Teresa hob höflich ihre Stimme, um eine Frage anzudeuten.

Tashi hob den Kopf. »Du bist anders. Du weißt mehr. Du kannst es verstehen.«

Teresa hob abwehrend die Hände. »Tashi, ich kann es verstehen, aber ich spiele nicht mit. Ich kann nicht eine Beziehung auf Zehenspitzen führen, immer auf der Hut, immer im Manöver in vermintem Gebiet.«

Tashi sprang auf und begann im Zimmer hin und her zu laufen, zum Schreibtisch, zur Tür und wieder zum Schreibtisch. »Also doch die alte Leier. Ich muss erzogen werden. Ich soll so sein, wie du mich haben willst. Ich darf keinen Fehler machen. Sonst flieg ich aus dem Spiel. Oh, verdammt, diese heimliche, wohlerzogene Arroganz, wenn du sagst: Ich spiele nicht mit!« Seine Stimme war laut geworden. Er hielt inne und rang um Beherrschung. »Teresa, ich will keine Fehler machen, aber ich mache sie. Ich bin diese diversen Tashis und ich habe sie nicht ständig unter Kontrolle. Ich werde dich wahrscheinlich immer wieder und wieder verletzen, ohne es zu wollen.« Er blieb vor ihr stehen und beugte sich vor. »Ich habe auch noch den Novizen in mir, dem man Verzicht und

Rückzug eingebläut hat. Manchmal weiß ich nicht mehr, auf welchen ich hören soll.«

»Tashi, was soll das!«, sagte Teresa. Sie hatte es sanft sagen wollen, als spräche sie zu einem kleinen Kind, doch es kam scharf heraus, ganz natürlich, wie man unwillkürlich ein Messer nimmt, nicht Löffel oder Gabel, um ein Steak zu schneiden.

Tashi setzte sich wieder. »Entschuldige! Ich bin pathetisch. Das sagte Terry oft: Tashi, look at yourself, you are so pathetic … Teresa, bitte, hab Verständnis. Alte Gewohnheiten sind mächtig. Kennst du das nicht auch? Da lauert am Rand deines Bewusstseins ein besseres Wissen und es kommt nicht durch, weil du so sehr mit dir selbst beschäftigt bist?«

Mit einem kleinen Nicken ergriff Teresa seine Hände. »Ja, natürlich kenne ich das.«

Sie beugten sich einander zu und lehnten eine Weile Stirn an Stirn.

»Ich muss dich vor mir warnen«, sagte Tashi und richtete sich auf, ohne ihre Hände loszulassen. »Ich bin unerziehbar. Ich werde mich unmöglich benehmen. Ich werde dich warten lassen. Ich werde unhöflich sein. Ich werde mich aufregen und schreien. Ich werde vergessen, dich zu fragen, wie es dir geht. Ich werde weglaufen, wenn ich mich eingeengt fühle. Ich werde deine Geduld bis an die Grenzen strapazieren.«

»Oh, ich muss dich auch vor mir warnen«, sagte Teresa. »Ich werde dich zur Rede stellen. Ich werde dich korrigieren. Ich werde schimpfen. Vielleicht werde ich dir Szenen machen. Vielleicht werde ich dich rauswerfen und dann wieder zu mir locken. Vielleicht werde ich dich schuldig sprechen und dir im nächsten Augenblick die Absolution erteilen. Wahrscheinlich werde ich für dich ebenso unbequem sein wie du für mich.«

»Amen«, sagte Tashi lächelnd. »Es ist gut, wenn man weiß,

worauf man sich einlässt. Es sieht so aus, als könnten wir ebenbürtige Partner sein.«

»Ich bitte darum«, erwiderte Teresa und streckte die Arme nach ihm aus. »Keine Minen.«

Tashi zog sie an sich. »Nein, keine Minen, meine Messer schwingende Göttin.«

Unwillkürlich schaute sie sich auf dem Heimweg nach einem Verfolger um. Wann würde sie das Gefühl der Bedrohung, das ihr anhaftete wie eine zweite Haut, endgültig abstreifen können? Oft schreckte sie nachts auf, wenn ein Fenster sich im Wind bewegte oder eine alte Diele im Haus knackte, mit stolperndem Herzschlag und tausend Alarmglocken in ihrem Blut. Dann versuchte sie über sich zu lachen und sagte sich: Dumme Teresa, es ist nur die Macht des Nichts. Und sie rief Mahakala in Vielzahl herbei, um sich zu beruhigen.

Sita war bereits heimgegangen, als Teresa die Haustür aufschloss. Noch hatte sie sich nicht an die Stille gewöhnt, die wieder ein Teil der Wohnung geworden war. Es gab nicht selten Augenblicke, in denen sie Joe vermisste. Allein schon, dass das Echo einer vertrauten Anwesenheit noch immer zwischen den Wänden hing und ihr Rührung aufdrängte. Dann nahm sie oft die Katze auf den Schoß und saß mit ihr, streichelnd oder auch nur die Hände um sie gelegt, in einem fragilen Frieden mit feinen Trauerrändern.

»Joe nicht mehr unglücklich«, hatte Sita nach Joes Abreise gesagt, ein ausgedehntes Lächeln auf ihrem breiten Gesicht. »Ganz satt hier«, und sie legte die Hand auf die Mitte ihrer Brust.

Und Madhu ist hungrig, hatte Teresa gedacht. Noch einmal war das Mädchen gekommen und hatte Joe mit ins Kino nehmen wollen. Doch Joe war bei den Nonnen gewesen, wie so häufig, oft tagelang, und hatte Klosterlieder und den sakralen Tanz der Nonnen gelernt und seltsame, zarte Nachmittage mit der noch immer nicht sterbenden, sonderbar weisen Dechen verbracht.

»Komm wieder, Madhu«, hatte Teresa gesagt, »wenn Joe nicht oben im Kloster ist.« Doch Madhu war nicht mehr gekommen.

Manchmal war Teresa mit Joe auf den Berg gefahren, um Ani Rinpoche zu besuchen, und schließlich hatte sie die Yogini um die mündlichen Lehren der weiblichen Übertragung des sexuellen Yoga gebeten.

Es war ein tief bewölkter Tag gewesen, einer der letzten dunklen, dräuenden Tage des schwindenden Monsuns, und Joe hatte, wie sie es ausdrückte, »ihre Ladung Blessings von Ani Rinpoche geholt« und war schnell wieder verschwunden, zu Dechen oder in die große Küche oder zu irgendeiner der Nonnen in der Unüberschaubarkeit des Klosters.

Ani Rinpoche, klein und zart und vom Hauch geheimer Macht umgeben, trug ihre einfache Robe wie ein königliches Gewand. Teresa fühlte sich schüchtern wie ein Kind. *Ich bin kein Kind, ich habe einen kulturimplizierten Autoritätskomplex und falle bis ans Ende meines Lebens darauf herein. Und das ist eine Ungerechtigkeit gegenüber Ani Rinpoche, denn sie behandelt mich nicht wie ein Kind.*

Sie nahm allen Mut zusammen und erzählte von ihrem seltsamen Tanz im Hochtal der Yogis und den Erfahrungen mit Tashi, bevor sie ihre Bitte vorbrachte. Im großen Raum des Blicks der Yogini fand sie das Vertrauen, sich ohne Vorbehalte auszudrücken.

»Ich habe viel über den Yoga der Vereinigung gelesen«, sagte sie schließlich, »alles, was ich finden konnte. Und ich hörte natürlich auch von diversen Lamas, die eine oder mehrere Gefährtinnen hatten. Von einem bekannten Lama hörte ich sagen, dass er die Frauen wie ausgebrannte Raketenstufen zurückließe. Manche schimpften über diesen Lama und andere sagten, die Frauen seien selber schuld, wenn sie sich an ihren eigenen falschen Erwartungen die Finger verbrannten. Ich weiß nicht, was ich von alledem halten soll. Außer dem, was Tashi mir erzählt hat, habe ich nie Genaueres erfahren. Aber ich bin mir sicher, dass der weibliche Weg des Partner-Yoga etwas sehr Kostbares ist, das ich lernen möchte.«

Ani Rinpoche schaute schweigend über Teresas Kopf hinweg.

Warum zögert sie? Erfülle ich nicht die nötigen Voraussetzungen? Bin ich zu alt? Sieht sie meinen verwirrten Geist? Habe ich nicht genügend meditiert?

Sie befahl sich, alle Gedanken abzustellen, atmete sie aus, ließ die Schultern sinken, spürte sich sitzen, atmete, atmete. *Emaho, Teresa, atme!*

»Gut«, sagte Ani Rinpoche schließlich.

Sie erklärte Teresa die grundlegenden Ideen der Yogini-Tantras über Karma-mudra, die Heilige Vereinigung, und erklärte, wie sich die Vorgehensweise der Frau von der des Mannes unterschied. Was sie umkreisend berührte und beschrieb, war überraschend, Wunder verheißend und zugleich selbstverständlich, und es verband sich mit vielem, was Teresa bereits erahnt hatte. Sie war immer schon der Meinung gewesen, dass die Methodik so technisch nicht sein konnte, wie sie beschrieben und gewiss auch oft missverstanden wurde.

»Erlaube dir, eine Frau zu sein, und vertraue deiner weiblichen Intuition«, sagte die Yogini, »aber trenne dich dabei nicht von deiner männlichen Energie. Nur wenn beide in Harmonie in dir sind, ist dein Geist klar.«

Sie würde des Mannes geheime Lehrerin sein müssen, sagte die Yogini, denn es sei der Frauen Kraft und Verantwortung, die Führung in der Liebe zu übernehmen. »Und sage nicht, du könntest das nicht. Du hattest deinen wunderbaren Lehrer und du hast in deinem Leben viel gelernt und viel praktiziert. Der Schmetterling kann fliegen, wenn er seine Verpuppung verlassen hat, und, wie du ja weißt, die Dakini kann tanzen, wenn dein Geist sie in dir freigegeben hat.«

Als Teresa ging, gab Ani Rinpoche ihr den Gesang Milarepas für seine fünf Dakinis mit auf den Weg:

»Vereinigung ist der schnelle Weg des Partner-Yoga.
Es ist der Weg, der mit makellosem Glück erfüllt.
Dieser Weg bringt die Siddhis von Klarheit und
Offenheit.
Es ist der Weg des Dharmakaya, frei von Gedanken
und Begriffen.
Es ist der Weg des Sambhogakaya, der großen
Glückseligkeit.
Es ist der Weg des Nirmanakaya, der vielfältigen
Erscheinungen, der Einheit von Klarheit und
Offenheit.
Es ist der Weg der Einheit von Glück, Klarheit und
Nichtdenken.
Es ist der schnelle Weg des Partner-Yoga.
Deshalb werdet ihr durch den Yoga der Vereinigung
mit Sicherheit Befreiung erlangen.«

Auf der Staffelei stand das fertige Bild des Mahakala. Das klare Licht der beiden Nordfenster mischte sich mit den Farben, holte zarte Goldtöne aus dem gedämpften Gelb der rauchigen

Feueraureole und ließ das Weiß der rollenden Augen aufblitzen und die Fangzähne schimmern. Es war Joes Mahakala geworden, väterlich-mütterlich, unbesiegbar, Ritterkönig, der sein Land und Volk verteidigt, Tigerin auf der Höhe ihrer Kraft, die sich in wilder, bedenkenloser Liebe vor ihr Junges stellt. Joes Mut und Echtheit hatten sich in diesem Bild niedergelassen und gaben ihm sein Leben. Bald würde es von einer leeren Leinwand ersetzt werden. Noch suchten die Skizzen der im Feuer tanzenden Dakini, mit denen Teresa bereits begonnen hatte, ihre endgültige Form. Bei jedem Versuch tauchte sie in den Schatten der Erfahrung, des Wunders, ein, und sie sehnte sich danach, wieder aus sich herausspringen zu können, getragen von dieser ungeheueren, unbenennbaren Freude des Großen Spiels.

Sie legte ein Klavierkonzert von Mozart auf und setzte sich an ihren Zeichentisch. Dankbarkeit breitete sich in ihr aus, Dank an Tashi, an sich selbst, an Ani Rinpoche und Srimala, an Sahaja-yogini-chinta, an all die weiblichen und männlichen Meister der tantrischen Tradition.

Es war, als habe sie eine bedeutende Prüfung bestanden. Während der so gefürchteten Auseinandersetzung mit Tashi hatte sie ihre Würde und Klarheit nicht verloren, war nicht das Opfer der Verwirrung geworden wie so oft in der Vergangenheit. Nur ein Schritt daneben, und sie könnte in äußerste Einsamkeit fallen, in die erbarmungslose Einsamkeit derer, die mit aller Todesverachtung lieben, doch die Hände der Weisheits-Dakinis nicht zu ergreifen wissen. Sie neigt sich ihnen entgegen, die Freiheit aus dem weiten Raum, in dem Himmel und Hölle sich auflösen wie Wolken, aber diese einsamen Liebenden sehen sie nicht und nähren Liebe und Not in sich bis zu einer grandiosen, fruchtlosen Verzweiflung.

»Hey ho, Dakini!«, sagte sie und ließ die wilde, tanzende

Gestalt aus dem Raum hervortreten auf die weiße Glätte des Papiers.

»Teresa, du hast Besuch!«, hörte sie Gerda rufen.

Zwei Mönche standen vor ihrer Haustür, der junge Samten von ihrem Kloster und ein anderer, älterer, den sie nicht kannte.

»Tashi Delek, Teresa-la«, sagte Samten höflich, »das ist Jigme-la, er kam gestern aus Tibet, aus dem Kloster, aus dem der Mahakala gestohlen wurde.«

Der Mönch Jigme sah nicht anders aus als andere tibetische Mönche, und doch verriet sein unruhiger Blick, dass es das Reich der Angst war, aus dem er kam.

Teresa bat die Mönche ins Wohnzimmer und servierte ihnen Tee und kostbare westliche Schokolade.

»Jigme-la überbringt dir den Dank des Klosters für die Rettung des Thangka«, sagte Samten. »Er ist gekommen, um es zurückzuholen. Es ist schon alles geregelt.«

»Ein Wunder«, erwiderte Teresa überrascht. »Nur Mahakala konnte es schaffen, die langsamen Mühlen der Bürokratie so schnell in Bewegung zu versetzen.«

Jigme verspeiste laut und glücklich ein Stück Schokolade nach dem anderen und betrachtete mit verwunderter Neugier Teresas eigenwillige Thangka-Versionen an den Wänden.

»Und Jigme-la hat noch eine weitere Nachricht«, sagte Samten. »Das Kloster konnte eine große Bibliothek retten, die erst jetzt nach und nach aus einer Höhle unter dem Kloster herausgeholt wird. Das Klima in der Höhle war sehr gut und die Bücher sind unbeschädigt. Es sind sehr wertvolle alte Werke dabei und der Klosterleiter möchte, dass sie vorsichtig fotografiert und katalogisiert werden. Der Klosterleiter hat Verbindung mit Lama Tsondu aufgenommen, und Lama Tsondu hat einen Tulku, einen gewissen Tashi Tsering, für diese Aufgabe empfohlen.«

Teresa lächelte. »Ich bin sicher, dass Tashi über diese Aufgabe sehr glücklich sein wird.«

In diesem Augenblick rief Tashi an.

»Du hast lange Ohren, Tashi«, sagte Teresa. »Du solltest ganz schnell kommen, hier wartet jemand auf dich.«

»Ich weiß, dass du wartest, meine Khandro-la.«

»Ich spreche nicht von mir. Ich auch, ja, aber vielleicht wirst du dich noch mehr über die Person freuen, die ich meine.«

»Das ist nicht möglich, meine Süße.«

»Vielleicht nicht für den Tashi, der du jetzt gerade bist. Aber lass uns sehen.«

Binnen Kurzem traf Tashi ein und vernahm mit leuchtenden Augen Jigmes Bericht. Den ganzen Nachmittag lang sprachen sie miteinander und Teresa verstand nur wenig davon, doch die Gesichter und Gesten waren beredt genug. Bevor die Mönche gingen, versprach Tashi, bald nach Tibet zu kommen; so viel verstand sie, und sie war glücklich für Tashi und traurig für sich.

Es war keine Nacht für das Fest der Sinne. Es war eine Nacht, um einander zu halten und kleine, tröstliche Brücken zu schlagen von der einen natürlichen Einsamkeit zur anderen.

»Du wirst mir sehr fehlen«, sagte Teresa.

»Ich werde dir nicht fehlen«, erwiderte Tashi. »Ich möchte, dass du mitkommst.«

Teresa zögerte. »Tashi, ich fürchte, eine Beziehung wie die unsere verträgt nicht so viel … Normalität.«

»Du meinst dein Alter?«

»Es steht vieles zwischen uns, was Normalität ausschließt. Und ja, am meisten das Alter.«

»Dein Alter ist nicht wichtig. Du wirst dich doch nicht von banalen Normen einschüchtern lassen.«

»Es gibt Frauen, die besser zu dir passen in dieser dualistischen Welt. Du wirst vielleicht Kinder wollen. Du wirst mich verlassen, Tashi. Und es wird umso mehr schmerzen, je mehr Nähe wir aufgebaut haben. Wenn wir hin und wieder eine Nacht miteinander verbringen, ist das etwas ganz anderes, als ständig zusammen zu sein.«

Sie hatte es so oft schon durchgespielt – die unausweichliche Trennung, den schneidenden Schmerz des Wissens, dass er sie nicht mehr an sich ziehen, nicht mehr an ihrer Seite einschlafen würde. Dass sie nicht mehr auf ihn warten würde. Dass er nicht mehr ihr Leben ergänzen würde auf allen Ebenen – Körper, Rede, Geist. Sie hatte diese Vorstellung zugelassen, wie sie gelernt hatte, die Vorstellung ihres letztendlichen Sterbens zuzulassen – die Panik, das Entsetzen vor der Endgültigkeit und dann die Lösung: OM TARA TUTARE TURE SVAHA.

Du hast es mich erkennen lassen, wunderbarer Meister des Geistes:
Wer ist verloren?
Und wer verlor?
In jedem Fall niemals entdeckt.
Doch es verbleibt vollkommene Hingabe.
Es scheint nicht nötig herauszufinden,
an welchem Gegenstand der Hingabe man anhaften sollte.

»Oder du verlässt mich, weil du es nicht mehr mit mir aushältst«, sagte Tashi. »Wir können beide keine Garantien geben. Lass es doch einfach so lange dauern, wie es dauert.«

Teresa küsste seine Schulter und überließ sich ein paar Augenblicke lang dem durchdringenden Glück, in den Duft seiner Haut einzutauchen. Doch sie wusste, dass es der richtige Zeitpunkt war, um auszusprechen, was zu sagen ihr so schwerfiel.

»Bitte, versuche mich zu verstehen. Wir leben in einer Welt des Vergleichens. In dieser Welt bist du jung und schön und ich bin alt und nicht mehr so schön. Ich las neulich in einem Artikel über eine Frau in meinem Alter: Man kann sehen, dass sie einmal sehr schön war. Es tat weh. Natürlich gibt es differenziertere Ebenen der Wahrnehmung, auf denen Schönheit weniger plump definiert wird, aber ein Teil von mir gehört zu dieser Welt des Vordergründigen … und sie hat ihre Wirkung auf mich. Es fällt mir schwer, es zu sagen – aber ich fürchte mich, davon etwas in deinem Blick zu sehen. Ich fürchte dein Vergleichen.«

»Ich liebe, was ich in dir sehe, meine Khandro-la. Oft siehst du aus wie ein junges Mädchen. Und ich sehe die Geliebte und die Mutter und die weise Frau. Ich finde es wunderbar, dass du das alles bist. Komm mit mir nach Tibet! In einem Kloster sind wir geschützt vor der Welt.«

»Das sagst du jetzt. Das bist du jetzt. Der Daka Tashi. Aber da sind die anderen Tashis. Noch etwas zum Fürchten.«

»Ich hab dir versprochen, diese ganze Bande zu zähmen. Und außerdem brauche ich dich dazu. Du weckst mich auf. Hör zu, es ist mir peinlich, aber ich will dir etwas gestehen … es ist mir wirklich sehr peinlich … Nachdem mir Lama Tsondu von meinem Tulku-Vorgänger erzählt hat, dachte ich, dass mein Karma schon ziemlich gereinigt sei, dass ein Tulku keine blödsinnigen Fehler mehr machen würde. Bitte, lach nicht.«

»Ich lache nicht«, sagte Teresa und lachte.

»Natürlich dachte ich das nicht laut und deutlich. Es schlich sich ein, verstehst du? Bei Maria war ich der kleine Junge, der lernen musste. Bei Terry war ich der Ehemann, der versagte. Bei Srimala war ich immerhin der akzeptierte Schüler, der seine Sache gut machte. Bei dir begann ich mich wie ein erwachsener Mann zu fühlen, aber mit Vorbehalten. Und da sagt mir ein weiser Yogi, dass ich die Wiedergeburt eines Tulku sei. Hast du gesehen, wie die beiden Mönche mich behandelt haben? Mit so viel Verehrung. Für sie ist das gut, für mein Ego wohl weniger.«

»Die Rolle als Wecker ehrt mich«, erwiderte Teresa. »Ich hab mal in der Biografie eines großen Meisters gelesen, wie sein Tutor mit ihm umging, als er ein Kind war. Wenn er etwas angestellt hatte oder faul gewesen war, machte der Tutor drei Niederwerfungen vor ihm und verhaute ihn gründlich. Danach bat er um Verzeihung und sagte, es sei leider nötig gewesen. Das ist doch ein guter mittlerer Weg.«

»Willst du damit andeuten …?«

»… dass ich dir die angemessene Ehrerbietung erweisen werde, aber auch deutlich äußere, wenn ich meine, dass etwas nicht in Ordnung ist? Ja, das meine ich.«

»Abgemacht. Aber nicht hauen.«

Teresa kicherte. »Nicht hauen. Und nicht keifen, nicht schuldig sprechen, nicht drohen. Dasselbe erhoffe ich auch von dir.«

»Ich werde mich bessern, versprochen«, sagte Tashi und küsste ihr Ohr. »Für dich werde ich ein Heiliger.«

»Allemal besser als ein Märtyrer … Du wirst keine Fotos des Dalai Lama mitnehmen?«

Tashi zögerte. »Nein. Das würde das Kloster gefährden.«

»Und du wirst nichts Subversives tun?«

»Nichts Sichtbares. Nur in Gedanken.«

»Gut«, murmelte sie zufrieden.

Sie war nah am Einschlafen, als Tashi flüsterte: »Wir treffen uns hinter dem Spiegel, okay?«

Epilog

Die Schatten im Klosterhof begannen sich zu vertiefen.

»Schluss für heute«, sagte Tashi und legte das letzte Blatt eines Buches auf den Stapel vor sich. »Siebenundsiebzig Seiten. Und der Chip ist fast voll.«

Teresa fügte die Seitenzahl zum Titel des Werks und der Systemnummer hinzu und schloss ihr dickes Ringbuch. Auf der anderen Seite der Holzplatte, die sie auf ein paar Holzblöcke aufgebockt hatten, um Tashi das Fotografieren zu erleichtern, saß der Mönch Jigme und schrieb Tashis Angaben auf Tibetisch nieder. Dann wurde das Buch wieder gut verpackt, mit einer Systemnummer versehen und von Jigme in das große Bibliothekszimmer gebracht.

Der Mönch umhüllte Tashi mit einem Blick grenzenloser Verehrung. Niemand in diesem Kloster würde vergessen, dass die Ankunft des Tulku und seiner westlichen Begleiterin unter zwei gewaltigen Regenbogen stattgefunden hatte, einer unmissverständlichen Begrüßungsgeste des Himmels für außerordentliche Gäste. Teresa wurde ebenfalls mit Hochachtung behandelt. Obwohl sie nur eine Frau war, galt sie doch als die wahre Retterin des Wunder-Thangka, wenn auch, wie sie meinte, diese Ehre eher Sherab gebührte und Lama Tsondu, der die Idee zur sicheren Rückführung gehabt hatte.

Sofern das Wetter es erlaubte, arbeiteten sie jeden Tag vom frühen Morgen bis zum späten Nachmittag in einem windstillen Innenhof, in dem die Blockdrucke vor direkter Sonneneinstrahlung geschützt waren. Glücklicherweise hatte es nur wenig Regen gegeben. Der Herbst rückte schnell heran und sie beeilten sich, den wichtigsten Teil der Arbeit vorher zu bewältigen. Auf ihrem Weg zurück nach Lijiang mussten sie zwei Pässe überqueren, bevor der Schnee diese unpassierbar machte.

»Wunderbare Texte«, sagte Tashi. »Maria wird jubeln. Die Frage ist nur, ob ich Ani Rinpoche genügen kann.«

Die Yogini hatte zugesagt, die Übersetzungsarbeiten zu überwachen. Sie schätzte seine Fähigkeiten höher ein als er selbst.

Tashi war glücklich. Ein Schimmer inneren Strahlens umgab ihn, und seine Haltung in der braunen Chuba über den Jeans hatte die kraftvolle Würde eines Mannes, der sich keine Gedanken über den Sinn seines Lebens machen musste. Er fügte sich ein in das Bild und den Rhythmus des Klosters, als habe er schon immer hier gelebt, und das, was sein Eigenes war, hob sich in diesem angemessenen Rahmen umso sichtbarer hervor.

Er gehört hierher, dachte Teresa. Er gehört zu diesem Land mit seiner herausfordernden Weite und dem messerscharfen Licht, wie ein Indio zu seinem Amazonas und ein Eskimo zu seinen Eisschollen gehört. All die vielen Jahre im Westen hatten daran nichts ändern können.

Sie spürte die außergewöhnliche Energie, die dieses Land durchdrang, die Energie einer tausendjährigen leidenschaftlichen Hingabe an den Weg der Entfaltung des Geistes, seiner subtilsten Möglichkeiten. Das war die geistige Luft, die sie atmete, die Inspiration, die ihren innersten Hunger stillte. So schön die Landschaft war – die weitläufig geschwungenen, hier im einsamen Südosten zum Teil noch reich bewaldeten Berge mit dem unvergleichlich tiefblauen Himmel darüber –, sie allein war es nicht, die Herz und Geist so mächtig und zart berührte, dessen war sich Teresa sicher. Doch wenn es keine Klöster mehr gab wie dieses, wer würde dann die Elemente ehren und sie dadurch in ihrer Schönheit bewahren? Selbst die entferntesten Landschaften Tibets würden nicht auf alle Zeit dem Druck der Gier, der Aggression und der Ignoranz der Herrschenden und ihrer vom Materialismus verführten Untertanen standhalten.

Als Teresa eines Nachts Tashi zuflüsterte: »Ich beginne deine Liebesbeziehung zu deinem Land zu verstehen«, weinte er. Wochenlang hatte er ruhig und mit Freude die alten Bücher sortiert, fotografiert und katalogisiert. Er hatte lange Gespräche mit dem alten Klosterleiter, dem Sekretär Döndup und den Mönchen geführt und sich ihre Probleme erzählen lassen. Ohne Pathos hatte er Teresa davon berichtet: von den ständigen Drohungen der chinesischen Behörden, von der heimlichen Unterstützung durch chinesische Freunde, von tibetischen Denunzianten und von all den kleinen Martyrien des Lebens unter der totalitären Fremdherrschaft. Nur ein gelegentliches Zusammenpressen der Lippen hatte verraten, dass er litt.

»Ich kann ihnen nicht helfen, Teresa. Ich fühle mich so hilflos. Was soll ich nur tun?«

Teresa hielt ihn und streichelte ihn, zärtlich und aufmerksam und ohne Abgrenzung gegen seinen Schmerz.

»Das, was du tust«, sagte sie. »Diese Texte sind wichtig. Dieses Wissen ist wichtig. Du hilfst, es zu erhalten.«

Sie konnte ihm nichts sagen, was er nicht bereits gewusst hätte. Doch er nahm den Trost an wie ein schlichtes Geschenk, dessen geringer Preis bedeutungslos ist im Verhältnis zur liebevollen Geste des Gebens.

Nach der Arbeit pflegten sie sich zu den Mönchen in den Lhakang zur täglichen Mahakala-Puja zu setzen. Das Thangka hing wieder an seinem Platz und wurde gut bewacht. Nachts musste einer der vertrauenswürdigsten Mönche im Lhakang schlafen, mit fest geschlossenen Fenstern und von innen verriegelter Tür. Auch tagsüber, außerhalb der Puja-Zeiten, wurde der Lhakang abgeschlossen. »Obwohl ich mir nicht vorstellen kann, wer es noch wagen würde, sich daran zu vergreifen, nach dem, was dem Dieb geschehen ist«, sagte der Sekretär mit einem kleinen, befriedigten Lächeln.

Es waren freundliche, gleichmäßige Tage, an besonderen, glückbringenden Tagen gekrönt vom »Fest von Sonne und Mond«, denn sie hatten gelernt, das Ritual der Vereinigung vor der Verflachung durch Beliebigkeit zu bewahren.

Teresa vergaß ihre Ängste. Doch sie lauerten im Schatten, warteten auf ihre Stunde.

Mit einem scharfen, kalten Wind hatte der Tag begonnen, und selbst der Innenhof konnte sie nicht vor ihm schützen. Sie hatten beschlossen, die Arbeit liegen zu lassen und am Fest des Klosters zu Ehren seines Gründers teilzunehmen.

Schon am Tag zuvor hatten Besucher ihre schönen schwarz-weißen Zelte aus Yakhaar in der Umgebung des Klosters aufgestellt. Seit dem frühen Morgen füllte sich der Lhakang, bis niemand mehr Platz hatte und die Gäste sich im Klosterhof niederlassen mussten. Ein kleiner, lärmender Generator lieferte Strom für uralte Lautsprecherboxen, sodass auch die Besucher, die keinen Platz im Lhakang gefunden hatten, an den Gesängen des Vorsängers teilnehmen konnten.

Was für gute Nerven diese Menschen haben müssen, dachte Teresa. Aber sie sind das übersteuerte Gekreische der Politparolen aus unzulänglichen Lautsprechern gewöhnt. Da regt sich keiner auf, wenn die schöne Stimme des »Umdze« nicht ganz so schön klingt.

Sie hatte Tashi in der Menge verloren und drängte sich zwischen die Besucher auf eine Treppe, um einen Überblick zu bekommen. Sie entdeckte ihn ohne Mühe, er war nah. Sein Gesicht war abgewandt, doch seine Haltung verriet eine Anspannung und selbstvergessene Intensität, die sie in erschreckte Aufregung versetzte. Ihr Blick suchte nach Tashis Ziel und allzu schnell fand sie es.

Die junge Frau war schön, ganz außergewöhnlich schön. Sie leuchtete aus der Menge hervor in ihrer azurblauen, rohseidenen Chuba und der zartblauen Bluse. Ein klares, porzellanglattes Gesicht mit großen Mandelaugen, eine vollkommene Nase, die Lippen wie zu einem ständigen kleinen Lächeln geschwungen, das schwarze Haar in einen einfachen Zopf gefasst, die Haltung aufgerichtet in natürlicher, unbewusster Würde.

Die Menschenmenge verschwand, die Zeit gefror. Die Welt schrumpfte, bündelte sich in diesem Mann, der sich von ihr entfernte und sie dabei in Stücke riss. Teresa hörte den Laut, den sie ausstieß: ein halb unterdrückter Aufschrei, wie ein Schluchzen. Sie schob sich die Treppe hinab, hinweg von diesem Laut, der doch an ihr haftenblieb wie ein Schatten, und wer ihr Gesicht sah, hielt sie für krank und machte ihr Platz, so weit es möglich war.

Zwischen den Klostergebäuden öffnete sich eine Gasse und sie rannte hinein, rannte bis an ihr Ende und in eine weitere Gasse und Treppen hinauf und immer noch weiter. Erst an der verfallenen Klostermauer oben am Hang, an den das Kloster sich lehnte, machte sie atemlos halt und kauerte sich vor einem Mauerstück nieder. Von dort aus konnte man einen Teil des Klosterhofs und das große Eingangstor sehen, auch die Wohngebäude der Mönche hinter dem Lhakang und die offene Tür zu der dunklen Küche, in der Buttertee und Tukpa für die vielen Besucher gekocht wurden.

Sie hatte Herzschmerzen, das unverkennbare Brennen in der

Brust, sie zitterte und ihr Gesicht war von kaltem Schweiß bedeckt.

Wut, Eifersucht, Demütigung – brennend, schneidend, beißend. Schmerz! Schmerz! Schmerz! Doch auch die Gleichzeitigkeit der Klarheit. Tanze deinen wilden Tanz, Kind der Illusion! Tobe, tanze, durchschaue das Spiel!

»Allein, allein, allein«, jammerte sie und wusste zugleich, dass dies die große Chance war, sich mit dem grundlegenden Alleinsein zu versöhnen. »Wut! Wut! Wut!«, knirschte sie und ein schwarz strahlender Mahakala erhob sich aus der Wut. Sein Funken sprühender, rauchender Flammenkranz schoss bis zum Himmel. Während Mahakala seinen zornigen Weisheitstanz tanzte und die Weisheits-Dakinis ihren Kreis um sie schlossen, wiegte sie sich, die Arme um sich selbst geschlungen, im Feuer ihrer glasklaren Wut und Eifersucht und Demütigung, bis sie satt davon war und erschöpft aufstand.

Im Klosterhof nahmen die Gäste ihr Mittagsmahl ein – die vom Kloster verteilte Suppe und mitgebrachten Proviant. Teresa strebte dem Eingang zum neuen Seitengebäude des Lhakang zu, in der Hoffnung, sich in ihrem Zimmer verstecken zu können. Sie fühlte sich wohl in diesem Zimmer, das ihr zudem die Annehmlichkeit eines schlichten asiatischen Badezimmers bot. Man hatte Tashi dieses schönste Zimmer der Etage gegeben, das »Rinpoche-Zimmer«, doch er hatte augenblicklich mit ihr getauscht. Sie müsse die beiden Südfenster zum Tal hin bekommen, erklärte er; eine Malerin brauche den besten Ausblick. Er selbst hatte das Westzimmer genommen, als Empfangszimmer des hohen Besuchers gedacht. Der dritte Raum auf dieser obersten Etage war klein und nach Norden gerichtet. Er war für den Adjutanten vorgesehen und der Sekretär hatte eine junge Nonne aus einem Nachbarkloster als Dienerin für die beiden Besucher dort einquartiert. Das Mädchen war so schüchtern, dass weder Tashi noch Teresa ihr Vertrauen hatten gewinnen können. »Idiotischer, konservativer Klerus«, hatte Tashi geschimpft. »Sie haben ihr wunderbares tantrisches Erbe mit Füßen getreten. Es ist eine verdammte Schande, wie sie immer noch ihre Nonnen behandeln. Und weißt du, was Döndup sagt? Er sagt: Wir haben größere Sorgen.«

Die Besucher saßen dicht gedrängt im Klosterhof und Teresa hatte Mühe, zwischen ihnen einen Weg zu finden. Ihr Gesicht glühte, auf ihrer Haut stand kalter Schweiß, sie fühlte Stauung in sich, schwer wie Brei. Niemand sollte sie sehen. Vor allem Tashi sollte sie nicht sehen. Doch unvermittelt erschien er neben ihr und ergriff ihren Arm. »Wo warst du? Ich hab dich gesucht. Komm, Döndup möchte dir seine Familie vorstellen.«

Und er legte den Arm um sie und zog sie mit in einen Empfangsraum neben dem Lhakang, in dem der Sekretär mit seiner Familie aß, Frauen, Männer, Kinder. Und zwischen ihnen diese junge Frau, diese entsetzliche, bedrohliche, herzzerreißende, unschuldige Schönheit, die Teresa hässlich und minderwertig zu machen drohte, sofern sie es zuließ. Denn das erkannte sie: Es lag nur bei ihr selbst.

»Und das ist Dölma, auch eine Verwandte von Döndup«, hörte sie Tashi sagen.

Teresa lächelte und verbeugte sich vor allen mit gefalteten Händen: »Tashi delek, Tashi delek.« Die schöne junge Frau ergriff ihre Hände und sagte in gebrochenem Englisch: »Vielen Dank für Mahakala-Rettung, sehr vielen Dank, sehr vielen Dank, Amala.«

All die angestaute Energie der letzten Stunde setzte sich in Bewegung, freigegeben in eine Bahn tiefer, natürlicher Rührung. Teresa blinzelte die Tränen weg, hob die Arme und zog Dölma zu sich heran, berührte die glatte, vollkommene Stirn mit der ihren und hörte ein zartes, beglücktes Einziehen des Atems, ein wenig aufgeregt angesichts der Ehre und dankbar, zutiefst und in aller Einfachheit dankbar, wie man dankbar ist für die Sonne nach langen, dunklen Regentagen. Dölma roch zart nach Butter in ihrem Haar und dem Sandelholz und den Kräutern tibetischen Räucherwerks, das alle tibetischen Gewänder durchdringt.

»Ich freue mich, dich kennenzulernen, Dölma«, sagte Teresa mit glücklicher und zugleich schmerzhafter Aufrichtigkeit. »Möge dich Mahakala in jedem Augenblick beschützen.«

»Tashi sagt, Teresa-la große Yogini«, flüsterte Dölma scheu. »Hier keine Yoginis.« Sie zögerte und ließ Teresas Hände los, als habe sie die Ungehörigkeit ihres Übergriffs erkannt. »Bitte, Lehren«, sagte sie kaum hörbar. »Khandro-Lehren.«

Teresa wiegte bejahend den Kopf. »Gut. Morgen, komm morgen zu mir.«

Bizarr. Sie stürzte sich auf die Tukpa und die köstlichen Momos, um nicht mehr sprechen, nicht mehr denken und vor allem nicht mehr fühlen zu müssen. Sie schlürfte und schmatzte, wie es sich gehörte, und erkannte die Weisheit in diesen Essgeräuschen, die einen Schutzwall um sie bildeten, innerhalb dessen sie sich der Befriedigung dieses einfachen, beruhigenden, sinnlichen Genusses überlassen konnte.

Dennoch sah sie Tashis gebannte Blicke, sah die Art, wie er sich aufrichtete, wie er sich der Schönen zuneigte und ihre Aufmerksamkeit auf sich zog. *Das Männchen, das den Geruch des Weibchens aufgenommen hat. Instinkt der Fortpflanzung. Notwendig. Wegschauen. Es bedeutet nichts.*

Oder doch? Teresa seufzte unwillkürlich.

Tashis Blick traf den ihren, öffnete sich weit. Seine Augenbrauen hoben sich.

Wenig später sagte er leise in ihr Ohr: »Was ist? Geht es dir nicht gut?« Besorgtheit oder Schuldgefühl?

Teresa wehrte ab: »So viele Menschen. Ich werde mich in mein Zimmer zurückziehen. Mach dir um mich keine Sorgen.«

Sie war sich des subtilen, halb unbewussten Tricks bewusst, bevor sie es ausgesprochen hatte. Nichts ist geeigneter, Besorgtheit zu erregen, als zu sagen: Mach dir um mich keine Sorgen.

Der Raum füllte sich mit weiteren Klosterhonoratioren und deren Familien. Noch mehrmals musste Teresa als ausgewiesene Thangka-Retterin Dankesbezeigungen entgegennehmen, und Tashi wurde immer wieder aufgefordert, die Geschichte der wunderbaren Rückkehr des heiligen Bildes, wenn auch kurz gefasst, zu erzählen. Als alle eifrig miteinander beschäftigt waren, stahl sich Teresa davon.

Das Zimmer war warm von der mittäglichen Sonne und Teresa legte sich mit einem unverhofften Anflug von Wohlgefühl auf die harte Bettmatte. Es war eine hübsche Tradition, Betten an die Fenster zu stellen, wenn es im Winter auch zugig sein mochte. Sie legte den Kopf auf eine zusammengerollte Decke, sodass sie in die Weite des Himmels über dem Tal schauen konnte. Es tat dem Geist gut, in die Weite zu schauen; in ihr konnte er seine eigene Natur erahnen.

Dann kam Tashi und sie stürzte kopfüber zurück in das atemlose Niemandsland vor dem Eingang zur Hölle.

»Was ist mit dir?«, fragte er und setzte sich auf die Bettkante. Seine Stimme schwang tief in freundlicher Besorgnis.

»Nichts«, antwortete Teresa. »Jedenfalls nichts Erwähnenswertes.«

Er schüttelte den Kopf. »Ich seh dir an, dass etwas nicht stimmt. Wenn du krank bist und sagst es mir nicht, weil du mich schonen willst, dann führt das nur dazu, dass ich mir ständig Sorgen mache.«

»Ich bin nicht krank«, sagte Teresa. »Oder, wenn du so willst, nur mein Geist ist ein bisschen krank.«

Tashi beugte sich vor und küsste ihre Nase. »Also, was ist?«

Teresa wandte sich unwillkürlich weg vom Fenster und dem unbarmherzig hellen Licht der Sonne. »Sie ist schön, diese Dölma«, sagte sie.

»Ist es das?«

»Die Welt des Vergleichens hat sich ins Kloster hereingedrängt, Tashi.«

»Aber nein, nicht ins Kloster, nur in deinen Geist.«

»Und in deinen nicht?«

»Nein, meine Khandro-la, in meinen nicht. Sie ist schön, es macht mir Freude, sie anzusehen, aber wie könnte ich sie mit dir vergleichen? Wenn ich eine Rose sehe und einen Adler, finde ich beide schön – aber ich vergleiche sie doch nicht. Da gibt es nichts zu vergleichen.«

»Ich wusste nicht, dass du ein Dichter bist«, sagte Teresa und lächelte. »Aber meine Dämonen sind zäh. Ich muss dich warnen, Poesie vertreibt sie nicht.«

Tashi lachte und richtete sich auf. »Gestatte mir eine Anleihe bei Milarepa.« Mit funkelnden Augen deklamierte er:

»Ich, Tashi, fürchte mich nicht vor Dämonen.
Wie nutzlos wäre es, die wahre Natur des Geistes
Verstanden zu haben,
Wenn ich Angst vor Dämonen hätte.
Hallo, Versammlung von Dämonen, hier erschienen,
Es ist wunderbar, dass ihr gekommen seid.
Nur keine Eile!
Macht es euch bequem und bleibt für immer hier.
Wir werden uns über alles ausführlich unterhalten.

Bleibt wenigstens heute Abend, falls ihr es eilig habt.
Lasst uns einen Wettstreit der Drei Tore machen,
Körper,
Rede und Geist,
Und sehen, ob das Gute oder das Schlechte siegt.
Ihr werdet euch doch nicht davonmachen,
Ohne Hindernisse bereitet zu haben.
Kehrtet ihr unverrichteter Dinge nach Hause zurück –
Oh, wie beschämend, überhaupt gekommen zu sein!«

Glossar

Amala: Mama; Ama (Mutter) mit der höflichen Zusatzsilbe la

Arya Tara (siehe Tara)

Atisha Dipankara, 982–1054: brachte die *Kadampa*-Lehren nach Tibet

Bardo: Zwischenzustand; bezieht sich im Allgemeinen auf die Phase zwischen Tod und Wiedergeburt

Bardo Thödol: »Das tibetische Totenbuch«, wörtlich übersetzt »Befreiung durch Hören im Zwischenzustand«, ein Text, der dem Sterbenden bzw. Toten neunundvierzig Tage lang vorgelesen wird

Bön: animistische und schamanistische Urreligion Tibets, heute als »Bön-Buddhismus« in die tibetischen Traditionslinien integriert

Bönpa: Vertreter des Bön

Bothiya: tibetischstämmige Bergbewohner Nepals

Cha (ausgesprochen: Tscha): tibetischer Tee mit Butter und Salz

Chöni: Name; Bedeutung: reines Sein, Natur des Geistes (sanskr. *Dharmata*)

Dal Bhat: nepalesisches Nationalgericht, Reis mit eiweißreichen orangefarbenen Linsen

Dakini (siehe *Khandro*)

Dharma: die buddhistischen Lehren

Dechen (ausgesprochen: Deedschen): Name; Bedeutung: große Glückseligkeit

Dhri: weibliches Hochlandrind

Gat: Stufen am Fluss, Verbrennungsstätte

Ga-U: Beutel oder Anhänger, mit Schutzobjekten wie Mantras etc. gefüllt

Gelbe: Gelug-Linie, reformierte Traditionslinie; früher als »gelbe Sekte« bezeichnet

Gelong: Mönch; *Gelong-la* ist die höfliche Anrede

Gottheiten: personifizierte Weisheitsenergien

idiot compassion: »idiotisches Mitgefühl«, d. h., Mitgefühl ohne Intelligenz

Khampa: Bewohner von Kham, dem »wilden Osten« Tibets

Khandro: Himmelstänzerin, die im Raum Tanzende (sanskr. *Dakini*); *Khandro-la.* Männlich: *Pawo,* Krieger (sanskr. *Daka*)

Karma: selbst geschaffenes Schicksal; Manifestation des Prinzips von Ursache und Wirkung

Kata: weißer oder gelber Glücksschal

Ki ki so so lha gyalo: Kiki soso (Jubellaute), die Götter siegen

Künga Legpa: berühmter Mahasiddha des 16. Jahrhunderts. In: *Der heilige Narr,* O.W. Barth, 2005

Kusung: persönlicher Assistent

Mahakala: der Große Schwarze, Schutzgottheit, zornvolle Erscheinungsform des Großen Mitgefühls

Mala: tibetischer Rosenkranz mit 108 Perlen

Milarepa: Tibets berühmtester Yogi und Dichter, 11. Jahrh. In: *Milarepas gesammelte Vajra-Lieder,* Theseus, 1996

Momo: eine Art großer Ravioli

Naga: Naturgeister, Hüter von Schätzen

Padmasambhava: auch *Guru Rinpoche* genannt, Begründer des tibetischen Buddhismus im 8. Jahrh.

Pashupatinath: Hindu-Tempel und Verbrennungsstätte in Kathmandu

Rinpoche (ausgesprochen: Rimpodsché): Titel hoher Wiedergeburten

Sahaja-yogini-chinta: 8. Jahrh., Kaschmir. In: Miranda Shaw, *Erleuchtung durch Ekstase,* Krüger, 1997

Shimi: tibet. für Katze

Stupa: sakrale Form, als Bauwerk, Skulptur, Malerei oder Devotionalie, die den Aufbau der subtilen Energien im Kosmus und im menschlichen Körper symbolisiert; repräsentiert auch den Weisheitskörper des Buddha

Tamang: Distrikt an der Grenze zu Tibet

Tara: Meditationsgottheit, personifizierte Weisheitsenergie des Mitgefühls

Tashi (ausgesprochen: Taschi): Name; Bedeutung: Glück

Tashi Delek (ausgesprochen: Tashi Dele): Gruß; Bedeutung: glückliches Gedeihen

Thangka: Rollbild; tibetische Malerei auf Seide, in Brokat gerahmt

Trungpa, elfter: Chögyam Trungpa Rinpoche, 11. Inkarnation der Trungpa-Linie. In: *Mudra,* Verlag Zero, Alpen, 1980

Tukpa: Suppe mit Nudeln und Fleisch

Tulku: hohe Wiedergeburt

Umdze: Vorsänger

Vater-Mutter-Buddha: tibet. *Yab-Yum;* weibliche und männliche Meditationsgottheit in sexueller Umarmung, ikonografische Darstellung der Ganzheit

Windpferd: tibet. *Lungta;* Energie der Inspiration und des Glücks

Yak: männliches Hochlandrind

Yama: »Totengott«, Personifizierung des Gewissens

Yeshe Tsogyal: Gefährtin Padmasambhavas, eine *Dakini (Khandro)* in menschlicher Manifestation

Yogini: weibliche Praktizierende des tantrischen Buddhismus außerhalb klösterlicher Orden. Männlich: *Yogi*

Tashi Delek e.V.

Gesellschaft zur Förderung der tibetischen Kultur im Exil
Vorsitzende: Ulli Olvedi
Ammerseestraße 5 · 86919 Utting · Tel./Fax: 08806/957330
www.tashi-delek.de

Tashi Delek bedeutet »glückliches Gedeihen«. Der Tashi-Delek-Verein unterstützt Nonnen und Mönche in tibetischen Exilklöstern in und bei Kathmandu.

Ulli Olvedi

Wie in einem Traum

Roman

Wie findet man das Glück? Und warum müssen Menschen leiden? Solche Fragen interessieren die junge Maili weit mehr als der Mann, den sie heiraten soll.

In einem tibetischen Kloster im Tal von Kathmandu findet sie eine weise Lehrerin, die sie in die Lehre von der Überwindung allen Leidens einführt – doch immer wieder gerät Mailis kritischer Verstand in Konflikt mit Gehorsam und Tradition …

Die Stärke des Buches liegt darin, wie Erfahrungen, Entwicklungen und Hindernisse auf dem spirituellen Pfad geschildert werden: in frischen Dialogen und präzisen Beschreibungen, tiefgründig, voller Sogkraft und in hohem Maße inspirierend.

Michael Schaefer Esotera, Februar 2001, Nr. 02, S.40/41

KNAUR

Ulli Olvedi

Der Schrei des Garuda

Roman

Sie sind zwei Frauen, die kaum weniger gemeinsam haben könnten. Und doch machen sich sowohl Miriam als auch Dawa in Tibet auf die abenteuerliche Suche nach der wahren Freiheit. Dawa ging diesen Weg vor vielen Jahrhunderten – und in unserer modernen Zeit folgt Miriam ihren Spuren …

Ein faszinierender spiritueller Roman, der die alte und die neue Welt Tibets auf subtile Weise miteinander verbindet.

KNAUR